MINGUO TONGSU XIAOSHUO
DIANCANG WENKU

民国通俗小说典藏文库·张恨水卷

大江东去

张恨水 ◎ 著

巷战之夜
热血之花

中国文史出版社

小说大家张恨水 （代序）

张赣生

民国通俗小说家中最享盛名者就是张恨水。在抗日战争前后的二十多年间，他的名字真是家喻户晓、妇孺皆知，即使不识字、没读过他的作品的人，也大都知道有位张恨水，就像从来不看戏的人也知道有位梅兰芳一样。

张恨水（1895—1967），本名心远，安徽潜山人。他的祖、父两辈均为清代武官。其父光绪年间供职江西，张恨水便是诞生于江西广信。他七岁入塾读书，十一岁时随父由南昌赴新城，在船上发现了一本《残唐演义》，感到很有趣，由此开始读小说，同时又对《千家诗》十分喜爱，读得"莫名其妙的有味"。十三岁时在江西新淦，恰逢塾师赴省城考拔贡，临行给学生们出了十个论文题，张氏后来回忆起这件事时说："我用小铜炉焚好一炉香，就做起斗方小名士来。这个毒是《聊斋》和《红楼梦》给我的。《野叟曝言》也给了我一些影响。那时，我桌上就有一本残本《聊斋》，是套色木版精印的，批注很多。我在这批注上懂了许多典故，又懂了许多形容笔法。例如形容一个很健美的女子，我知道'荷粉露垂，杏花烟润'是绝好的笔法。我那书桌上，除了这部残本《聊斋》外，还有《唐诗别裁》《袁王纲鉴》《东莱博议》。上两部是我自选的，下两部是父亲要我看的。这几部书，看起来很简单，现在我仔细一想，简直就代表了我所取的文学路径。"

宣统年间，张恨水转入学堂，接受新式教育，并从上海出版的报纸上获得了一些新知识，开阔了眼界。随后又转入甲种农业学校，除了学习英文、数、理、化之外，他在假期又读了许多林琴南译的小说，懂得了不少描写手法，特别是西方小说的那种心理描写。民国元年，张氏的父亲患急症去世，家庭经济状况随之陷入困境，转年他在亲友资助下考入陈其美主持的蒙藏垦殖学校，到苏州就读。民国二年，讨袁失败，垦殖学校解散，张恨水又返回原籍。当时一般乡间人功利心重，对这样一个无所成就的青年很看不起，甚至当面嘲讽，这对他的自尊心是很大的刺激。因之，张氏在二十岁时又离家外出投奔亲友，先到南昌，不久又到汉口投奔一位搞文明戏的族兄，并开始为一个本家办的小报义务写些小稿，就在此时他取了"恨水"为笔名。过了几个月，经他的族兄介绍加入文明进化团。初始不会演戏，帮着写写说明书之类，后随剧团到各处巡回演出，日久自通，居然也能演小生，还演过《卖油郎独占花魁》的主角。剧团的工作不足以维持生活，脱离剧团后又经几度坎坷，经朋友介绍去芜湖担任《皖江报》总编辑。那年他二十四岁，正是雄心勃勃的年纪，一面自撰长篇《南国相思谱》在《皖江报》连载，一面又为上海的《民国日报》撰中篇章回小说《小说迷魂游地府记》，后为姚民哀收入《小说之霸王》。

　　1919 年，五四运动吸引了张恨水。他按捺不住"野马尘埃的心"，终于辞去《皖江报》的职务，变卖了行李，又借了十元钱，动身赴京。初到北京，帮一位驻京记者处理新闻稿，赚些钱维持生活，后又到《益世报》当助理编辑。待到 1923 年，局面渐渐打开，除担任"世界通讯社"总编辑外，还为上海的《申报》和《新闻报》写北京通讯。1924 年，张氏应成舍我之邀加入《世界晚报》，并撰写长篇连载小说《春明外史》。这部小说博得了读者的欢迎，张氏也由此成名。1926 年，张氏又发表了他的另一部更重要的作品《金粉世家》，从而进一步扩大了他的影响。但真正把张氏声望推至高峰的是《啼笑因缘》。1929 年，上海的新闻记者团到北京访问，经钱芥尘介绍，张恨水得与严独鹤相识，严即约张撰写长篇小说。后来张氏回忆这件事的过程时说："友人钱芥尘先生，介绍我认识《新闻报》的严独鹤先生，他并在独鹤先生面前极力推许我的小说。那时，《上海画报》（三日刊）曾转载了我的《天上人间》，独鹤先生若对我有认识，也就是这篇小说而已。他倒是没有什么考虑，就约我写一篇，而且愿意带一部分稿子走。……在那几年间，上海洋场章回小说走着两条路子，一条是肉感的，一条是武侠而神怪的。《啼笑因缘》完全和这两种不同。又除了新文艺外，那些长篇运用的对话并不是纯粹白话。而《啼笑因缘》是以国语姿态出现的，这也不同。在这小说发表起初的几天，有人看了很觉眼生，也有人觉得描写过于琐碎，但并没有人主张不向下看。载过两回之后，所有读《新闻报》的人都感到了兴趣。独鹤先生特意写信告诉我，请我加油。不过报社方面根据一贯的作风，怕我这里面没有豪侠人物，会对读者减少吸引力，再三请我写两位侠客。我对于技击这类事本来也有祖传的家话（我祖父和父亲，都有极高的技击能力），但我自己不懂，而且也觉得是当时的一种滥调，我只是勉强地将关寿峰、关秀姑两人写了一些近乎传说的武侠行动　对于该书的批评，有的认为还是章回旧套，还是加以否定。有的认为章回小说到这里有些变了，还可以注意。大致地说，主张文艺革新的人，对此还认为不值一笑。温和一点的人，对该书只是就文论文，褒贬都有。至于爱好章回小说的人，自是予以同情的多。但不管怎么样，这书惹起了文坛上很大的注意，那却是事实。并有人说，如果《啼笑因缘》可以存在，那是被扬弃了的章回小说又要返魂。我真没有料到这书会引起这样大的反应……不过这些批评无论好坏，全给该书做了义务广告。《啼笑因缘》的销数，直到现在，还超过我其他作品的销数。除了国内、南洋各处私人盗印翻版的不算，我所能估计的，该书前后已超过二十版。第一版是一万部，第二版是一万五千部。以后各版有四五千部的，也有两三千部的。因为书销得这样多，所以人家说起张恨水，就联想到《啼笑因缘》。"

不论张氏本人怎样看，《啼笑因缘》是他最有影响的作品，这一点毫无疑问，可以随便举出几件事来证明。《啼笑因缘》发表后，被上海明星公司拍成六集影片，由当时最著名的电影明星胡蝶主演，同时还被改编为戏剧和曲艺，在各地广泛流传；再有《啼笑因缘》被许多人续写，迫使张氏不得不改变初衷，于1933年又续写了十回，张氏在《我的写作生涯》中说："在我结束该书的时候，主角虽都没有大团圆，也没有完全告诉戏已终场，但在文字上是看得出来的。我写着每个人都让读者有点儿有余不尽之意，这正是一个处理适当的办法，我绝没有续写下去的意思。可是上海方面，出版商人讲生意经，已经有好几种《啼笑因缘》的尾巴出现，尤其是一种《反啼笑因缘》，自始至终，将我那故事整个地翻案。执笔的又全是南方人，根本没过过黄河。写出的北平社会真是也让人又啼又笑。许多朋友看不下去，而原来出版的书社，见大批后半截买卖被别人抢了去，也分外眼红。无论如何，非让我写一篇续集不可。"这种由别人代庖的续作，出书者至少有四种：惜红馆主《续啼笑因缘》、青萍室主《啼笑因缘三集》、康尊容《新啼笑因缘》和徐哲身《反啼笑因缘》。虽然远不如《红楼梦》续作之多，但在民国通俗小说中已经是首屈一指了。张氏在《我的小说过程》一文中还说："我这次南来，上至党国名流，下至风尘少女，一见着面便问《啼笑因缘》。这不能不使我受宠若惊了。"

《啼笑因缘》使张氏名声大振，约他写稿的报刊和出版家蜂拥而至，有的小报甚至谣传张氏在十几分钟内收到几万元稿费，并用这笔钱在北平买下了一所王府，自备一部汽车。这自然不是事实，但张氏当时收到的稿酬也有六七千元，的确不能算少。这样，他就可以去搜集一些古旧木版小说，想要作一部《中国小说史》。就在此时，日寇侵华的"九一八事变"爆发，张氏的希望随之化为泡影。作为一位爱国的作家，在国难当头的状况下自不会沉默，张恨水在 1931 至 1937 的几年间，先后写了《热血之花》《弯弓集》《水浒别传》《东北四连长》《啼笑因缘续集》《风之夜》等涉及抗敌御侮内容的作品。

1934 年，张恨水到陕西和甘肃走了一遭，此行使他的思想发生了很大的变化。张氏在《我的写作生涯》中说："陕甘人的苦不是华南人所能想象，也不是华北、东北人所能想象。更切实一点地说，我所经过的那条路，可说大部分的同胞还不够人类起码的生活。……人总是有人性的，这一些事实，引着我的思想起了极大的变迁。文字是生活和思想的反映，所以在西北之行以后，我不违言我的思想完全变了，文字自然也变了。"此后，他写了《燕归来》，以描写西北人民生活的惨状。

抗日战争全面爆发后，张恨水取道汉口，转赴重庆，于 1938 年初抵达，即应邀在《新民报》任职。抗战八年间，他除去写了一些战争题材的小说外，还有两种较重要的作品，即《八十一梦》和《魍魉世界》（原名《牛马走》），均先于《新民报》连载，后出单行本。抗战胜利，张氏重返北平，担任《新民报》经理，此后几年他写了《五子登科》等十来部小说，但均未产生重大影响。1948 年底，张氏辞去《新民报》职务。1949年夏，他患脑溢血，经过几年调治，病情好转，张氏便又到江南和西北去旅行。1959 年，张氏病情转重，至 1967 年初于北京去世，终年七十三岁。

张恨水一生写了九十多部小说，印成单行本的也在五十种左右。说到张氏作品的总特色，一般常感到不易把握，因为他总在不断地变。其实，这"变"就正是张恨水作品最鲜明的总特色。

张恨水是一个不甘心墨守成规的人，他好动不好静，敢于否定自己，这正是作为开创者必须具备的素质。读一读张氏的《我的写作生涯》，就会发现他总是在讲自己的变，那变的频繁、动因的多样，在民国通俗小说作家中实属仅见。……待到《金粉世家》《啼笑因缘》相继问世，张恨水的名声已如日中天，他在思想上的求新仍未稍解，他说："我又不能光写而不加油，因之，登床以后，我又必拥被看一两点钟书。看的书很拉杂，文艺的、哲学的、社会科学的，我都翻翻。还有几本长期订的杂志，也都看看。我所以不被时代抛得太远，就是这点儿加油的工作不错。"

追求入时，可说是张恨水的一贯作风，不仅小说的内容、思想随时而变，在文字风格上也不断应时变化。仅就内容、思想方面的变化而言，在民国通俗小说作家中也很常见，说不上是张氏独具的特色，但在文字风格上也不断变化，就不同于一般了。张氏在《我的写作生涯》中经常提到这方面的事例，譬如他曾提及回目格式的变化，他说："《春明外史》除了材料人所注意而外，另有一件事为人所喜于讨论的，就是小说回目的构制。因为我自小就是个弄辞章的人，对中国许多旧小说回目的随便安顿向来就不同意。即到了我自己写小说，我一定要把它写得美善工整些。所以每回的回目都很经一番研究。我自己削足适履地定了好几个原则。一、两个回目，要能包括本回小说的最高潮。二、尽量地求其辞藻华丽。三、取的字句和典故一定要是浑成的，如以'夕阳无限好'，对'高处不胜寒'之类。四、每回的回目，字数一样多，求其一律。五、下联必定以平声落韵。这样，每个回目的写出，倒是能博得读者推敲的。可是我自己就太苦了……这完全是'包三寸金莲求好看'的念头，后来很不愿意向下做。不过创格在前，一时又收不回来。……在我放弃回目制以后，很多朋友反对，我解释我吃力不讨好的缘故，朋友也就笑而释之，谓不讨好云者，这种藻丽的回目，成为礼拜六派的口实。其实礼拜六派多是散体文言小说，堆砌的辞藻见于文内而不在回目内。礼拜六派也有作章回小说的，但他们的回目也很随便。"再譬如他在谈及《金粉世家》时说："以我的生活环境不同和我思想的变迁，加上笔路的修检，以后大概不会再写这样一部书。"诸如此类的变化不胜列举。

张氏的多变还体现在题材的多样化。他说："当年我写小说写得高兴的时候，哪一类的题材我都愿意试试。类似伶人反串的行为，我写过几篇侦探小说，在《世界日报》的旬刊上发表，我是一时兴到之作，现在是连题目都忘记了。其次是我写过两篇武侠小说，最先一篇叫《剑胆琴心》，在北平的《新晨报》上发表的，后来《南京晚报》转载，改名《世外群龙传》。最后上海《金刚钻小报》拿去出版，又叫《剑胆琴心》了。"第二篇叫《中原豪侠传》，是张氏自办《南京人报》时所作。此外，张氏还写过仿古的《水浒别传》和《水浒新传》，他说："《水浒别传》这书是我研究《水浒》后一时高兴之作，写的是打渔杀家那段故事。文字也学《水浒》口气。这原是试试的性质，终于这篇《水浒别传》有点儿成就，引着我在抗战期间写了一篇六七十万字的《水浒新传》。""《水浒新传》当时在上海很叫座。……书里写着水浒人物受了招安，跟随张叔夜和金人打仗。汴梁的陷落，他们一百零八人大多数是战死了。尤其是时迁这路小兄弟，我着力地去写。我的意思，是以愧士大夫阶级。汪精卫和日本人对此书都非常地不满，但说的是宋代故事，他们也无可奈何。这书里的官职地名，我都有相当的考据。文字我也极力模仿老《水浒》，以免看过《水浒》的人说是不像。"再有就是张氏还仿照《斩鬼传》写过一篇讽刺小说《新斩鬼传》。张恨水的一生都在不停地尝试，探寻着各色各样的内容及表达方式，他甚至也写过完全以实事为根据、类似报告文学的《虎贲万岁》，也写过全属虚幻的、抽象的或象征性的小说《秘密谷》，他的作风颇有些像那位既不愿重复前人也不愿重复自己的现代大画家毕加索。

张恨水写过一篇《我的小说过程》，的确，我们也只有称他的小说为"过程"才最名副其实。从一般意义上讲，任何人由始至终做的事都是一个过程，但有些始终一个模子印出来的过程是乏味的过程，而张氏的小说过程却是千变万化、丰富多彩的过程。有的评论者说张氏"鄙视自己的创作"，我认为这是误解了张氏的所为。张恨水对这一问题的态度，又和白羽、郑证因等人有所不同。张氏说："一面工作，一面也就是学习。世间什么事都是这样。"他对自己作品的批评，是为了写得越来越完善，而不是为了表示鄙视自己的创作道路。张氏对自己所从事的通俗小说创作是颇引以自豪的，并不认为自己低人一等。他说："众所周知，我一贯主张，写章回小说，向通俗路上走，绝不写人家看不懂的文字。"又说："中国的小说，还很难脱掉消闲的作用。对于此，作小说的人，如能有所领悟，他就利用这个机会，以尽他应尽的天职。"这段话不仅是对通俗小说而言，实际也是对新文艺作家们说的。读者看小说，本来就有一层消遣的意思，用一个更适当的说法，是或者要寻求审美愉悦，看通俗小说和看新文艺小说都一样。张氏的意思不是很明显吗？这便是他的态度！张氏是很清醒、很明智的，他一方面承认自己的作品有消闲作用，并不因此灰心，另一方面又不满足于仅供人消遣，而力求把消遣和更重大的社会使命统一起来，以尽其应尽的天职。他能以面对现实、实事求是的态度对待自己的工作，在局限中努力求施展，在必然中努力争自由，这正是他见识高人一等之处，也正是最明智的选择。当然，我不是说除张氏之外别人都没有做到这一步，事实上民国最杰出的几位通俗小说名家大都能收到这样的效果，但他们往往不像张氏这样表现出鲜明的理论上的自觉。

张恨水在民国通俗小说史上是一位名副其实的大作家，他不仅留下了许多优秀的作品，他一生的探索也为后人留下了许多可贵的经验。

目　　录

巷战之夜

热血之花

4

大江东去

序

　　民国二十八年冬，友人陈君将有东战场之行，予小饯之于一酒楼。杯匙之间，畅谈大时代友朋之聚散，更及于男女之离合，甚为喟然。旋陈君更述一故事，以助余兴，则为一军人困于失陷之南京，虽得生还，而有破镜难圆之叹。予曰："此故事良好，然以之配合京沪线战争之烈，及南京屠城之惨，将不失为一时代性之小说。"陈曰："然则君竟为之如何？"予虽笑诺之，然以未有火线经验，固置之未用也。

　　半年后，有两军人为邻，暑夜于星光中移榻纳凉，闲话天下事，亦尝问及战争。耳食人余，颇能补常识之不及。时《国民日报》出版于香港，约予为长篇，并望故事能在抗战言情上兼有者。此项要求，正与予准备之小说材料，若相符合。乃更加以三分之渲染，与四分之穿插，并所有之材料作为三分，融合而成为一篇二十万言之章回小说，名之曰《大江东去》。书零碎书于业余，凡积一年而成。香港人读之作何批评，予初无闻知，后以内地有转载者，予乃相信当可一读，然以是时英日国交未曾决裂，港报文字，例不得斥责日寇，予所谓京沪线之战及南京之被屠，固未能畅所欲言，意实未尽惬也。

　　三十年冬，友人刘君召饮于酒楼，先二日以函约，告以当有奇遇。予闻之，及时欣然往。全则座上有一少年军人，风姿英爽，侃侃而谈。刘君笑曰："此君与君所书《大江东去》主角，正二而一，而其在南京守城之战时，且参与光华门之役，此君若以材料相告，则不啻使君入火线矣。"此君闻言，初无难色。乃慷慨唏嘘述南京失陷惨状。及予询及光华门之役，彼则告以某班长一手榴弹挽救危城之壮举，绘声绘影，令人兴奋。至于男女问题，此君似存忠厚，少所谈述。且曰："予今固有美满眷属，且生子矣。"

予虽对故事本身无所收获，而于屠城及光华门两事，乃证实较多。乃告某君，予果将《大江东去》出版者，必增入此二事。某君亦首肯。

一席之会，又一年矣，近新民报社促予以此稿出书。予将存稿校阅一遍，乃割去原稿十三至十六回及十七回之半回，而易之以今稿。原文盖写京沪线战争，及略述屠城消息，自视固不如今稿之能现实也。至书中主角、陪客，其人物姓名，固尽虚构，而新写一段，则其地名、人名，即虚构亦不写出。因吾人尚未回南京之前，此等地名、人名，或亦有未便写出者。纪念某班长之壮烈，国家将来自有恤典在，彼绝不与草同木腐，此间不实亦无妨。更就整个小说言，正如舞台上之戏剧，自不同于社会事实。若必一一加以索隐，则如伦敦小儿向某街索福尔摩斯而访之矣，不亦可笑乎？校稿之时，予初欲改写章体，以白话作题。及检查原来回目，文题尚切，亦不隐晦，乃概存其旧，并新稿亦以新题领之。书成之经过如此，盖纪实也。

三十一年岁除前五日
张恨水序于重庆南温泉桃子沟茅屋油灯之下

第一回

付托樽前殷勤双握手
分离灯下慷慨一回头

是一个阴沉的天气，黑云暗暗的，在半空里结成了一张很厚的灰色天幕，低低地向屋顶上压了下来。一所立体式的西式楼屋，前面有块带草地的小院落，两棵梧桐树像插了一对绿蜡烛似的，齐齐地挺立在楼窗下。扇大的叶子像半熟的橙子颜色，老绿里带了焦黄，片片翻过了叶面，向下堆叠地垂着，由叶面上一滴一滴地落着水点，那水点落在阶沿石上，卜笃有声，很是添加着人的愁闷。原来满天空正飞着那肉眼不易见的细雨烟子。在阵阵的西北风里，把这细雨烟卷成每一个小小的云头，在院子上空只管翻动着。

楼上窗户向外洞开着，一个时装少妇，乱发蓬松地披在肩上，她正斜靠了窗子向外望着。向东北角看了去，紫金山的峰头像北方佳丽披了挡飞尘的薄纱一般，山峰下正横拖了一缕轻云。再向近看，一层层的高楼大厦，都接叠着在烟雨丛中。在这少妇眼里，同时有两个感想：第一是，好好一个伟大的南京；第二是在这烟雨丛中的人家，恐怕不会有什么人快乐地过着日子。她痴痴地站立着，她听到墙外深巷里有一阵铿锵的声音，由远而近，她立刻喊着仆妇王妈去开大门。她的丈夫孙志坚是一个在前方作战的军官，这雨天，正因有了公事回京，顺便来家看看。他穿着制服，踏着马靴，马靴总是照例夹着一副白铜马刺。平常听到这种叮当叮当的马刺碰了地面声，就觉得既不骑马，这马刺在靴后跟夹着，就失去了马刺两个字的意义，徒然一步一响，增加人的烦恼。然而到了现在，这马刺就给予了她自己一种莫大的安慰。所以马刺响到门口，立刻心里一阵高兴。王妈去开大门了，她也就跟着追下楼来。在楼梯上便笑道："志，你怎么这时候才回来呢？你走后不多久，我就在楼窗户上望着，直望到现在。"口里说着，人奔下楼梯到了小客堂。

门口一个穿呢制服的人，正脱下了雨衣，搭在朝外的窗户台上，他掉过脸来，这少妇却是一怔。他约莫三十岁，圆圆的脸，笔挺的胸襟，是一位很健壮的少年军人。他行过礼，取下了帽子放在茶桌上，笑道："我是江洪，和志坚是极好的同学。你是孙太太吧？"她哦了一声，笑道："是的，是的，我常听到志坚提起江先生。他是昨天晚上回来的，明日早上就要到前线去。今天是连在家里吃碗饱饭的工夫都没有，大概快回来了。"江洪道："是的，志坚在今天早上已经和我会面，谈了很久，还约着我这个时候到府上来畅谈呢。"他说着，回头看到墙角落里的一张小沙发，便退两步坐下去。可是等着她向他望了一眼时，他又站起来了。孙太太笑道："江先生，你不必客气。天气这样坏，要你大远的路跑了来。"江洪又坐下了，笑道："那不算什么。在前方的弟兄们，还不是在泥里水里滚着和人拼命吗？"孙太太一笑，在对面椅子上坐下。

江洪很少和妇女界交际，这时对了这位年轻太太，颇觉得手脚无所措。自己又是不吸纸烟的，女仆敬过了一遍茶烟，依然无事可以搭讪，便昂头向屋子四周看看，对于墙上挂的山水画与对联都赏鉴了一会儿。孙太太心里倒暗笑了，一个当军人的，倒对着妇女有点儿害臊，因便故意找了一些问题来说话。由于问他读书的学校，知道他有个姐姐叫江苇，在北平教会女中念过两年书，彼此正是同学。孙太太又自己介绍着道："我的学名叫薛冰如。"江洪听了这话，才不觉引起笑容来，点着头道："这样说，我们在若干年以前，一定是见过的。舍下在北平的房子很是宽敞，家姊的同学，凡是感情还好的，都喜欢到舍下去玩。"冰如笑道："是的，我们同学们常到府上去玩的。江小姐有个弟弟穿着童子军制服的，大概就是你了。"江洪微笑了一笑，接着又叹了口气道："光阴迅速，不觉我们都是中年人了。我们也想到过国际战争总会在我们手上发生，倒没有想着发生得这样快。"冰如随了这话，也就发生了不少的感慨。

客堂门一推，主人孙志坚进来了。冰如立刻迎上前，代他接过了雨衣。他约莫三十岁，瓜子脸，腮上带了红晕，证明他是个多血男儿。身体细长，若不穿了军服，他竟是个文人。他和江洪握着手道："失迎失迎！我在这两天之内要办许多事情，随便一耽误，就迟过了一两小时，现在好了，我把所有的事情已结束了。冰如，家里预备一点儿菜，我请江兄在家里喝两杯呢。"江洪两手互搓着笑道："不必费事，我们久谈一会子，倒是无所谓的。"冰如为了丈夫在家里只有两日，他要办什么，就替他办什么，以免他失望。自听这话以后，就到厨房里去，督率着女仆预备晚饭。

这个时候，上海的战事已经发生了两个月，南京城里，为了防空的关系，普通住户已经没有了电灯。在细雨纷飞的秋夜里，窗门都已紧紧地关了，但还可以听到隔户的檐溜不住地滴着。客堂中间的圆桌上，白铜烛台，点了一对红色的洋烛，烛影摇摇地照着两个穿黄呢制服的军人对面而坐。一个是主人，白皙的面孔，目光有神。一个是客人，圆胖而平润的面孔，粗眉大眼，透着忠厚。下方坐了女主人，她穿了紫绸长衣，上有葡萄点子的白花。长头发梳了两个五寸长的小辫，各系着一朵绿绸辫花，这觉着薛冰如活泼泼的还是一位青春犹在的少妇。烛光下陈设了酒杯菜碟，主人是很丰盛地办着晚饭，招待这位客人。两位军人脸色红红的让烛光照着，酒意是相当的浓厚了。男佣工又送了一瓶酒到桌上来，江洪却把手心来按住了杯子，因向志坚道："我们弟兄今天一会，很有意义。当军人的随时都预备为国牺牲，在对外战事已发生了两个月之下，我不能断言，我明天是否还存在着。有酒当然是喝，但我们也有我们正当责任，不能为喝酒误了大事。"志坚手握着桌上放的原来那个酒瓶摇撼了两下，笑道："就尽瓶里这些个喝。"江洪笑道："假如不是有责任，我和你喝醉了拉倒。"志坚道："谈了半天的话，我还有一句最要紧的话，不曾对你说。是你所说的话，军人是随时都预备为国牺牲的。我不得不趁今天我们还可以痛快喝几杯，把这句话对你说了。在说这句话之先，我自然应当敬你一杯酒。"江洪把手按住的杯子放开，端起来先喝干。然后两手举了杯子，送到志坚面前，郑重地道："我先接受你这杯酒。"志坚将他的杯子斟满了，然后拿了瓶子举着向冰如道："冰如，你也陪我敬一杯。这杯酒是为着你敬江兄的。"冰如笑道："既是这样说，我就勉力陪上一杯。"也两手端着杯子，接了酒。志坚把三杯酒斟完了，放下酒瓶，向客笑道："江兄你看我们这样，不是相敬如宾吗？"江洪微笑着点了两点头。志坚道："我们虽已结婚三年，但我们依然像在新婚期中，我们的感情是很好的。"

冰如手扶了杯子，正等他说要喝这杯酒的理由。听他说的是这些，便向他笑道："客人没醉，你倒先喝醉了吗？"志坚笑道："不，这话应该这样远远地说来。江兄，我们老同学，你当然很知道我。我这生命交付了祖国，但我还有两件事放心不下，第一是我的老母已经到六十岁了，只有一个快将结婚的妹妹陪伴着，现时在上海。其次便是内人，嫁了我们这样以身许国的军人……"冰如笑着插嘴道："我不因为你是一个军人，我才嫁你的吗？嫁一个以身许国的男人，那是荣誉的事呀。"志坚笑道："冰如，你等我说完。江兄你想，我这次能回南京来看一看，那是极不容易的事。而这次再上前线，我想激烈的斗争也许要胜过以前的两个月吧？我不敢说还一定能回到南京来。"说着，他把胸脯挺了一挺，接着道，"这是无所谓的，当军人就不顾虑到生死。不过我既在难得回南京来的情形下，终于得一个机会回来了，我应当把内人的事情安排一下。至少是最近的将来，可以计划计划。我昨日已和她商量了，叫她搬到汉口去住，她虽未加可否，我是决定了这样办。现在你既要到汉口去，那就好极了，有便船的时候，请你带了她走，而且向后一切……"江洪不等他把话说完，举起酒杯子来道："你的意思，我完全明白了。我到汉口去的时候，一定护送了嫂子一路去。就是到汉口以后，生活方面发生了什么问题，我也当尽力而为。"志坚端起杯子来，向冰如笑道："你也陪一杯。"冰如道："陪吃一杯酒，那是可以的，不过我不愿到汉口去。因为那就彼此相隔得更远了。"志坚道："且不管，你先喝了这杯酒再说。"于是三人在烛光下高举了杯子一碰，然后各把酒饮干了。

冰如道："住在南京，不就为了怕空袭吗？经过了两个月的空袭，我也觉得这件事很平常，何况我们屋后就有一个很好的防空壕。"志坚道："不是这样简单。这回战事也许有个十年八年，南京兵临城下，那是绝对可能的事。你不看到报上载的西班牙内战，马德里是一种什么情形。无论什么

8

事，我们要向极好的一点去努力，可是又要向极坏的一点上去准备退路。要不，政府为什么极力地做疏散工作呢？"冰如道："你这话是对的。不过总还没有到那种时候，而且我到汉口去了，你再有这样一个回南京的机会，我们也会不着了。"志坚道："在前方的军人，哪里常有回到后方来的机会？这一回有了例外，还想一个例外吗？"冰如道："我也知道不会再有例外，不过我总舍不得离开南京。"说着皱了两皱眉头。江洪道："这样好了，这件事，暂且就算这样谈定了。我要离南京的时候，一定来和嫂夫人商量，志坚兄放心就是了。"志坚道："我看你也不会在南京好久了吧？这件事要立刻决定才好。到了你要走的时候，而她还不肯走，以后再托别的朋友，不能说没有，但是我已不能回南京来面托，那成分就差得很远了。"他说着话，端起酒杯子来要喝，却又放到桌上，刚放到桌上，却又端了起来。江洪道："嫂夫人，我以第三者的资格，从中插一句话。纵不打算到汉口去，也可以决定一个别的比较安全的地方。这让我们志坚兄他就在前方安心服务了。"冰如道："志坚，你果然为这个放心不下吗？但你要相信我，我是一个自己能维持自己的妇女。"志坚道："这一点我是完全了解的。不过你在南京住下去，于我无补，于你自己，也不见有什么好处。说到对国家吧，当然不会需要你在南京。"冰如笑着摇摇头道："用不着抬出这种大题目来和我说话。但为了我在南京，让你在前方不能安心作战，那倒是我的责任。你既约了江先生到家里来，深深地托付了他这件事，那我就勉从你的意思吧。"志坚笑道："你答应到汉口去？其实我们说了两天这个问题，也应该得一个结论了。"冰如道："你是一个出征军人，我能骗你吗？"孙志坚说了一声"好"，把两只空杯子斟满，笑道："我们俩也对干一杯。"他说时，举起了杯子，向冰如道："祝你健康。"冰如脸红了，眼睛向他一瞟，笑道："我们还来这一套？"志坚道："为了坚定你这个允诺，当着我所重托的朋友，我们应该对干一杯。这也无非表示我们郑重其事的意思。"冰如笑着，也就陪他喝过了。志坚将空杯子移过来向江洪照着，笑道："这问题算解决了。"

江洪见话说到了这种程度，就不肯再饮酒。他又觉得志坚是个前线回来的人，夫妻们会谈的时间是十分宝贵的，匆匆地吃过饭就告辞。志坚夫妇亲自送到门口，冰如先伸过手去和他握着，笑道："有劳江先生了。"在中国，妇女们能伸着手和朋友握的，那已是有知识而很文明的人了。江洪在冰如那嫩软的手轻轻一握之下，便自愧交际的手腕大不如她。而志坚倒有这么一个摩登夫人。他一刹那的感想不曾完，一只肥厚的手就伸了过来。那手是紧紧地握着，又摇撼了一阵。志坚道："江兄多年的老同学，而且我们的性情又十分相投，我只有把这种事拜托你了。"江洪摇撼着手道："孙兄，你很安心地回前方去吧。我一定帮助嫂夫人到汉口去。"他收回手去，很庄敬地向孙氏夫妇行了个军礼，然后转身走了。

天上虽不飞着雨丝了，但阴云密布着，半空依然没有一粒星光。冰如握了志坚的手道："你的手很凉，进来加上一件衣服吧。"志坚便携着她的手一路上楼，冰如叫道："王妈！今夜天气很坏，不会有警报的，把那盏大灯给亮起来吧。"可是走进房里时，桌上已经点了一盏很亮的白瓷罩子煤油灯。王妈在屋外答道："先生在家里，当然要点亮灯了。"冰如将志坚推在一张小沙发上坐着，自己在沙发的扶手上，半坐半靠着，手搭了志坚的肩膀问道："你不出门了吗？"志坚笑道："虽然还有两件小事没办，但我为着陪伴你起见，不去办了。我丢下两封信寄给朋友们就是了。"冰如道："那么，我来替你脱马靴。"志坚道："上面很多的泥，我自己来吧。"冰如也不再说什么，蹲下身子，两手托起志坚一只脚，拉了靴子就向后扯。扯下了一只靴子，又去脱那一只。志坚笑道："你看，弄脏了手。"冰如笑道："不说私人关系，就算你是一个普通出征军人，伺候你，那还不是应当的事吗？"她脱下了靴子，在床底下掏出一双拖鞋放在志坚面前。然后在洗手盆里洗了手，见王妈打了洗脸水来，就拧了一把热手巾，两手托着，送到志坚面前。志坚要站起来，冰如两手将他推着坐了下来，笑道："你就好好地坐着，让我好好地伺候你吧。"志坚笑着坐下来，两手捧着手巾擦了脸，笑道："冰如，你不要对我太好了。"冰如站在他面前，倒是一怔，因问道："那为什么？"志坚道："那你让我回到了前线格外地想你。"冰如接过他的手巾，笑道："那我就不管了，终不成你回得家来，我倒是对你爱睬不睬的。"志坚笑道："到今天，才想起以往我们在一处马马虎虎地过着日子，未免可惜。你看，我们现在相处着，不是一分一秒钟都很有意思吗？"

10

冰如且不答复他的话，在洗脸架上洗过脸，将桌上那盏煤油灯移到梳妆台上来，然后背对了志坚，脸朝着镜子，又重抹了一回脂粉。脂粉抹好了，又打开了衣橱，脱下身上的紫绸衣服，把一件粉红色的丝棉袍子穿了起来。衣服牵扯得好了，把亮灯依然放在中间桌上。志坚道："外面没有街灯，又泥滑难行，你还打算到哪里去？"冰如笑道："我哪里也不去。"说着，坐在他对面的椅子上。志坚道："打扮得像个新娘子似的，就为了陪我吗？"冰如笑道："就说陪你，又有何不可呢？"志坚叹了一口气道："你的用心，是很可感的，只是我没有什么可以使你满足的。"冰如道："你做了你军人所应做的事，你就使我很满足了。"志坚点点头道："你是个有志气的女子，你看，你尽管对我满腔儿女情怀，却不露一点儿女子态。"冰如笑道："我们不像夫妇两个。"志坚靠了沙发坐着，却突然坐了起来，正色向她道："那我们像什么？"冰如走过来，又坐在沙发扶靠上，手搭了他的肩膀笑道："我们这样文绉绉地说着话，像两个演员在台上演着话剧。"志坚不由得哈哈大笑起来，手挽了她的手道："长夜漫漫，我们静坐着谈天，也很是可惜。"冰如道："那么，你说我们做一个什么消遣呢？"志坚道："下一盘围棋。"冰如鼻子里哼了一声道："我也安不下这个心去。"志坚道："拿牙牌来接龙。"冰如道："无聊得很。"志坚道："那么，你高高兴兴唱两个歌，我来吹洞箫。"冰如道："假如不是戒严时间，我早就唱了，不必想这样想那样了。我去把汽油炉子搬上楼来煮咖啡你喝，我们喝着咖啡，还是随便谈着过这个长夜。"志坚道："喝了咖啡，我就睡不着了。回到后方来，我应当好好地睡个两晚。昨晚上我们已经是谈得很夜深了。"冰如道："你明天早上几点钟走？"志坚顿了一顿，却是紧紧地握了她的手，因道："我不等天亮就要走。可以叫王妈先和我预备一点儿茶水。"冰如向梳妆台上看去，那一只小钟，还是针指在七点半钟上，因道："你们的汽车几时走？"志坚将手指了钟面，笑道："这钟上的长短针，第二次再走到这个位置，我就离开南京了。"冰如静默着想了一想，突然站起身道："我和你煮咖啡去。"志坚看到夫人这种艳妆，又是这样柔情似水，他也就不拦阻着她，随她去预备了。

　　梳妆台上的钟本来不过茶杯大小，平常是不怎样令人注意。假玉石做

11

的钟框子，不过像夫人的一种化妆品装潢而已。今晚上却不同，那小钟里面的机件，吱咯吱咯不住地把那响声送进耳鼓里来，让对时间注意的人格外觉得时间容易过去。因为如此，那小小的两根长短时针，支配着这屋子里的空气，时时变换。长短针指着九点的时候，桌上是拥挤了咖啡壶、咖啡杯、糖果碟子。笑嘻嘻的谈话声不断地发生着，把小钟的针摆声都盖过去了。时针指到十二点钟的时候，这笑嘻嘻的声音，改了低小的。咖啡杯子、糖果碟子，还放在桌上灯光下。灯光照出两个人影相并地映在白粉墙上，人影下面，是椅子黑影的轮廓。时针指到两点钟的时候，灯光微小了，那件女红袍子和一套黄呢制服，都挂在衣服架上，正面的床帐低低地垂下了。帐子下面，是并拢了男女两双拖鞋。三点钟的时候，咖啡杯子、糖果碟子，依然放在桌上灯光下，灯光格外微细了。时针指着五点，到七点半那一个间隔是很近了，灯光突然发亮，男女主人翁都起来了。

志坚对了梳妆台上的镜子，整理着自己的制服，挺了胸脯子笑道："假如我是一个书生，这样倒是相衬的。然而我是个军人。"冰如也在旁边挺了胸道："是呀！可是你有丈夫气概，并不带一点儿女态。"志坚回转身，提着放在屋角的马靴，坐到椅子上来望着。冰如又走过来，弯了腰代扎了靴筒子。志坚见她的头落在怀里，便将手轻轻抚着她的头发道："冰如，我走了，你不感到寂寞吗？"冰如道："不！天天在报上看到我军浴血抗战的消息，我只有兴奋。因为我有一个丈夫，也在这浴血人群之中。"说着话，马靴穿起来了。那马刺接触着楼板，又在铿锵作响，志坚笑道："你现在不讨厌这马刺的声音了吗？"冰如道："根本我就不讨厌。我以为这声音代表了军人步伐的前进声。"志坚道："好！我们的步伐是前进的。快天亮了，我要前进了。"说着，在灯下握着冰如的手，很诚恳地道："祝你平安，我要走了。"冰如道："现在还只五点半钟，下楼去喝杯热茶，王妈已经和你预备下点心了。"志坚在衣架上取了帽子盖在头上。两人手挽了手臂，一同走下楼。楼下的客堂正中桌上，放了一盏亮灯、一壶热茶、两碟干点心饼干与鸡蛋糕。冰如道："我本来想下碗面给你吃，王妈起晚了，已是来不及了。"志坚道："我也吃不下去，喝点儿茶就好。"冰如拿起茶壶，将放好的茶杯，斟满了两杯茶，然后坐下来笑道："不忙，等着天亮你再走吧。"志坚道："我愿意在天亮之前就走，象征着我们的前途是光明的。"冰如道："我们又来演戏。"志坚坐下道："不是演戏，真话！我们这一别是很有意义的，我们的动作，也要做出一点儿意义来，使我们别后的印象加深些。"冰如道："我们就是一点儿有意义的动作没有，我敢断言，别后的印象也是很深的。"志坚把那杯热茶喝完了，抬起手来，看了一看表，然后两个手指夹了一块饼干，就站将起来。冰如道："天没亮，什么车子也找不到，你要走到司令部去，是要相当的时间的。"志坚左手把饼干送到嘴里，右手又提茶壶斟茶，他就站在桌子边把那茶喝了。手抚了一下衣领，把搭在椅子背上的雨斗篷取过来，披在肩上，然后伸手握住了冰如的手道："我走了，你一切珍重。"冰如让他执了手，顿了一顿，然后笑道："我想，我们下次见面，应该是东战场吧？我等着身体好了一些，一定到前方去服务。"志坚握着她的手摇撼了两下，笑道："你不愧是军人之妻。"

这时，王妈已开了客堂门，伸头向外看了一看，因道："天还黑着呢。"志坚道："不要紧，越走越天亮。"他随话走到了屋外天井，马刺碰了地面石头，锵锵有声。冰如送出来，看看天上，东方微见有点儿鱼肚色的天幕，映着人家屋脊的影子，因道："好！黎明了，志坚，你正迎着亮光向东去，祝你不久凯旋。"志坚走出了大门，忽然回转身来，立着正，向冰如举手行了个军礼，掉转身去就走了。冰如站在小天井里，听到叮当叮当，马刺响着路面鹅卵石过去。于是追了出来，追到了弄堂口，见晨光曦微中，志坚挺了身子，大开步向前走，情不自禁地叫了一声"志坚"。遥见志坚回转身来，立了一个正，再行一个礼。他并没有说什么，就这样走了。叮当叮当，马刺碰了地面石头，越响越远，以至于听不到。看看巷口人家窗户里透出来的灯光，已经暗下去，远近人家，在青灰色的晨光里，慢慢呈现出来，军人一步一步地走向了前方，天随着亮了。

第二回

匆促回舟多情寻故剑
仓皇避弹冒死救惊鸿

  客堂的桌上，放了一盏很亮的煤油灯，灯光下照映着有两碟点心——一碟饼干和一碟鸡蛋糕、一把茶壶、两只茶杯。墙上挂的时钟，也正指着六点。这一切和孙志坚离家的时候，没有什么分别。但时钟所指的是下午的六点，日子却退后了一个礼拜了。女主人翁正招待着客人江洪在谈话。江洪坐在桌子左边，很沉着地向对面的冰如道："嫂嫂，我看你不必犹豫了。后天这只船，是我们三个机关联合包定的，要算是最后一批疏散家眷了。若再不去，恐怕以后不会得着这个机会。现在轮船上拥挤的情形，你总也听见说过，单是由下关江边，坐小划子到江心上船，很可能的一个人就花上三五十块钱，因为到下关的轮船，早就不靠码头了。至于由南京到汉口这一大截长途水程，现时也像以前，也许四五天，也许走六七天。这几天之内，吃喝睡都成问题。不用谈客舱，货舱里都有人挤得只坐着。若坐后天这条船去，这一切困难，都可以避免。"冰如道："我已接到志坚两封信，都是劝我到汉口去的。我若不走，他不放心服务，我也回了他两封信，决定走。只是我对于南京，很有点儿恋恋不舍，希望能再迟两天走。"江洪道："既然决定走，迟两天，那是徒增自己旅行的困难。"

  冰如手扶了桌沿，低着头很久没作声，最后，她竟是垂下两行泪珠来了。江洪见她如此，也只好默然着。冰如在身上掏出手绢来擦了两擦脸腮，因道："并非别的缘故，我总觉今天说离开南京，心里头就有一分凄楚的滋味。"江洪道："足见嫂嫂是个有热血的女子。只要中国人都藏着这么一股

14

凄楚的滋味在心里，我们就永远不会抛开了南京。"冰如低了头沉思了很久，只是默然。江洪觉得对了她枯坐着，很是无聊，便站起来道："嫂嫂可以仔细考量考量。除了后天这只船的话，第二次恐怕要坐火车到芜湖去坐船了。不过我受了孙兄的重托，一定尽力而为，嫂嫂真是后天走不了的话，也不要紧，我们这机关里的人，本来做几批疏散，后天还不算是扫数疏散的一批，依然有几个人留着。"冰如道："那就太麻烦了，我今天晚上考量考量，明天早上，我一定有一个答复的。江先生公事忙，自己不必来，只派一个人到这里来一趟就是了，我会预先写好一封信让来人带回去。"江洪答应是是，便走了。

他劝冰如这晚上考量考量，冰如自有她的一番考量。次日早上七点多钟，还不曾起来，王妈却进来叫着："太太，那位江先生来了，在楼下等着呢。"冰如只将冷手巾擦了一把脸，摸摩着头发，走下楼来，见江洪两手背在身后，看墙上挂的画，便先笑道："真是不敢当，这么一大早就让江先生跑了来。"江洪皱了眉道："上司的命令，明天我是非走不可的，丢了嫂嫂在这里，将来和孙兄见面，我何辞以对呢？"冰如道："江先生你对于朋友的事太热心，我不能过拂你的盛情，明天决定跟江先生走。"江洪道："那很感激嫂嫂能原谅我。"说着，微微地一鞠躬。冰如道："其实我不走也不行了。前几天那个男用人走了，到了昨天晚上，女用人又要辞工。南京城里，已无法找用人了，我不走怎么办呢？江先生倒转过来说，是我原谅你，这不是笑话吗？不是江先生念着志坚的交情，又料定了我在南京无办法，还不肯无早无晚地来劝我呢。"江洪道："我们那船上，多带一两个人，大概没有问题。嫂子到汉口去，猛然间或者找不到相熟的人来往，这王妈如愿同去……"王妈便由屋后接声出来了，因道："那就好极了，我先生、我太太，待我都很好，我本是舍不得离开这里的，只是大家都走了，我怕将来走不了。于今江先生能让我和太太一路，将来还可以和我们先生见面，我有什么不干呢？"江洪向王妈道："既是如此，那就很好。你今天可以和太太在家里收拾东西，不是明天绝早，就是明天晚上，一定要上船。"冰如道："晚上罢了，若是天早……"江洪道："嫂子只要把东西收拾好了，在家里等着我就是。我自然会在事先来打招呼，让二位从从容容地上船。"说着，他匆匆走了。王妈道："我们先生拜托这位江先生，实在是拜托着人了。待自己嫂子，也不过这样周到。"

冰如站在屋子里，抬头四面看看，因叹口气道："说声走，不要紧，要丢了多少东西。"话不曾完结，却见江洪又回身进门来了，他道："我糊涂，有一件极要紧的事忘记交代。现在满城找搬运车子是很困难的事。嫂子有多少行李，请归并了，预先点个数目，我负责搬上船，至于搬不了的笨重家具，尽管放在屋子里，开一张清单就行，我可以把这单子交给我一个朋友。我们在这西郊乡下租了有一幢房子，这些东西都可以堆到那里去。假如到了最后一着，依旧不能保留的话，那损失也不是任何一个人，就不必介意了。"冰如笑道："各事全都费江先生的心替我留意。"江洪就在门口站着也没有进来，因问道："还有什么事要办的吗？我实在一时想不起来。请嫂子不必客气，有为难之处，尽管说出来。"冰如道："现在办疏散的人，最为难的是一张火车票、轮船票，只要有了船票、车票，还有什么为难的呢？"江洪站着停了一停，笑着点了两点头道："等我慢慢去想吧。回头见。"说完着，这总算是真走了。

这日下午却接连地有了三次警报，最后一次解除，已经是晚上七点钟。还不到十分钟，江洪又来了，冰如在楼梯口上看到，就很快地跑下楼来迎着，因笑道："真是让我不过意，一天要江先生跑上好几次。"江洪道："我不能不来告诉嫂子，我们的船，今晚上停在下关上游五里路的地方，天亮的时候，我们上船，八点钟就要开船，有些人今晚上就要上船了。嫂嫂若赶得上今晚上船最好。"冰如道："我们的东西，从'八一三'以后就归束了的，要走随时可走。"江洪道："那就好，我去把卡车押了来。最好我们能在十点钟以前出城。到了城外，就稍晚一点儿上船也不要紧。"他见桌上放着茶壶茶杯，竟是自提起茶壶来斟着凉茶喝。冰如见他帽子下额角上，冒出豌豆大的汗珠子，因道："为了我们的事，把江先生跑坏了。"江洪笑道："不巧得很，就在一座安了高射机关枪的楼下，遇到了紧急警报，在屋檐下站了一个多钟头。希望今晚上不再有警报，交通一断，我们出城是发生问题的。唯其如此，所以我跑来跑去比较着忙。"冰如道："这样说，江先生定没有吃晚饭。我们就没有吃晚饭，刚才下了两子儿挂面吃。江先生请坐一会儿，我们家里还有挂面。"江洪抬起手臂看了一看手表，点着头道："时间不许可，我回头来吧。"一掉头开门出去，可是他走到天井里，又回转身来叮嘱了一句："嫂子，请你准备着，我八点半钟可以来。"冰如道："江先生，你尽管处理你的公事，不要为了我只管来去地忙。"江洪也只说得一句"没关系"，人就走远了。

果然，在晚上八点一刻钟江洪带着几个壮汉来了。他交代着几个粗人代冰如搬运行李，向巷子里卡车送上去，自己却在手上拿了一大块干面包，一面指挥，一面将面包送到嘴里去咀嚼。冰如道："直忙到现在，江先生还没有吃晚饭吗？"江洪抽出口袋里的手绢，擦了一擦额角上的汗珠道："实不相瞒，我由下午到现在，脚步不曾停得一下。要不是这么着，实在也就赶不过来。"冰如自知道他是受着志坚之托，不能不十分卖力。可是自己身受人家的厚惠，总觉心里过不去。因之一切听江洪去调度，并不曾一丝一毫地执拗着。江洪监督着搬过了一阵，见已是没有什么细软东西放在面前了，因引着一个穿短衣的壮汉和冰如相见，告诉她道："这个黄君南京人，他在水西门外种地，无论如何，他家是不走的。运不走的东西，我们都托了他运到乡下去。嫂子只交一张清单给他，自留一张清单，将来……"冰如笑道："整个民族都在为生存忍受牺牲，我们这点儿家具，还值得介意吗？江先生信得过的人，我当然信得过，就照江先生的办法，请这位黄老板照顾就是了。钟点已到了，我们出城吧。"于是带上了大门，将锁把外面锁了。因为这位姓黄的，要帮着搬运行李上船，也跟了坐上卡车去。江洪因是一辆载重的汽车，特意把冰如引到司机的座上坐着。

汽车转了几个弯，奔上最有名而又最长的中山北路。柏油路面，还是那般平正，车轮子很快地滑过去。但眼睛向外看去，情形就大变了，很远的距离，有一两盏电灯，隐在暗空里，且电灯上有黑罩子罩住，那灯光只是猛烈地向路面上照着。路两边的店户，黑沉沉地关闭着，却不见有一家开了门或窗户。除了岗位上的警察而外，行人是很稀少，往日那成串奔跑的汽车，这时全没有了。偶然有一辆汽车过来，却看到两个穿军服的人，很严肃地挺了腰杆子坐在里面，那车子过去了，又可以很久地不遇到什么。冰如心里像火烧一般，说不出是一种什么情绪，糊里糊涂地，觉得车子停在一座城门洞口上，这才知道到了挹江门，电灯下，见一排军警直立着，江洪由行李堆上跳下了车子，和一位宪兵说了几句话。他上着车，车子又开了。冰如觉得车外的路灯，已格外稀少，马路两边，也很宽阔，一阵阵的寒风，由车侧吹了来，便有了水浪声，原来到了江边了。车子停在两三棵高大的柳树下，江洪已开了车门，低声叫道："嫂嫂，已经到了。"

冰如推开车门出来，见前后左右，有四五辆车子停着，行李箱子乱七八糟，堆了遍地。这里便是江岸，星光下看到活动的水浪影子渐渐向远，是一片渺茫的景象。星光在天幕上，像一个圆盖，盖在水面上，昏沉沉的看不到什么。江岸下有两三盏灯光，隐约地看到三只小划船系在岸边。岸上人便陆续地将物件向小船上搬。江洪道："嫂嫂，你可以先上船去，留王妈和黄君在这里看守着行李。东西很多，不到半夜也搬不完，你何必坐在江岸上吹西北风呢？"冰如也正要先到船上去看看，还未答言呢，王妈便道："太太，你就先去吧。到了这里，我那颗总是高悬起来的心，现在算是落下去了。"江洪是想得很周到，已把随身上带的手电筒按亮，走在前面引路。冰如随了这灯光走下江岸来，江洪首先跳上船去，伸过一根竹篙子来，因道："嫂嫂，你仔细着，这小船在江面上，可不像在玄武湖里。"冰如扶了竹篙，顺着电光，上了小船，船上已先有几个人在等着，并不再运上一件行李，就向江心开去。到了这时，冰如也不再有什么顾恋，对着岸上，暗暗地说了一声："南京，再会了。"

船在黑暗中飘摇着，眼前看不到什么。船头所对去的地方，有三五星灯火在水面闪动，渐近了那灯火，江面现出一个庞大的影子，到了轮船边了。小船靠近了，轮船上掩蔽着的灯火，已缓缓现出，人声也跟着喧杂起来，果然是上船来的人已不少。江洪引着她上船了，见虽是一只航行长江的中型轮船，但所过之处，都是行李堆塞着，人就坐在行李上。她爬过了许多行李堆，走到二楼，江洪却把她引进了大餐间，因道："我对上司说明了，因为孙兄是在前方作战的军人，对嫂嫂特别优待，和几位上司的眷属在一处。"冰如见这大餐厅里，很稀落地，只有七八个人坐着，也没有堆什么行李，靠窗户的长软椅上，有人展开了铺盖，想起来是很舒适的。

江洪正待介绍着她和两位太太认识，冰如看到了舱壁上挂的画，哎呀了一声。江洪道："你有什么事吗？丢了东西？"冰如道："我非上岸去一次不可！那小船没有开吗？"说着，就向舱外走了来。江洪见她面色变红了，想到一定是有了珍贵物品丢在岸上，就跟着她一块儿出来。冰如道："江先生，我一定要进城，趁着明日天亮出城，当然还可以赶上这只船。"江洪道："有什么要紧的东西没带来吗？"冰如道："在别人看来也许是极不要紧的东西，可是我非带出来不可。"她一面走着，一面说。江洪道："既然如此，我护送嫂子进城吧。"冰如道："那不必。我赶不上这只船，我一个空人，坐火车到芜湖去，也许追得上，江先生有公事，赶脱了船，那责任太大。"江洪道："那么，我护送嫂嫂上了岸再说。看看汽车都走了没有？"冰如不作声，只是忙着走。江洪越是看得这事情严重，只好跟了复回到小划子上，催了船大，赶快拢岸。在小船上，冰如默然无语，船上没灯，江洪看不到她的脸色，却料着她在静默中一定是十分焦躁的。船到了岸边，冰如在船上就叫起来道："王妈，我那个橡皮布袋，挂在楼上墙上的，你带来了没有？"王妈道："那个装相片的橡皮袋吗？是啊！里面还有先生留下来的一把佩剑。"说着话，冰如已上了岸，问道："你带来了没有？"王妈道："没有带来，这个袋子是太太很留意的，我以为太太总会带着的。"冰如道："就是心慌意乱，抢了出城，把这东西丢了。"王妈道："袋子挂在墙上，大门是锁着的，丢不了，我回城去拿一趟吧。"冰如道："你回城去拿一趟吗？可是拿着了东西，能不能赶上这条船却是问题。"王妈听了这话，就不作声了。江洪这才知道冰如所要去拿的，不过是一只装相片的橡皮袋，因问道："那袋子里，除了相片，还有别的吗？"冰如道："里面还有一柄旧的佩剑。本来他这柄剑是佩带有年了。因为上司奖送了他一柄新的佩剑。他说故剑不可忘，就交给了我。这次回来，他又对我说：'这剑是军人魂，这个交给你随身保留着，彼此的精神就永远照顾着。'我若丢了这柄故剑……"江洪道："对的对的，应该取了来。我今晚是不能离开这里，恐怕还有事情和船上人接洽。我可以在明日早上，到城里来接嫂嫂。"冰如道："那不必，若是走岔了路，那更要耽误事情了。不要紧，我赶不上船，我会坐明天十点钟的早车赶到芜湖去。"说到这里，这里停了两辆卡车，都轰隆轰隆地响着机件，预备回到城里去，其中一辆，就是原来坐出城的。江洪便重托了那个姓黄的，护送冰如到家。冰如对于堆在江岸上的十几件行李，都没有介意，只在黑暗中叫了一声"王妈，好好地照应东西"，车子就开了。

进城回到家门口，和同车的黄君，讨了半盒火柴，下车开着门进去，点了灯。这虽然还是数小时以前离去的旧家，然而楼上楼下东西凌乱，屋子里并不见第二个人影，自己踏着满地碎纸烂布走上楼梯，就听到每一移步，楼板轰然有声，这就反映着这屋子里空气凄然。手举了一盏煤油灯，走到楼上卧室里，首先看到白粉墙上，还挂了只小小的橡皮布袋。那佩剑的白铜柄，在袋口上露出了一截，心里先放下了一块石头。于是将灯放在桌上，把布袋取了下来，就站着把袋里的东西检点一番，正是一样不曾短少。捧了志坚一幅武装小照看时，见他向人注视，嘴角正带了三分微笑。心里也就想着：我总算对着这小照不用惭愧了。一场惶急，这时算是消除了。可是这个家里的细软是搬空了的，回了家了，倒反是没有了睡觉的所在，因之提袋捧灯，就下楼在沙发上躺着。这巷子里还有一个岗警，半夜看到这屋里有灯光，他就来敲门。冰如开门出来，他将手电筒对她照了一照，失声道："孙太太走了的，怎么又回来了。"冰如道："我是来拿我们孙先生佩剑照片的，明天一早走。"此话言明，巡警也就走了。冰如东西拿到了手，便又惦记着江边上的事，不知道江岸上的行李，可完全搬上了船？又不知道明早出城，能否赶得上这只船？坐着本不舒服，心里又有事，清醒白醒地望了窗子外面天亮。为了免再遗落东西起见，又在楼上楼下巡查了一遍，便提了那橡皮袋子出来。好在锁大门的钥匙，共有两把，已经交给了那黄君一把，锁着大门，便向大街走来。

离家不几步，老远看到江洪跑着迎了上来，自己笑道："还好，还好！没有走岔。"冰如道："哎呀！江先生真是太客气，一定要进城来接着我。"江洪道："嫂嫂要找的东西，大概找着了。"说时，望了她手提的橡皮布袋。冰如微笑道："东西是找着了，我们出城去，还可以赶上船吗？"江洪道："船是赶不上了，我离开船的时候，船已经开走了。"冰如怔了一怔，轻轻顿了脚道："那怎么办？岂不耽误了江先生的大事？"江洪道："不要紧！这船要到今日下午四五点钟，才可以到芜湖，我们坐了八点多钟的京芜火车到芜湖去，可以赶上这只船，他们要靠船在那里买米买小菜。万一赶不上，还不要紧，芜湖有两只船，在几天之内，要陆续开去汉口，我们总可以搭上一只船的。由此地到京芜火车站，倒是有相当的路，我们这就走吧。"

冰如见他很镇定，大概不会发生问题，自没有什么异议，走上大街，找了两辆人力车子，就向中华门外来。这一条京芜路，直到这时，还不曾受着战事影响，所以向芜湖开车的时间，还照常不曾改变。两人到了站，好在是没有带一件行李，很容易地就买得两张二等车票。因为预防空袭，车子就停在站外很远，而且二、三等车都是疏散开了，相距有几十丈路。江洪引着冰如把月台走尽了，又走了几十步铁路，才找着一列头、二等混合车厢。走上去看时，三停座位已坐了两停人了。隔了车窗向外张望，北边有一带木栏杆，木栏杆外，又有两三幢砖墙人家。南向隔一片空地，有两棵乜柳树，树外有一片矮屋，和一个很大的猪圈。向东有两列车子停在铁轨上。向西有几个火车头，也散落地放着，看一看手表，到火车开出的时间，约莫还有半小时。水泥月台上脚步磨擦得沙沙有声，那乘火车的人还正陆续地来。江洪看到车厢里座位无多，将冰如让着和一位太太同坐了。自己也在人丛中挤了下去，坐了一个椅子角，自然是不敢移动。

忽然车子里有人叫了一声"警报！"江洪向窗外看去，车子上已有人纷纷向下跳，电笛的悲号声，在长空里呜呜地叫着。看车厢里时，旅客全拥着奔向车门。有几个人挤不出去，就由窗子里向外钻。冰如也挤落在旅客群后面，四处张望着叫江先生。江洪跳着在座椅上站着，摇摆了手道："嫂嫂，不要紧，不要紧，才放空袭警报呢。"直等车厢里旅客完全下去了，江洪由车门先跳下去。冰如一手提橡皮袋，一手抓着江洪肩膀，也向下一跳，看时，旅客像出巢的蜂子，四处纷跑，江洪因站着定了一定神，向冰如道："我们还是向西走好一点儿，越走是越离开车站。"冰如手提了那橡皮布袋，因道："我们再向前一点儿吧。我看到有些人由火车头带跑了。"说着，顺了铁轨外的便道，加紧了步子。几次撞跌着，都扶了江洪站住。约莫走有大半里路，呜呀呜呀，长空又放出了紧急警报。江洪四周看了一看，因道："嫂子，不必走了，这地方已很空旷，随便找个所在掩蔽了吧。"冰如道："那前面有道桥，已经有人钻下去了，我们也去。"说着，她便先走，江洪却随在她后面，到了那里看时，是一道干沟，两岸用水泥堆砌着，铁轨架在桥墩上。已经不少的人藏在铁轨下。冰如看到，却一点儿也不加考虑，就向下一跳，挤到人丛中去。江洪看到不过两丈见方的所在，已经有二三十人塞在一处，就不肯下去。远远看到十几丈路外，有一条土沟，便奔到土沟的沿上站着。

　　就在这一迁延的时间，飞机马达轰轰轧轧的响声已临到头上，再抬头看时，已经有三架飞机，比着翅膀飞了过来。看那翅膀下面，画着红的膏药影子，便觉有些危险性。立刻身子向沟里一滚，紧贴地伏在沟里头。那轰轰轧轧的声音，由远而近，接着又由近而远。江洪心里念着或已过去了，便微微地昂起头来看了一看，突然震天震地的两三响，地面都震动着，看时，就在东向一些，两股浓黑的烟雾冲上了云霄。江洪根据着刚才一阵热风由身上窜过去，料着中弹的地方不远。接着咯咯咯一阵机关枪响，就不免为了伏在铁路四处的人担心。由土沟里伸出头来，见飞机已去远，便俯了身子，飞奔向铁轨的桥边，口里叫着嫂嫂。那桥洞下的人，也惊慌了，一半窜出来四处乱跑，一半却倒在地上动不得，冰如便是在空地上乱跑的一个。一个不留神，被铁路边的石头绊着脚头，向前钻着横抛出去丈来远，人倒在地上动不得。江洪走来她身边，叫了两声嫂嫂，冰如却哎哟了两声。这时，高射炮声轰咚轰咚，高射机关枪声轧轧轧，飞机马达声呼呼呼，加之前面两股浓烟高升，鼻子里充溢着硫黄味，空气十分紧张。江洪抬头四下里看，见有三架飞机又自西方转了圈直扑过来。这就顾不得嫌疑了，蹲下身去，两手抱了冰如，就向刚才藏躲的地沟里奔了去。头上咯咯咯已在飞着机关枪弹。于是半弯了身子，抱住了她就向沟里一滚，但觉咚咚咚几下大响，两阵热风卷了飞沙由沟上刮过，以后也就声音寂然。江洪断定了江南车站已经成了轰炸的目标，只好静静地伏在沟里。约莫过了十分钟，才站起身来看了一看，冰如也随着站起来，两手扑了身上灰土，惨笑道："几乎……"她口里说着，看到刚才藏身的桥边，已经有二三十人倒在地面，衣服血泥糊了，把一句话吓着吞了回去。江洪道："这是炸弹碎片炸伤的，我们算是躲过了这一劫，嫂子不必害怕。"冰如不觉伸出手来，握着江洪道："你是我的救命恩人，你是我的救命恩人！"

22

第三回

铁鸟逐孤舟危机再蹈
芦滩眠冷月长夜哀思

　　江洪与薛冰如重庆更生的时候，在江南车站四处避难的旅客，都还没有敢把头伸出来。他们料到飞机已去远了，便坐在土坡沟上一棵树下，那自是打着主意，万一飞机再来了，躲下沟去还不迟。这样静候了约一小时，警报器放着了解除的长声。江洪向冰如笑道："我们经过空袭很多，这次算是身历其境了吧？"冰如站起来拍着身上的灰土，摇摇头笑道："响声倒不过如此，可是那几阵热风向身上扑了来，像一扇大门板压在人身上似的，倒有些怕人。大概车站已没有了吧？"说时，散藏在各处的人，都纷纷地走出来。江洪引了她向东也随了大家走。四处看去，不但车站没有一点儿损失，就是停在轨上的几辆车皮，也一点儿没有损坏。只是那一带穷人住的矮屋子，连那猪圈在内，却变成了一堆破砖与碎瓦。猪圈那地方，有一摊血，原来的一大群猪倒全不见了。冰如正诧异着，偶然回过头来，却打了个冷战，这对过那砖墙，已是斜歪了一半，还直立着的一半，那大块小块的猪肉，有几百方粘贴在上面。那三棵柳树上，挂了一条人腿，又是半边身体，肉和肠胃，不知是人的还是猪的，高高低低挂了七八串，血肉淋漓，让人不敢向下看。冰如偏着头，三步两步向前直跑。不想停住脚向了正面看时，又不由得哎哟了一声。原来面前横着两个半截尸首，一具是平胸以下没有了，流了满地的血与肠肚，另一具只炸去小半边上身，衣服被血染透了，人的脸也让血和泥涂成黑紫色。吓得她身子向回一缩，转身奔向江洪来，闭了眼道："江先生，怎么办，我不敢看。"她站在江洪面前，真个一动不动。江洪皱了眉一看，觉得车站四周，有千百个旅客散藏着，绝不止炸死这几个人，因道："这个地方，就是先前我们上二等车的地方，我们在这里等一等，说不定那二等车还会停在这里的。"冰如摇摇头道："还是站到我们先前躲着的那个地方去吧。"说时，她依然闭了眼，要江洪牵着。孟轲说的有，"嫂溺则援之以手，权也"。江洪在这急难的时候，当然也不去理会那男女携手的嫌疑，牵着她还到土坡前等着。总算车子并没有受到什么损失，不到一小时，疏散出去了的火车便开了回来。

当他们赶到芜湖时，所乘的轮船还未曾靠码头，自然也就从容准备候着船走了。在这船上大餐间里，虽不如平常住大餐间那样舒服，可是难民滋味，这里是一点儿不会尝到。江洪坐在他的同伴舱里，不便向上司眷属坐的大舱里来探望，冰如出舱来，在甲板上散步的时候，就约着江洪闲谈。第二日的半上午，船过了马当，船上的人纷纷地出来，看小孤山的风景。这已到了深冬，江水低落，江北岸的沙滩露了出来，沿着北岸的山脚，伸到了江心，这一来，却把小孤山和北岸连成了一气。轮船由小孤山的南漕江面行进，远远看到那顺了小孤山山势长的树木，权权丫丫地丛拥着树枝，小姑庙白色的粉墙，高高低低的，在树丛里一方一方露出。最顶上露出了一片屋脊，成群的乌鸦像苍蝇一般，在岛的东北角峭壁边，上下乱飞。南岸的山，稀疏地长着树木，在焦黄的草色上，长出来一团团的青松影子，太阳照着，颜色颇为调和。在那山坡上，迤逦向下沿江流突出几个石头，有一个大礁石上，还支起了一架渔网，时上时下，颇有画意。

江洪和冰如靠了甲板的栏杆向江上观望着，指了给冰如看道："你看这地方多么幽闲，我们在前方来的人，真不相信后方这样自在。这样看来，大概武汉方面，是不带一点儿战事痕迹的，到了汉口，嫂嫂可以暂时安心住一下子。"冰如淡笑道："事已如此，便不安心又怎么样，不总也要耐着性子住下去吗？"江洪道："也不必焦急，只有暂时向宽处着想。你看，在这船上的人，有几个不是生离死别的分手的，要是一律放心不下，这船上只有哭声，没有人说话声了。"冰如听到，也只有默然着，静静地靠了栏杆望着江景。她不作声，江洪也不作声，默然地约莫有十来分钟，忽然有人喊道："飞机来了！"随了这一声喊，甲板上立刻一阵骚动。有一部分人往甲板下走，一部分人又从甲板下爬上来，有的喊着："三架三架。"有的喊着："它是由西向东飞，大概是我们的。"有的喊："怎么办？怎么办？"冰如是惊弓之鸟了，立刻脸色苍白，手扶了栏杆，有些战兢兢的，回过脸来向江洪望着，却说不出话来。江洪道："不要紧的，我们这样一只装难民的船，不成其为目标。"船继续地向前进行，说时迟，那船头远处，天空里三架鸟大的飞机，已对了这船直飞过来，而且越飞越低，轰轰轧轧可怕的马达发动声，直临到头上，脑筋灵敏的人，都感到有点儿危险性。但人在船上，无地可跑，眼睁睁地看到那飞机影子大过桌面，翅膀上的红膏药印子十分清亮。大家的心房跳着，都要向喉咙眼里跳了来。冰如不知不觉，抓住了江洪的手，连问"怎办怎办"？江洪觉得她的手其冷如铁，急忙中找不出话来安慰她，只连连答应着"不要紧不要紧！"那时快，那三架飞机，就在大家仰头看去的时候，分开了队形，径直地飞了过去。在甲板上所有的人，连着薛冰如在内，算松了一口气。

然而江洪究竟是个军人，他拖住冰如的手道："快下甲板去。"说着，拉了她便走。她被拉着回到了楼梯口上，回过头来看时，那散开队形的飞机，却在船后面，做了一个半弧形大旋转，鸣的一声，飞机翅膀刺激着空气，发了怪叫，分明飞机已向轮船俯冲过来。二人只下了两三层梯子，早是轰通几下响，在离船舷不到几丈远的江面涌出三四起水柱，飞跃着比船顶还高。那水花啪嚓一声打在船上，船随了这大声，像航海似的，很厉害地颠了几颠。顷刻之间，只听到人叫声、人哭声、东西撞跌声、闹成一片。楼梯口上的人，像倒水似的滚了下来。而那天空里飞机的马达声，哗哗哗，更是响得怕人，咯咯咯、啪啪啪，机关枪扫射着甲板，发出两种可怕的声音。冰如料着这一回是绝对地完了，只有让江洪抓住了又跌又跑。所幸自己的神志还是清楚的，只见满眼都是男女旅客滚跌，有几个人慌了手脚，爬出栏杆，却向江心里跳。江洪挽住冰如一只手道："嫂子，我知道你会游泳。飞机还在头上，找一个板子……"这话他不曾说完，轰通通通，又是几下响。在这个大响声里，冰如只知这身子猛烈地让东西颠动一下，就失去了知觉。

等自己已清醒过来的时候，睁眼就看到了一片青天，四周空洞洞的，并不在船上，于是复闭了眼揣想着昏迷以前的事。记得机关枪在头上扫射，船板乱响，炸弹落在身边，水浪高飞，人就什么都不知道了。这样看来，分明是自己不在人世了。于是二次再睁开眼来看，却见江洪站在身边，因问道："我们现时在哪里，还活着吗？"江洪笑道："当然活着。可是和我们同船的人，已经有五分之四不在人世了。"冰如再定了一定神，四周看去，原来是躺在一片沙滩上，四周都是芦苇，看到同船的人三三五五，散处在这沙滩上，有的坐着，有的来往散步，看芦苇丛外的大江白茫茫的一片，西沉的落日，把那带病态的金黄色光芒斜落在波心，加着微微的西北风向脸上刮着，颇感到一份凄凉的意味。因为是初醒转来，还不能十分看清四周的事物，又闭着眼养了一会儿神。第二次还是人声所惊醒的，已见王妈将手巾包着头，将几根长短不齐的棍子，在沙滩上插着，搭了一个三脚叉的架子。冰如这才看清楚自己躺在一卷行李上，因问道："王妈，你也逃出了性命，总算难得。"王妈将行李索子捆扎着长短棍子，因道："真是难得。太太，你还不知道呢，我们那只船炸沉了，船尾上中了两颗炸弹。总算这船上的船长好，没有死的人都这样说。在飞机追着我们这只船的时候，他自己跑到舵楼上去扶了舵，把船对了这滩上一冲，船头搁了浅，后半截炸沉了，前半截还在水面上。那飞机看到船炸沉了，也就走了。我们在船头这半截的人，只要不撞伤，不跳下水去，总还可以留一条命。"

说时，只见江洪身上背了一只大包袱，由江边一只小划子上上了岸。另外还有几个人也都是拿了各种东西上岸来。冰如这才看清楚了，离江岸大概有三四丈路，浮了半截船头在水面。在那船头向天的舱舷上，还有人爬在上面搬运东西。江洪到了面前，见冰如已清醒多了，便道："嫂嫂要喝口水吗？"王妈道："这江里的冷水可喝不得。我是实在口渴了，勉强喝了两口，有两个钟头了，心里还在难受。"江洪道："我怎能找冷水给你太太喝。我在破船上，四处找了一周，居然找到一只温水瓶，这里面足有三磅热水。"说着，放下那包袱在沙滩上，打开包袱来，先提出一只热水瓶子，就把瓶盖子当了茶杯，斟了一杯热水，放在地上，笑道："嫂嫂，你慢慢地拿起来喝。这白铁做的东西，传热不过，仔细烫了嘴。"王妈道："这位江先生，凡事真是细心不过。"冰如道："我要不是遇到江先生，江南车站那次逃得了命，今天在船顶篷上，决计是逃不了命的。"江洪笑道："这些过去的话，我们将来再说吧，天气晚了，我们应该赶快把帐篷支了起来，天色已经很黑，再过一会儿，就会看不见了。"说着话，他把包袱透开，扯出了床单、被褥、毡子等类，在木架棍上陆续地遮挡着。

冰如因围起来就闷得慌，慢慢地由地毡上爬了起来，坐在堆的一捆芦苇秆子上，王妈立刻弯身上来，将她扶着。冰如推开她的手道："用不着，我早已清醒过来了。"于是勉强撑住腿站了起来，斜站在帐篷外，身体晃了两晃。王妈便抢着扶了她一只手拐道："江风很厉害，太太可不要勉强。"冰如笑道："这倒让我想起了一件事，我在船上撞晕过去了，是怎么上了岸的？"王妈道："连我在内，还不都是江先生背了上岸来的。"冰如不觉脸红了，摇了头笑道："那真是有些对不起人。"江洪道："我想嫂嫂一定能恕我冒昧。当那船初炸沉以后，秩序非常地混乱。嫂子那时睡倒在船舷的铁梯口上，我若不把嫂子搬个地方，也许就会让上上下下的人踩坏了。"王妈道："江先生，你倒是这样客气。我们感谢你也感谢不了，你倒要我们原谅呢。现在我们都困在这荒洲上，进退两难，将来还有许多地方要江先生帮忙呢。"江洪道："那没有问题，我们逃难逃到这荒洲上来以后，随后来了一只长江轮船。我们这船上的船员，站在船头上和他们打旗语，他们也就在江心停了轮，放下一只小船来问消息。看到我们荒洲上有这么多难民，船上还有行李，来人说，他们船上已经连插脚的地方都没有了，荒洲上这些个人不能带去，只能把船上职员带两个到九江替我们想法子。这样，就有两个职员，跟了那船去，大概今天晚上，他们可到。明天下午，九江会有船来接我们的。万一没有船，那也不要紧，我可以挑一担行李，步送嫂子到九江去。我们得了性命，就算渡过了难关，以后的事，不必搁在心上，嫂子的伤势大概还没好，还是到帐篷里去躺着吧。"冰如听了他的话，先伸手摸摸头，随后又左右手互相摸着手臂，低头向身上仔细看了一遍，因道："这倒怪得很，我身上一点儿没有受伤。"江洪道："嫂嫂肌肤上，大概没有受着伤，不过轰炸的时候，脑筋受了很重的刺激，身体又受了猛烈的震动，所以人昏昏沉沉的，大概无大关系。治这种病，唯一的方法就是休息。嫂子还是躺着吧。"

冰如回头一看天上，已没有了日光，只是西边天脚一带红黄色的晚霞，夹杂云彩，成了青蓝色的斑纹，那一抹霞光，先照到江面上，再反映到这荒洲上，但看到散落在这里的难民，都在苍茫的暮色里飘动着衣襟和头发，便有一种凄惨的景象。望对岸一带不大高的山峰，这时也变成了一带深蓝色的轮廓。那江水为霞光所不曾射照的所在，便是青隐隐的。就在自己这样一赏鉴之下，天色变得更幽暗了，但见东西两头，水天相接，全是一种混茫的青色，这其间有三两点发亮的大星，露着光芒，若不是面前有人说话，自己几乎疑心不在这花花世界上了。

　　江洪倒不知道她在想什么，见她默默无言，四处探望着，因道："嫂子，你什么也不必想了。谁让我们吃这些苦呢？谁让我们受这些惊吓呢？我们只要把这颗心放在这上面，自然就会兴奋起来。"冰如站了许久，觉得身子有些疲乏，叹了一口气，便钻进帐篷里去，可是刚一钻了进去，复又扶着王妈站起来，因向江洪道："蒙江先生的情，把我们主仆两个都安顿好了，可是你自己怎么办呢？你不也支个帐篷吗？"江洪笑道："我们当军人的，何必做出一点儿风霜都不能抵抗的样子来？在前方打仗的武装同志，天上下着雨，身子卧在水泥的战壕里，还不是端起枪来和人家拼命。我们在这荒洲上睡太平觉，怎么也可对付过去，那毫无问题。"冰如道："虽然那样说，这究竟不是前方，大家都有一个地方安歇，不能让你一个人在荒洲上当打更的孤雁。"江洪笑道："那也不至于。我在船上找到了一床被，又是一床军毡，我在芦苇丛里把苇秆堆起一堆，就可以睡。当军人的人在战时，这就是享福的事了。王妈，这些都交给你。"说着，送过那只热水瓶，又送了一支蜡烛来。冰如虽觉得江洪辛苦一点儿，可也无以慰之，只好随他了。

　　支帐篷的所在，是荒洲比较高的所在，三五步路，就有一个小帐篷，都是架蒙古包似的，用被单或衣服，用棍子支在芦苇丛中。有的找不着棍子，就把芦苇编编，把被单挂在上面。荒洲虽是沙地，究竟也不敢贴地睡，都是拔了芦苇，在地面铺得高高的当了床，然而这帐篷究竟有限，只能容纳些老弱妇女，天虽黑了，在洲上散步谈话的男子们还是不少。好在这不是江洪一个人的事，冰如倒不必十分为他难受，于是安心地钻进了蒙古包，在苇秆子上的床上睡着。先是王妈点了一支白蜡，插在泥沙里面。她躺在床上和王妈谈话。到底人是未能清醒复原，谈着谈着，也就睡着了。醒过来的时候，只听到王妈睡在脚下，鼾声大作，那帐篷外面，呼呼的风声、瑟瑟的芦叶声、淙淙的江浪声，却是有生以来所未听到过的声音，睡在苇秆堆上，身上一动，那叶秆子也是窸窣作响，蜡烛是已经灭了的，清醒白醒地睁了眼睛睡着，在那帐篷缝里，漏出了几点星光，随了几点星光，却像射冷箭似的，向脸上吹着江风。这些声音，越来越加重，尤其是江里的水浪声，每碰到沙洲一次，就哗啦啪嚓几下响。听得久了，心里透着有点儿害怕，就把毯子披在身上，掀开帐篷走出来看看。这时东角的山峰上，正有镰刀式的一钩残月，在青云影里斜挂着，微微地洒一些混茫的光亮，当顶疏落的星点，在寒风吹过大空的时候，便有些闪动。随了这阵风，咿呀咿呀有几声雁叫，立刻在人心上增加了一份凄楚的情绪。

因为遥遥地听到有人的说话声，便索性走出帐篷来几步，向发声音的所在看了去。那里在这帐篷的下风头，是一片荒滩，没有芦苇的所在。当那沙滩中间，生了一丛火，火光熊熊地照着四周一群人影子，围了火光坐在沙上。火光去江不远，残月之下，看到渺渺茫茫，一片黑影，但仿佛又像有些东西，在黑沉沉的境界里活动着，正是那月光照着了江心的波纹，心里想着，还有不少的人向火坐着，大概是没有铺盖分给这些人睡了。江洪和自己及王妈找了两床被、一床毯子来，也不见得还能够和自己再找一份，颇想走到那火焰边去看看他。于是两手将披在身上的毯子紧紧地握着裹了起来，可是只走了几步，那江风夹了洲上的碎沙，向身上扑来，这身体颇有点儿摇撼不定。再四周一看各帐篷子里人，都睡着了在打呼，一个青年少妇，深夜向那荒滩上去找人做什么？于是静静望了那火光一阵，还是缩到帐篷里去睡，叫了王妈两声，她在蒙眬中哼了答应，并不曾清醒，心里就想着，还是她们这样无知识的妇女无所谓感想的好。至于自己，苦恼就多了。现在更觉得发动了战争的人，是世界上最残酷的人。这种人不但是人类的仇人，而且是宇宙的仇人。宇宙想尽了方法生人，发动战争的，却想尽了方法杀人。丈夫在前方打仗也好，把中国人受着的这一股子怨气，代为吐上一吐。想到这里，把生平的经历慢慢想了起来，觉得就为了炮声一响，把所有的好梦，都变成了碎粉。大时代到了，光是逃难，实在不成其为办法。而且就是逃得了逃不了，也很难说。譬如自己，在江南车站遇到了炸弹，在小孤山又遇到了炸弹。尽管满船几百人不向人类含有丝毫敌意，但那几百磅重的炸弹，还是会由千里之外，带到头上丢下来。这样寻思了一遍，真觉怒火如焚，心里头就像有开水在烫着，哪里睡得着？

约莫有半小时，却听到帐篷外面，窸窸窣窣，有了脚步声。那声音直走到帐篷附近来。冰如晓得附近各帐篷里的人全不能睡得安稳，不知道有什么人在走着，也不便向人搭腔，只有悄悄地听着。后来那人咳嗽了两声，冰如听出来了，那正是江洪。因为他已去得远了，也不便在深夜去叫他。想他到的脚步，是绕了这帐篷一周走着的，那么，他必然是来巡查这里的情形。不然，他何以悄悄地来了，又悄悄地走开了呢？他虽然是一个青年的男子，可是看他那样子，是很崇尚义侠的，倒不应疑惑他什么。想了一阵，又轻轻地叫了王妈几句，然而王妈睡在脚头，继续打着呼声，并不理会，冰如睁了眼看着帐子缝里的星光，越发地睡不着。那帐篷外的干芦苇叶子，让断断续续的寒风吹刮着，吱咯吱咯，窸窸窣窣，在寂寞的长夜里，反是比较宏大的声音，还要添人的愁思。恰是由北向南，又有一阵咿呀的雁叫声，从头上叫过去。冰如是再也忍不住了，二次爬起来，又掀开一角帐篷，伸了头向外看着，天空并没有什么形迹，不过那半钩残月，更走到了当顶，发出了一线清光，细小的星子，比以前又稀少些，却有几粒酒杯大的亮星，在月钩前后。这样，对面的山峦，画出了一带深青色的轮廓挺立在面前。回头看沙滩上那丛火，萎缩了下去，火焰上夹了那股青烟，在半空里缭绕着。那些围火的人，随着也稀少了，只看到三五个黑影子隔了火晃动。各个帐篷虽然还是以前那个样子，但在夜色沉沉的气氛里，觉得这些帐篷，也只是要向下沉了去。看那月亮下东边的天脚，倒还是白雾弥漫，住压了江面。自离开南京以后，不知道什么缘故，就不敢向东张望。每次张望就心里一阵酸痛，就觉两股热气直射眼角，不由得两行眼泪挂在了脸腮。这夜深时候，江风残月之下，睡在了芦苇滩上，本就是一种凄凉境地，再想到了家人分散，自己又是两回死里逃生，对着这滚滚的江涛，在黑暗中向东流去，觉得这面前的浪花，若干日后，总可以流到南京的下关，自己什么时候再能回到南京，那就不可知了。手扶了帐篷，呆呆地站住，这眼泪就像抛沙似的，只管滚滚下来。当眼泪滚落得很厉害的时候，就也禁不住嘴里发声。因为环看了左右，都是帐篷，不便惊动人，立刻手捂住了嘴，钻到帐篷子里去躺下。

就在这时，听到江洪在帐外轻轻叫着王妈。冰如正哽咽着，不便答应，便扯了毯子将头蒙住。王妈恰好是惊醒了，就一个翻身坐了起来，隔了帐子问道："江先生还没有睡呢？"江洪听她答应有声了，才走近了两步问道："王妈，你太太在咳嗽，你没有听到吗？"王妈道："我不晓得呀。"江洪道："你劝劝你太太，自己保重一些吧。那热水瓶子里还有热水，你倒一杯给你人人喝吧。我去了。"说着，果然脚步响着走远了去。王妈叫了两声太太，冰如勉强答应着，王妈才听出来她不曾睡着，说话还带一点儿哭音，因道："太太你这是何必呢？你是个读书识字的人，比我们明白得多。"冰如道："睡吧，不要惊动了别人，我也不喝水。"她说完，真个又扯着毯子把头盖起来。心里却才知道，江洪暗中保护，却是寸步留心的，吹了一天一晚的江风，也就不必给人再找麻烦了。

第四回

风雨绕荒村泪垂病榻
江湖惊噩梦血溅沙场

在这芦苇洲上的人，谁都是包含着一汪眼泪在眼眶子里的，虽然人是整天地劳碌着，疲倦得要睡，但是安然入梦的却没有一个。风声、芦叶声、水浪声，继续不断地打入耳鼓。便是不受惊扰，那寒气向人周身的毛孔里侵袭着，也把人冷醒。在满江雾气弥漫之下，已有了微微的曙光，冰如便醒过来了，听到帐篷外面，已有很多人的说话声，这就披了衣服钻了出来，见离着这里不远，沙滩上挖了一个地灶，江洪蹲在地面，将折断了的芦秆向灶口里烧着火，上面盖了一只搪瓷面盆，正热着江水。王妈手提了一只小行李袋迎过来道："一大早的，我和江先生又上船去了一次，把太太洗脸的东西寻了下来。"冰如道："我们现在和鬼门关口，隔了一张纸，哪里还有心管洗脸不洗脸。一大早的，你又去麻烦江先生做什么？"江洪被柴烟迷了眼眶，只管把手揉着。望了冰如微笑了一笑。王妈道："哪里是我要去？都是江先生说，他不认得太太这些零用的东西，引了我上大船去认。那船在水里差不多直立起来，才是真不好走呢。"冰如道："江先生，你别太客气了，无论什么，我们都要你操心。"江洪站起来，向前走来，因道："嫂子，你还可以多休息一会儿，操心说不上。我总这样想，我们在极危难的时候，日常生活能做到什么地步，还让他做到什么地步。这并不是我要图舒服，我觉得这是一种训练。那水可以烧开，嫂子把那热水瓶拿来，先灌上一瓶子，剩下的掺些冷水就可以洗脸了。"冰如道："多谢江先生替我想得周到。"江洪笑着摇摇头道："光是想得周到，那还不行。我们搜罗的食物，至多是可以维持今天。船上的厨房，正浸在水里，绝对想不到办法。刚才有人爬到堤上朝里望着，大概还要向里走十里路，才有村庄。假如今日下午九江的船不来，我们只有离开这里了。现在弄一只轮船，又正不是一件容易事。”

这时王妈拿了热水瓶去灌水，两人便在帐篷子外说话，冰如对左右前后看看，不觉垂下了几点泪。江洪看她半低了头，在袋里抽出手绢来，在眼睛角上，按了两按。一时也不知道她是何感想，没有什么话说。随着王妈捧了洗脸盆过来了，便笑道：“这两三个月，我们做人真变得快，什么没有做过的事现在都要尝尝了。”她走到身边，哟了一声，将盆放在地上。冰如这才强笑道：“不用哟，其实没有什么，不过我觉得东西快丢干净了，再要离开这里，又要丢了逃命带出来的东西，以后这日子怎样过呢？自然，这也是痴想，多少人为了战事，弄得家破人亡，我们总还捡到一条命，为了舍不得的东西，把命丢了，那才不合算呢。可是，到了什么也没有了，一个人就算活着，也没有趣味。”江洪站在一边，见她说话前后颠三倒四，只管把眼望了她，却没有插嘴。冰如两手捧了脸盆，把嘴伸到盆里去含了水漱漱口。王妈立刻将牙刷、牙膏送到她面前，笑道：“为了和太太找这个东西，江先生几乎落到水浸的舱里去，你那个旅行袋，挂在舱壁上，船直立起来，舱壁是斜的，真不好拿。”冰如放下脸盆，向江洪微笑着，点点头道：“一切都让江先生费心。”江洪觉得自己每做一件事，都要人家道谢一番，这也是一种麻烦事，因之也微笑着一下，没有切实答复，便悄悄地退走了。

冰如觉得受了人家的协助，道谢是十分应该的，自不会想到这事会让人家难为情，倒是很坦然地漱洗了一番。然后捧了一杯开水坐在帐篷外，晒着东方初升起来的太阳，眼望了那些遭难的人在沙洲上来往，却也心里稍微舒适一点儿。究竟还是初冬的日子，等太阳升到半天的时候，江风虽还依旧吹着，已是很暖和。人是糊里糊涂地经过了一日夜，也不知道饥饿。曾经看到江上有三只轮船，先后在江面上经过，它们对于这芦洲上的难民，并没有加以理会，那等于天上飞过去一批带有红印的飞机，也不再来注视一样。

33

冰如坐得久了，便让王妈看守着行李，自己到江边上散步一两小时，但是回到帐篷里来时，却不见到江洪，因问王妈道："江先生来过了吗？"王妈道："他不是和太太一处散步？"冰如重复地道："我是一个人走，我是一个人走。"王妈道："这里也没有来，也许他找个地方睡觉去了。这样大的人，绝不会走失。"冰如笑道："不是那个话，我想，我们老在这里候着，什么意思，也要打听打听，大家有什么计划没有？"王妈道："有什么计划呢？在这芦苇洲上，除了天上有雁飞过去，什么也看不到。"冰如道："你说的是看不到有一个生人来往吗？我想，这又不是海里的孤岛上，多走进去几里路，总可以找到人家的。我们今晚上绝不能在这芦苇洲上再熬一夜。我们还缩在帐篷里，有些人整夜在沙洲上烧芦柴过夜，那是什么情景？等江先生回来，要商议一下，搬到江边村庄上去住一两天。白天留几个人在这里等着来船就够了。"王妈听说，眼望沙洲里面的江堤，两手伸着懒腰，连打了几个呵欠。冰如道："你觉得没有睡够吗？"王妈两手互抱住了肩膀，记着过去的那一番滋味，因道："别的都罢了，就是冷得难受。太太说的这个主意最好，等江先生来了，我就可以去找。"冰如道："倒不是我说女人无用，在这种境遇里，没有一个男子保护着，无论干什么都要发生困难的。"王妈听她这样说了，也就不再多说。

约莫有两小时，只见江洪满脸红光，带着两个肩上扛了扁担的人由芦洲里面跑了出来，迎着冰如笑道："嫂嫂必定以为我失踪了。我仔细想了一想，在这里等船，不敢说十分有把握。船不来，难道大家又在这里露宿一夜不成？因之我特意跑到这江岸里面去找寻落脚的地方。只这向西北角斜走着三四里路，就有个江汊子，岸上有二三十户人家，水里也有十几只小渔船，所有我们这里的人，都可以到那里去。我在那里找了两个人来和嫂嫂挑东西，我们就去，我已托了一个老婆婆和我们煮着饭了。"冰如听说有个落脚的所在，心里自是宽慰了许多，立刻和王妈来收拾着东西。江洪又把两只箱子叠起来，站在箱子上，对遭难的人，大声报告了一番。立刻这芦苇滩上的人，就哄然一声。有些人还欢喜得跳起来。随后又来了十几个渔夫，自动地愿意引难民到他们家里去安歇。这时大家有了歇脚的所在，江洪就不必再去顾到全体，匆忙收拾两挑东西，托引来的人挑着走，又和王妈各拿了一个小包袱，随后跑着。冰如因江洪在沉船上给她把那橡皮袋找着了，她就只拿了那个橡皮袋。

到了那江汉的渔村子里，见百十来棵老柳树，在半空里垂风拂着稀疏的枯条。柳树下沿岸一排，有七歪八倒的二三十幢泥墙草棚子。那江汉里水浅得像一条沟，在岸下低去几丈深，有十来只小渔船停着。这时，惊动了全村子的人，船上的、屋里的，都一齐出来围着看。江洪看这些人，黄着面孔，穿着补丁层叠的布袄，怕冰如不愿和他们接近，立刻引到一座草屋里去。冰如看时，这里是里外两间屋，外面算是堂屋，正中泥墙上，贴了历代祖先之神位的红纸条，而左边有座土灶，这里又是厨房了。祖先神案边，只放了一张竹架床，上面还罩了一床灰色的小蚊帐，只两尺高。那里面屋了半掩了门，漆漆黑，看不到有些什么，那灶上热气腾腾的，透出一阵大米饭香。在灶口下面，钻出来一个半白头发的老婆子，身上穿件青布袄子，虽然上面也绽两个补丁，却还洗刷得干净，并没有什么油腻。便是她手上，也不是那般黄瘦怕人。这倒让冰如心里稍微舒服些。这人家反正是这一间屋子，所以渔网、渔叉、船桨，庄稼人用的锄锹、鱼篮、稻箩，到处都摆塞着。墙壁上又挂着蓑衣，吊着渔竿，真的很少空地。所幸一张桌子和几条板凳都没有灰尘，地下也扫得干净。

那老婆子见冰如张望着，便笑道："我依了这位先生的嘱咐，把屋子都打扫干净了，就是自己身上也把罩袄子的褂子脱了。太太，你放心，我会弄得干净的。我也到九江去过，我知道城里人的脾气。"说着，她两手牵着了衣襟摆。冰如这才晓得这个地方，也是经江洪经营了一番的，便道："唉！我们是逃难的人，还有什么讲究，老人家，你随便吧。"这时，江洪督率着搬行李的人安放了东西。那老婆子却搬出一张竹椅子来请冰如坐了。还在灶里取出一只乌黑的瓦罐子来，斟了一饭碗酽茶送过来。冰如看那茶，像马尿一般，里面又是无数的细末子翻腾，也没有喝，放在桌上，只斜靠了椅子背坐着，眼望同船的人，纷纷地来到村子里，各处去找落脚所在。这屋子里有几位女眷挤了进来。冰如也不动，也不作声。王妈站在面前，向她脸上张望了一下，呀了一声道："太太，你身上不大舒服吧？你看，你脸上青一阵，白一阵。"冰如将一只手托住了头，把头歪枕在椅子靠背上，双目微闭，摇摇头道："脑子有一点儿晕，恐怕是走热了。你让我静静地坐一会儿。"刚说到这里，胸里头一阵恶心，禁不住向地面吐出了一注黄水。

江洪本在门口和难民谈话，听到哇的一声，奔向冰如这里来，见她弯了腰还向地面吐着，因对王妈道："你太太绝是昨晚受了感冒，你扶她到里面屋子里去睡下吧！带来的铺盖，我已经替她在里面床上展开了。"冰如呕吐过了以后，益发感到脑子沉沉的，正是要找个地方躺下。听说之后，就扶着王妈走到里面屋子里去。当时心里郁塞，只觉天旋地转糊里糊涂就倒了下去，也顾不到是脏是干净，好在所睡的还是自己的行李。王妈厚厚地给她盖着，她也就蒙头大睡。醒过来时，屋子里已有一盏茶壶式的小小白铁煤油灯，嘴子里燃着灯草，寸多长的火焰，上头更冒着几寸长的黑烟。灯光下，照见这屋子依然是堆着箩筐、渔网之类。只靠墙有一张两尺长的小桌子，虽然外面屋子里人声嘈杂，这里面却只有自己一个人，据着这渔户的一张木架子床。床上没有那灰黑的帐子，架上的木头，也还雪白，这算心里安慰了一点儿。

王妈靠了一堆箥箩，坐在短板凳上，睁眼望了床上。看见冰如睁开了眼，便迎上前道："太太，你觉得怎么样了？将才可是大烧了一阵。"冰如喘了气道："大概是重性感冒，可是病在这个荒野的渔村上，那怎么办呢？"王妈道："那倒不要紧。江先生说，他一定陪着我们。九江船来了，接着这些人走，他一定不走。他找的这人家，是这村子上最干净的一家。这张木床，还是那个老太婆新儿媳的新床呢。"冰如闭眼养了一会儿神，见那小桌上，已放着一把洗白净了的旧瓷壶，因在枕上点点头道："桌上那是开水吗？"王妈道："江先生把这村子跑遍了，找到这样一把壶，又把瓦壶烧开了一壶水，他在门外问了好几回了。"说着，把粗瓷饭碗倒了一碗开水来。冰如喝了半碗开水，因向王妈道："有些事你不必去麻烦江先生了，我心里非常地不过意。"王妈笑道："你说不过意，若听了江先生的话，那才更新鲜呢。他说约着我们坐了这条船，才遇到了飞机轰炸，他心里非常过不去。"冰如道："我们先生交朋友，交到江先生这种人，总算交对了。"江洪正伸进一个头来，向门里探望着，听了这话，便站定了，等了一等。等着冰如不说话了，这才问着王妈道："你们太太，总算好些了吧？"王妈摸了一摸冰如的额头，回转来向江洪摇了两摇头，又把眉毛皱了两皱。江洪低声道："发烧烧得很厉害吗？"王妈又点点头。江洪道："请你告诉太太，不必发急，我一定会在这里等着的。"说完了这话，他缩头就走了。冰如虽还烧得糊里糊涂的，这些话却听到了，一方面固然是安了心，不至于被抛弃在这荒凉的渔村；一方面可又焦虑着，若是赶脱了九江来的轮船，就不能预料怎样到汉口去，可要耽误江洪的公事。

心里这样想着，就迷糊着做了好几场梦，等到自己醒来，看那小桌上，已换了瓦器菜油灯，点着一粒绿豆大小的灯火，照着屋顶里阴沉沉的，抬头看见那茅屋上，垂下来的乱草，在空中摇撼着。侧耳听听屋子外面，呼呼沙沙的，风刮了雨点响，在灯光下，看到那朝外的泥墙上，开了一方面盆大的窗眼，窗格了是直立的木棍子，上面糊的旧报纸，焦黄着破了几块窟窿，那窟窿里的碎纸片儿，被风吹得飘飘闪动。这就听到的笃的笃，茅檐下落下的水溜，打着地面响。先倒是不理会这响声，在枕上把眼睛睁着久了，便觉得这檐溜声一滴一滴地送入耳朵来，不容人再把眼睛闭上。看看王妈，和衣睡在脚底下，牵着一床被，盖了半截身子。只听鼾呼声，呼噜呼噜的不断，想到人家伺候着整天的，也就不去惊动她，就这样睁了眼睛，望着茅屋顶。虽然屋外面窸瑟窸瑟，雨点牵连地响，可是屋子里面还沉寂极了，可以听到外面屋子里任何响动声音。

先是听到有人脚步响，后来有人轻轻的说话声，随着就有人推开了屋子的门，冰如吓了一跳，又不敢看，听到脚步进了房，停了一会儿，那脚步却又向外走着。冰如那心房几乎要由腔子里跳出来，周身出着汗，人不知道怎么好。这时人走了，微微睁眼看时，正是这屋子里的女主人那老太婆。她出得门去，又把门反带上了，却听到她向人道："江先生，她两个都睡着了，睡得很好。"冰如这才明白，原来是江洪请这老太太代表进屋探病的，他既是在暗里注意，显然他不愿意人家知道，也就不必去感谢他。侧了身子，向窗户上望着，看了那碎纸片打着转转，只管出神。那碎纸悠悠地动着，外面的风势，已很微小，而那渐沥渐沥的雨声，很清楚地听着。夜已很深了，不知是茅屋下哪里的缝隙，放进一丝一丝江风来，觉得那青油灯光，缓缓向下坐，而面孔上也触得一阵凉气。这时，心里说不出来是

37

怎样的难受，眼角里突然地挤出一阵泪珠。自己伤心，自己没有法子去遏止，随了泪珠向枕头上滚去。后来远远地听到两三声鸡叫，这才一个翻身向里面模糊着睡去。

次日是让外面屋子里人的动乱所惊醒的。王妈倒是坐在屋子里等候，立刻送茶送水。她并不用冰如来问，先告诉她，外面借屋子住的人，不愿吵病人，都搬着走了，只有江先生和这老婆子一家人住在外面。冰如听她这话，倒也没什么疑心。江洪听到里面有了谈话声，就站在房门外问道："嫂嫂病好了些了？"冰如在枕上抬起头来点了两点，哼着道："不要紧，无非受点儿感冒罢了。江先生，你不必为我的事介意，假如九江有船来的话，你尽管走。我们将来包一只渔船，也到得了九江。"江洪手扶了门框，深深地点着头道："嫂嫂安歇吧，我当然会料理自己的事。"冰如料着他也不会因了这几句话就先走，可是不多多地这样声明两句，心里是过不去的。好在屋外面斜风细雨不停，料着在渔村里避难的人，未必走得了。人清醒过来后，这位房东又带了她的儿媳妇进房来陪着谈话，却也不感到寂寞。

雨下了两天两夜，冰如也就整睡了两天两夜。第三天早上，身上温度已经低落，头也轻松着不昏沉了。看那纸窗户外面，有一片阳光，知道天气晴了。漱洗以后，穿衣走到外面屋子来。果然是太阳高高地照着，门外的道路，却还是一片泥浆，左右邻居，或开门，或半掩着门，静悄悄的，并不看到同舟的难民。岸下的江汉子却涨了一点儿水，那一排小渔船仿佛高升了些。江洪站在一只渔船的船艄上，和那船夫在说话。她回头见王妈也走出来，便忙问道："九江已经来船把人接走了？"王妈皱了眉道："前天就走了，江先生怕你着急，千万不要把话告诉你。"冰如道："难道大家都是冒着雨上船的吗？"王妈道："就是为了这个，江先生不愿你这生病的人在雨里拖了走。"

冰如靠了门框站定，极目一看江汉子对岸，芦苇苍茫一片，直接云天。面前这几棵柳树，经过了几天风吹雨洗，把枯条上的细小枝子打落了不少，那树上更显着空疏。心想，就留在这荒寒的地方住下去吗？一回头，不知道江洪几时站在了面前，他笑道："嫂嫂好了？我知道你一定着急。不要紧，我已经和这只渔船老板商量好了。"说着，伸手一指岸脚下一只大些的渔船，接着道："趁了这上午好晴天，让他们把船上洗刷干净了，下午我们就搬上船去，由他们送我们到九江。他说了，纵然遇不到顺风，背两天半的纤，也可以把船拉到九江。既是背纤，船就不会到江心去，嫂嫂你可以放心了。"冰如对那渔船看看，约有两三丈长，中间的篷舱却不到一丈，两个船夫正在那里用布扫帚搓抹着船板。心里想着，舱还没有床大，男女同处一舱，怎么方便？但是却点点头道："我想着，一切江先生都会布置好的。等将来志坚回来，重重报答。"江洪道："朋友患难相交，有报答两字，便是不安。嫂嫂不必勉强起来，只管安心休息着。等船板干了，就搬东西上船，趁着天气好，今天还可以走个二三十里路。"冰如道："船板容易干的，我们收拾东西搬了上去，船板也就干了。我索性到那渔船上去躺下。"江洪只笑着说了一声"嫂子比我还急"，也就照办了。

他在那渔船小舱前后，挂了两床毡子挡了外面的风，将冰如主仆的铺盖相对地展开着，让她二人安歇。冰如经了一番行动，又疲倦了，上得船来，就躺下了。心里虽念着江洪和这两个船夫不知道在哪里安歇，但病后的身体，禁不住摇荡，不能细想。上船之后，船夫受到江洪催促，就开了船了。岸上一个船夫背着纤，艄上一个船夫把着舵。江洪却露天坐在船头上。冰如在这一叶扁舟上，让它摇动着两三里路，便睡着了，睡醒时，船已停在一个小江镇上，江洪却在船头上支着低小的笠篷，原来他就在船头上展开了行李。这渔船简陋，前后并无舱板遮盖。中舱和船头尾只有一条毡子隔着。她心想，若不是有王妈做伴，这事是太不方便了。一会子工夫，船夫已做了晚饭送来。掀开舱前的毡子，饭茶碗就摆在船头舱板上。而那地方，还是江洪掀开一角被头让出来的。冰如有三四天不曾吃干饭，看到那里摆着红米饭，还有辣椒末干豆豉炒萝卜干、煮青菜、煮鱼，一切都很香，觉得食欲大动，就让王妈把盖被做了一捆，撑腰坐住。那船头上虽已支盖了笠篷，因为太低小，江洪却推开了一块笠席，露天坐着，坐在舱里倒可以看到天上的星光。冰如觉得这样吃饭，倒很别致，浸着鱼汤，便吃了一碗红米饭。

这时，天色已十分昏黑，反衬着满空星光灿烂。船艄上船夫送了一盏竹筒架着瓦碟的菜油灯进来，灯有个长钩子，便挂在笠篷下。江洪坐在船头上，见冰如面黄发散，便道："在船上，吃了晚饭就睡觉，嫂嫂身体刚好，不必添饭了。有人说，吃了饭就睡，也可以助消化。但是胃里过饱，晚上一定做梦。"冰如听说，也就不敢吃了。饭后各用干手巾浸些江水擦擦脸，又睡下。江洪先扯下了遮隔舱内外的毡子，盖起了笠篷，并没有什么声息，悄悄地便睡着了。冰如因白天睡够了，晚上睡不着，却找了王妈闲谈，直把一灯菜油都已点干，还在黑暗中和王妈谈了一阵。她所以谈得这样有意思，就因为想到了南京，又想到了上海的战事，这多日没有看到报，也没有听到广播，究不知时局的形势转变到了什么程度，王妈并没有出征的丈夫在前线，自不如冰如那样挂念得厉害，慢慢地谈着话，慢慢地只有了简单的答复，最后由哼应着一两声而不说话了。

夜深了，江潮打着船板，啪啪有声，她的幻觉，感到这有些像军人马靴上的马刺触地声。记得丈夫孙志坚临别的那一晚上，十分的恩爱。送他走出大门，直等那马刺碰地声听不到了，自己还不忍回去呢。这时，那马刺的托的托、哗啷哗啷的声音，兀自响着。这一颗心乱跳跃着，实在是忍不住了，就迎上前看去。果然丈夫孙志坚全副武装，手里握着一支步枪走过来。他很惊讶地叫道："冰如你怎么走到最前线的地方来？"冰如抢上前两步，两手握住了他一只手，望了他的脸，因道："我来找你的，你还好，也罢。"志坚道："现在没有工夫说闲话了，我们一共七个人奉着上官的命令，死守这个山口，掩护另外一营人，去达到他们的任务。刚才对方来了约一连人，让我们两支机关枪扫灭了。前面还有更多的敌军要来，走是来不及了，找一个掩蔽的地方躲着吧。"冰如听说，大吃一惊，看时，前面是一座小山岗的峡口上。在峡口外是一条大路，梯形的田块，缓缓挨叠了下去。在那荒废的稻田上，横七竖八倒了很多死尸。这峡口两边，仅仅是浮土挖的两个小坑，两架机关枪架在土堆上，枪口朝了梯形的田。枪后各伏着三个人，两个按着步枪，四个守着机枪。冰如真想不到会身临此地，待要找个退身之计的时候，立刻眼前轰然之声大作，尘土飞起来几丈高，正是炮弹向这里打来。糊里糊涂和志坚伏在地上，志坚握了她的手道："长官让我们死守这里六小时，不到六小时，无论炮火怎样猛烈，我们是不走的。这个不成功便成仁的机会，让我夫妇双双遇着了，难得得很。"冰如只觉左右前后，全是炮弹落下。尘土硝磺的火焰，迷了天空，伏着的所在，地皮连衰草一齐震动，人简直吓麻木了，说不出话来。这样炮击了约半小时，连自己在内，守着的八个人，直挺地贴地睡着，一丝丝不敢动。可是炮一停了，便看到有一群骑兵，向峡口冲过来。这里两挺机关枪，咯咯咯响着，向峡口外扫射了去，就在这机关枪声中，那骑兵连人带马，排竹子似的倒下，但未倒之先，他们也向这里放着枪，八个人中，已有三个人在地面滚了两滚而不能动了。志坚已不再顾到他的爱妻，跳到右边掩蔽里，代替了一名中弹的机枪手，他的头向掩蔽空隙贴近，手捧住了枪膛，继续着扫射，也不过二十分钟，骑兵退了下去，一切声音也停止。可是，冰如看那守着阵地的武装同志，只有三个是活的了。志坚伏在机枪下，抬起手臂来看了一看手表，向左边守着机枪的两个志士笑道："我们接近胜利了，到限期只剩了一小时。"说着，在身上掏出火柴纸烟来，伏在掩体下面，微昂着头，点了一支烟吸着。冰如见他态度自然，也就清醒过来。正想到那机枪下去，可是轰隆隆隆大响，炮弹又向这里猛袭过来，一炮跟着一炮，没有两分钟的停歇，她实在是不敢动。等到炮停止，就见左边的两挺机枪两个士兵，让一块倒下来的石崖压住了。志坚却还伏在掩蔽里，很自在地喷着烟。冰如问道："过了限期了吗？"志坚看了手表笑道："我们完成了任务。过了限期十分钟了。冰如，你不要以我为念，江洪是我的生死之交，你去依托着他吧，我们再会了，握握手吧。"他丢了嘴里的纸烟，伸出一只手来。冰如跳过去，蹲在地上看时，见他半边胸襟，完全是血染了。只喊了一句"志坚"，便说不出话了。志坚坐起来，倒在她怀里，一手握着她，一手掏出一方手绢，替她擦着眼泪，微笑道："傻孩子，人生这样结束了，不很痛快吗？来！同我一齐喊两句口号。"说着，跳起，高举了手叫道："中华民族万岁！"冰如看他高举了一只流着鲜血的手，大为感动，也跳着叫起来道："中华民族万岁！"

第五回

离妇襟怀飘零逢旧雨
艺人风度潇洒结新知

"中华民族万岁，中华民族万岁！"这呼号声在夜半时候发出来，把船头上睡得很熟的江洪惊醒了过来，猛然间不省得是什么人叫的口号，一骨碌由铺上坐起，及至听清楚了是冰如睡在舱里面叫，便隔了毡子连连问了几声："嫂嫂怎么样了？"她并没有作声，王妈答道："我太太做梦呢。"说这话时，冰如也醒了，想到这么大人还说梦话，究竟也不好意思，也就没有搭腔。

次日，船遇到半日东风，船老板扯起小布帆溯江而上，船小帆轻，不怕水浅，只贴近岸边走，也没有波浪的颠簸，坐在船上的人，就各各坐在铺上，闲话消遣。冰如做了那样一个噩梦，心里头怎样放得下来？慢慢地就谈到了这件事上去。隔着舱篷口的那副毡子，这时掀起了半边，船头上依然掀去了笠篷，江洪坐在铺盖上晒着太阳，眼望了江天，胸襟颇也广阔。听了这话，将胸脯一挺，手拍了船舱板道："果然如此，那我也是心所甘愿的。"冰如听了这话，不免对他呆望着。他然后微俯了腰向冰如笑道："嫂嫂有所不知，死守阵地，又能完成任务，虽炮火威力猛烈，丝毫不动声色，这是军人最高尚的武德。"他说时，看到冰如的脸色，青红不定，便笑道："这是嫂嫂一场梦，当然不必介意。"冰如道："江先生，你看志坚在前方，有这样的可能吗？"江洪道："在前方作战的人，接到以少数人掩护多数人退却的命令，那是极平常的事。接到这样的命令，自然希望成功回去。可是掩护的工作……"他越向下说，见冰如的脸色就越发难看，这就忽然一笑道："我说的是事实，嫂嫂做的是梦，何必为难起来。"冰如昂头想了一想笑道："倒不是为难。我想起那梦的事，有头有尾，倒像真的一样，越想心里越过不去。"江洪道："这事说起来也奇怪，一个人在脑筋里没有留下印象的事，他是不会梦到的。嫂嫂做的这个梦，梦得这样逼真，是哪里留下来的印象呢？"冰如道："可不就是这句话？"江洪道："嫂嫂不必介意。我相信我们到了汉口，立刻可以得着孙兄的消息。我猜着，他早有电报打到汉口去了的。"冰如点点头道："但愿如此吧！"她这样淡淡地答复了一句话，自是表示着她依然放心不下。江洪总觉得女人心窄，不要在这江面上出了别的事情，一路之上，只管逗引着谈话。

好在这日的东风，送了这小船百里的路程，第二日下午的时候，这小渔船就到了九江，江洪在江岸边找了一家旅馆，把冰如上下安顿好了，自己便出去打听西上交通的情形。冰如住在旅馆里烦闷不过，便带着王妈也出来走动走动。出得门来，首先看到江岸上来往的行人是成串地走着。空场里的零食摊子，间三聚五的，背了江，向马路陈列着。橘子摊上，红滴滴的成堆地摆着，煮山薯的大锅里，向上冒着热气。阳光照着，给予了一种初冬的暗示。挽着瓷器篮子的小贩，把篮子都放在人家墙脚下，七八个人拥在一处，玩着江西人的民间赌法，拿了铜币，在场地里滚钱。南昌人海带煮猪蹄的摊子，在一般摊子之间，是比较伟大的，码头上的搬运工人，围着在那里吃。江岸的一边，发出咦嘿哟啊的声音，常有两三个工人，抬着货包经过，这一切不但和平常一样，在南京战气笼罩中出来的人，看到这种样子，觉得比平常的都市情形，还要繁荣得多。要找出战时的特质来，只有墙上贴着那加大写出的标语"抗战到底"。

冰如张望着街景，缓步向前走。王妈笑道："太太，这九江地方多好，什么都像平常一样，这个地方，没有警报吗？"冰如道："怎么没有警报？汉口都受过两次轰炸了。"王妈看到进街的巷子墙上，贴了许多红纸金字、白纸红字的长方纸单子，因指着道："这好像是戏馆子里贴的戏报。"冰如笑道："你不认得字，倒会看样子。猜得果然不错，这正是戏报。你索性猜猜看，哪一张是京戏，哪一张是话剧？"王妈道："什么叫话剧？"冰如道："在南京混了这多年，什么叫话剧你都不知道，话剧就是文明戏。"王妈哈哈笑道："太太要说文明戏，我老早就明白了。"

她们这样大声谈笑，却把过路的人都惊动了，便有人轻轻在身后叫了一声"孙太太"。冰如回头看时，是丈夫同学包先生的太太。只看她梳了两个六七寸长的辫子，垂在后肩。身披咖啡色短呢大衣，敞开胸襟，露出里面的宝蓝色羊毛衫，一条红绸围脖，在胸前拴了个八节疙瘩。二十多岁的少妇，陡然变成了十几岁的小姑娘了，也就咦了一声道："包太太，你也到九江了。"她顿了一顿，笑道："国家到了生死关头，我们妇女也应当尽一份责任，我现在办着宣传的事情。"冰如道："那好极了，什么刊物呢？我很愿看看你的大作。"说时，两人彼此走近了，便握着手，同站在路边。她笑道："我不是办刊物，我加入了大时代剧社唱戏。"冰如听了这话，不觉大吃一惊，向她周身上下，很快地溜了一眼。王妈在冰如身后笑道："包太太上台唱戏，要送一张票我去看看的。"她脸上微微红了一下，带几分愁苦的样子，向王妈道："你不要叫我包太太了，你叫我王小姐吧。"于是又掉过脸来向冰如笑道："我和老包离婚了，现在我的艺名是王玉。"冰如抓住她的手，不觉摇撼了两下道："你为什么和包先生离婚呢？你们的感情不算好，也不怎么坏呀。"王玉笑道："这就是离婚的理由了，感情不坏，可也不怎么好。"冰如道："没有别的原因吗？"王玉道："我喜欢文艺，他是个军人。"冰如道："我们是老朋友，我直率地说，这就是你的不对。中国正在对外打仗，妇女有个当兵的丈夫，这是荣誉的。你自己还说为国宣传呢，倒不愿有个为国家打仗的丈夫，那你还对社会宣传什么？"王玉红了脸，将脖子微微一扭道："不，我嫌他那湖南人的脾气，和我合不拢。"冰如道："这更怪了。你嫁他的时候，难道他不是湖南人吗？既不愿意湖南人的脾气，以先为什么嫁湖南人？"王玉和她撒了手，两手插在大衣袋里，将肩膀耸了两耸，笑道："过去的事，不必提了。反正我已和他离了婚，还谈什么理由不理由。你住在什么地方，回头我来和你谈谈。"冰如道："我住在前面国民饭店。"她点点头道："好，两个钟头以内，我一定来。"说着，她也并没问冰如住在多少号房间，就匆匆地跨过马路那边去了。

冰如看时，相隔约三五十步路，一株树下，站着一个西服少年。面貌不十分清楚，远远见他没有戴帽子，长头发吹起来很高，脖子下打了一个碗大的黑领结子。王玉走过去，两人就一同走了。王妈用手指着他们的后影，低声叫道："太太，你看到没有？"冰如道："唉！天下事真难说，她和老包会离了婚，又跑来当戏子。"王妈道："包先生一月挣三百块钱，太不够她用。听说唱戏的人，一个月能挣几千，自然是这样合算。"冰如道："你在哪里学到了这一点儿见识，唱戏的人一个月挣几千，那是唱京戏的人，千里挑一的事，他们这跑江湖码头，不但挣不到钱，还要贴本，我在南京，把这消息听得都耳熟了。"王妈道："包太太离了婚，来干这贴本生意，什么意思呢？"冰如道："各人有各人的见解，你懂得这些事，那你更有办法了。"王妈道："唔！我也明白了。"说着，她连连点了几下头。

两人说着话，由一条巷子里插进了热闹的大街。这里繁荣的情形，比江岸更要加倍。跕两旁走道的人，一个跟着一个，像是戏馆子里散了戏一般，成堆地拥挤着。只听那行路人的脚步声，哗哗啦啦响成了一片。街中心虽没有多少汽车，但是人力车，却连了一条龙。王妈呀了一声道："街上怎么这多人？"冰如道："街上人多，你害什么怕？"王妈道："你看这些人，没有事也是你碰我，我碰你。假如警报来了，那不是太惨吗？"冰如笑道："你是让飞机炸怕了。到了一个新鲜地方，我们总应当看一看。回到旅馆去，又是坐着发愁，倒不如在街上混混。去年先生在庐山受训的时候，就要我到九江来玩，我因为南京的朋友把我缠住了，我没有来得及走开，我还说了，今年夏天，让先生请一个月的假，我们一路好好地来玩一个月。不想我们倒是这个时候来了。你猜怎么着，我要遇到一个穿军衣的人由面前经过，我就要发生很大的感慨。"王妈对于她这话，当然不十分了解。不过就在这个时候，迎面有一位穿了整齐军服的青年军官，紧随了一位年轻太太的后面走着。所踏着的地面，正是水泥面的人行便道，那位军人的马靴后跟挂着的马刺，碰了水泥地面，吱当吱当地响着，挨身过去。冰如听着这声音不由得出了神，慢慢走着，竟是把脚步停止住了。王妈扯着冰如的衣袖低声道："那包太太又来了，和那个穿西装的。"冰如却是答非所问的，因道："是的，我们回去。"她随了王妈这一扯，竟是扭转身向回旅馆的路上走。王妈虽觉得她在几分钟内，态度就变成两样，在马路上也不便怎样问她。回到旅馆，她便在床上躺下了。

那王小姐，却是不失信，在两小时之后，她果然来了。冰如躺在床上，听到她问了一声道："孙太太住在哪一号房间？"正想回答她，又听到江洪代答道："这对面房间就是，大概是睡着了。这次来，我们是太辛苦。贵姓是？"王玉道："我姓王，和孙太太是多年的朋友了。"冰如立刻赶了出来，见王玉脸上带了微笑，只管向江洪周身上下地打量着，便笑道："我来介绍介绍，这是王小姐。这是江先生，是志坚的同学，志坚特意托他护送我到汉口去的。"于是让着王玉到房间里来坐，江洪却没有跟了进来。王玉却是很爽直握住了冰如的手，同在床沿上坐下，笑道："你觉着我的态度，变得太快吧？"冰如道："家家有本难念的经，别人是难揣度家务的。"王玉道："真的，不但人家难断我们的家务事，就是我自己也难断我自己的事。说到老包，我也不能说他待我不好，不过我总嫌他草包相。"冰如道："你们经过了什么法律手续吗？"王玉笑道："这就是草包也有草包的好处。他一点儿也没有留难，就亲笔写了一张离婚字据给我，还问我要多少钱。我说，我不是那种没出息的妇女，还要什么赡养费。我只是把我自己的两口衣箱拿走了，此外是一根草没有要他。而且他要我送他一些东西做纪念，我还送了一点儿给他。"冰如道："这样说来，他对于你，还有些留恋。"王玉道："要说我有点儿爱他，也未尝不可以。不过人的爱好，是有个比较的。当更好的出来了，就不免把那次好的放下。"

冰如抓着她的手，紧紧地摇撼了两下，笑道："这样说起来，你是有一个更好的了。"她的脸微微地红着，摇了两摇道："不能那样解释。言归正传吧，我来找你，是有点儿事情的。你刚才说了，是要到汉口去的，我也要去。大概半月后，我们可以在汉口会面的。我有两样东西，想在你这里押几十块钱用用。"说着右手就在左手的手指上，脱下了两只金戒指来，将手心托着，掂了两掂道："大概有三钱重，只用三十块钱，照市价说，是不至于不值的。我为什么不到金子店里去换掉它呢？就是这一对戒指，有些原因在上面，非万不得已，我还想保留着。"冰如笑道："你……"只说出了这个"你"字，王玉按了她的手臂道："不要忙，我的话没有完。凭你我往日的交情，不是我不能和你借二三十块钱。不过大家都在国难期间，谁也不会带了多少钱逃难。你借我一文，你自己就少花一文，离婚的丈夫我还不要他赡养一文，我能拖累朋友吗？"冰如笑道："你的脾气，怎么这样强硬？好，就是这样办。我到汉口之后，住在哪里却还没有一定，你在报上登两天小广告……"王玉两眉一扬，表示着很得意的样子，挺了胸脯子笑道："我反正是跟了大时代剧团走的。我们要公演的时候，固然报上有广告，就是我们到了，报上也会发表消息的。现在新闻界，对于改良京戏非常捧场。就是我也有个小小名儿，你在报上看到王玉这个名字，来找我就是了。"说着，把两枚金戒指，放在冰如手里，笑道："我放心你，不会把我这个小东西没收了。"冰如笑道："我郑重地把你这东西放好。"于是打开手提箱，把戒指放下去，取了三十元钞票交给王玉。

恰好王妈进来倒茶，便站在一边笑道："包太太，不，王小姐，是故意这样做的吧？何至于二三十块钱也没有办法？"王玉笑道："我和你一样，现在是靠卖力气吃饭了。"王妈笑道："是啊，唱戏的人都是赚大钱的，王小姐应该更有钱了。"王玉却回转头来向冰如笑道："我这个环境，大概普通人不容易了解。穷是穷，现在我得了自由。"说着，她揣起了钞票，就站起来要走。冰如握了她的手道："哟！难道我们也疏分了。"王玉道："不是的，今天我们还要排戏，预备今晚上演，你去看看好不好？我和你留两张票。今晚演的这出戏叫《睢阳血》，悲壮极了。我在这戏里，表演张巡的妾。"冰如笑道："张巡不是湖南人？"王玉不觉红了脸，笑道："你倒很同情老包。"冰如摇撼着她的手道："你不要介意，我给你说着好玩的。今天晚上我就来。"王玉道："你找我不大容易，回头我叫人送票子来就是了。"她说毕，扭转身来，见江洪也站在门外夹道里，就伸手让他握了一握，笑道："再会，晚上请看戏。"然后一路响着高跟鞋子走了。

冰如送着她回房间来，才问道："船票有希望吗？"江洪道："我打听清楚了，长江大轮那简直很少靠码头机会，多半是由下游来直放汉口。好在这里有到汉口的中型小轮船，每天一班，我已托人买了后天的三张票。大概没有问题。"冰如道："不托人还有问题吗？"江洪道："岂但有问题，简直就买不到票。我倒要问一句话，这位小姐是谁？"他面带了笑容，突然把话引到王玉身上去。冰如笑道："若问这个人，和江先生多少是有点儿渊源的。"江洪两手同摇着道："不会不会。"冰如笑道："幸勿误会。她的先生，是志坚的同学，说不定也就是你的同学了。"江洪道："啊！她的未婚夫包先生也是军人。"冰如道："怎么是未婚夫，她已经生过两个孩子了。"江洪道："这就奇怪了。她怎么会变成一个小姐的样子，又离开了家庭演剧。"冰如道："两个孩子，她都没有养大，先生离婚了。"江洪道："她先生既是个军人，在这个国难严重，全国以当兵为荣誉的日子，军人的未婚妻都应该赶快结婚，怎么她反是在这个日子和先生离了婚呢？"冰如笑着，微微地把肩膀抬了两抬。江洪道："嫂嫂，你觉得我太为军人说话了吗？"冰如摇摇头道："倒不是为了这个……女人的事情，不是你们冲锋陷阵的军人所能了解的。"她说着这话时，手掀了自己房门口的门帘子，半靠着门框，将一双脚伸在门槛外面，微微地抖动着。江洪在房门外夹道里，两手插在西服裤袋里只管来回地走着。这样来回有了约几回，便向冰如笑道："嫂嫂的这话，好像是为这位王小姐分辩，但这理由，不很充足。"王妈在屋子里插嘴道："我们太太才不肯和她分辩呢。一听到她说和包先生离了婚，背转身来，就和我说，她的心事不好。"冰如道："这是人家的自由，你可不要瞎说。"她听了这话，放下门帘子在屋子里头埋怨王妈，这个问题，也就搁下没有再谈。

在这说话后，不到一小时，就有一个专人送了两张戏票来。拿了这戏票，冰如倒为难起来了，还是和王妈去看戏呢，还是和江洪一路去呢？丢下了江洪，礼貌上似乎欠缺一点儿。丢下了王妈，那又有一点儿嫌疑。先把票放在手提皮包里，暂时没有什么表示。不料吃晚饭的时候，一阵肚子疼，简直让人直不起腰来。只得将票子交给王妈，让她随江洪去。王妈也表示不去，把票子送到江洪屋子里去就回来了。晚饭以后，江洪站在房门外问道："嫂嫂不去看戏吗？"冰如睡在床上道："我起来不了，不要白费了两张戏票，江先生去吧。"江洪隔着屋子道："坐在旅馆里也是无聊，我去一趟吧。"听到一阵皮鞋响，江洪就走出去了。王妈悄悄地向冰如道："江先生倒像很赞成王小姐似的。"冰如笑道："不要胡说了，我们不要的戏票子，他才拿去的。"王妈道："倒不是为这个，王小姐和你说话的时候，他只管在门口走来走去听着。后来王小姐站在门口和他打招呼，他周身上下地看着她。"冰如道："你倒留意了。这又干你什么事呢？"这样一反问，王妈就不好再说什么了。

冰如睡了一觉醒来,听到门外皮鞋响,又有门锁开动声,便问了一声道:"江先生回来了吗?"江洪答道:"嫂嫂还没有睡。"冰如道:"我睡醒过来,肚子有点儿饿,让王妈到街上面担子上和我下一碗馄饨来吃,请进来坐吧,我没有睡。"江洪随了这话,缓缓地推开着门进来了。冰如见他里穿青细呢中山服,外加獭领皮大衣,带了微笑走进来,手上把一顶灰海绒的盆式帽子放在桌上。冰如笑道:"西洋人听戏,穿起大礼服来,江先生倒真有这点儿味儿。"江洪两手插在大衣袋里,在屋子里来回走着,笑道:"倒并不是讲什么排场,觉得穿了军服到戏馆子里去,不大合适。"冰如本是坐在床沿上,这就踏了拖鞋,一手扶着桌沿,一手缓缓地理了鬓发,瞅了他笑道:"你看这位工小姐演得怎么样?"江洪点点头道:"我满意之至。散戏之后,我还到后台去代嫂嫂致意,说是身体不爽快,不能来。她还介绍我和几位明星照面了,说她不喜欢军人,那也不见得。嫂嫂说起的这位包兄,我也记起来了,见过两面,倒是一位老粗。"冰如笑道:"这样说起来,江先生倒是同情于王玉的。"江洪摇着头笑道:"谈不到同情两个字,根本我就不大明白他们的结合。何况嫂嫂又说了,妇女们的心事,男子不容易猜到。"冰如笑了一笑,没有向下再说什么。江洪看她有倦容,起身告辞,回房去安歇。王妈低声向冰如道:"怪不得人家捧女戏子,江先生老实人也是这样。"冰如笑道:"胡说!"王妈不便再说,在搭的小铺上睡下。冰如静坐着想了一想,笑了一笑,也睡了。

次早在枕上,听到外面有叫卖报的,赶快就叫王妈买一份报来看。也来不及起来了,两手伸出被外,展开一张报,就在枕头上看着。看过第一条消息,心里就感十分抑郁,那上面说得清楚,大场我军因阵地尽毁,转进新阵地,其余的新闻,就无心看了,将报一扔,牵了被头盖着翻个身再睡。不多时,一阵高跟皮鞋响,王玉在门外问道:"孙太太没出门吗?"她说着,就推门进来了。她笑道:"不早了,还在睡。"冰如坐起来,将衣披在身上,皱了眉道:"我早醒了。看过报之后,我心里闷得慌,又睡了。"王玉道:"那为什么?"她道:"你看,大场丢了,上海恐怕要失守。志坚现时不知道在什么地方作战。"王玉道:"你这就没有想通了。大局自然是

49

很严重，我们只是发愁，于大局何补？于我们本身的事情又何补？我们既然卷入这个大时代的漩涡，只有在各人本位上去努力，空发一阵子愁、着一阵子急，那是没用的。起来起来，我请你和江先生到广东馆子里吃早点去。"说着，就将冰如拖着。冰如被拖起来了，懒懒地梳洗着一阵，回头却看到江洪在门口站立着。冰如点点头道："请进来，王小姐要请我们吃点心呢。"江洪进来了，见她两人并坐在一把长沙发上，便笑道："我希望王小姐能够早一点儿到汉口去。"冰如听了这话，便不觉向他望着，看他说出一个什么理由来。恰好这个时候，有人在门外叫了一声"老江"。他一回头看到有个穿军服的人站在门外，他立刻出去，把那人引到自己房间里去了。冰如向王玉笑道："江先生有什么事托重着你吗？怎么希望你早些到汉口去呢？"王玉道："我也正要研究这句话，江先生又走了，也许……"笑着对冰如看了一看，摇摇头道："我猜不着，等一会儿还是请他自己说出来吧。"然而江洪是随口说的一句人情话，哪里知道她们要追问根底，陪着朋友谈话，却把这件事情忘了。

第六回

择友进微词娥眉见妒
同行仗大义铁面无私

在谈话约有一小时之后，王玉没有等得及江洪到这边屋子来，自和冰如上广东馆子吃点心早茶去了。冰如回得旅馆来，却又不见江洪。王妈告诉道："江先生送着客走了，立刻伸着头到这屋子里来张望着。他听说你们吃早点去了，还特意去追你们。他说，王小姐昨天请了他看戏，今天他应当请王小姐吃点心。"冰如走进房来，先脱着自己的大衣，却没有理会王妈的脸色。特扭转身来，见她笑嘻嘻的，便问道："这也没有什么可笑的。"王妈笑道："你猜我笑什么？我笑江先生平常是很规矩的。他一看到了王小姐，好像就高兴得不得了。"冰如道："还不过因为她是一个唱戏的，透着有趣罢了。其实江先生和我们差不多，也是满腹心事，哪能够萍水相逢的，追求着这样一个浪漫女人？"王妈见太太反对自己说这一类的话，自也不敢再说什么。

到了吃午饭的时候，江洪才回旅馆来，见冰如手里捧了一张报，皱了眉头子在看着，便叫了一声"嫂子"。冰如回头看到，便站起来迎着他问道："江先生看到了今天的报吗？"江洪缓缓走进她的屋子低声道："上海的战事，的确是不利。我们军人，对这个地方的战事，本也有两种见解。第一种认为政治意义大于军事意义，我们在京沪、沪杭两路上多打一天，就表示我们的军队有多抗一天的力量，可转移国际视线。第二种呢？就认为在这三角地带取守势，敌方可以用海陆空的力量集合于一点来攻我。我们的炮火既不如人，这样作阵地战，那是太不合算的。我个人的见解，是属于第二种。我认为把所有的力量来死守这一块土，那太危险。所以……"冰如摇摇头道："你说这些我哪里知道呢？我只为着志坚焦虑。"江洪被她这样解释了，倒把话锋顿了一顿，因道："我为这个，也曾屡次和嫂嫂解说过了。你焦虑着于他无补，可于你自己的身体有碍。"他口里这样说着，眼偷看冰如的脸色，见她十分忧郁，便想得了一个转移话的法子，笑道："那位王小姐，我在街上，又碰着了。不是嫂嫂说在先，她也是一位太太，我真看不出来。她在街上多么活跃。"冰如道："不过我对于这种人，根本不能同意。夫妻相处得很好，为什么要离婚？对于丈夫如此，对于朋友可知。"江洪笑道："嫂嫂真是正人君子，大义凛然。其实我也没有和王小姐交朋友的意思，她也根本不喜欢军人。我不过为了她的戏演得很好，想在她面前领教一点儿艺术。"冰如听了这话，回过头来向王妈看着。王妈对于江洪这话，也想着和冰如的话，可以互相引证，也嘻嘻地笑了。江洪哪知这事的内幕，反正自己接近了王玉，是她们所引为笑话的。只好假装不解，懒洋洋地走回自己房间里去。

冰如虽不曾跟着向下说什么，但是总在暗地里注意着他的行动。到了这日晚上，江洪又换了一套西服出门去。直到十一点钟以后，方才回旅馆，单在这一点上，也可以知道他又是看戏去了。次日早上，冰如不曾起来，江洪便已出了旅馆，王妈开门出来，接着茶房代交来的一张字条。王妈交给冰如看时，上面写着："船票还没有到手，恐怕有变化，现在要赶快去把票拿到手。什么时候回旅馆来，说不定，请不必等候吃午饭了。"冰如把字条上的意思，告诉了王妈。王妈笑道："这样说着，江先生一定不会回来吃饭。"冰如笑道："何以见得？"王妈道："你看，江先生出去的时候，还只七点多钟，怎么就能知道到上午还不能回来吃饭呢？想必是有了吃饭的约会。可是在九江这个地方，江先生没说过有什么知己朋友呀。"冰如对于她这话虽没有说是对的，却也没有驳回，只是微微地笑了一笑。果然这日中午，江洪并没有回旅馆来吃饭。但是两点钟回旅馆的时候，却掏出了三张船票给冰如看，因摇摇头道："虽然这里也是后方，可是到汉口去的人，依然不少于南京芜湖的。朋友招呼我们，尽可能地早些上船。我们在九江并没有什么事，何必不到船上去等着呢？嫂嫂，我们收拾行李就走吧。"冰如道："除非江先生在九江有事，我们正恨不得一刻就踏到汉口。"江洪却也没有理会冰如这有什么俏皮话在内，首先回到房里去，就收拾着自己的行李。在五点钟以前，三人押同着行李上船。

这船码头正离着旅馆不远，老远的有个穿制服的人由趸船上迎到码头上来，向江洪笑道："江兄，你再不来，我就没有法子和你维持这个舱位了。好多人见舱门关着，要捶开了进去。"江洪道："不是晚上才开船吗？"那人道："就是明天开船，也拦不住客人上去，除非是船不靠码头。"说着，大家经过一只小趸船，向一只中型江轮上去。这两船之间，架着带了栏杆的跳板，这跳板头上就站有两名宪兵和两名航警，三个人齐到跳板头上，将船票掏出来检验讨了，宪警才放他们过去。就着这种监督情形看起来，没有票子的人，是没有法子上船的。

可是过了跳板，这轮船外舷上，就是客人和行李堆拥着没有一些去路。几个人还可以由行李缝里夹挤过去，自己带来的行李三个搬运夫横了担子，却是过不去。那个引江洪的人便道："越过去人越多，挤是挤不上前的。江兄，你送这位太太先到房舱里去，然后你站在楼上，放下绳子来把东西扯上去。我在这里和你向上托着。"江洪站在这里回头四处看了一看，皱了眉道："除了这么样，也没有其他的法子可以把东西弄去。"于是向冰如道："我先送嫂嫂上去吧。"冰如到了这时候，一点儿不由自主，只好一切听江洪主持。在人丛里挤到了二层楼上，江洪找着一个茶房拿出钥匙来，把房舱门开了。那茶房苦了脸子，把眉皱了。看到江洪是个军官，却苦笑道："你先生以为这像平常一样，有了船票，有了舱位，不拘什么时候上船都可以。我为守着这个房舱门，和客人吵了三四回，还几乎挨了打。"江洪这就拍了他的肩膀道："那真对不起！到了汉口请你看戏。"冰如听到说请看戏，不觉向江洪微笑了一笑，江洪也不在意。这舱门也是在船外舷，向外开着的。江洪伏在栏杆上朝下看去，见下面正是上跳板不远的所在。只一招手，下面就把行李举着送上来。忙碌了一阵子，把行李都搬到舱里来。

这一个房舱除了上下两张铺位之外，就只有一个摆凳子的地方。现在把行李箱子一齐塞在舱里，挤得冰如站不得，坐不得，却爬到上层铺位上去盘了腿坐着。王妈站在舱门口，一只脚在门里，一只脚在门外。至于江洪是不必提了，却站在舱外船舷上。冰如向门外道："江先生，你自己没有找着铺位吗？"江洪道："铺位吗？"说着把脚点点船板，笑道："恐怕就在这里了。"冰如道："那怎么行呢？"江洪道："那再说吧。我们也不要太不知足，多少摩登太太，都还在船篷上站着，怎么样安顿自己还没有解决呢。"冰如道："我们当然知足，不过苦了江先生过意不去。"正说着已有一批人拥到了这船舷上。江洪摇摇头，赶快由舱里提了一捆铺盖卷出去，就拦了舱门，在船板上展了开来。总算他是能见机而作的，不多大一会子，前前后后都有人摆着行李和铺盖卷，冰如笑道："真是不经一事，不长一智，我们不是江先生担心船上满了人，怕会挤掉铺位，那我们还在旅馆里舒服，也许要去看王小姐演一出戏，定是吃了晚饭，从从容容上船，那时，恐怕要走上船都不行呢。"这一次，江洪算是听明白了，便笑道："嫂嫂老说到看戏，好像我对于王小姐倒很醉心似的，其实……"他说着，抬起手来搔了两搔头发，就在这时，偶然向栏杆外边回头看了一看，笑道："说曹操，曹操就到了。"冰如道："什么？王小姐追到船上来了！"于是起身出舱，在栏杆上伏着，见王玉在迓船的船舷上站着，抬起一只手来，连连向这边招了几招。

冰如见她又换了一身穿着，没有穿大衣，只穿了一件墨绿绸面的羊皮袍子，项上围了一条长的白绸围，那绸子在胸前拴了一个大蝴蝶疙瘩。头发也没有梳辫了，蓬着散在脑后，在头顶心里围了半匝桃红色细辫子，也拴了一个小小的蝴蝶结儿。两块脸腮把胭脂抹得红红的，眉毛画得细而又长的，别是一种浪漫式的少妇装束，便笑着点点头道："漂亮哇。真是对不起，要你追到这里来。"王玉笑道："我到旅馆里看你们的。茶房说是你们上了船了，我觉得这次在客中相遇，彼此觉得十分亲热，虽然不久是要相会的，可是这样分手，总让人恋恋不舍的样子。"冰如也将手招招笑道："我们房舱里有两个铺位，可以腾一张铺给你，你和我们一块到汉口去好吗？"王玉道："我本来要到船上来看看你们，可是我刚才试了一试，简直无路可走，到处都是旅客和行李塞住了。你下来谈谈好不好？"冰如笑道："那边不是一样吗？我怎么能够下来呢？下来了，我又怎能够上来呢？"王玉笑道："你可以由栏杆上爬了下来。"冰如道："那我推江先生做代表爬下去吧。当军人冲锋陷阵都不在乎，爬两回栏杆算什么？"王玉笑向江洪道："江先生下来走一走吗？"江洪道："没有什么事吗？"说着，望了冰如。冰如道："江先生若不嫌爬上爬下麻烦的话，可以上岸去买些点心和水果来。"江洪道："嫂嫂都替我说了，冲锋陷阵都不怕，爬两回栏杆又算得了什么？除了水果点心，嫂嫂还要买点儿什么？"冰如道："后天一大早就到汉口了，我也不买什么。"江洪笑道："我试试看啊，能不能爬？"说着，两手抓了栏杆，人就跨将过去。王玉在下面看到，远远地在趸船的船舷上高伸了两只手笑道："可不要跌倒了，这不是闹着玩的。"江洪到了下层船舷上，索性由栏杆上爬到趸船上去，他倒站着工玉一处，成了一个送客的姿势向船上谈话。王玉约站着一二十分钟，由江洪陪着上岸去了。

王妈等冰如进舱了，低声笑道："江先生正要上岸去呢。"冰如笑道："我乐得做个好人。"王妈道："王小姐离了婚，江先生说过，还没有订过婚事，两好凑一好，我们果然乐得做些好事。"冰如爬到上层铺位上去，在枕头下面拿了一本书在手，将身子躺下去，把书举了起来，口里很随便地道："我们管他这些闲事呢？江先生真要这样，也不好，一个和军人离婚的女人，他是一个军人，不应当要她。"王妈道："是啊！我们虽然是女人，但是女人做错了事，我们也不能不说两句公道话。"冰如也就笑笑。

这位江先生上岸去了，果然直到天晚了，才带了两包东西回船来。他笑道："嫂嫂肚子饿了吧，不想走到街上，就遇到了两位朋友，死拉活扯的，拉到茶酒馆里去。我怕你们饿了，买了一包油菜和两个大面包来。没开船以前，船上是找不到饭吃的。"冰如道："天还早，我们也不饿。倒是王妈在舱门口和江先生看守这一张铺位，几乎和别的旅客冲突起来。"江洪道："唉！关于交通方面，比这难堪十倍的还多呢。可是这个战事，我们认定了是要苦干的，倒也不必放在心上。反正中国人吃苦耐劳是民族特性。"冰如道："江先生是始终不悲观，唯其不是悲观，也就有时很高兴了。"王妈背着身子朝里，在清理网篮里的东西，这就抬头向睡在上铺上的冰如睞了两睞眼。江洪斜站在舱外窗户口上，却看到了，笑道："说到高兴，必定又是笑我看戏这件事了。"冰如见他自己说明了，这倒不能尽管开他的玩笑，也只好一笑了之。

这时，整天纷扰着的旅客慢慢地平定下来，江洪在船板的铺位上也就躺了下来。因为他是拦着舱门睡的，他睡下了，门就向外推展不开。冰如在窗子里向外探望了一下，因笑道："江先生这样睡，倒保护了我们。不过这船板硬邦邦的，睡着恐怕不舒服。"江洪把被将身子完全卷盖了，头仰露在外面，笑道："你们睡的那个床板，还不是一样硬邦邦吗？而况我们……"冰如笑道："又要提到你们军人毫不在乎了。"江洪道："正是这样。我们军人有着大无畏的精神，什么困难都可以扫除干净。有了困难，我们就应当这样想，我是军人。"冰如道："既是这样说，我就尊重江先生是个军人，不再说你不行。"江洪将头在枕上点点，也就把被头向上一扯，把脸盖着了。这一天，江洪实在疲倦了，将身子在被里打了半个转身，便睡着了。

冰如在舱里自也很舒服地睡了去。在蒙眬着的时候，却感觉到这身子摇撼不定。慢慢地醒过来，隔着玻璃窗向外面张望，黑漆漆的不见一点儿灯火，正是船已离开了九江了。门窗这时虽都已关闭着，可是那车轮打着江水的咚咚响声，不断地由窗缝里送来。送这响声来的江风，由门缝里射进来时，拂在脸上，很是冰人。同时，王妈在下铺上也醒过来了，因问道："太太，这船开了头了吗？"冰如道："似乎船走了好久了。你听着这船舱外面，风声呼呼地响。"王妈道："在舱里面都这样冷，那在舱外的人怎么办呢？"冰如道："可不是？你推开舱门看看。"王妈披着衣服，用力将舱门向外推开了一条缝，果然，那江风呜的一声，拥了进来，王妈呀了一声，立刻松手把门掩上了。冰如道："怎么样？风大得很吗？"王妈道："在舱外面的人，恐怕睡不得。"冰如本是和衣睡的，这就一翻身爬了起来，又把大衣加在身上，然后推开舱门挤出来。这船外江天乌黑，星斗横空，那尖利的风，只管向人身上扑打。在船面上睡觉的人，有些卷了被褥，不见人影。有些藏在行李堆里，有些穿了衣服在船面上来回地跳着走着取暖。江洪却是缩在被里的一个。冰如连连叫了两声，江洪由被里伸出头来问道："开船了，嫂子还没有睡着。"冰如道："你看，这样大的江风，外面怎样能睡呢？我看江先生不必避什么嫌疑了，可以睡到舱里面下铺上去。我可以和王妈同睡在上铺上。"江洪道："不必不必。嫂子仔细受了凉。船舷上的人很多，也不是我一个人。我缩在棉被里面，不怎么冷。"冰如道："假使江先生只管在外面睡一个通宵，恐怕会生病的。"江洪笑道："不必把我看得那样太娇嫩了。最好把我看作一个铁臂罗汉看了才好。"他伸出头来，说过这话，又钻进棉被里面去了。冰如一个年轻太太，绝没有一定要把年轻男子拖进自己家屋内之理，见他坚执着这番成见，只索罢了。她睡在枕上，始终听着江面上的风，在那不断地吹刮，心里总有点儿过不去。

到了次日早上，所有在船舷上的人，都在聒噪着，王妈开了舱门看看，不觉呀了一声。冰如被她一声惊醒，朝了窗子外看时，满江细雨蒙蒙，船外几丈远，便都在烟雾中。江洪在制服外穿了皮大衣，两手插在衣袋里，站在舱门外，冰如便跳下床铺来，开了舱门，向他点着头笑道："孔夫子，现在可以到舱里来坐坐吧。我们都起来了。"江洪只好笑着走进舱来，因笑道："嫂嫂这番盛意，我是很感谢了，我有我的想法，一个当军人的，若是在船边上吹一口江风都受不了，那怎样到冰天雪地里打几天几夜的仗？船边上也还有几位武装同志，他们也知道我护送的是一位嫂嫂。我若在深夜里被江风吹着躲到房舱里来，他们会笑我的。"冰如望了他，点点头，微笑道："江先生做事可以说铁面无……"这个无字下面，本来想接上一个情字，但是她第二个感想，随着出口的这句话也发生了，觉得这个情字有些不太妥当。于是把这个无字拖得很长，以便把话改了。好在成语里面还有一句铁面无私，竟用不着怎样的费力，已是把这个私字补了上去。江洪见王妈已起床了，站在一边，便缩下身体，坐到那矮铺上去，因答道："我虽做不到铁面无私这个程度，但也极力向这个方向做了去。"冰如道："其实当军人的，根本就抱着牺牲精神去服务，无所谓私。"江洪道："那是嫂子太夸奖我们军人了。若不是有点儿私心，这间房舱，恐怕我们就得不着。"说着，就将脚踏了两下船板。王妈笑道："江先生这样，我倒想起一辈古人来了。"冰如咦了一声笑道："你还想起一辈古人来了。你肚子里有什么春秋，我倒愿意洗耳恭听。"王妈笑道："我知道什么古人呢？我在南京，和太太一路去看戏，有那关老爷过五关斩六将的戏。他保护二位皇嫂，千里迢迢投奔刘备。"冰如点点头笑道："你比得倒是不错。但是你要晓得，那二位皇嫂是东宫西宫。你这样比着，不怕自己吃亏吗？"王妈把一张黑脸臊得发紫，笑道："我不在内，我不在内。"她说着，在网篮里拿了洗脸盆就向窗门外走了去。看那样子，好像去打洗脸水。可是她去了不到几分钟，依然拿了一只空盆子走回来。她笑道："不但是找不到茶房，连路都走不开，无论什么地方都是人。我们这里快到船舱上，总算船边人少一点儿。"江洪道："无论如何，水总要找一点儿来喝的。我来想办法。"

他走出去看望了一阵，却是由船栏杆翻到下层去，然后又由下面提了一壶水上来。冰如摇着手道："这个玩不得，风大浪大，要是有一下失手了，那就没办法。"江洪道："这下层不远就是厨房。我已经找着一个茶房，允许重重谢他，以后我可以不必翻杠子了，这件事交给了他。"冰如道："真的，要是让江先生这样翻上翻下，我主仆二人，宁可不吃不喝，熬到汉口。"江洪只是笑笑，未置可否。他在舱里休息一会子，便走出舱去。在冰如不介意的时候，茶饭热水，陆续地送来，有时是茶房送来，有时是江洪送来，到了下午，江风已经息了，冰如打开舱门出来站站，恰好看到，江洪一手提了开水壶，先由下层塞进栏杆里来，然后两手抓着栏杆，在船外面向上爬。冰如实在忍不住了，在他一只脚跨着栏杆，挣扎了向里钻的时候，两手扯住他一只手，尽力地向里面拉着。江洪跳了过来，脸上红红的，笑道："不要紧，我爬了一天了。"

冰如定了一定神，这才想起来，刚才握着他手的时候，像火样地炙人。再看到他脸上红红的，便道："江先生，你怕是感冒了吧？好像在发烧。"江洪摇着头道："不要理它。"冰如听了这话，将他让进了房，正着脸色道："江先生，不是我自大。你既和志坚是好友，像兄弟一般，我不妨算是你的嫂嫂。你一路辛苦，昨夜又吹了一夜的江风，人已经病了。便是在我舱里休息休息，我当你是个兄弟，又要什么紧？你是个铁面无私的人，那就更不必抱什么形迹，何况我舱里还有一个王妈。"江洪见她如此说了，便强笑道："倒不是我拘什么形迹，身体上虽然有点儿不自在，倒是不在意的好，若要睡倒，那恐怕真会病了。"冰如依然正色道："无论如何，我得要求你在下铺上休息两个钟头。你若不肯，我就和王妈一路到舱外去坐着。"

江洪道："既然如此，我就在床铺上躺躺。"说着，微微地叹了一口气，在那下铺斜躺下去。王妈站在舱门口道："江先生，你脱了大衣，脱了皮鞋盖上被，好好地睡一场，让身上出些汗。"江洪说了一声"不用"、随手扑着被头，盖了半截身体。他的本意，自是敷衍她主仆的好意，躺一会儿就起来。不想身子倒下去之后，越久是越觉得昏沉，头都抬不起来。蒙眬中睡了一觉，睁眼看时，船舱的板壁上已经亮着电灯。王妈和冰如靠了舱门，一个坐在箱子上，一个在行李卷上，正望了自己。心里这就大为着急，天已晚了，难道就睡在这里吗？

第七回

送客依依倚门如有忆
恩人脉脉窥影更含愁

　　轮船上的电灯，照例是不怎么的亮，照着屋子里昏昏沉沉的，王妈坐在行李卷上，靠了舱板壁打盹，那轮船的水车叶，在水里鼓浪前进，全船微微摇撼着，带些催眠性，正好助长王妈的睡眠。她那靠在板壁上的身体，也是抖抖擞擞的，勾着头不住地下沉。冰如手上拿了一本书，就着灯光，半侧了身子看，听听舱门外人语嘈杂的声音，却比较的清静些。江洪连哼了两声，冰如便放下书向他看着。江洪道："嫂嫂，几点钟了？我真病起来了，怎么办？"冰如道："现在已经七点多钟了。船外边，你是睡不得。我也计划好了。就在这外面有一位六七十岁的老头子，也是身体不大好。我和他家属商量好了，让他也搬了行李卷进来，睡在舱板上，我和王妈就挤在上铺上歪歪，好在明天一大早，就可以到汉口的。这屋子里加上一位老人家，你就可以不必避嫌了。"江洪道："那倒让嫂嫂受了委屈，但不知道嫂嫂吃了晚饭没有？"冰如道："茶房送过饭了，你倒还为我们操心。"江洪哼着，又问长问短。冰如皱了眉笑道："就为了我们，把你累病了。再还要累你，我们就过意不去。你安安稳稳地睡着吧。到了汉口，我们还有许多事要你替我们办呢。"江洪听了这话，倒有些警惕。心想，不要船到了汉口，自己起不了身，那可要牵累这两个女人，还是先休养休养的好，这样也就侧身睡了。等到醒来时，耳边听到鼾声大作，向外看时，果然，有一个老人，展开被褥，睡在铺下舱板上。心里也就想着，孙太太倒也用心良苦。不过彼此都是青年人，要不如此，也很容易引起别人的闲话。虽然这

60

透着麻烦一点儿，也只好由她了。

　　江洪睡了大半下午，又睡了大半晚，出一身热汗，精神舒爽多了，这就再睡不着。睁开了两眼仰面在枕上，只管想着心事，忽然冰如在上铺大声道："清者自清，浊者自浊，那是不怕什么人说话的。"江洪倒吓了一跳，以为她在责备自己多心。可是她突然说着那句话，也是突然把话中止，说完了一点儿声息没有，因轻轻喊了两声王妈，回答的也是微微的鼾呼声。原来冰如是在说梦话，这也只有搁在心里。轮船是继续着摇撼地前进，冰如同王妈都睡得很甜，江洪也昏昏地睡了过去。

　　再睁眼时，却见王妈在收拾网篮，舱门打开了，船舷上纷纷的人来人往，在舱板上借住的那个老头子也搬出去了，因问道："靠了码头了吗？"王妈道："老早就靠了码头了。太太说，江先生还没有退烧，让你多睡了会子，她上岸找旅馆去了。"江洪道："我真想不到，我随便在床上躺一下子，就病得爬不起来了。"王妈道："已经到了汉口了，你还怕什么？至多是到旅馆里去睡上两天。东西我都收拾好了，你不必动了。"江洪将身子撑起来望了一望，结果还是一阵天旋地转的坐不起来，随后还是躺下去。好在是不到半小时，冰如就匆匆回船了。她摇摇头道："像样一点儿的旅馆，大概都没有了房间，问也不用问，他们账房门口就挂了一块牌子，上写着：'房间已满，诸君原谅。'我想，船上是不能久住的，只得在这码头上，找了一片小旅馆，我们先搬到那里去住下再说。有了落脚的地方，总可以慢慢想法子。"江洪道："这真是对不起，本来要我一路照应嫂嫂的，不想到了汉口倒要嫂嫂找旅馆来让我住。"冰如道："这有什么关系呢？于今全国人都在同舟共济的时候，凡是中国人，只要有力可出，就可以拿出来帮助别人。何况我由南京出城起，一路都受着江先生的卫护，现时我可以出力了，我也应该'得当以报'。"江洪听她说这话，倒不由在枕上点了两点头道："人生在世，是不可违背人情的。在嫂子一方面说，也许觉得要得当以报才对。那我就谨领受教。望嫂嫂只在'得当'这两个字上照应我，不要过分了。"冰如听了这话，先顿了一顿，然后笑问道："难道江先生起不了床，我上岸去代找找旅馆，这就过分吗？"江洪道："这当然可以。但愿上了岸以后嫂嫂自去料理嫂嫂的事，不必问我。我不过受了一点儿感冒，我相信睡一天就好了的。"王妈在一边听着，也懂得了一点儿，因道："江先生真是客气。"大家就都一笑。在一笑里结束了辩论，找着伕子来搬着行李上岸。江洪勉强地起了床，由王妈搀着他过了跳船。

上岸以后，他连王妈搀扶也不要，扶着人家墙壁走。好在一转弯就到旅馆，路还不远。这旅馆是个小铺面，一座直上的三层楼，除了迎街的那屋子，都不能开窗户。冰如找的两间房，都在楼后身，白天兀自亮着电灯。屋子里除了一副床铺板，就是一张小桌子，墙壁上乱糊了些破旧报纸，实在简陋得很。冰如看着王妈替江洪铺了床，因向他道："这旅馆哪里能久住，我去找朋友去，留王妈在这里照应着你。不然的话，这爿旅馆里的茶房，恐怕不大听指挥。"江洪因这话也是实情，就允可了。冰如出去了大半天，在下午回来，人在楼梯上就高声道："江先生，我们这问题解决了。"说着，高高兴兴地走进屋子来。江洪正清醒了些，斜靠在床头板壁上，因道："那很好。我看这旅馆里外一点儿防空设备都没有，假使有了警报，那是心理上，求不得安慰的，嫂嫂是早一点儿离开了这里好。"冰如笑道："不但我有了办法，就是你呢，我也和你找了一个安顿的地位。我这个房东，他就是医生。他那医院里可以住院，我们一块儿走。好吗？"江洪笑道："听嫂嫂这一连串地说着，想必是房子很满意。可是房子在什么地方，嫂嫂还没有说出来。"冰如笑道："啊！我忘记告诉你这最要紧的一句话。房子在法租界亲仁里。那房东的太太，和我是老同学，她不好意思说价钱，让我照普通市价给钱。"江洪道："我看还是说明了吧。汉口法租界的房子，每间月租一百元，也并不稀奇。"冰如道："我还是楼上大小两间呢。"江洪道："若不是嫌房租的负担会过大的话，这倒是在汉口最幸运的事。既然说定了，那就赶快搬了去。我的看法，倒不是怕有别人抢这房子，只担心房东会变卦。"冰如道："照说，老同学是不会这样对待我的。不过这旅馆里实在住得不舒服，没有什么可以留恋的。"那王妈也正因这旅馆像黑牢，住得实在不耐烦。江洪又说有了警报危险，想到在轮船上所受的那次轰炸滋味，更是愿意离开这里。江洪说后，这就忙碌着收检行李。在一小时后，江洪就坐着车子把她们护送到了法租界。

江洪一看这地方，果然合用。屋在楼上，前面是走廊，已经装上了玻

62

璃格扇，也等于一间小屋子。屋后是洗澡间，她主仆二人，吃饭睡觉洗澡的所在都有了。最好的还是家具现成。原因是住在这里的上批房客到香港去了，也留下了让房东租人。走廊上有三张大小沙发，一张小茶桌，正好款客。太阳由玻璃格扇穿了进来，这里还相当暖和。冰如向房东讨了茶水，就安顿江洪在大沙发上坐了。不多一会儿，房东太太来了，两手拿了竹针，绒袍岔袋里拖出一根绿毛绳来，手里正结着毛绳裤。看她二十多岁年纪，长长的烫发，没有抹什么油水。身穿一件八成新旧的绿绸驼绒袍子，踏了一双拖鞋，颇像一位当家太太。在她那瓜子脸上，配着一副黑溜溜的眼睛，透着十分精明。江洪正要起来打招呼，她倒先点了一个头，笑道："这是江先生了。听到孙太太说，江先生为人侠义得很，我很是佩服。"江洪起身相迎，许说不敢当。转请教了一番，她笑道："我们先生姓陈，我姓陆，同孙太太在北平中学里同学。光阴似箭，现在我们都是中年人了。上月接到孙太太的信，我就和她留意房子了。漫说是多年老同学，就素昧平生，这抗战军人眷属，我们就应当竭力帮忙。江先生身体好些了吧？我家里还有点儿治感冒药丸子，送给江先生吞两粒。这走廊上就可以搭铺。江先生可以在这里屈居一宿，明日再做道理。"她嘴里说着话，手上结着毛绳，眼望了人，江洪倒有些望之生畏，连说是是，手扶了沙发要坐不坐的。陈太太笑道："请坐请坐。名不虚传，江先生真是多礼。孙太太，今天不必预备晚饭了，就在我家里便饭。明天买好了厨房里用的东西，你再开始起火食吧。"说着话，突然她把身子掉过去，望了冰如。江洪这就很放心，有了这样一位八面玲珑的主人，是无需和她顾虑到生活方面去的。当日依了房东太太的话，在走廊上睡了。

次日早上起来，精神就恢复了十分之七八。一大早就把铺盖卷了，睡的行军床也折叠了。冰如开着房门出来时，见他整齐地穿着制服，挺了胸脯子坐在沙发上，因笑道："也罢，江先生病好了。怎么就是这种穿着，这就要去报到吗？"江洪道："我们那只船被炸，总部里是知道的。我虽在九江托人打了一个官电，也不知道办到了没有，我应当快些去报到。"王妈也由屋子里抢出来道："江先生这就走了吗？一路上都得你照应，我们倒相处得像一家人样的。"她说这话，望了江洪。冰如倒让她这句话引起了别情，不由得手扶了房门，把头低下去，看了自己的鞋尖，踢着走廊上的地毯。江洪笑道："我知道，我离开了，你们会感到人地生疏。可是这里房东是熟人，那就好多了。我现在是去报到，还不知道在哪里落脚，回头我还要来搬行李的。就是我搬走了，两三天，一定来看嫂嫂一次。"王妈道："江先生还不搬行李走，那下午再说吧。洗了脸没有呢？"江洪道："我正等着你起来去和我找热水。"王妈答应着好，下楼找水去了。冰如道："水管子里虽没有热水，到洗澡间里洗脸，可方便得多。江先生到里面来洗脸吧。"说着，她先到洗澡间里去布置一阵。

不一会儿，王妈提着一大壶热水上来，向洗脸盆里倒着水，冰如就把手巾牙膏肥皂一齐送进屋来，因问道："江先生的牙刷子找出来了没有？"江洪道："在网篮里。"冰如立刻打开箱子，取了一支牙刷，送到洗澡间来，笑道："这是新的，没有用过，不必找了，江先生就带去用吧。"江洪正弯腰洗着脸，点头说声谢谢。冰如见洗脸盆上面墙上，虽也挂了一面镜子，但是镜面上有许多斑点。于是又在手提箱里很快地拿了一面镜子来交给江洪，笑道："我想着，像江先生这样的军人，也许不需要镜子。不过江先生害了一场小病，现在去见上司，最好是不要带一点儿病容，照照镜子，似乎也不妨。"江洪只好道谢接着。王妈在放下那壶热水之后，又提了一壶开水上来泡茶。江洪洗完了脸，刚走到走廊上，就有一壶茶、两只小茶杯，放在茶桌上。王妈斟着一杯茶，放在桌沿上，江洪正弯着腰要去拿茶杯，却见冰如两手托着两只碟子走了出来，放在桌上，笑道："我昨天晚上去买的点心，预备今天早上从从容容请客。现在江先生就要走了，我只好提前请客，恕我不能奉陪。我还没有洗脸。"江洪笑道："嫂嫂请便，我就要走了。"冰如道："我在家里，洗脸忙什么呢？江先生随便用两块点心。啊哟！你就是要走也没有这样忙，坐下来慢慢地吃一点儿。"江洪被她这样催着，只好坐下来喝完了两杯茶，又吃了两块点心，便站起身来，挺着胸脯，先扯扯衣摆，后摸摸领子，笑道："嫂子，我走了，下午也许来搬行李。我若得着志坚的什么消息，一定会打听详细，然后回来报告。"冰如道："好，下午我在家里等你，希望你不要接受别人的约会，我请你吃晚饭。"江洪道："那再说吧，也许我下午不能来。"冰如见他眼望了前面，有要走的样子，便伸出手来告别。江洪微弯了腰，接着她的手握着摇撼了两下，笑道："嫂嫂一切想宽一些。"然后又立正着，举手和冰如行个军礼。冰如情不自禁地跟着他后面，送下了楼梯。楼梯只是一条甬道直通到大门，冰如索性跟着他到了门口。江洪走出了门，下了三层台阶，回转脸来望着道："难道嫂嫂还要送？"冰如站在门框下，向他点点头道："我就不送，但我希望你下午要来。"江洪又站定行了个军礼，方才转身走去。

冰如将双扇门掩了一扇，手扶着那扇掩的门，斜斜地靠了，望着江洪的后影，只管出神。江洪的影子，早已是不见了，冰如对着他所踏过的弄堂里那段水泥路面，还是看得出神。马路上槐树叶子，凋黄着只剩了很稀少的几片，被风吹着，撒在水泥路面上，或三或两。冰如看着这个不曾转了眼珠，很久，她又想到树叶子一落下来了，无论用什么科学方法，也不能再长到树枝上去。树叶子长在树上，它不知道那环境可贵，等着落下了地来，回忆从前，觉得可贵而又不能享受了。人生在世……想到这里，身后有人叫道："太太，去洗脸吧，水都凉了。这里迎面吹着风，多冷啊！"一句话把冰如惊醒，回转头来，见王妈站在楼梯口上，因笑道："我在这里站站，看看有些卖什么东西的经过。"说着也就回转楼上。她在洗澡间里洗脸，王妈在外面收拾屋子，彼此有好久没说话。王妈突然道："太太，你看我们一路和江先生打着伙伴，倒很热闹的。现在他走了，我们倒好像怪舍不得似的。"

冰如一回头，要说什么，见房东陈太太来了，便笑道："你真是当家人，老早就起来了。"陈太太笑道："今天也许是特意早一点儿。把家里事情弄清楚了，我陪你到广东馆子里吃早点去。"冰如道："你何必客气，我要打搅你的时候，还多着呢。"陈太太道："我倒不是忙于请你，你要安一个家，总要添置一些东西，吃了点心，你可以去买东西了。我在楼下等你，你洗完了脸，就下来吧。"说着，房东走了，王妈想起了少这样，少那样，却也怂恿冰如去一趟。她也觉得心里头有什么放不下去似的，在家里怪别扭，穿上大衣，就下楼约着房东同走了。

在馆子里磨消了两小时，在街上又买了两小时的日用品，回得家来，已经是十二点半钟了。王妈迎到楼梯口上，接过去冰如手上提的东西，她第一句便道："江先生回来，搬着行李走了。"冰如问道："搬着走了？"王妈道："搬走也不过半个钟点。"冰如也没作声，回到了房里，才皱了眉向她道："你怎不留他坐一会儿等我回来呢？"说着，还把脚在楼板上顿了两顿。王妈道："谁不是这样说呢？江先生说，他见着上司了，叫他搬着行李到武昌去。他想着，若是去了再来搬行李，过江嫌麻烦。太太说是请他吃晚饭，那更来不及。不是星期六下午，或者星期日早上，他一定来。这不能怪我。"说着，把嘴鼓了起来。冰如想了一想，笑道："我又何必怪你呢，不过，我想着已经约了请人吃饭，结果又算了，这倒像开玩笑似的，别的无所谓。"王妈没有敢拿话来驳她，只是默然避开。

可是冰如安了家之后，终日地皱着眉头子，果然不如在路上走着，时而船上，时而岸上，倒有些兴趣，总是懒洋洋的。但也有一件事是她所热烈追求的，别人很难猜到，便是每天早上起来，等不及送报的上门，就要去买一份报来看。报到了手，很快地捧着看了一遍，叹口气就放下了。但放下了不久，第二次又捧起来看看，有时感觉到一份报看得不够，又再买两份报来补充着看。王妈在一边看到，虽知道她是为了时局的关系，可是自己不认得字，更不懂得国家大事，也没有法子来安慰她。好在这位房东太太是喜欢说话的人，有时便悄悄地下楼，把她请上楼来，和太太谈话。还有这楼上隔壁屋子里，同住了一位刘太太，慢慢地也熟了。刘太太的先生是一位公务员，机关虽撤退了，他还在南京为留守人员之一。刘太太正是和自己太太一样，每日都留心着报上的消息。不过她有一位七岁的小姐，伶俐活泼，还有个解闷的。

是这日上午，楼上两间屋子都静悄悄的，正是看过报以后，各人都有一番心事。王妈隔着房门向里看看，见刘太太斜坐在椅子上，将一只手托了头，似乎在想什么。那刘小姐坐在矮椅子上玩弄着小洋娃娃。桌上放了一张报，一半垂在桌沿上要落下来。王妈低声叫了一声"刘太太"，她回过头来，问道："孙太太起来了没有？"王妈道："早就起来了，你请到我们这边来坐坐吧。"刘太太笑道："我正要找你们太太谈一谈呢。"说着，走了出来，她到了走廊上时，冰如也出来了，相见之后，第一句话就问道："今天的报看了吗？"刘太太点着头道："看过的，消息不大好呢。"说着，皱了两皱眉头子。冰如道："敌军在金山卫登陆了。我翻了一翻地图，这战事会延长到太湖后面来。"刘太太道："地图借我看看，自从出学校门，好久不弄这东西，现在倒常翻着看看。"冰如在房里取两张分省地图来，交给刘太太，因笑道："几个战区里的地图，现在让我看得烂熟，这倒长了见识不少。"说着话，两人就坐在沙发上看地图，闲谈了一阵。刘太太那个小姐贝贝却由屋子里跑出来，把地图抢了过来看了一遍，因问道："妈妈，这个书上没有画的小人吗？"刘太太道："这不是玩的书，不要撕了。拿过地图来折叠着。"小贝贝举了小白手，鼓了嘴，偏着头道："孙伯母，我爸爸在南京和我买了好些个小人书，他会带来给我玩。"刘太太听了这话，也不知道有什么感触，立刻有几点眼泪水挤了出来。但她自己也感觉到，立刻胡咳嗽了几声，弯着腰下去，同时扯出了衣襟上掖着的手绢擦抹着眼睛。

冰如倒感觉为难，便搭讪着整理地图，送到屋子里去便拿出一听烟卷来，请刘太太吸烟。她将小贝贝抱在怀里，手摸了小孩子的童发，因道："她爸爸有半个多月没有信来了。这一阵子南京每天都有几次警报，我真放心不下。"冰如道："警报倒不要紧，我在南京受过了一两月的空袭，人没有损坏一根毫毛。像我们先生在最前线打仗，据这两天的消息看起来，可真有一点儿让人着急。"刘太太道："你们先生在前线哪一段防地呢？"冰如道："那怎么会知道呢？在前线打仗，时时刻刻都有变化，绝没有永远驻守一个地方的道理。至于向后方通消息，那更是难说了。战区里有军邮，那是没有固定时候来往的，到了火线上军邮不能去，打仗的人，也没有空工夫写家信。我现在简直不希望接到他的信，如能得到他长官在哪里的消息，就很满足了。可是军事长官的行迹，又是绝对秘密的。"说到这里，她格外觉着懊丧，把头低了，两手放在怀里，互弄着手指头。

刘太太又来劝她，笑道："据你说，孙先生是个很精细的人，既是精细的人，在前方就会照料自己。"冰如也没有说什么，只是低了头。那小贝贝听到母亲提她爸爸，她很高兴，就到屋子里去，拿出几张相片来，手举着，直送到冰如面前，笑道："孙伯母，你看看，这就是我的爸爸。"冰如接过来看看，哄了孩子几句，交还了她。刘太太倒拿了一张相片捧在手里，只管出神。冰如觉得每一件事、每一句话，都是牵引着彼此心里难受，正想怎样把话来撇开。可是贝贝爬到沙发椅子上，两手环抱了刘太太的颈子，眼望了相片，嘴对了母亲的耳朵，问道："妈妈，我爸爸几时回来呢？"这话问得冰如心房都跳上一下，立刻走向前牵着她的手道："来来，我带你到马路上买玩意儿去。"贝贝听说买玩意儿，跳下椅子来，就同冰如走了出去。冰如也觉得心里这一层郁结，不容易解除，真在马路上兜了两个圈子，买两件玩意儿给孩子，方才回来。

可是走进房里时，立刻勾起了心事。原来自己在南京抢出来的那一只布袋放在这衣橱里，就不曾放在目前。这时，袋子里那一柄佩剑，却挂在床头的墙上，梳妆台上、茶几上、床前小柜桌上，都支起了相片镜框子，里面放着志坚大小的相片。猛然看看，倒不免怔了一怔。拿了桌上支的一张相片在手，还是两手捧住，远远地注视着。正好王妈由外面进来，迎上前笑道："太太，我猜到了你的心事吧？我把你心爱的东西都摆出来了。"冰如放下相片，却没有答复什么，只长长地叹了一口气。

第八回

噩耗陷神京且烦客慰
离怀伤逝水邻有人归

　　屋子里的空气沉寂极了，那放在屉桌上的一架小钟，还叮咤叮咤发出了响声。冰如斜躺在床上，头枕着那叠起的棉被，高高撑了上半身，眼望了这桌上正响着的小钟。这小钟旁边就支起了一只盛相片的镜框子，里面放了孙志坚的武装相片，是正了面孔，将那炯炯发光的眼睛对着人。冰如向着那里看看，也是呆呆地目不旁视。那镜框子旁边，有一只花瓶，瓶子里插了一束月季花，似乎是日子久了，那花瓣散开，支在叶子上。这屋子也没有什么人移动，那花枝上的花瓣，却好好地有两片落下来，顺了镜子面，落到雪白的桌布上。白布衬着这鲜红的两点，颇觉醒目。冰如仿佛是吃了惊一样，立刻由床上站了起来。这一下子，地板受了震动，屉桌也跟着有些微微地摇撼，于是有两朵散得太开敞的花，那花瓣就像下雨一般，落了下来，在这镜面子上粘贴着，把人影子遮掩了好几处。就是孙志坚的脸上，也让两片花瓣盖住着。冰如走到桌子边站住，右手缓缓地捡起了桌面上的花瓣，放在左手心里握住，然后手一扬，待要向痰盂子里扔去，可是刚一弯腰，忽然有一种感想，这不是把鲜艳的东西向污秽的里面葬送了去吗？这样凝神想了一想，手里这一把花瓣就没有扔下去。回头看那屉桌上的相片，却见志坚凝神注视了自己，对自己带一些微笑，又似乎带一点怒气，便拿了相片在手，也对他注视着，然后点点头道："志坚！你对我有点儿怀疑吧？我听说，前线的牺牲是很大的。假如你有了不幸，那我怎么办呢？我一个孤孤单单的女人，我就这样在后方住下去吗？"于是将相片握着，人倒退了几步，挨着了床沿，便坐下去。坐下去之后，还继续地看那相片，于是就倒下去睡了，心里也说不出是怎样一种闷得慌，眼睛觉得枯涩，就昏昏沉沉地睡了下去。

仿佛之间，志坚由相片上走了下来，脸上似乎生气，又似乎发笑，因道："冰如，你要问我将来的路径吗？我的意思，你最好是自己早做打算了。这个世界上已经没有了我，你要找我回来，是不可能的。前方将士，浴血抗战，伤亡的人不能用数目去计，难道我的生命，就特别地有保障，还可以回来？"冰如待要问他的话，却是震天震地几阵炮响，立刻烟雾连天，自己在一个广大的战场上，那战场的情形，和平常在电影里面所看到的情形差不多，眼前所望到的，是一块平原，除了几根歪倒的木桩挂着铁丝，这里没有树木，也没有青草，倒是炮弹落在地面，打了好多的干土坑。身上一阵火焰过去带了弹片飞溅，自己就挺直地躺在这坑里面，把面前一块石头抓住。也许是自己用力过猛了，那块石头，也随了自己这一拉，滚将过来。猛可地一惊，看时，躺着的干土坑是被褥上面，抓着的石头是枕头，而志坚的相片，却依然压在手下。这是一个梦。可是这个梦，给予她的印象很深。她觉得志坚那句话，是最可想象的，前方浴血抗战，伤亡的人无数，难道他就可以安全地回来吗？这一个感念放在心里，便觉得自己坐立不安。恰好这几天的战事，极不顺利，报上大题目登着，敌人正在猛犯南京光华门。看过这个题目之后，心里头就恍如用热油煎着心窝一样，非常地难受。终日说不出是一种什么心情，只是要睡觉。到了晚上又做的是一宿整整的梦。

早晨醒来，便听到门外皮鞋走动响，一个翻身由床上坐起来，隔了门问道："是江先生来了？"外面江洪答道："嫂嫂还没有升帐？只管睡着吧，我没有什么了不得的事情。"冰如自不会依着他这话，已是匆匆穿衣起来，先开了房门，向江洪打了一个招呼，方才到后面洗澡间洗脸。江洪坐在楼廊的沙发上，等着王妈送茶来的时候，低声道："你太太这两天心里非常地难受吧？我看她的脸，瘦削得像害了一场病一样。"王妈道："没有哇。"江洪道："刚才，她披着衣服，打开半扇门，伸出半截身子来，我见她头发披散了在肩上，脸色黄黄的，肩膀垂了下来，和我点个头就进去了。我以为她是病了呢。"王妈又连说了两声"没有没有"。这些话他虽是极力地低声说出来的，可是冰如在洗澡间里，一句一句的都听到了，这几日洗过脸，随便抹一点儿雪花膏，就算了。听了这话，觉得一张黄脸对着人，那不大好，便在扑过一阵干粉之后，又涂抹了两个胭脂晕儿。身上穿的是一件青绸面子的旧羊皮袍子，既臃肿，也不干净。这就也脱下来，换了一件绿绒袍子，窄小而轻薄，现出这苗条的身段来。在洗脸盆上的大悬镜里，她看着有这样的观念，她梳拢了一会子头发，又涂抹了一层油。那桌上花瓶子里，已是新换了一束月季花，她摘了一朵，插在鬓边。又照了一照镜子，这才转着念道："这样子收拾过了一遍，应该不带什么病容了吧？"

果然，她出来的时候，江洪不免吃了一惊。不多一会子，孙人太又换了一个人了。他心里这样想着，虽没有说出来，可是他预备了一番安慰的话，觉得有点儿多余了。于是起身笑着点了一点头。冰如道："江先生怎么这样早就过江了。"于是隔了茶几在沙发上坐着。江洪没开口，先皱了眉头子，接着又抿嘴吸了一口气，因问道："嫂嫂看到这几日的报了吗？"冰如道："正是这样想，我觉得南京的情形，已是十分严重了！"江洪靠近了茶几一点儿，把头伸过来，低声道："岂但是严重，昨天已经失陷了！"冰如突然听了这话，心房倒是猛可地跳上一下。随着也起了一起身子，向江洪脸上望了道："这话是真的？"江洪点点头道："这消息大概不假。但嫂嫂也不必发急，志坚兄并没有在城里。这个时候，想着他绕过南京，随着部队，撤退到安全地带上去了。"冰如道："你又怎见得他已撤退到安全的地带上去了呢？"江洪道："那……那，我想，除非是他有特殊的任务，不然，他是个很机警的人，一定有办法可以达到安全地点的。"冰如先是微笑了一笑，然后又叹了一口气道："现在我也顾全不得许多，只好过一日是一日了。"于是把手撑在椅靠子上，将手托了自己的脸腮，身子略微歪躺在沙发上。江洪道："现在我们所得的消息，还是一个很短的报告。究竟失陷的详细情形怎么样，还不知道。"冰如也不动，也不说话，却把手托的脸腮，微微摇撼了几下。江洪在衣袋里掏出表来看了一看，因道："我这时抽空来看嫂嫂，是怕你突然看到报上消息之后，心里会难过，所以先来报告一声，免得你摸不着头脑。嫂嫂放心吧，再有什么消息，我随时会来报告的，我告辞了。"冰如听了这个消息，顷刻之间，就像喝醉了酒的人一样，脑子里丧失了主宰。江洪说了这些个话，她却不知道找什么话来答复。只是知道对于江洪这么一个人，是应该客气些的，看见他走，也跟着后面送了下楼。只走到半截楼梯上，江洪站在楼下，回转头来笑道："嫂嫂，你又送我吗？以后我也许隔一两天就探望你一次。你只管这样向我客气，那让我受拘束了。"冰如手扶了栏杆，向下望着，点了两点头，竟是真的不送了。

她回到楼上，把这话告诉了隔壁屋子里的刘太太。那刘太太倒没有她这样能忍耐，已是眼圈儿一红，两行眼泪直流。冰如见到别人这样挂念丈夫，自己也是黯然。这日的报上，虽还没有登着南京失陷的消息，可是字里行间，也就表示着情形十分危急。觉得江洪送来的这段消息，绝不会错误，当日就在屋子里睡了一天。到次日，南京的失陷情形，报上也就大致登载出来了。这已算完全绝了希望，倒不必像昨日那样发闷。吃过了午饭，索性出去看电影去。晚上回来，却见江洪手捧了一本杂志，坐在走廊上的沙发上看。他脱去了制服，却穿起了一件蓝绸面的皮袍子，突然改装，倒显着格外年轻些似的，便笑道："哟，江先生怎样改了装了？"江洪起身道："今晚我在汉口有点儿事，无须乎过江去。穿了一身制服，有许多地方要受着限制，这样到任何娱乐场去，都自由些。"冰如深深一点头道："这点儿意见，我们倒是完全相同。反正是不得了，乐一天是一天。"江洪摇摇头道："这种见解，倒是不怎样妥当。"冰如道："那么，你为什么说要到娱乐场去呢？"江洪笑道："我这有点儿用意。"冰如便在他对面沙发坐下，望了他的脸道："你有什么用意，我倒愿闻其详。"江洪道："我想着，嫂嫂心里，一定是很难受的。我想今晚上陪嫂嫂看戏去。"冰如笑道："你看，我是怎样大意。不错的，王玉这个剧团也来了，我在报上看到这广告的。这么一来，江先生每天多一件事可做了。"江洪笑道："也不一定就去看她演剧。"冰如道："好的，我陪江先生去看看，我也要看看她到底有什么能耐。"说到这里，王妈捧着一壶热茶来了，向江洪面前杯子里斟着茶，一面问道："江先生，听说我们的南京丢了，是吗？那怎么办呢？"江洪道："你有什么人在城里吗？"王妈道："亲戚朋友总是有的。那些没有逃出来的人，还会有命吗？"江洪站起来，接过她手上的茶壶，皱了眉向她道：

"不要提南京了，你不知道你太太心里难受吗？"这时，隔壁屋子里那位刘太太，站在自己房门口，手里有一下没一下地结着毛线手套。手掌里握着三根铁针，眼睛虽看在手套上，却也同没有看到一般，针尖在手指上，倒扎了好儿下，耳朵里是作探听江洪所说的南京消息。因为彼此不熟，又未便问话，只有站在一边等机会。现在听到江洪说不必谈南京的话，这就是想冒昧问两声，也有所不可了。听话的人寂然，谈话的人也就寂然，王妈被江洪拿过去茶壶，没有意思，悄悄地走了。江洪只是端起杯子来，连连地喝着茶。冰如将手撑了头，半斜地坐在沙发上，半晌，微微地叹一口气。江洪看了一看手表，因道："嫂嫂，我陪你到大街上去走走吧？"冰如回来之后，还不曾进房，那手提包还放在茶几上呢。这就把手提包拿着站了起来，笑道："好哇！我们一路走吧。"于是二人　路走了。

那个要听消息的刘太太还是站在那里，一两分钟，打一针手套。忽听王妈问道："刘太太，真的，我们的南京丢了吗？"刘太太回头看时，见她站在茶几边，自己斟了茶喝，也在望了杯子出神。刘太太道："报上都登出来了，怎么会假？这位江先生，是你们孙先生的好朋友吗？"王妈道："是的。孙先生托他把我们带到汉口来的。他为人好极了，就像我们太太自己的兄弟一样。"刘太太顿了一顿，才道："他好像是特意来安慰你们太太的。"王妈道："一路上他总是安慰着我们太太。"刘太太道："他自己有太太吗？"王妈笑道："他还没有太太。在九江遇到一个唱戏的王小姐，倒很有点儿意思。这王小姐原来也是一位太太，还有孩子呢，和我们太太是朋友。在九江遇到她，才知道她离婚了。"王妈倒不管刘太太愿不愿意听，继续着向下说。刘太太道："怪不得他邀你太太去看戏，他是另有意思的。你太太和我就不同，我一点儿也想不开，今天你叫我陪人去看戏，我就办不到。"王妈还道："我们太太在南京，就不是这样，心里面有一点儿事过不去，就急得不得了。"刘太太道："急呢，本来也是无用，可是心里头总放不下来。我倒很钦慕孙太太为人了。"说着，长长地叹了一口气。

有一部分女人，是喜欢管着别人家的闲事的。刘太太和冰如住着隔壁，也就注意着她的态度。在每日早上，她看过几份报之后，或者在走廊沙发上坐着晒太阳，或者在屋里睡觉。但到了下午两点钟，她就换了一个样子了。风雨无阻，那位江先生必定来坐上一二小时，用许多话来安慰她。有时也陪了冰如出去，或者看戏，或者看电影。这样有了一个礼拜，南京失陷后的情形，由外国通讯翻译转载回来的消息，的确十分凄惨，只看那死人估计的数目，都是说在二十万以上。凡是有亲人留陷在南京，没有出来的人，都在不能保险之列，至于军事上不利的传说，自然是比前更甚，那刘太太随了这些消息，另变成了一个模样，脸上瘦削得像黄蜡塑的人，两只肩膀向下垂着，挂不住衣服，把衣服都要坠了下来。可是冰如倒不像她这样难堪，依然逐日整齐地修饰着。

这一个晴天的当午，阳光由玻璃窗子里穿了进来，很是暖和，将走廊上的窗子推开，屋子里空气流通，倒是把连日屋子里的郁塞滋味，一扫而空。刘太太手里捧了一杯茶，靠在撑开玻璃窗户的窗栏杆上向楼底下望着。冰如也是由屋子里出来，靠了窗栏杆站定，向刘太太笑道："今天的天气，倒不像冬天了。我们到江边上去散散步好吗？"刘太太皱了两皱眉头，接着微笑道："也不懂什么缘故，这几天干什么事都不感到兴趣。心里热烫的，就像害了烧热病一样。"冰如道："不要那样想不开。我们有人在南京没有出来，那是一重损失，把我们的身体急坏了，那更是两重损失。我们总应当留着我们这条身子来做些没有做完的事。"刘太太慢慢地喝着那碗茶，出了一会儿神，因点点头道："那也好，我带着小贝贝出去走走。"小姑娘听到母亲要带她出去走走，早是由屋里一跳一跳地跑了出来，抓住母亲的衣襟道："我们走哇，妈妈。"刘太太本来就喜欢这个小姑娘，自从和丈夫分别以后，越是把这女儿看成宝贝一样。小手一拖住了衣襟，她就丝毫不能勉强，顺手摸了她的头道："好，我们到江边上看看船去。"贝贝道："我爸爸坐了船回来呀。"刘太太和姑娘说着，本来带了笑容，听了这句话，像是胸前面受了一小拳头，微微地痛了一下，望了贝贝没有作声。冰如过来牵了她的手道："好孩子，你跟了孙伯母去，不要多说话。"于是她牵了贝贝先走，刘太太跟在后面走出来。

她们所住的这地方，正是江岸后面的一条马路。随便走着两步，就是眼界一空。马路旁的草地，像是狼狗皮的毛毯，铺在地上。夹路的树木，落光了叶子，阳光穿过那枝丫的树枝，照在水泥面的人行路上，越是觉得干净，偶然还有一两片焦枯的落叶，铺在路面，是表示着江边还有一点儿风。江水是太浅了，落下去和江岸悬殊十几丈，而对岸的武昌，仿佛是邻近了好多了。轮船停泊在一条宽沟似的冬江里，那烟囱比码头上的栏杆还要矮得多，这正可以向下俯视一切。挂着白布帆的木船，在江心里顺流而下，小贝贝看着很有意思。尤其是那最小的木船，挂了丈来见方的白帆，在水浪里漂荡，贝贝看着有些像玩具。她就穿过马路外边的草地，伏在石岸的铁链栏杆上，向江里看着，两个大人随在后面站定，贝贝指着问道："妈妈，那小船是到南京去的吗？"刘太太微微笑着摇摇头。就在这江岸下边，有一只中型轮船，靠了趸船停泊着。码头上的搬运夫，抬着货物，由坡子下来，向轮船上去。刘太太随便问道："这是到长沙去的船呢，还是到宜昌去的船呢？"冰如道："大概是到宜昌的。到长沙去的货物，多半是走粤汉路。"贝贝回转身来，牵了刘太太的衣襟道："妈妈，我们也上船去吧。我们坐船到南京找爸爸去吧。"她这么一句不懂事的话，却把刘太太刚刚排解的情绪，重新郁结起来，手扶了栏杆，望了江里的浪头，只管发痴。很久很久才道："到南京去吗？除非变一条鱼，随了这浪头一块儿流了去。"冰如见她低了头，简直抬不起来，便抱了小贝贝，把话扯开来，指着对岸道："你知道那里是什么地方，你去过吗？"她絮絮叨叨和小孩子说着，刘太太再也不说什么话，只望了江里的浪，见那浪一峰盖着一峰向东推了去，便想到这样向前推去，自然有一日到了南京下关。再又看到江边水上，浮了一层草屑，又想，假如自己是这草屑，不也就几天到了南京吗？草屑是没有人注意到它的，它可以太太平平地赏鉴这时候的南京是什么样子。

正在这样出神呢，忽听到有人叫道："太太，快回去吧，先生回来了。"她始而没理会，继而觉得这是自己家里女仆的声音，回过头来时，那女仆已经奔到了面前，笑道："太太，我们先生回来了。"刘太太怔了一怔，问道："真的？"那女仆道："真的真的，快回去吧。"刘太太也忘了贝贝，扯腿就跑，贝贝由冰如怀里挣下来，站在地上叫"妈妈"。刘太太已是跑过了马路，听到这种喊叫声，又突然地跑了回来，抱着她笑道："快回去吧，你天天盼望的爸爸回来了。"说着，将孩子扛在肩上，就顺了码头边的行人路走。路有了缺口，就是走下码头去的石头坡子。刘太太走到这坡子上，未曾怎样介意，顺了向下的坡子就一层层地走去，还是那女仆在码头上叫道："太太你向哪里走，要到哪里去？"这句话才把她提醒，才啊哟了一声道："我怎么往江边上跑？"说了这一声之后，才抱着孩子跑上码头来。她大概是不大好意思，头也不抬，就回去了。

这把冰如一个人留在码头上，站着怔怔地望了江心。她想到刘太太所说，只有变了鱼才可以随了这江里的浪头东去。那是实在的话，除了男子预备去冲锋陷阵，谁能够径直向东去呢？她想到了这里，不免随了这念头，只管向东看去。这江里的水，虽是枯浅得成了一条深沟，可是向东一直看去，正是江流的路线，两岸平原，一点儿没有阻隔。越远就越觉得地平宽阔，船帆像白鸟毛，一片片地飘着。天脚下白云被日光照着，略带了金黄色，把地平围绕了。这长江一条水翻着白浪头，就流到这云里去，且不问这云是多远，南京是在这白云以外。志坚在这白云以外活着呢？还是……她不敢向下想，遥遥地看到水面上天底下，冒出一缕黑烟，像一条乌龙似的在半空里盘绕着，那是一只轮船，在地平线以下，快要升出来了，且不问这轮船大小，所带来的人，到了汉口，又有不少像刘太太的少妇要喜欢得认不出路来，自己不知道有这么一天没有？这是一个可玩味的境遇。

正在幻想着，身后有人笑问道："嫂嫂看着这大江东去，又在想志坚兄了。"冰如回头看时，是江洪站在草地的露椅边。他今天换了一套西服，外套着花呢大衣，斜斜地戴了一顶盘式呢帽，那姿态颇有点儿电影明星的味儿，因笑道："我早不做那个痴想了，那有什么用呢？"虽然她心里觉着自己撒谎，但她表面上却装着很自然，随了这话微微地一笑。

第九回

别有心肠丰装邀伴侣
各除面幕妒语斗机锋

　　时间可以变换一切，人的心埋亦复如此。江洪对于冰如原来是极为敬重的，可是厮混得久了，觉得她是不愿人拘守形迹的。过于拘板，也怕会引起了她的烦厌，所以有时也随和地说笑着。他见冰如否认在这里想念丈夫，便笑道："难道嫂嫂还不好意思承认这件事？"冰如笑道："我有什么不好意思承认？我是觉得这样空想无益。其实江先生所做的事实，倒是不肯承认。这事，需要我说明白过来吗？"冰如笑了望着他做一个试探式的问话。江洪问道："我还没有来得及告诉嫂嫂呢，绝非是瞒着。"他说着这话时，便向马路很远的所在，连连挥着帽子招了几招。冰如倒没有料到他有此着，只见王玉远远地由那里跑过来，手上拿了一排铜丝纽的鲜花。冰如笑着咦了一声道："想不到王小姐在这里出现。"王玉指着江洪道："我电话约了他在广东馆子里吃早点。到你府上去找你，你们家王妈说，你到江边上来了。在前面路口上买鲜花，所以晚来一步。我特意来请你去看我们今天上演的一出新戏，好吗？"冰如笑道："说一句话，你不要生气。我对于梅派皮黄戏剧，感不到兴趣。"王玉笑道："那我有什么可生气的呢？各人嗜好不同。譬如密斯脱江，他就喜欢梅派戏。"冰如笑道："江先生听戏，哪是人的问题，和你捧场罢了。"她说这话时脸色有一点儿红。分明是玩笑的话，却有点儿生气似的。王玉丝毫也不介意，笑道："江先生倒是有点儿和我捧场的意思，不过江先生一个人捧场，声势不够，我希望他多邀几个人去听戏。你不能去凑一个吗？不要你听戏，只要你捧场而已。"冰如的俏皮话没有说倒她，反是让她俏皮了一阵，那脸色就更红了，微垂了眼皮说不出话来。江洪看到这样子，倒有点儿不好意思，便笑道："只管说笑话，把正事忘了。王小姐不是还有点儿首饰在嫂嫂那里吗？"江洪的话还没有说完，王玉便抢着插嘴道："那不要紧，明天我把钱交给江先生，江先生给我代购回来就是了。话已当面说明，孙太太将来把东西交给他吧。"冰如哼着点了一点头，江洪觉着没趣，在江岸上踏着步子，说了几句闲话。冰如道："实在的，我不能去看戏。我们楼上的邻居刘先生由南京脱险回来了，我要去听听消息。改日再来捧场吧。"她说着向王玉笑着点了两点头。也不待江洪再说什么，她竟自走了。

王玉站在马路上望了她去的影子，只管微笑，等看不见人了，便向江洪笑道："奇怪奇怪，我们交朋友，孙太太倒是有些吃醋的样子。老江，我们的交情，是与日俱深了。你对我说句实话，你们的关系怎么样？她好像是爱上了你。"江洪啊哟了一声，正色道："这可不能随便乱说的，我和孙志坚是知己朋友。"王玉道："那么，她为什么有点儿愤愤不平的神气？"江洪笑道："我哪里知道？女人的心事。"王玉微笑笑，也没有驳他。她这天上身穿了一件拉链子的宝蓝色羊毛衫，下套格子花哔叽短裙，头上梳两个辫子，扎着红辫花，手臂上挽搭着一件紫红色毛绳大衣。说着话和江洪慢慢靠近，江洪就把她手臂上那件大衣接了过去。王玉倒不拒绝他这个动作，却笑道："假使冰如在这里，她又会觉得看不上眼了。"江洪道："便是全社会上人看不上眼，我也无须介意。"王玉笑道："你果然有这番大无畏的精神，那我就很佩服你了。"江洪听说，也是一笑，于是二人就并肩向繁华的路上走去了。恰是走不多远，碰到了王妈，江洪有言在先，全社会上人看不上眼，也无须介意，也就只好硬着头，坦然地走着，只当没有看到她，可是王玉不肯这样含糊，却故意笑着叫了一声"王妈"。王妈随便答应了一声，还问到哪里去，王玉笑着大声道："我们看电影去，请你们太太，你们太太不肯来嘛。"说着，就挽了江洪一只手臂走开了，王妈站在人行路上，倒呆望了一阵，她忽然觉得心里横搁了一件什么事似的。突然改快了步子，向家里走去。

这时，冰如门外的楼廊上，围了许多人，听着新到的刘先生讲说脱险的故事。冰如也坐在自己屋里沙发上，呆呆地听。王妈一脚跨进房门，一拍手道："太太，你看这是新鲜事吗？江先生和那个王小姐，手挽手地在马路上走着。"冰如头一偏道："你才喜欢管这些闲事呢？"王妈碰了这一个钉子，只好走开。可是王妈刚走出门，冰如又放下了笑脸，低声道："你来，我问你。"王妈见她要问，便又走回房来，正色道："真的，太太，我不骗你。我在马路上看到她，她一点儿也不害臊，还故意叫我一声。"冰如道："她唱戏的人，什么事做不出来。她怎样和江先生同走，并排呢？一个在前，一个在后呢？"王妈道："什么在前在后，两人手挽了手走。"冰如的脸，红里变青，手托了脸，很久没有作声。后来她就站起来，打开屉桌的抽屉，拿了一把糖果，坐下来慢慢嚼，她倒没有看到王妈站在前面似的。王妈站了很久，感到无趣，也就离开了。这一天，冰如在许多烦恼之上，又增加了一层烦恼，可也没有法子对谁说破，只有睡觉而已。

到了次日，一看墙上挂的日历，是一个星期日，料着江洪是必定会来的。于是起早梳洗了一番，换了一件紫绒的夹袍子，天气已是隆冬，穿绒夹袍子，总算单薄。而这夹袍子还是白绸里儿。那深紫的颜色，和那脸上的胭脂配起来，真是一个鲜艳欲滴的色彩。她在后面洗澡间里，足照了一小时的镜子，她还嫌不够，随着又走到外面卧室里来，又对屉桌上的小镜子，重新照了两遍。在照镜子的时候，她看到前些日子王妈支起的孙志坚照片，就收起来，放到抽屉里。回转身来，看到方桌上，床前几柜上都有志坚的照片，也一一地给收了起来。早几日，她在北平香粉店里，买了些通草绢制花朵，这时挑了一朵海棠花斜插在鬓耳前边下。她这样修饰了很久，连王妈都有些奇怪。当她进房来拿东西的时候，问道："还早呢，太太打算出门去吗？"冰如道："心里烦闷得很，我要去看两个朋友。"王妈道："设若江先生来了呢？"冰如道："反正他也没有什么消息告诉我。"王妈拿了两套衣服，只管对冰如呆望了。冰如道："你对我老望着干什么？"王妈笑道："我们太太比王小姐漂亮得多，她是打扮得那样妖精古怪的。"冰如道："你这比方根本不对，怎么拿我和她打比呢？"王妈也是莫名其妙，怎么随便一比，就提起了王小姐呢？这句话大概是太太不愿听的，不敢再说就走了。其实冰如听了这话，倒是很欢喜。这样修饰好了，且不走

79

开，拿了一叠日报坐在楼廊的沙发上看。

不到半小时，有皮鞋声登着楼梯上来，冰如猜着这必是江洪，却并不回头，只管半侧了身子坐着看报。果然是江洪来了，他走上廊口，看到那里坐了一个艳装女人，以为是冰如来了女友，便顿了一顿，然后缓步向前。直走到面前，冰如抬起头，他才啊呀了一声，笑道："原来嫂嫂在这里。快要出门了吗？"冰如笑道："昨天这楼上的刘先生回来了，说到南京退出来的情形，真是让人心烦死了，我想今天出去逛游半天。请坐请坐，我有很好的咖啡，熬一壶请请你，好吗？"江洪在她的对面椅子上坐下，向她笑道："何必这样费事？我可以请嫂嫂去吃早点。"冰如还是捡起报来，两手捧了报看，随便地问道："请我什么地方去吃早点呢？另外没有约会吗？"江洪道："听便嫂嫂吩咐，什么地方都可以。我……我没有约会。"冰如继续地看着报，又问道："王玉没有约江先生去捧场吗？"江洪笑道："昨天晚上已经看过了。今天还演的昨天那一本戏，看第二次就没趣味。"冰如脸上，现出了一点儿得意的颜色，将头点了两点道："江先生这话，倒是忠实的报告。"说着，放下了报，正了身子坐着。正好王妈也就送上茶来。她见江洪把皮大衣放在椅搭上，露出了一身紫呢西服，便笑道："江先生不怕冷，穿这样薄。"江洪道："我穿得薄吗？你看你们太太穿得更薄呢。"王妈将茶杯放在他面前，又对他系着的花绸领带望了一眼，微微一笑。江洪问道："你笑些什么？"王妈道："我们和江先生也很熟了，江先生一定不嫌我说话直。我觉得自从你认识王小姐以后，格外地漂亮起来了。"江洪笑道："我们当军人的，没有长衣。不穿军衣出来，就是穿西装，这有什么稀奇呢？"王妈自未便多言，笑着走了。冰如笑道："连王妈都有这样的感觉了，可见江先生有些猛烈进行。我倒是愿站在朋友的立场上，向江先生进两句忠告。"说到这里，把脸色就正了。江洪道："嫂嫂只管说，我是很乐于接受的。"冰如将手撑了头，沉思了一下，因道："你不是要请我吃早点吗？回头再说吧。"江洪虽未曾预备陪她去玩，可是话已说到这里，就未便改口，因道："我也听到嫂嫂的感触很深，当然陪嫂嫂出去走走。其实我们这场抗战，是预备了长时间做下去的。也许还有十年八年的战争，目前的一点儿折磨，实在不必介意。现在前方邮电阻隔，志坚兄暂没有信回来，却也是常情中应有的事。"冰如叹了一口气，又笑道："江先生，承你的好意，每次都把这些话来安慰我，我不是个笨人，不会不了解，但是心里的烦闷，是不容易消除。为了这个，所以我自己麻醉自己胡逛。你能陪我消磨半日就很好，不然我一个人是要出去的。"江洪连说："好，好，我陪嫂嫂去。"冰如忽然扑哧一笑，似乎是很得意似的。江洪道："要吃早点，我们就走，去晚了，没有座位了。"冰如笑着进房去加上了一件皮大衣，两手抄住衣领，然后走出来，向江洪点点头道："走哇。"江洪觉得冰如今天的态度，有些欠着庄重，可是已经答应了同她走，自不能推辞。

上街找了一家大的广东馆子进去，在三层楼上角落里，正好腾出火车间一副座位。那里半掩着厚呢帐帏，座厢里亮着电灯，照着座厢里黄黄的，冰如对了这个环境，很是满意，立刻就坐进去了。这里是热气管燃烧得很暖和的，二人都把皮大衣脱了。江洪在冰如对面坐下，当茶房送着茶壶点心碟子过来的时候，他忽然挺了胸脯，赞叹了一声道："中国伟大。"冰如笑道："你不愧是个军人，处处表现着你爱国。"江洪将筷子指着点心碟子道："你看，这些享受，我们还是照平常一样地享受着。长江下游，炮火连天，快有半年了，可是我们在上游的人，还照常地吃喝快乐，这不能不说我们地大物博，有以致此。第一次欧洲大战……"冰如却提起了小茶壶，向他面前杯子里斟了茶下去，拦着道："江先生，我们不谈战事好不好？"江洪笑道："哦！是是，嫂嫂感触很多，不谈战事就是。"冰如向他笑了一笑，竖起筷子来，慢慢地吃着点心，江洪因彼此面对静坐着，感到无聊，便只好找了话说，因笑道："吃过点心以后，我们到哪里去消磨几个钟头呢？"

冰如听到，觉得说话的机会来了，便道："要合江先生的胃口，最好是去看王玉演戏。"江洪笑了一笑，端起茶杯来喝了。冰如正色道："江先生我倒有两句话要劝劝你，像王玉这种人，根本是一个向堕落路上走的女子，你要找对象哪里就找不到这样一个女子？"江洪没说什么，提壶斟了一杯茶喝着。冰如道："真的我并非说闲话。王玉这个人，我有彻底的认识，她以先和包先生在一起的时候，包先生对她是百依百顺。你看，她现在和人家离了婚，还要说人家不对。她说军人不好，为什么还要嫁军人呢？"江

81

洪笑道："嫂嫂说得过分了，何至于就说到嫁娶的上面去。我是觉得艺术家很有趣，交一个有趣的朋友罢了。"冰如把嘴一撇，道："艺术家？不要说得让艺术家听到了。她才演了几个月的老戏，就变成艺术家了。自然，你也到需要找对象的时候了。依着我，你求求我，我和你做个媒，找个才貌均佳的女人和你配对，你看好不好？"江洪微笑道："好！可是才貌均佳的女人，怕我配不上吧？"冰如夹着碟子里的点心，放到门牙中间，慢慢地咬着，转着眼珠。脸上略有点儿微笑，似乎在想着什么心事。江洪笑道："嫂嫂似乎有一段批评的话，暂时不肯说出来。"冰如点点头道："最好你是疏远了王玉，我才好和你找对象。自然，你会这样想，牺牲了现成的，倒去追求那不可捉摸的。可是我能和你保障，绝不会落空。再说，凭你这样一个英俊军人，难道找王玉这样一个女人，还有什么问题吗？"江洪道："嫂嫂反复地说着，叫我真不能再说什么。"冰如道："我倒想起了一件事。"她突然地把声调提高了一点儿，望了江洪的脸。江洪也就很注意地向下听去。冰如道："在九江的时候，王玉拿了一点儿金器，在我这里押了一点儿款子去，这你是知道的。她昨天说，她交钱给你代她取回去，她是不是敲你的竹杠？"江洪笑了一笑。冰如将三个指头拍了桌沿道："如何如何？我就知道她追求江先生，是另有作用的。这种女人，你以为有一点儿信义吗？"江洪道："她没有代赎金器这个要求。是有这个要求，我也会对嫂嫂说明。"冰如微微地把脸色红了，因道："你不必理她，这件事我直接和她办理。"江洪口里虽说不出什么来，心里可就想着，我和王玉交朋友，与她什么相干？可是心里这样想着，口里又不能反驳她一个字。因为今日冰如除了那身艳装之外，也不知道身上洒了什么化妆品，那香气袭到鼻子里来，令人昏昏欲醉，自己也就说不出个所以然来。这一软化，就无法可以拿出自己的主张来了。吃过点心之后，陪了冰如去看早场电影。看过电影之后，又是吃午饭，午饭之后，再看话剧。直到吃过晚饭，冰如又亲自送着他到过江的轮船码头上去。约定了星期六下午六点钟，在家里等着他吃晚饭。在星期三以前，江洪说了不过江了，这样，她是相当满意。

到了那日下午，冰如依然是一番艳装。可是在下午五点多钟，却是最不愿意的王玉来了。冰如正在屉桌面前，对了镜子扑粉，便笑着相迎道："哪一阵风，把你这忙人吹来了？"王玉道："还不是有点儿小事。来得很巧，看你这样子，大概又要出门去吧？"冰如道："虽然要出门，但是你远道来了，我一定也要在家里陪着你。"王玉未曾坐下，就在衣袋里掏出三十元钞票，放在桌上，笑道："在九江蒙代垫的款子，现在奉还了，恕我没有增加利钱。"冰如笑道："王小姐，你这是挖苦我了。在九江押戒指的时候，我本来觉得太计较了。可是你非如此不可，我有什么法子呢？"说着，打开箱子来，取出两枚戒指交还给她。她笑道："孙太太，你对于我，有一点儿不大坦然吧？"她说这话，坐在沙发上，架起一只腿来微微地摇撼着身子。冰如道："这话怎么说？"王玉微笑着，点了两点头道："我晓得，为了江洪。"冰如把脸急得通红，瞪了眼望着她道："这是什么话？为他我对你不能坦然？"王玉依然嘻嘻笑道："你别性急，我很坦然地告诉你。我爱江洪，你也爱江洪。江洪爱我不爱我，这是另一个问题。可是我很客观地判断，他绝不会爱你，那原因很简单，因为你的丈夫是他的好友。告诉你，我们天天见面，彼此行动，我大半是知道的。"冰如忍住一气，等她把话说下去。直等她说完之后，喝了一声道："你疯了！"王玉笑道："我们两个人里面，总有一个疯了！"

她说这句话时，偏头向外一伸笑道："好了，说曹操，曹操就到了。"江洪随了她这话，站在门外走廊中间，倒有些愕然。再一看到冰如坐在屋正中靠方桌一把椅子上，脸色气得发紫，两眼发直。而王玉呢，却是很调皮的样子，架了腿坐在沙发上。不用说，是她来到此地挑衅来了。这只有暂装着马虎，向王玉点个头道："王小姐也来了。"冰如道："她来教训我来了。"王玉却站了起来，因笑道："没有的话，我怎敢教训孙太太呢？密斯脱江，我们自九江认识以来，彼此友谊不错。我回了汉口，我们的友谊也加深。社交公开的今天，这太无须隐瞒的。不过孙太太对于我们友谊加深一层，不大愿意。老实说，我是深深引为遗憾的。孙太太为什么这样呢？那正是和我一样，共同把你当了一个追求的目的。"江洪见她这样在当面直喊出来，也就把脸色变了。两手紧紧插在大衣袋里，不能有一点儿动作，面上的红晕，直红到耳朵后面去。冰如将桌子一拍道："你这个女人太泼辣了。你这些无耻的话，怎么可以到我私人住室里来说。这是我的家，我有权处置，你给我滚出去！"王玉冷笑道："你凶什么？我们往后看。"说着，转身向门外走，因道："这一着算我失败，不宜在你家里争吵，回头见。"说着，仰着颈脖子走了。江洪心里虽不免偏爱着王玉，可是她吵到人家家里来，这是显然过分了，她虽一怒而去，却也不愿来送她。

　　冰如先是鼓了腮帮子坐着，等王玉走远了，她忽然哇的一声哭了出来，两手臂环搁在桌沿上，枕了自己的头，哭得肩膀一耸一落，十分伤心。江洪站在一边看着，很久很久，没有了主意，只是呆看。倒是王妈进房来，拧着手巾，倒着茶，站在桌子边，再三地相劝。约十五分钟，等着冰如收了眼泪了，这才向她道："嫂嫂你不用生气，她一个演戏的人，浪漫成性，她的话也没有生气的价值。"冰如道："你看，这未免欺人太过分了。她竟是跑到我家里来骂我。你若是同情我的话，你就和她断绝往来，固然我不能干涉你交朋友。可是你和她交朋友，我就受到影响。"江洪听到她这话，实在不成理由。可是在她心里十分委屈的时候，不敢违拗，只好答应了。王妈在一边道："为了这种人生气，那才不值得呢。太太不是说同江先生出去吃馆子吗？现在可以去了。要不然，那就太晚了。"江洪也点了头道："是的是的。我请嫂嫂吃晚饭去，我来道歉吧。"王妈听说，知道冰如要重新洗脸化妆，便下楼去提热水。冰如便向江洪道："你实说，对于她的话，作何感想。要不然，我也不烦你常来安慰我了，晚饭你也不必请我吃。"江洪倒想不着她有这一问，因道："当然她太无理由。"冰如将头摇了两摇道："不是那样说，我要问的，是王玉所指的事实，究竟真假。"江洪对于这话，却不好回答，望了她沉吟着。她却把眼睛斜瞟了他，微微一笑。江洪道："王玉对于我为人，还没有充分的认识，她的话是过火的。"冰如倒不像他那样含糊，因道："那么，你以为我和你的友谊，倒不如王玉和你的友谊了。"江洪道："那怎样能比？"冰如道："你不要把志坚的关系拉扯在内，什么嫂嫂不嫂嫂的，就是我们认识了许久，不也可以发生一点儿友谊吗？你把这点儿友谊来说，在我和王玉之间，你觉得哪一方面的交情深些？"江洪因她逼问得很厉害，没法子躲闪，因道："自然是我们的交情深些。"这句话的肯定语气，冰如对之倒没有什么了不得，唯有"我们"两个字，听了却十分满意，便点着头笑道："有这句话已足，虽然我受了王玉那贱东西的气，我也不计较了。今天晚上吃饭，我请你。"这时王妈已泡了热水来，冰如自到洗澡间去洗脸化妆。江洪道："有洗澡间，却没有热水。"冰如在里面屋子里道："管子里的热水，每天只有晚上九点钟以后两小时，哪天你可以到我这里来洗澡。"江洪并未答言，王妈在一边看到，觉得女主人的表示，是处处有些过分的了。

第十回

明月清风江干话良夜
残香剩粉纸上布情丝

　　身在局中的人，虽然所做的事极端失却常态，可是他自己往往是没有什么感觉的。在王妈都看着冰如有些过分的这天，冰如在外面却厮混得很晚回来。或者她也是有意与王玉斗这口气，在这日游玩完毕的时候，便定好下一次的约会，仿佛是让江洪没有陪伴王玉的机会。恰好又是到了阴历年底了，江洪怕冰如孤身做客，在外度岁，心里难过，来探望的次数也比较得勤些。这里面他却另含有一种意义，便是江洪在种种方面得的消息，证明了孙志坚所属的那个部队，曾退到南京近郊作战，损失很大。军官方面所能突围的人，或已来后方，或尚在前线，但都有消息。只是孙志坚个人，却是石沉大海，一点儿声影没有。料着冰如的身份，已是一个未证实的未亡人。年轻轻的女人受到这种境遇，那是值得同情的，所以在一念生怜之间，也就不免多来探望冰如几次。

　　冰如在其初两个月里，对于志坚的消息，却也没有绝望。所有在前方的人，多半是一两个月和后方断绝邮电的，也不独志坚一人。可是到了三个月以后，汉口到上海的邮电由香港转了过去，已是畅通无阻。志坚的母亲寄居在上海，曾和冰如通过好几次信，总是说志坚的行踪，渺不可寻，安全是很可虑的。冰如也曾向其他的朋友探听消息，据说在南京失陷前一个星期，在常州遇到过志坚，据他说要先回南京补筑城防工事。料着南京失陷的时候，他是在南京的。冰如得了这比较确实的消息，再把南京失陷，死亡二十万人民的情形一对照，却没有法子能断定志坚能在这二十万人以外逃出了生命。因之越打听消息，越近于绝望。到了第四个月的时候，她就索性不再打听消息，听其自然了。

这时，江洪还是三两天来探望一次，虽然安慰冰如的话已经早已说尽了，可是已不再希望志坚生还，也就不必再去安慰。见面之后，除了说些闲话而外，便是去看看电影，吃吃小馆子。冰如虽无法禁止江洪继续和王玉交朋友，可是她深加考虑之后，倒不是无法对付。到了志坚消息渺然的第五个月里，她已换上了春装，除了要求江洪同出去游玩，更修饰得浓艳而外，却没有另用其他的手腕。在暗暗中调查江洪的行动，却是和王玉来往得少了，而冰如有几次在街上碰到她，已有另一个西装男子陪了她一路走，似乎她也不是那样猛烈地追求江洪。有两个星期六的下午，冰如都遇到王玉向一家法国西餐馆子里去。而这个西餐馆了的楼上，有下来间屋子，却改成了旅馆。冰如忽然灵机一动，在第三个星期六下午，老早地就约了江洪去吃西餐。

这餐馆并不怎样大，推开街门进来，是卖糖果饼干的铺面，通过了那纵横放着的几个玻璃柜架后，便是餐厅，很宽敞的地方，列了有一二十副座位，而在这两侧的地方，有几架四折屏风，拦隔了一个小局部，冰如挑选了楼梯对面一架屏风里坐下。江洪自然不知道她含有什么用意，坐下之后，昂头四周张望了一下，笑问道："这个地方的西餐，是特别的好吗？好像是外国人小本经营的铺子，你怎么会访着的呢？"冰如笑道："我也是听到人说，这里的菜，有真正的外国风味，究竟对与不对，也不晓得。不过这楼上是旅馆我是知道的。"说到这里，把声音低了一低，微笑道："房东太太说，她有一个女朋友，常到这楼上来做那不法的事情，房东太太已和她绝交了。"江洪道："既然如此，这里的西餐，恐怕也未必做得好吃，因为这铺子是另有作用的。"冰如道："楼上是楼上，楼下是楼下，那我们何必把它混为一谈。"说到这里，茶房已是走过来照应座位。冰如的目的，根本不在吃，随便拿了菜牌子看了一看，并未更换什么菜，倒是向茶房道："慢一点儿送来也不妨，只是要做好一点儿。"江洪自然是不明里面原因，总以为冰如是到这里来尝异味的。及至茶房送上菜来的时候，却也不见得有什么好处。

正自奇怪着，外面糖果柜上，有一阵高跟鞋响。虽然地板上是铺有地毯的，可是那轰隆隆的小声音，依然可以引起人的注意。随了响着的所在看去，正是王玉和一个穿西装的男人，手挽手地走了进来，王玉在座位的右侧，顺了地板上面的地毯子，径直地就向楼上走去。江洪所坐的这个地方，屏风是斜掩着的，径直上楼去的人，眼光老远地射在楼门口，就不曾理会到餐厅上来。江洪虽是瞪了眼向她看着，然而她还是笑嘻嘻地向前走，快到楼口的时候，她扶着那男子的手臂，还连连地跳了两跳。江洪等她走着不见了，偏过头来看冰如时，见她用刀叉切着碟子里的牛排微微地发笑，便点点头道："你带我到这里来的意思，我明白了。"冰如笑道："你明白就好，我也无须再说什么了。"两人吃过了四道菜、一道点心，又慢慢地喝着咖啡，在这里消磨的时间就可以了。然而王玉上楼去以后，却始终不见到她下来。冰如笑道："你就不必再注意到她的行动了，反正她上去了，一刻儿是不能下来的。我看你久坐在这里，也气闷得很，不如离开这里吧。今天晚上已经有月亮，我们到江边上去散步好吗？"江洪猛然站了起来，却又坐下。冰如道："你为什么不走？"江洪道："等她下来，我们俏皮她两句，不好吗？"冰如嘴一撇道："你还打算俏皮她两句吗？不到明天早上，她也不会下楼。你能在这里等到明天早上吗？眼不见为净。我们到江边上去看看月色吧。"说着，就伸手去扯江洪的袖子。江洪不愿在这里和她拉拉扯扯，便会了东，和她一路走了出来。

　　这是三四月之交，已到了春深的时候，江边的柳树，拖了金黄的长条，在月光下，堆着一重重的清淡影子。那月亮是圆了大半，正悬在天心，照见长江一水茫茫。隔着武昌，东望水天相接。江上浮起似云非云似雾非雾的烟，遮在江天尽头，东南风不甚大，逆着江流吹上来，人站在江边马路上，衣襟飘动，却有些凉飕飕的。江洪抬头看了看天空，见着月轮以外，天空干净得像一张蓝纸，因道："天气很好，今天恐怕有飞机夜袭。"冰如道："你还怕空袭吗？"江洪道："我一个军人，在飞机大炮下讨生活的，我怕什么。不过你的身体不好，在江风下吹着，似乎不大合宜。"冰如道："不要紧，我们顺着马路走走。人在运动着，就不怕江风吹了。"说着，她在前走。在沿路的江边树荫下，闪藏着人影。那柳条被风推动着，固然是整株树舞弄着姿态。便是槐树榆树等等，也都发出稀薄嫩绿的芽叶，在马路上摇撼了一片朦胧的影子。路边的草地上春草已铺成了绿毡子，草中间的水泥路面，让月亮照着，越是浓淡分明，走着这光滑的路上，颇感兴趣。所走的这一段路，在法租界外缘，没有其他码头那样忙碌。在这沉静的地域里走着，不会有什么人来碰撞，颇觉得舒适。冰如慢慢地走着，倒是忘了路之远近。走到将近热闹的路口，却又慢慢转了回来。走到临近一家花园楼房的时候，那短墙上涌出来一丛花木，月亮下面颇有些清芬之气向鼻子里送了来。这里马路边上，正有两棵最高大的柳树，在月光中摇荡了一片轻荫。走到这里她站住了脚，手扯了垂到头上来的一枝柳条，半提了一只脚，将鞋尖点着地面，做出沉吟的样子来。

江洪看到这样子，自然也就站在树荫下了。他因冰如只管沉吟着，不知道她有什么话要说，未便冒昧着先开口去问，也就两手反背在身后，昂了头看天上的月亮。冰如也随着抬头望了月亮，轻轻地唱道："月儿弯弯照九州，几家欢乐几家愁，几家同庆团圆夜，几个飘零在外头。"江洪笑道："歌本是好歌，在嫂嫂嘴里唱出来，就格外地有意思。"冰如将头连摇了两下，哼道："你这样称呼不好，谁见叔嫂两人这样交情深密的？其实，我们又何尝是什么叔嫂呢？现在男女社交公开的日子，本来不必介意。可是你左一句嫂嫂，右一句嫂嫂，叫得我倒不好意思同你一路走了。"江洪嘻嘻笑了一声道："这话太奇怪了。我和志坚是极好的朋友，他的年纪比我大，我把他当兄长看待。他的夫人，我称呼为嫂嫂，有什么使不得呢？"冰如将头一偏道："你这话我不爱听，难道没有孙志坚的关系，我们就成为陌路之人了吗？这样说，现在志坚的命运，还在未定之天，所以我们还有这点儿关系。设若志坚有个不幸的消息，你之所谓嫂嫂，已不存在，哪里还认得我呢？"江洪啊哟一声道："这是什么话？无论志坚命运如何，我对于嫂嫂，决计保护到底。"冰如道："别的话不用说，我最后问你一句话，仅仅以我们两个人而论，我们有没有友谊存在？"江洪道："你这话总问过我一百次了。而我也答复过一百次，我们是有友谊的。为什么还要问呢？"

冰如道："有你这一句话，那就好极了。我们既是友谊存在的，你……"说到这里，她沉吟起来，把一个字拖得很长。最后她就道："你应当明白我的意思。"江洪听着她说出这句话来，倒不由得心房连跳了两跳，低了头不敢作声。冰如道："我不知道你的意思怎么样，但我觉得我的真心，是把你当了一个最知己的朋友。其实，你却对我最不知道。我不要成了错认朋友的尤三姐吧？"江洪啊哟了一声道："那怎么能相比？"说着两手插在裤袋里，在路上来回地走了七八个转转。冰如道："为什么不能比？我觉得我为人率真、热烈，一切不下于尤三姐。"江洪道："你把一个大前提就弄错了。人家是一位小姐，名花无主，她可以把任何人做对象。你是一位有主的人呀。"冰如淡笑道："你还说你是一位有新思想的军人，可是由你这说话看起来，你的思想就很陈腐，你依然认为寡妇是不能嫁人的，而寡妇也不该有个对象的。"江洪道："你不要过于绝望，自己把自己拟在一个最不幸的境遇里，也许志坚可以回来的。"冰如道："你这就不是以诚实来待我了。一个当军官的人，半年多没有消息了，你还说他能够回来。我实对你说，我这一个多月好几次都想自杀，终于想到还有你这样一个人在宇宙里，我是等着你能给予我一条光明的大道。在今天这清风明月之下，我望你给我一个答复，不要再装马虎。假如你讨厌我是一个妇人，不是一位小姐，你也明说，可是你所追求的王玉，她不是一个离婚的妇人吗？"江洪见她越是把话说明了，便站住了脚，从容地答道："我可以答复的。实在的，我觉得志坚回来的希望，并没有断绝。你又何妨再忍两个月，再等一等他的消息呢。"冰如道："你那意思，假如志坚不回来了，我们的关系是在朋友上面可以再进一步吗？"江洪还是插了两只手在裤袋里来回地走着。冰如道："你怎么不答复我的话，难道你这几个月来所对付我的态度，完全是虚情假意吗？"说着，用力将手牵着柳条一扯，扭转身就走了。

江洪站在路头上，倒是呆了一呆。然而她走得很快，转个弯就向街里面走去了。假使要跟着追了去，必定追到她家。在这夜晚，追到她家里去，特显着自己恋恋不舍了，因之缓缓地在江边上放着步子，细想了一番，最后也还是回寓安歇。由汉口渡江到武昌，再经过几截街道的奔波，人也相当的疲倦了。到寓之后，和衣就倒在床上，他心里也就想着，

90

薛冰如之为人，却是有点儿奇怪，她对于丈夫原来是很好的，只几个月工夫的别离，何以就变了态度了。仰睡在床上，睁了两眼望着那粉墙，这就看到自己一张一尺二寸的半身相片，悬挂在墙上。二十八岁的人，穿了笔挺的西服，面貌丰润，很英俊清秀向下俯视着。自己便转了一个念头道：是啊！她是一个青春少妇，遇到我这样一个少年，不断地在她面前周旋，看到汉口花花世界有什么不动心？而况志坚之阵亡，是百分之九十九的事情，她要找个继任的丈夫，是没有比我再合适的了。几个月来，她只管浓妆艳抹，与王玉斗争，无非是为了我。我应该用好话安慰她，多少补偿她这一点儿苦心。今晚这种态度，漫说是一个男子对付女子，就是一个女子对付男子，男子也有所不堪，那是很难怪她一怒而去的了。明天下午决计过江去一趟，向她表示一番好意，一个有家仇国难的女子，又何必让她过于难堪？

他这样想了，就也蒙眬睡去，晚上倒做了几次梦。下午由办公室回到寓所的时候，身上照例是穿一身军服，腰间挂了佩剑。纵然是工作了一日，精神还是很好的，踏着夹了马刺的皮鞋，走着地板，啪哒啪哒地响。他想着，去看女人，那是软性生活。干软性生活，而穿着这笔挺的军服，那是用不着的，于是站到卧室墙前一面大镜子下去松解皮带。偶然抬头，看到镜子里面自己的影子，却是一位少年英勇的军官。自己忽然叫起来道："我是中华民国一个好男儿。现在是什么时候，我是什么人，我能脱了这身军服去看朋友之妻吗？笑话，我不去了。"他口里说这话时，脸上自然显露着十分坚强的颜色，同时，也就看到镜子里的影子，十分兴奋，便向镜子里点点头道："对的！对的！"连说两声"对的"，他也就再不松皮带，依然穿了军服，走到寓所外的空地上散步了很久。经过了这一番严肃的散步，把冰如给予自己的那些影响，也就忘记了。王玉那条路，自己是坚决地抛弃了，甚至提到这个名字，自己也就有些烦厌。冰如这条路，自己现又不愿去。那么，除了自己故意到汉口去消磨几个钟点，就不必离开武昌了。因此，约有三日的工夫，并未过江。

这个时候的长江战争，胶着在下游芜湖一带，武汉的人心，大为镇定，而前方同后方的邮电交通，也随了这个关系，比以前便利得多，可是孙志坚的消息，依然石沉大海。这就是江洪自己想着，要说他还在人间，透着不近情理。那么，孤身在汉口的薛冰如，那是格外可怜了。在他这样一念生怜、意志转变的时候，冰如却寄来一封挂号信。她破了例，不是女人所用的那种玫瑰色洋信封，却是一只很长很大的中式信封，厚厚的里面盛着许多东西。江洪当接到这封信的时候，看到信封下署着姓名，就不愿接受，想一下丢到字纸篓里去，但是捏着那信封厚厚的，里面软绵绵的，像不光是信笺，且拆开来，看她在里面放下些什么。于是慢慢地将信封口拆开，向里张望，竟是塞得满满的，把信瓤子向外抽着，首先有一阵香气袭进鼻孔。透开来看，是一幅花绸手绢、一张四寸半身相片，另外还有一张信笺。心里暗想，她真会玩手段，看她信上说什么？自己又向门外张望了一下，然后将背朝外脸朝里，手托了信笺看，上写着：

洪：

　　你接到了这封信，一定很是讶然，以为为什么还要写信来呢？我也本不想再写信给你。可是我想到我们共过一场患难，纵然那晚江边你让我太失望，我为了感谢你患难之中，对我种种恩惠，我依然认你是个好友。我相信，你大概不愿再见我了，我也无法要求你再来见我，寄来最近所摄相片一张，算代我亲身前来道歉，请恕我那晚上不告而别。另手绢一幅，是我亲用的东西，上面虽不觉为残香剩粉弄脏了，但也有我不少的泪痕，留在你处，权当纪念吧。自那晚回来之后，我就病倒了，至今不能起床，也没有吃什么东西，客地孤身，真是十分凄惨。我不敢望你来探望我。如果过江有便，请代买一点儿酱菜来。明天是星期六，这信上午可到，下午你必定渡江的，我当在枕上等候听那上楼梯的皮鞋声了。

　　　　　　　　　　　　　　　　　　　　冰如伏枕上

江洪拿了这封信在手上，先是呆了一呆，在出神的时候，那脂粉香味不住地向鼻子里送来，让人感觉着这不是在军人寄寓的卧室里，睁眼看时，左手拿了冰如的那封信，右手就拿着她的手绢和相片，放下信，两手把手绢展开来看看，虽是她说这上面有眼泪，却丝毫找不出泪痕，倒是她说的残香剩粉，那是事实。除了香是很容易证明它存在，而这剩粉一物在将手帕抖上了两下之后，也就可以看出来。江洪把手绢随塞在衣袋里，将放在茶几上的相片，举着与自己的脸相齐，注意看了一看，见她那影子略偏，双眸微斜，嘴角上翘，露了半排牙齿，那要笑不笑的样子，实在风韵艳丽。江洪将相片看了一阵，也放到衣袋里，然后将冰如的信两手捧着，读了第二遍。最后江洪想到她希望发信的次日下午等我。这是昨晚上写的信，还正是写信的次日下午了，应当怎么样应付她这个要求呢？

第十一回

轻别踟蹰女佣笑索影
重逢冷落老母泪沾襟

江洪的心事，薛冰如猜得并不会错误，若是没有什么效验，她也就不必写这封信了。在她信中所指的下午，她和衣睡了一场午觉。醒来之后已是三点钟，她将枕头叠得高高的，拿了一本小说躺在床上看，将一床毯子盖了下半截身体。王妈看到她这样子，便留了一盆热水送到后面洗澡间里去，因道："太太可以起来洗洗脸了，等一会子，江先生会来。"冰如放了书，掉转头来问道："你怎么知道他会来？"王妈道："昨天太太不是叫我寄了一封快信吗？"冰如道："我并没有叫他来。他来，我也犯不上洗脸，我生病的样子，还不能见人吗？"说毕，她自继续地看书。

不到二十分钟，楼廊上有了皮鞋声，冰如头也不抬，依然看书。却听到江洪在门外问道："王妈，你太太病好了吗？"王妈道："睡在床上呢。"这房门是半掩的，冰如听到房门有人敲了几下，问道："谁？请进来。"江洪穿了哔叽西服，手上提了一串纸包，走进房来。见冰如脸黄黄的，未抹脂粉，蓬了头发斜睡在床上，便放下东西在茶几上，近前一步问道："嫂嫂病好了？"冰如慢慢地坐起来，手理着鬓发，向他看了一眼，没有作声。江洪道："是感冒了？"冰如淡淡一笑道："很不要紧的病。我很后悔，不该写信通知你。"他将茶几上的纸包提着举了一举，因道："嫂嫂要的东西，给买来了。"冰如道："谢谢，其实我已两天没吃饭，什么也吃不下去。"江洪道："这样吧，我陪你出去吃点儿东西。"冰如将扔在枕头边的书本拿起来看了两行，见他还站在屋子中间，又扔下书向他笑道："你和王玉没有约会？"江洪摇摇头道："何必再提她。"王妈在屋外楼廊上插嘴道："对了，江先生陪我们太太出去消遣消遣吧，这两天她闷得了不得。"说着，她提了一壶热水进来，到洗澡间里去，一面道："太太，你同江先生出去走走吧，不要真闷出病来。"冰如一掉脸道："怪话，难道我这是假病吗？"王妈已在里面屋子里，她笑道："不是那话，你现在是小病，再一气闷，就要生大病了。"江洪见冰如伸脚下床踏鞋，便退到楼廊上去坐着，隔了屋子玻璃窗道："是的，小病会闷出大病，还是出去走走吧，我在这里等着。"说着，他听到一阵拖鞋响，冰如走到洗澡间去了。约莫有半小时，她浓抹着脂粉，换了一件绿绸衣衫，扣了纽扣向外走，笑道："我这人最要强不过，我偏不弄成一个病妇样子。"江洪将挂在衣钩上的帽子取在手上，站了向她笑道："陪你向广东馆子里去吃碗粥，然后一路去看电影。"冰如摇摇头道："我懒得走动。"江洪将两只手盘弄了帽子，踌躇了没说什么，冰如突然兴奋起来道："好！我陪你出去走一趟。东西我不想吃，我有话要和你谈谈。王妈，把我的绒绳短大衣拿来。"王妈在屋子里将一件宝蓝色绒绳漏花小罩衣，交给了她，将手提包也交给了她。她向江洪笑道："这可是你提议的，看你能陪我多少时？"江洪笑了一笑，随着她一路走出来。

出门之后，她已经没有了一点儿病意，先吃馆子，后看电影。散场之后，她揪住了江洪的衣袖道："你再陪我到江边去走走，行不行？"江洪道："当得奉陪。"冰如在电灯光下，挽住江洪一只衣袖，顺了大街的行人路，走向江岸路上来。这下弦的月亮，刚刚是挂在大江的下游，飘浮了一把银梳，荡漾在白云上层，照着春江的水浪，摇撼了蠕蠕而动的月影。望对岸武昌的屋影，在朦胧月光下，散布了千百点灯光，江里的船灯，也零落着像许星点。江洪说句夜景很好，摆脱了她的手，走快两步，奔向江岸的铁链栏杆边。冰如叫道："不要站在那里，你陪我在这路上走走。"她这样说了，只好回头走过来，且将两手插在裤袋里，相隔了她一二尺路，并排走着。江岸上的树，绿叶油油地相联结，犹如一条绿色走廊。电灯藏在树丛里，光也带了绿色。这里很少有行人，江风轻轻地吹来，显着这里很是幽静。四只皮鞋，踏了水泥路面，咯咯有声。

这样走了一截路，冰如突然问道："你收到我那封信，有什么感想？"

江洪道："我对你很表示同情。"冰如笑道："表示同情？那不够！你要知道，一个青年女人送男子一张相片，那不是偶然的。"江洪没有作声，继续地走着。冰如道："洪，我不能忍耐了，我有话要明白对你说出来。"江洪听着，心房连连地跳跃了几下。因为夜已深了，江面上已很少轮船来往，一切声音，也都沉寂下去，倒是风吹到这头上的树枝上，将那柳叶柳枝拂刷得嘶嘶作响，随了这声音，江洪不免抬起头来望着，因道："记得我们上次在这里说话的时候，柳树还是刚发了嫩绿的芽子，光阴好快，已是绿叶成荫了。"他把语锋突然转移了，以为冰如那种咄咄见逼的话，倒可以躲闪一下。谁知冰如迎了这话，却嘻嘻一笑。她道："啊！你也知道光阴容易逝，说话就绿叶成荫了。那么，应当趁着青春还没有消逝，完了我们一桩心事。"江洪道："我要说出心里的话来，你又要见怪了。我们的友谊虽然很好，但我除了在友谊上更加浓厚而外，其实并没有任何心事。"冰如突然伸出手来，将他的衣襟一扯，笑道："哟！坐下来说，你身上有什么奇香，怕让我沾染去了。"江洪只好在露椅上和她并排坐下，见了一双影子，斜在月亮下草地上，便又略略将身子向外移一点儿。冰如道："真的没有任何心事？"说着，又嘻嘻一笑，伸了一个懒腰。她两手举着，伸过了头顶，放下来的时候，那只手便搭在江洪的肩上，手指摸了他的衣领道："无论如何，你今天要向我有个切实的表示。我们怎么就不能在友谊上更进一步？"江洪沉吟了一会子道："我也并非柳下惠，所以如此，我完全是用理智克服情感，同时也是情感克服情感。这话怎么说？在身份上说，你现在还是一位太太。我是一个少年军人，似乎不应该在国难当头的时候谈恋爱，更不应当和一个好友的太太谈恋爱。还有一层，我是一个独子，父母非常钟爱的，我的婚事，必定要经过正式的手续，先得家庭许可。至于就情感方面说，我和老孙的感情，那比亲手足还要好些，我一想到了他那番情谊，我就决不忍和你谈到爱情。而况他那个影子，却始终在我脑筋里的。"

冰如很兴奋地突然站起来，因道："这样说，你始终是以志坚的消息未能证实，不肯想到其他方面去了。那也好，我亲自到上海去一趟，探听他的消息，同时也把我的身份肯定一下。我想假如无从得着志坚消息的时候，他的母亲、我的父母，总可以把我的身份证明了。"江洪道："他们能够得到志坚的消息吗？"冰如道："不过我的意思已经决定了，只有这个法子才可以把问题解决了。到了我这身子很自由，并无什么阻碍的话，你就没有什么话可说了吧？"她随着说话的兴奋姿势，站了起来，望着江洪，等他答话。江洪低头坐着，很久没有作声，随后仰了脸望着她道："你的父母在天津呢，难道你还……"冰如道："我当然可以去，由上海到天津费什么事？等到我得了双方父母之命的话，你没有什么可说的了吧？"江洪摇了摇头，又点点头微笑道："你真正兴奋得很。"冰如道："好了，多话不用说了。最后我叮嘱你一句话，王玉随着她的剧团，已经到桂林去了，我就怕她又要回到汉口来，假如她来了，你执着什么态度？"江洪道："这还用问吗？她的对象多了，也轮不着我的什么事，而况她的路线，是由桂林往香港，再上南洋，也绝不会回到汉口来的。"冰如站在他面前，向他呆望了，忽然咐的一声笑了，因道："为了给王玉一点儿颜色看，我还要继续进行，你在汉口等着我，是没有什么问题了。"江洪也只答应一笑，没有再说什么。冰如道："洪！你为人就是这个样子，肚子里有事，不说可以，也不说不可以，只是给人家一点儿暗示。管他呢？你就是给我一点儿暗示，我也满意。夜深了，我们分别了吧。"江洪站起来笑道："每次都是你嫌我走得太快，只有今天是你向我告别。"冰如笑道："出乎意外的事，我想你还不会想到呢，我们握握手再分别吧。"说着便伸出手来。一个女人伸手给人家，那在男子是绝对不能拒绝的，江洪只好伸出手来与她握着。冰如等江洪的手伸出来，却是紧紧地捏住，摇撼了几下，笑道："洪！再会吧！"江洪觉得她的态度，往往是不能自持，虽说着这样告别的话，却也不怎样加以理会，握手过了，江洪说句"我过江了"，自向轮渡码头去。

冰如站着瞭望了一会儿，一直等到江洪的形影都没有了，她才缓缓地走回家去。王妈在沙发椅了上躺着，听到脚步响，蒙眬着睡眼，突然地站起来，问道："谁开的门？我没有听到敲门响呢。"冰如道："还早得很呢，楼下的大门是半掩着的。"王妈道："江先生这时才过江去，不太晚吗？"她道："你这话却问得奇怪，好像我出门去，总是和江先生在一处，江先生回去了，那么我也就不再在外面玩，不许我和别人或自己一个人在外面走走吗？"王妈被她这几句反驳了，倒无话可说，低了头，提着热水瓶向茶壶里掺水。冰如在沙发上脱高跟皮鞋，在椅子下找出拖鞋来踏着，笑道："我和你闹着玩的，你猜对了。我的事情瞒不过你，也用不着瞒你。你想，有半年多了，孙先生一点儿消息没有。除了我托着他亲戚朋友而外，我还在上海、汉口、香港三处登报找他。他果然还在人间，纵然他不愿给我一点儿消息，难道他的朋友看到这广告也不能回我一个信吗？我是这样年轻，又没有一男半女，我不再谋一步退路，那怎样办？论江先生为人，少年老成，待我又很好，我想拿他做对象是对的。"王妈站在一边，怔怔地听下去，这就插着嘴道："人也长得很漂亮。"冰如笑道："漂亮不漂亮，那倒不成问题。我还没有说完呢。我想着，这事总要找个根本解决。我决定明日坐飞机到香港去，然后到上海、天津两个地方，找着两方面的老人家谈谈这个问题。大概有一个半月，我可以回到汉口来。"王妈突然听了这个消息，倒有些愕然，望了她道："什么？太太明天就要走，飞机票买好了吗？"冰如笑道："我做事向来不事先叫喊，票子到了手，我才决定走不走呢！"王妈道："那我怎么办呢？"冰如道："若不是坐飞机，我就带了你走了。你就在汉口等着我，我回来了一定还用你的。就是江先生为人脾气很好，你也很愿意在他家里做事的吧？"王妈道："不，太太！"她说这话时，颈脖子有些扬起来，脸色也红了。冰如道："为什么？你和江先生不也很说得来？"王妈站着凝了一凝神，脸色和平过来，微笑道："太太，我有我的说法，我伺候孙先生和太太多年，两位主人待我都好。太太疏散到汉口来，太孤单了，我不能不陪了来。现在太太走了，虽然不久要回来，可是就不再孤单了，我走开也可以。我老板听说已经由内地到了上海，我也想去找一找他。好在这里到广州的火车，现在买票也不难，我想我一个人绕弯子回到上海去，太太总可能帮助我一点儿川资吧？"冰如向她周身上下看了一遍，因道："我不走，你也不要走。我要走呢，你也要走了。"王妈道："不，我早就有这个意思的了，不过还没有得着机会，现在太太另有打算，我不能不说了。"冰如道："你既要走，我也不能留你，我送你两百块钱川资，够不够？"王妈道："那太够了，多谢太太。不过我还有点儿要求。"冰如道："还有什么呢？那我倒想不起来。"王妈道："我跟随太太一场，这一回分手，什么时候再见得到，很难说，我要求太太，把孙先生和你合照的那张相片送给我，留作纪念。"冰如道："你要这个有什么用？"王妈听到这一反问，她先不答复，却嘻嘻地笑了，冰如昂头想了一想，因把嘴向屉桌一努道："相片都在那里，我走后，你随便拿就是。"王妈道："这些相片，还是太太在下关上了船，又跑回南京去拿的呢。为了这个，没有赶上轮船，就在中华门外遇到轰炸，现在全不要了吗？"冰如红着脸，没有话说，却打开箱子来，取了一叠钞票，向桌子中间一丢，沉下脸道："你拿去，多话不用说。"王妈鞠了个躬，说着一声"谢谢"，自走了。

冰如本是一团高兴，被王妈这几句话说着，多少有点儿扫兴，点了一支纸烟，坐在沙发上慢慢地抽着，直把一支纸烟抽完了，突然跳了起来，自言自语道："管他呢！我干我的。"过了一会儿，王妈又进房来了，见她在捡箱子，便问道："太太明天什么时候走？这些东西，还是转存到别处呢，还是锁在房里？"冰如道："我已经和房东太太说过了，我要走了。我把房门锁起来就是。你要拿相片，趁着我在这里你先拿吧。厨房里东西我不锁，你可以随便使用。我大概明天九点钟以前就要动身，飞机在九点钟前后起飞。"王妈听了这话，便打开屉桌的抽屉，在一叠大小相片中间，拿了一张相片在手上，望着冰如，将手颠了两颠。冰如笑道："你还有什么话说？"王妈也笑了一笑，然后才低声道："譬方说，太太若在上海得着孙先生的消息，你还回到汉口来吗？"冰如却不答复这个问题，向她叹了一口气道："你这个人怎么这样死心眼？到了现在，还找得到他吗？你不要发傻了。"说着，扑哧一声笑了。王妈倒摸不着她是什么情绪，虽然说到分别，自己有点儿恋恋不舍，可是在她这种高兴的情形下，倒显着自己有些多事了。站了一站，问道："明天早上，太太要吃了一些点心才走吧？"冰如道："那倒用不着，暖水瓶里有开水，我吃几块饼干就够了。"王妈已是再无话说。又这样痴站了两三分钟，然后走开。冰如又点了一支烟卷在沙发上坐着出神。她原是不吸纸烟的人，为了近来善用心事，也就不断地用纸烟来刺激思想。自这晚起，一打香烟、一盒火柴，始终放在左手边的茶几或椅靠上。

当她手边的香烟听子已经换到第五只了，她也是架了腿坐在沙发上，但这不是汉口自己家里，变成了上海一家旅馆里了。她原是穿了一件葡萄紫的纱衫，在她坐着吸完了一支烟之后，倒是打开箱子来，取了一件青色的印度绸衫穿着，原是赤着足，穿了一双花帮子高跟鞋，这时，将袜子套上，换了一双青缎子平底鞋，对了镜子照着，胭脂粉多半脱落，这便将粉扑子轻轻在脸腮上扑了几下算事。并不像往日出门，要费很多的时间来化妆，她在镜子里端详得好了，然后手拿了皮包走出旅馆来。不远便是上海最繁华的南京路，所看到的，汽车是那样奔驰，电车是那样拥挤，两边人行路上的行人，一个挨一个走，那热闹反胜战前，女人们也一般地穿了鲜艳的衣服，搽着通红的脸腮，这绝不像是四周是沦陷区域包围的孤岛。只看那三公司楼前，挂出来大廉价三星期的长旗子，在奔波的各种车辆头上飘荡，也正和战前每次减价的情形一样。在汉口所想象的上海，以为是凄惨得不得了，现在看起来，后方人未免过于替这里人担心。而在上海的人，却是欢天喜地，照样地快活，那么，在南京、上海一带不曾撤退的人，连孙志坚在内，他又何必到内地去？也许孙志坚留恋在上海吧？想到这里，心里却有些怦怦乱跳。人坐在人力车子上，也不容自己有什么犹豫，一直到法国租界来。

她所要寻找那个弄堂口上，早是听到人喊了一声道："嫂嫂来了！嫂嫂来了！"看时，便是自己的小姑子志芳，她正提了一串大小纸包，站在弄堂口。冰如见她十来岁的姑娘，穿了一件半旧的青绸长衫，两腮黄瘦瘦的，也不抹什么脂粉，倒显着一种楚楚可怜的样子。下得车来，想到南京一别，彼此落到这种样子，心里一阵酸楚，眼圈儿一红。志芳迎上前来，将她的手握着，因道："你怎么事前也不写一封信给我们就来了呢？"冰如道："我临时动念的，说来就来了，老太太还好？"志芳道："老人家好是好，只是孤孤单单住在上海，怎么是个了局呢？"说着，两个人同进了一座石库门的房子里去。这倒是打破了惯例，并未由后门厨房里进去，却是进大门，穿过天井，先到楼下客堂。这房子崭新的，天井也有丈来见方，墙角上还摆着两盆花，表示这房子原来是宽敞的。可是现在不然了，天井里放了桌椅之外，还有两只网篮，向上堆叠着，斜倒在墙上。客堂里却有点儿像江轮上的统舱，围绕着展开了五六张床铺。中间一张长桌子上，也堆满了茶壶、茶杯之类。志芳带她在床铺缝里穿过，由客堂后登梯。冰如道："我听到说上海人口很挤，倒没有想到挤成这个样子。"志芳道："这楼下一家人家，本来只有四五口人，后来乡下亲戚都来了，一时又找不到房子，只好都挤在一处住着，在上海这还算不错呢。妈呀，我告诉你一件意想不到的事，嫂嫂由汉口来了。"她突然高声喊着。这就听到楼上颤巍巍有人答应了一声"是吗？"那正是孙老太太。

冰如上得楼来，见孙老太太瘦削的脸上，加上了许多皱纹，支撑了房门站着，她穿了一件青绸旧短衣，胸襟角上，便绽了一块补丁。冰如虽一路海阔天空地走来，全有她的主意，可是见了老太太之后，这颗心立刻软化起来，口里叫了一声"妈"。站定着，就鞠下一个躬去。老太太连点点头道："很好很好，你来了就减少我心头不少牵挂。"说着，冰如走进房去，见这座客堂楼内，除了 张大床外，有一张小铁床，另有一张帆布床，此外堆了桌椅箱柜，这里面挤得哪里还有一点儿转身的地方，心里也就极其不安，想着，怎么这里还有一张行军床？因道："这屋子里挤得这样满，老太太受苦了。"老太太道："这行军床是志芳一个女同学的，年轻轻小姑娘在上海无依无靠，要在这里借住一两个月，也不能推辞。"冰如听说是小姑子一个女同学，心里一块石头，又落下去了。大家坐下，彼此对望着，倒先默然了一会儿，大家好像有许多话要说，却又不知从何说起。老太太倒是先向志芳道："嫂嫂来了，你也不去冲一壶水来喝。"冰如就坐在那小铁床上，对周围上下看了一番，因皱了眉道："母亲，你这样子太苦了，连娘姨都没有用一个。妹妹，别走开，我们谈谈。"老太太道："也没有什么了不得的事，何必用一个人，工钱事小，吃食事大，而且也没有地方让人家睡觉。现在只有支出，没有收入，我也不能不打点儿算盘。"志芳坐在一边，倒有些不耐了，便插嘴问道："嫂嫂怎么突然想到上海来？"冰如微笑道："你这有什么不明白的，一来看看老人家，二来是打听志坚的下落。"

老太太听了这话，双眼圈儿一红，立刻有两粒泪珠，由眼角滚到衣襟上来。冰如也低了头下去，又默然不作声了。老太太在衣袋里，抽出一方手绢来，揉了一阵眼角，问道："冰如，你的行李呢？"冰如道："我是坐飞机到香港的，没有带什么东西。我又怕一时找不着地点，就先住在旅馆里。"老太太道："你是没受过委屈的，暂时住在旅馆里也好，慢慢地再找房子吧。"冰如道："这倒不用急。我还想到天津去一趟，看看家父、家母，只有一两晚的工夫，就住在旅馆里吧。"老太太对她周身上下看了一看，因道："你有钱用吗？"冰如道："暂时的钱，还有得用，不过……你看，七个月了，志坚还没有一点儿消息。我又没有一点儿生活技能，这可不能不着急。我倒是愿到前线上去找一个了结，无奈一个年轻女人，要到前线去，也不容易。"老太太对她的话，倒是很注意地听着，等她说完了，低头想了一想，因道："那是当然的。你在汉口住着，我就非常之不放心，总对你妹子说，怕你接济上受着委屈。可是我手边上，也是几个有限的钱，要不然，我一定寄些钱给你。虽然家里还有田租可收，你看，现在怎么到乡下去收呢？"冰如道："我也不负累你老人家，我有手脚，我为什么要家庭赡养我一辈子呢？而况现在时代不同了，做一个旧式女子混下去，那也太无聊。"老太太将头深深地点了两点，表示她意志肯定的样子，因道："孩子，我不是那糊涂人，你青春年少，又没有孩子，绝不能耽误你的终身，不过直到现在，没有得着志坚一个生信，也没有得着志坚一个死信，我能硬说他不回来吗？这事再过两个月看看，你以为怎样？"冰如低了头坐着，两手盘弄着一条手绢。志芳道："嫂嫂吃过饭没有？我陪你出去吃点儿东西。"冰如将放在床上的手提包拿起来，站着道："我出去看两个朋友，回头再来，母亲，我回头来吧。"说毕，也不等老太太许可，她便出门去了。

老太太望了自己小姐，倒有很久作声不得。志芳悄悄地道："这样看起来，朋友写信来所说她在汉口的行为，倒不是完全无稽的。"老太太皱了眉道："一个人要变，怎么变得这样快，你尽管有离开孙家的意思，别后重逢，没有谈的话也很多，三言两语，怎么就把这话说出来？你看，一点儿亲热的样子没有，一言不对就跑了。可是以前她还是相当持重的人。"志芳道："我看这回到上海来，大概就为了这个事。她的表现如此，她的心早就飞走了。你若留她两个月又有什么用？"老太太道："假如你哥哥还有回来的希望呢！我把你嫂嫂放走了，那他岂不要怪我吗？"志芳道："话虽如此，你不让她走，她闹出什么笑话来了，那反不好。"老太太道："我儿子没有回来，我儿媳妇又生生地要走，这不是让我老年人心里太难受吗？"说着这话时，两行泪又拖长索似的流了下来。志芳道："这也没有什么可伤

102

心的。哥哥回来了，这样不忠于哥哥的女人，随她去，说句不幸的话，倘若哥哥不回来，留着她干什么？她再来了，你就说婚姻问题，请她自己做主吧。"老太太点点头道："那也只好这样解说。"说着又垂下泪来。这位生离死别而又重逢的儿媳，给她带来的不是笑声，却是泪痕，这是她所未及料到的呢。

第十二回

千里投亲有求唯作嫁
一书促病不死竟成忧

在这天傍晚的时候，冰如又到孙老太太这里探望来了。孙老太太已经有了她的计划，已是擦干了眼泪，陪了她说话。冰如坐在床上，对屋子里上下看看，因道："假如我不是走进人家来，我不会想到上海这地方有什么变更。你看，战前所有的繁华，这里不但没有减少分毫，而且有些地方比以前更为繁华了。"孙志芳还是坐在一边陪话，便插嘴笑问道："这样说，嫂嫂到上海来，跑的地方已经不少了。"冰如回转头来，看到这位小姑子脸上颇带有一些讥笑的样子，因正色道："你知道的，我不大喜欢上海这个地方，因为这里过于热闹了。我四处奔波，还不是想找一点儿你哥哥的消息？"说到这里，又在脸上放出忧郁的样子，望了老太太道："我请教了许多朋友，他们说到南京撤退的情形，那一份凄惨，在中国历史上不容易找到前例。一个现役军人，在这种场合，是很难奋斗下去的。实在的情形，我也不愿告诉你老人家，免得老人家伤心。"孙老太太将头扭了一扭道："毫没关系，我早已知道南京撤退的时候是一种什么情形了，我儿子既是一个军人，他为国牺牲，那是他的本分。我今天若是苦苦地伤心，那我老早就不应该让他当军人了。冰如你也不要难受，有道是：'留得青山在，不怕没柴烧。'你年纪还轻，事业还在后面呢。"

冰如两次来到这楼上，脸上都是带了忧愁的样子的，听了这话之后，脸上倒是有了些欣慰的样子，眉毛展开了，望了老太太道："你老人家是个思想开通的老人家，虽然我现在落到这不幸的境遇里，我还希望你老人家只当多生一个女儿，多多地指导我一点儿。"孙老太太道："我们这样大年纪的老婆子，那是落了伍的了。不过你上午和我说的话，我倒是仔细想了一想，那算你是对的。志坚身为军人，为国牺牲，那是应当的，不能再叫你又跟了他牺牲下去。关于婚姻问题，以后完全听取你的自由。我们娘儿俩在一处多年，你总能相信我这是真话，绝不欺骗你。不过你处世要慎重些，好在你也很有眼光，也就用不着我多说了。"冰如听了这话，先是默默地沉思了一会儿，后来忽然眼圈儿一红，就流下两行眼泪来。

孙老太太见她这样子，倒觉得劝又不是，不劝又不是，也只好呆呆望了她。志芳坐在旁边看到，想要冷笑一声，却又忍了回去了，因问道："嫂嫂还觉得有什么心里受着委屈的吗？"冰如揉擦着眼圈儿道："我还有什么受委屈的呢？我想着，老人家侍我是太慈爱了，我可没有方法报答老人家的恩惠。"孙老太太道："有你这两句话，我心里就很安慰了。说到我的恩惠，那倒是让我更加惭愧。你不幸嫁了志坚，以往他就是公事缠住了，不能够陪伴着你。现在他又一点儿消息没有了，你这样青春年少……"志芳抢着接住话道："你老人家不是说了婚姻听各人自由吗？怎么又说到耽误嫂嫂青春的话。"孙老太太道："我的意思还是这样，并没有更改。"志芳站起来，握着冰如的手，笑道："母亲老了，说话有些颠三倒四，说多了倒是累赘。就只听她那婚姻自由一句话就够了，多话不必说。我们的姑嫂关系快满了，我们在一处的日子也会极少。我不记得在什么旧书上看到这样一句话，人生行乐耳。那实在是对的。走！我们一路出去玩玩，我一算和你洗尘，二算和你送行，你不是要到天津去安排一番吗？"口里说着，手里是不住地用力来拉。冰如道："妹妹，你要我陪你一路出去玩玩，那是可以的。可是你说的这种话却让我不敢当。"孙老太太也道："是的，冰如你和她一路出去玩玩吧。把事总闷在心里，于事无补，可是反把身体弄坏了。"冰如总觉得在老太太一处，有些芒刺在背。虽然老太太的态度是十分客气的，然而在身份上，自己多说话是不合宜，少说话是把老太太冷落了。那么，离开也好。她这样转念头，也就随了志芳出去。仅仅是走到房门的时候，说了一句"明天再来看你老人家"。其实她明天这个约会，是虚约了的。因为明天有船到天津，她要预备北上，就没有工夫来理会这过时的婆婆了。

　　天津这个地方，虽然有租界，那环境究竟有些与上海不同，箱子里应当带些什么，自己应当是怎么一个装束，这都应当考虑一番。所以在动身以前，忙着料理自己的事情，事实上也不能来看孙老太。她的家庭在天津，父母却还是健全的。她父亲薛小山率领着全家大小，都住在法租界上。他手上既很有几个钱，无所求于人。而且以往曾在北京政府下面做过多年的官，各方都找得出熟人，也不愁有事无说话之地。好在他自己除了上闹馆子听听大鼓书，以及到澡堂里洗澡之外，根本就少着出门的机会。楼上屋子里堆有两个屋子的线装书，足够消磨时间的。抱了个闭门不问天下事的姿态，颇也过着坦然的日子。冰如在汉口的时候，顾全到她父亲的环境，并没有给父亲通过信。直至到了上海，才向父亲打了一个简单的电报。说是即北上，为何北上，和谁一路北上，都没有提到。小山知道自己女婿是一个在京沪作战的军官，而自己的这位大小姐，又是个维新人物，且与姑爷感情最好，不见得她会无故地抛了丈夫北上。所以接到这个电报之后，倒出了一身冷汗。

　　这日冰如到了天津，由码头上坐着一辆人力车子到家门口，只拿了一只手提箱和一个小藤篮进门，小山看到就有好几分疑心。家人久别重逢，各有一番叙谈，家中少不得有一阵纷乱，小山暂不做什么表示。到了晚上，小山在楼上小书房里看书，听到家里人嘈杂的声音，缓缓停止下去了，便吩咐老妈子把大小姐叫了来。冰如进屋子的时候，小山穿一套旧纺绸衤夸裤，正左手捧了水烟袋，右手夹了燃着的纸煤，坐在藤椅上，颠簸着两腿，似乎在沉吟着什么。冰如站在门口，便叫了一声"爸爸"。小山将纸煤指着对面的椅子道："你坐下来，我有话要缓缓地对你说一说。"冰如坐下来，先笑了一笑，接着看到父亲满脸一本正经的样子，便也随着将笑容收住。小山吹着纸煤，先吸了两袋水烟，然后问道："你这次回来，在路上没有遇到什么岔子吗？"冰如道："我是坐飞机到香港的，时间很短。香港是天堂，有什么岔子。"小山道："我是问你在海轮上有什么事没有？"冰如道："有的，在青岛的时候，全船人受过一道检查。好在我是个女人，又没带什么东西，倒也不搁在心上。到了塘沽进口子的时候，也是这样，再受一回检查。这是我意料中的事，倒没有什么感想，谁叫我到天津来的呢？要到天津来，就得受这份委屈。只是随在检查日军后的几个中国人，那副形象太是难看。他们翻翻我的箱子，除了几件衣服之外，什么也没有得着，也就算了。后来检查我的手提小皮包，看到里面有一卷钞票就拿去了。这是我大意，本来一路都收得妥妥的，因为到了天津了，又拿了出来。这也不过几十块钱的事，也就不必去提了。"小山道："虽然你这次来是很平安的，但究竟是个冒险举动。你在上海就很妥当，何必回到天津来？我们家虽是住在法租界上，但是比之在上海，那就差远了。"说着，皱起眉来。冰如道："我也明知道回到北方来，相当地冒险。但是为了根本问题，我不能不来。"小山听了这话，脸色　变，不知不觉把水烟袋放在茶几上，把纸煤架在烟袋上，又摘下鼻子上栞的老花眼镜，对冰如望着，低声问道："什么根本问题？你可不要来和我找麻烦。"冰如看到父亲这种惊慌的样子，才省悟过来，因微笑道："哟！这是我没有说清楚的缘故。你老人家不必多心，我说的根本问题，是我自己的根本问题，与任何人无干，更谈不到什么天下大事。"小山听了，这才把老花眼镜戴上，接着问道："你自己的事，你自己去解决就是了，你又何必千里迢迢地跑来天津？"冰如道："当然我有来的必要我才来。您倒别忙，让我慢慢地来告诉您。"

小山经了她这番解释之后，便觉得心理上的紧张又慢慢松懈过来，于是把茶几上的水烟袋和纸煤都拿了起来，又从从容容地吸起烟来。在他吸烟的时候，冰如是无须慌忙，把自己的婚姻问题，由南京出来起，直到这次在上海和孙老太太谈话为止，尽量地都说出来了。小山等她说完了，又吹着纸煤，吸了两筒烟，因道："据你说，姓江的这人，既是待你很好，你自己已十分愿意了，我们做父母的，还有什么话说？现在时代不同，我纵然是个旧头脑，我也不能强人所难，让你青年少妇去守节。但是话说回来了，志坚虽已有七八个月没有消息了，但或存或亡，究竟还缺少一个确实的证据，你要顾到夫妻情分，姓江的也不能有负朋友所托，事出万全，似乎不必这样忙，再等个三年两载，我以为都没有关系。"冰如道："什么？三年两载都没有关系？你老人家不了解青年人的心事。现在时局千变万化，哪里能约定着那样长的时间？"小山道："并非是我故意拉长时间，耽误你的青春。可是你要转念一想，若没有这样长的时间，假如志坚再出了面了，那个时候，你怎么去应付？"冰如将颈脖子一扭道："那有什么不能解决的？现在非常时期，一切事情就不能照平常法理人情去判决。何况他也有七八个月没露面了，这婚姻问题，也可通融办理。幸而我还是有几个积蓄的，假使我是一个每日等着丈夫供给柴米油盐的妇人，有这七八个月的消息隔断，那就饿也饿干了。"小山道："你究竟不是靠丈夫供给柴米油盐的人呀，并无什么不得已，拿什么理由去改嫁呢？我的主张不过如此，你一定要这样办，我也无法反对。不过志坚出面了，我无面目见他，将来我不能承认曾经许可你这样办！"他说着，把脸色沉了下来。冰如道："您不体谅人情。"小山将纸煤插入烟袋纸煤筒里，重重地把烟袋向茶几上一放。在烟袋放下，碰着茶几面，卜笃一声重响。在这一声重响里，表示了他的气愤。他道："我不体谅人情？我这是最讲人情的办法。无论是中国哪一个角落，寡妇再改嫁，在丈夫死的最近期间，总也不便开口。你的丈夫死与未死还不能说，你就要改嫁，你一点儿人类的同情心也没有，你还讲个什么人情？"冰如见父亲这样教训着，心里自也大为不快，站起来道："您说我没有人类同情心，我也承认。您自己应该是有人类同情心的人了，凡是有心人，这时都应该到内地去同赴国难，为什么住在租界上求外国人保护呢？"小山道："你不求外国人保护，你是好的，你为什么也到这地方来？"

冰如正还想找一句话来回驳她父亲，可是她母亲郑氏在门外站着听了很久，这就走进来，拦着她道："你千里迢迢地奔我们来了，有话只管好好商量，何必和你父亲生气？"说着牵了冰如一只手，就向屋子外面拉去。冰如随了母亲到楼下卧室里，觉得无话可说，可是不说吧，又大大地违拂了自己的本意，于是坐在小沙发上，半侧了身子，微微地垂了头落泪。郑氏坐在她对面椅子上，倒是望了小姐这表人物青春遭着不幸，却十分怜惜，因道："你父亲的话，我也听见了，他的话倒是对的。而且你的性子也太急了，一来之后，就和你父亲开谈判。你也应当等一等，谈话之间，把你的困难说明白了，再来谈婚姻问题，也不迟。你偏是……"冰如拭着眼泪道："我偏是太急了吗？我不急还不会坐飞机到香港，绕了这样大的弯子来开谈判呢。我和人家约好了的，说是一个月之内，准有回信，这样不在意地谈下去，不但一个月内不能给人家回信，就是一年也不能给人家个回信。这样做事，显然是没有诚意，你想人家能那样静等吗？"

薛老太太颇也怜惜着这位姑娘命薄，冰如这个样子说了，她只是犹疑着发呆，却说不出一句安慰的话来。可是冰如的小妹妹松如，是一个好事的小姑娘，知道姐姐是为婚姻问题在开谈判，便楼上追到楼下，只管在门外面打听这件事。听到这里，她忍不住了，就跳进屋子来，向她母亲笑道："您只管听，听得清楚不清楚，全不理会。您也可以问问姐姐，她左一声人家，右一声人家，这一位人家，究竟是谁？"郑氏皱了眉道："现在也不是开玩笑的时候，你这孩子胡问些什么？"冰如道："只管问，有什么要紧，我可以告诉你的。那个人家姓江名洪，是一位二十多岁的军官。人长得很英俊，说一口流利的国语，是河北人。本是军官学校的学生，十今是服务有年了。告诉得你很清楚了，你还有什么可问的？"这位小姑娘听到姐姐向她说了一大串，分明是有意臊她，也就鼓了一股子劲，因微微笑道："怎么没有呢？有的还多着呢。不过我是位姑娘，我犯不着多事来问。"说着，她一扭身子跑。冰如冷笑道："你看看，家里这些人，没一个不有意和我为难，我有了这不幸的境遇，没有一点儿同情心，仿佛让我不幸到底才好。"郑氏道："那是你多心了，你妹妹向来就是这样嘴里多事，其实别人的事……"冰如拦住道："谁有工夫和她计较，我觉得自父亲起，都是把我当路人看待的。"郑氏道："哟！你这样说，是连我在内，你都看着有些不满意了。我才犯不上这样狗拿耗子呢。你自己的事，你自己去料理。你不必和我商量，也用不着为了这个生气。你既到了天津来了，暂时住两三个星期。还有一些亲友在北平，也可以等着机会见见面。"冰如将身子一扭道："这在北平的亲友，见他们做什么？北平是什么地方，他们有那忍心在北平住得下去，我也就不愿见他。好了，爸爸已生了气，妈又不愿问我的事，那我就乘原轮船回上海去吧。"郑氏见她如此，也是没有话说，许久才道："你也不必太任性，还是多住两天，慢慢地商量吧。"

冰如默然地坐了一会儿，却也拿不出一个主意。虽是怨恨家里人不能谅解自己，可是漂洋过海地回来了，总还是要家人给予一点儿帮助才好。第一是江洪为人太慎重了，不在家庭方面找一点儿根据，恐怕他也不能放手做去。到天津的第一晚上，自己就想了个透熟，依然要取得父亲同意，才好回汉口。这样，不但减轻了自己的责任，而且也可以减轻江洪的责任。因之到了第二日，她就把初来时的焦急态度完全改去，只在有意无意之间，把话来和父母商量。对付儿女的心肠，天下父母都是一样，过了两天，也就渐渐和缓下来，这不但是冰如自己的家庭，便是留在天津的亲戚，也知道她要改嫁个姓江的。亲戚见面，少不得道一声喜，说两句笑话，那婚姻问题，更是明显。

　　是一日下午的时候，冰如由外面看电影回来，正坐在楼上母亲屋里谈谈笑笑，十分高兴。忽然松如在楼梯上一路喊了来道："姐姐，姐夫的信来了，姐夫的信来了。"冰如笑道："这丫头总是和我开玩笑。别的可以乱嚷，这姐夫两个字，也是可以乱嚷的吗？我算算看，现在有半个多月了，江洪也该和我写回信来了。"说到这里时，松如手上高高举着一封信，走了进来，笑道："你猜错了，不是江洪的信，是孙志坚的信，你拿去看。"说着，微微笑了一笑，把信扔在冰如怀里。她听说是孙志坚来的信，脸色就首先变了一下。将信拿到手上看时，不用看那详细的下款，只看那信上写的笔迹，就可以断定是孙志坚的信，立刻心房扑扑乱跳一阵。郑氏坐在旁边，斜视过来，见冰如的肌肤有些抖颤，因问道："什么？志坚有了信来了吗？"冰如并不急于去拆信，拿着信封在手上颠了两颠，因淡笑道："许是她妹妹孙志芳弄的花样。"说着，将信封口缓缓地撕开了，却见里面的信瓤，厚厚的有一叠信纸，信纸上的字，写着只有绿豆大，想想这信里的事情，一定是很多很多的，抽出信纸来，只看那最前一行是：

冰如：

　　我没有想到我还能给你写信，你也并不会想到还能看到我新写的字迹吧？

　　这绝对不成问题，是孙志坚来的信。她不但心房乱跳，而且是手足冰凉了。她偷眼看看屋子里的人，都把眼光射在自己身上，便将信纸握在手心里，另一只手扶着椅子背站了起来，向她母亲望了道："让我到屋子里慢慢地去看，回头我把信上的消息告诉你。"说完了，也不管别人怎样注意，匆匆地就走了。郑氏看了这情形，便望了松如道："真是志坚来的信吗？"松如道："怎么不是？信封上清清楚楚写着他寄信人的姓名。"郑氏道："这倒有些奇怪了。冰如接到这封信，丝毫也没有表示什么高兴的样子。"松如鼻子里哼了一声，接着又发上一阵冷笑，于是她就走到梳妆柜面前，对了镜子，将小梳子梳理自己的头发。郑氏道："你冷笑什么？一个生离死别的丈夫，有了信来了，高兴还是不应该的吗？"松如对着镜子将嘴一撇道："高兴？孙志坚的信，比刀刺了她的心还会难过呢。"这时，屋子里并无第三个人，郑氏道："松如，你也不好。你姐姐落在这种境遇里，自也有她不得已的苦衷……"松如将梳子向桌上一丢，扭身就走了出去，在她出门的时候，还咕咕着道："就算找多事，大家同后看吧。"

松如走远了，郑氏玩味玩味过去的情形，也是觉得冰如的行为有些奇怪，心想：难道志坚有信来，她反感觉得不高兴吗？看她把信念完了，却怎样来告诉人。郑氏是这样地揣念着，谁知冰如拿了这封信去，足足看了两三点钟，也不曾回到房里来。打发老妈子去探望，老妈子回来报告，大小姐掩着房门，在床上睡觉了。郑氏心想，这为什么呢？便悄悄走到那房门口，伸头向里面张望了去。见冰如横躺在床上，侧了脸枕着叠的被条，将脸偎在被里，因道："天气还有点儿热吧？你怎么这样睡着？"冰如似醒不醒地哼着答应了一声。郑氏因她已答应了，索性推门走了进来，因道："冰如，那信说些什么？能告诉我吗？"冰如道："他没有死。"说着，一个翻身，将背朝了郑氏。这倒让旁观的人越发地不解所谓。郑氏手扶了门站着，呆呆望了床上躺着的人出神。许久，才问道："你把那信交给我看看，可以吗？"冰如一个翻身坐了起来，微睁了眼道："这信里还有什么秘密不成？"郑氏道："唯其是我知道这信里没有秘密，才要你交信给我看。"冰如道："不用看，我把它撕了。"薛老太道："这是什么意思？他来信，是你夫妻有团圆的希望，你为什么反把来撕了。"冰如板了脸道："您没有看信，怎么知道我不应该撕呢？"郑氏坐在她对面椅子上，不觉向她周身上下打量着。冰如将身子斜靠了床栏杆，半垂了头坐着，将两个指头拨弄了自己的衣襟角，再也不提一个字，郑氏也默然了一阵，因道："我看你神色不

111

定，仿佛是生了病。"冰如道："我是病了。心里火烧一般，头又痛。"她说着，先伸手抚抚胸口，接着又按了额角。

郑氏还不曾跟着把话向下问，老妈子便在门外叫道："老太爷请呢。"薛老太走出屋子来，在梯子口上，就迎着了小山。他先笑道："志坚有信来了，一切问题都解决了。他也有一封信给我，报告他怎样逃出南京，那真是可歌可泣。"郑氏一声也不言语，自回房去。小山随在后面道："噫！你是什么意思？冰如呢？"郑氏道："她，她，哼！她接到信就病了。随她去吧，这事你我就不必过问了。"说着，她叹了一口气。小山站在房门口呆了一呆，便也走回自己的书房去，将志坚寄给他的信捡了出来，重新看了一遍。但这信上除了说南京失陷时，让人替古人担忧而外，都是可安慰的。女婿是死里逃生了，怎么小姐得了这信，倒反是病起来了哩？这老人是以君子之心度人，不肯向下想，但冰如的父家，也就不能对她有深切的帮助，这问题是僵持了。

第十三回

旧巷人稀愁看鸡犬影
荒庵马过惊探木鱼声

孙志坚不在人间，这是他的亲友所认为的共同事实，倒不是冰如过分的错误了。唯其是那不曾过分的错误，她就聪明地另找出路。于今是业已找到出路，而又不能去。放了的心，叫她无法收回，这只有怪造化玩弄人吧？其实造化玩弄孙志坚，比玩弄薛冰如还厉害十倍，这个死里求生的经过，他自己也是出乎意外的。

原来他带着一营工兵在苏沪前方工作，很得上峰的嘉奖。他既是个留学归国的军人，技术很好，而又十分勇敢，几个月里，都在炮火中工作。到了苏州失守，他们还继续以往的战略，要在首都作守城之战，继续去消耗敌人。上司认为他是可用的人才，便给了志坚一道命令，叫他带了工兵营去协助守城军布置城防。为了交通的困难，以及在前方的消耗，志坚带到南京来的已只有两连人。这是十二月的月头，战事越来越迫近了畿辅。负责城防的长官加紧布置防事，志坚带了两连人昼夜分途构筑工事。他虽料着自己的夫人一定离开了南京，恰是自上次回到前方后，并未接冰如一封信。因为自己是在前方四处奔走不停，纵有信去，也收不到。这次回到了南京，虽然军事倥偬，可是一看到了南京城墙，就不免想起自己那个完美的小家庭。颇也想得着机会，回去看看。

有一次乘着一辆卡车，带了弟兄们到南城去，正好走过自己家门的巷口，便嘱咐司机在路边停车几分钟，跳下车去看看。他下车走进巷子之后，见一排排的小洋楼，还是整齐地立着，并不曾损坏。但家家都关闭了大门，不见巷子里有人来往。直奔到自己家门口，见大门也是倒锁着的。抬头看楼上，百叶窗齐齐闭着，短围墙里两棵庭树，落光了叶子，还向外露了丫杈的树枝，门缝内外，撒了一些碎纸片以及木块钉头之类。两旁邻居，亦复如此。这正是半下午，那惨淡的冬日，带着病色的黄光，照了这空冷的街巷，颇是凄凉。正待转身，却有一点儿响声，回头看时，一头哈巴狗，夹了尾巴，挨着墙慢慢走过来，它看到志坚，似乎有点儿认识，昂头向他望着。志坚识得它是巷口富户钱公馆的爱物，便道："小丁丁，你不认识我了吗？"那狗忽然跑过来，两前爪扒了志坚的裤脚，一跳一跳，汪汪乱叫，尾子乱摇，摇得周身的毛都抖颤。志坚将它抱起来，抚摸了它那背上的柔毛道："你主人自顾不暇，也不管你了。"正说着话，巷底三层大洋房，呀的一声，开着大门，一个白须老头，穿了青布旧棉袍，迎了前来。他道："呀！是孙营长，怎么回来了？"志坚道："你是这巷口卖烤薯的刘老板吧？怎么还在这里呢？"他摸了胡子道："我七十多岁的人了，有什么死不得？而且要跑也跑不动。我受了这里几家公馆的托付，在这里看房子。你太太前一个月就走了，王妈告诉我是到汉口去了。"志坚道："那好极了，我这所房子，也托你代照顾一下吧。我公事忙，不能多谈，再会吧。"说着，放下那条狗，转身走出弄堂口。这里有一家带花园的住宅，围墙门也是关了，他们家陪衬风景的一丛水竹子，还是那样簇拥着，只是凋落的叶子，由墙上撒到巷口，杂乱地带了竹头木屑，却没有扫除。竹子里有两枝蜡梅，却伸出了墙头，静悄悄地横斜着。而意外的点缀，却有三只鸡，一雄二雌，伏在墙头上，它们也似乎是被主人所遗弃的，一点儿没有精神，偏了小脑袋看人走过。

　　志坚看了一看，倒添加了不少感慨，只管四处张望着。忽然有人道："孙营长回来了。"看时，是个巡警。志坚向他行了个军礼，笑道："阁下还紧守着你的岗位，难得！"他道："我是这里的老警察了。不到最后五分钟，我也不会离开。"志坚道："阁下知道我家眷搬到哪里去了吗？"他道："到哪里去，我没有问。但是我看到你太太和你家用人把东西搬上巷口一部卡车的。当天晚上，你太太还回来了。我自那时起，已改了巡逻警，因为弟兄们少了。我看到空屋里有灯光，还去敲门问的，你太太开门出来说，是回来拿你的佩剑照片的。第二日就不看到她了。她是很平安地离开了这里，你可以放心。"志坚道："她没有对阁下说什么？"那警士被志坚夸奖了一声"紧守岗位"，他很高兴，他便信口答道："你太太说，若是你看见了孙先生，请你转告一声，努力杀贼！"志坚听说笑了，和他行了个军礼告别。他旧地重游，虽然增加了心上一份凄凉，可是听说夫人已安全离开南京了，心里也就得了一份安慰。卡车等在巷口，自己虽然不敢多耽误，可是一路走着，还继续回头看了几次，然而这前后几条巷子里，整片的洋楼空闲着，除了那个守屋老人与巡逻警，已不见第三个人影，也没有再可询问之处，走上了卡车，奔上了南城。

他们的目的地是光华门，车子停在路旁，志坚先下车，便觉得这里已充满了战线的气氛。这城墙里面，本来是一片空地，夹杂了菜园。靠西有个洋房集团，住着闹市被挤来的人家。这时菜圃虽还存在，菜蔬已拔去十停八九，剩下一些菜兜。零落在菜圃中间几幢小瓦屋，有穿灰色制服的士兵进出。东头一丛竹子，竹下挖了深壕，里面成了高射炮阵地，炮身上披着竹叶与竹枝，伸出竹林来一大截。十几匹战马，在小瓦屋外几棵老柳树的粗干上系着。远远看到城门洞里，满满地填塞了沙包，这边的洋楼集团，门口站了两个卫兵，旁边小冬青树下，放了两挺机关枪。那门口有一面小旗，用竹竿横斜地挑了出来。那旗边的弄堂门墙上，也贴了一张某某团团本部的大纸条。志坚走向那里，将来意通知了卫兵。

卫兵报告进去，驻在这里的刘团长，正是志坚的老朋友，他竟是亲自迎接了出来，刘团长也是由前方调防到这里来的，三个月的苦战，面孔磨炼得粗而且黑，他走出屋来，志坚立正向他行着军礼，他立刻有一个感想，工兵虽然是一种艰巨的任务，但他们不像步兵日夜受着风吹雨打与日晒，不见这孙营长还是个白面书生。他回过礼，向志坚握了手道："不想在这里遇到老朋友，我这担子减轻不少。"说着，引他进了屋子。这屋子的主人翁，和其他离开南京的人一样，丢下了满屋子的家具，办公室里除了写字台上一架军用电话机，墙上几张军用地图而外，还是一所摩登客厅。刘团长让志坚坐在写字台对面的沙发上，他坐在写字椅上，先笑道："我到这里，是一则以喜，一则以忧。喜的是前方回来的人，感觉到这里太舒服了。

115

忧的是守这个城门，我责任太重。师长在今天上午来过，我陪着登城，看过了这里的地形。他对这里的防御工事，虽相当满意，但认为这环城的国防公路，必须城外的守军能控住。否则专靠城墙，不易对付敌人的大炮与飞机。"志坚道："我是来听团长命令的。那里的工事还有修补的必要的话，自是尽力去做。"刘团长道："好！我们上城去看看。"于是他携带了望远镜，着两个弟兄跟随，和志坚一路出门向光华门城墙上来。经过那辆卡车时，那带来的八九名弟兄，随着班长尚斌，都肃立在路边。刘团长道："孙营长你带来的弟兄太少了吧？"志坚苦笑道："我只有两连人，这几天各处都要调用，真忙不开来。当然，这里若有重要任务的话，两连人都可以调来。"说着，两人一同登城。

城上这已布了步哨，已不同往常。志坚随在刘团长之后，看了几处工事，他在他的品级上，虽只能说分内的话，可是他是学军事多年的人，缄默中自有一番更深的观察。这段城墙，陡峭高耸有六七丈高，下面的城壕，又挖得四五丈深，而且还不曾估计到水底。壕面的宽度，也有七八丈。由城墙下看，觉得是相当的险要。但壕那面不远，在层层不断的水田中，拱起一道堤形的公路，与城垣平行着，空荡荡不见一人，往常那里也奔驰着我们的坦克。西南角上，小山岗子，隐隐的青色的冬林上，迤逦一条乌影，下面是飞机场，往常日子，那里是经常飞着我们自己的飞机。我们是个工业落后的国家，我们不能自造飞机与坦克，四个月的东线鏖战，已把我们所买来的那些武器，都相当地消耗了，我们将恃着血肉之躯，与极少数的重兵器，来守这大南京，虽然这是个龙盘虎踞的所在，在立体战争下，这是一个精神与物质对比的厮拼了。他这样地想着，看了这城外一片平原，被淡淡的青霭笼罩了。远远的岗峦重叠，犹如无数狮虎，披上了蒙茸的毛，向南京朝拜。天上的晚霞，映照了半天的苍茫晚色，越是看到这城外寂无人迹。

刘团长陪他走了一遍，见他很是缄默，这时又见他向城外看了出神，因问道："孙营长你有什么意见没有？"志坚道："报告团长，若是我们有充足的重武器，这形势就很好。只是我想到城里一片敞地，一点儿掩蔽没有，万一我们作守城战的话，似乎更要增加两条交通壕，由马路边通到城墙脚下。"刘团长道:"对的,我也有此感想。"二人说着话,再回到团本部,还不曾计划挖交通壕的话,师长来了电话找志坚说话。志坚接过了电话,因道:"团长,我就要离开这里,师长叫我到虎踞关那边去。"刘团长道:"那怎么办呢?我这里许多工事,也少不了人。"志坚道:"这样好了,我留了尚班长和弟兄们在这里,我一个人去见师长。假如那边有重要的工事,我调另一连弟兄去。"刘团长道:"很好,就是这样办。"志坚告辞出了团本部,找着尚斌,把话告诉了他。尚斌举手行了个礼道:"报告营长,尚斌愿跟随营长一处工作。"志坚笑道:"在哪里工作,也是为国家服务,何必一定要跟着我,这里当然我还要来的,你听着刘团长的命令就是了。"说着,坐上了卡车,直奔清凉山防地。

当晚见了帅长,知道故人已攻陷了安徽宣城,先湖吃紧,这南京西角的城墙,也十分重要,当晚和师长计议了一番,就住在清凉山扫叶楼上,师长拨了一匹马给他骑,叫他明日早上骑着马绕城看看。志坚次日天亮起来,便骑了那匹马,顺着清凉山后,向虎踞关的人行大路,向西北角走去。这里是人家稀少的所在,鹅卵石的人行路,在竹林菜园间,向北伸长着。路边有时现出一沟流水,越是带了乡村意味,早上的薄雾,似有如无地罩了无叶的路旁树林,浓霜像撒的碎盐,铺在路旁草上和菜圃的木槿花篱笆上,坐在马鞍上颇觉霜寒压背,这样也就颇觉缺乏战时意味。

就在这时,天空里一阵飞机的轰轰轧轧声,回头看去,有一群飞机,在城南上空盘旋。同时高射炮的炮弹,放出几朵黑烟,在那边空中爆炸。他觉得距离头顶还远,镇定策马继续北走。走进了一个小山口,在一丛古树林中,有一座小庙,在树影子下,显出了一堵红墙,隐隐的有一阵木鱼声。一个中年和尚,揾了一只带绳子的水桶,走到树林下一个井圈边,向井里从容地放下桶去。南城的炸弹声与高射炮声,并没有纷扰他的镇定。他心想,不料南京城里,还有这种悠闲的人。此心一动,不免带转马头,向庙门口走来。和尚已汲起了一桶水,合掌向他打了个问讯。志坚跳下马来,手里牵了缰绳,走到井边,向他笑道:"大师父,你好自在。"和尚道:"官长,我们出家人,守着这个穷庙,很惭愧不能为国出力,可也不必惊慌。请到小庙里喝杯热茶吧。"志坚牵了马到庙门口,将缰绳拴在小石狮子腿上，和尚放下那桶水，引着他进庙门。

志坚走进庙来，迎面一座弥勒佛龛，佛还是笑嘻嘻地坐着。转进龛后，有一口大天井，有两棵老柏树，映着这屋檐下，阴暗暗的。天井过去，三层石阶，是三宝大殿了。殿宇虽不伟大，却扫除得没有一点儿灰尘。走上殿来，一列三尊佛像，坐在高龛上。龛外半垂着古旧的帐幔，成了酱紫色，可想其穷。长佛案上很少几样锡制供器，倒是有一只瓷瓶子插了一束蜡梅花和天竹子。另一瓷缸，张了净水。一只尺来宽口径的铜炉，里面微浮着一缕檀烟起来。因殿宇里面，不十分光亮，还看到佛案右角上，一盏玻璃罩子的佛灯，亮着豆大的灯光。左角一个方几子，布垫架了斗大的木鱼，一个年老穿着布袍的和尚，瘦长的脸上，布满了皱纹，盘腿坐在蒲团上，一下一下地举了木槌，敲着。引进来的壮年和尚近前一步，低声笑道："长官，对不起。我们这老师父是个残废人。"志坚看了那和尚，闭着双眼，动也不动，继续他的早课，因笑道："不要紧。舍下三代念佛，直至现在，家母还不断看佛经呢。你请自便，我在这庙里看看。我奉了长官命令，要在这一带看看的。"说着，绕过正殿，到了后殿。

后殿在一个小山坡上，却有十几层台阶。殿中只有一座观音佛像，很简单。因见佛龛后，有梯脚露出，便走上梯去，那和尚也随后跟着。上得梯来，是一个小木阁，中间也供有一尊小佛龛，三面玻璃窗户都闭着。因隔了玻璃，看到一曲城垣垛子，便推开了窗户，向外看去。见那城墙露出来的所在，是一列小山的缺口子，便问道："这城墙外面是平原吗？"和尚道："外面有一片芦苇洲，洲外是长江。"志坚道："这样说来，你这里也不算安全地带。敌人的兵舰，开到长江里，可以炮轰到这里。"和尚笑道："他如果在兵船上用炮轰，南京城里，哪里也不安全的。长官，你有所不知。在二百年前，这里还是世外桃源呢。明朝末年，清兵进南京城的时候，许多遗老就在这一带住了半辈子没有出去。"志坚笑道："时代不同了，于今敌人是要灭我们的种，不是要亡我们的国而已。你就是为了这一点，很坦然地在这里出家吗？"和尚摇摇头道："那倒不是，我这庙里，统共只有三个和尚。殿上那个老和尚，长官看见的，他双目不明。还有个老和尚，病在床上，你想，我们怎样走得开？阿弥陀佛，我们望菩萨保佑南京城。"

说着，他看了志坚，笑上一笑，因道："还是全仗各位长官带了弟兄们保卫南京城。"

志坚笑了一笑，没有说什么。看看这庙，是一座冷淡了香火的古刹。这和尚也很率真，倒也不碍了什么军事，便依了原路走向前殿。殿旁有几间僧房，也没有去再看。老和尚已完了早课，垂了袖子，默然地坐在蒲团上，志坚也不去惊动他，见壮年和尚直送到殿外，便向他点点头道："打搅，打搅。"和尚道："长官茶也不曾喝一杯，说什么打搅？"志坚走出庙来，解了缰绳，骑上马去，见和尚再去提那桶水，又向他行了个礼，兜了缰绳自走，顺了尺来宽的鹅卵石小路走出那丛荒的树林，隐隐中还嗅得到一种沉檀香气。心想，怪不得我家三代好佛。这佛家的布置，影响着人的心埋很大。在马上默想了一阵，猛抬头看到薄雾全散，冬日黄黄的太阳已高升数丈，自己是个巡查工事的人，都有工夫去参禅，一拢缰绳，让马放开四蹄，向大路上跑去。

第十四回

炮火连天千军作死战
肝脑涂地只手挽危城

这天上午，志坚回到清凉山，见着师长，就把西北城角看来的情形，做了一个简单的报告，供给他做参考。但这个时候，东南角的军情比西北角紧张得多。西北城区防务已另交给一个师长负责，孙志坚所属的这一师全部调到南城。他的工兵营也扫数调到城南。他的营部，在城南某一处民房内。这个地方，本来去六朝金粉地不远，原来是繁华场所。但因战事逐日迫近首都，每一条街巷的人家都紧紧闭了门户。多数的市民本已疏散走了，还有那不曾疏散的市民，也都迁居到新住宅区去，那里是国际人士所指定的难民区。南城这一带也未能例外，整个白天也不看到路上有人行走，看到行走的，也总是现役军人。营本部邻近几幢洋楼，都住着自前方转来的同志。志坚虽没有工夫去仔细观察，其中有两位长官，似乎在前方见过的，相见之下，不免行个礼。

这一日上午，他由白鹭洲防地回来，已经隐隐地听到了炮声，迎头看到一位高级军官，由那空屋子里出来，便站住脚行了个礼。他望了志坚道："你不是孙营长？"志坚道："是。"他便在衣袋里掏出一张名片交给志坚，因道："我在今天晚上，就要到另一个地方去布置防务。我要告诉你一件事，就是这屋里，我们还有一部分东西，暂时不能移走，尤其是四只橡皮船。我知道你是个军事技术人才，你会照料它。你拿我这名片交给贵师长，把这事告诉他。这事相当重要，你不可以忘了。"志坚答应是，行了军礼告别。他想着，在这水上交通感到困难的时候，有四只橡皮船可用，这自是一个好消息。下午见了师长，把名片呈上，将话告诉了一遍，师长点点头道："你可以顺便去看看，还有其他可用的东西没有？战事移到了内地，任何军用品都不容易再得着，应当尽量保存。"他说这话已毕，电话已来，志坚也不及详细请示。而自这时起，炮声由远而近，也由稀而密，担任城南防务的军队，已是加倍警戒。志坚这两连工兵都驻在营本部里，听候命令。

到了晚间，全城在没有电灯的情形之下，又加是个斜风细雨天，四周漆黑而寂静。却是那远处的炮声，因着气压的关系，反是听得更清楚。上半夜还偶然听到笨重的卡车，由附近马路上响过，下半夜仅仅只听到一次皮鞋的步伐声，由巷子里过去，遥远地听到步哨喝问过两次口令，其余是一点儿声音没有。这种沉寂，倒令人想到暴风雨即刻将到。志坚没有安床铺，就把行李摊开在人家楼板上睡着。墙角落里，楼板上点了一支洋烛，为的是掩了灯光外露。在人家留下的一张桌子上，放着电话机。他睡在地铺上，睁了眼静候电话。在前方炮火里生活了几个月，疲劳之后，吃得饱，睡得着。但在这寂寞的首都之夜里，却反是不能安睡。心里也自念着，大概保卫大南京这个念头，容易叫人兴奋吧？这一晚并没有电话前来，还是平安的过去。自己是刚刚迷糊一阵，却被轰咚的巨声惊醒。睁眼看时，勤务兵站在房门口，大声叫道："报告营长，有空袭，弹就落在屋子外不远。"志坚坐了起来，喝道："大惊小怪做什么？弹落在外面，已经过去了。"他说着这话，也站了起来。这时天已大亮，看那窗子外面，烟焰迷成一团，果是弹落不远。也就在这个时间，炸弹声继续地爆发着。而接着这个爆炸声，便是大炮轰击声的继起。昨晚的岑寂，到了这个时候，已告一段落，炮声由东南角蔓延到西南角，轰轰的响声彼起此落。约莫两小时，炮声由近处猛烈地响出，证明敌人已迫近了我们的射程，我们的炮也在还击。志坚这营工兵所担任的虽不是冲锋陷阵，可是到了这两军炮火交轰，随时有建筑工事的可能，自己已吩咐全营，赶快地做好了一顿饭吃过。电话机已由弟兄们临时移到楼下，自己守坐电话机边，等候命令。有几次炮弹呜喷喷地发着怪声，由头上穿过，益发觉得两方的炮火已互相迫近。他坐守在电话机边，未敢离开，但也没有命令传来。

到了大半下午，炮声忽然停止，紧张的空气略微松弛。电话却来了，电话是师长的命令，光华门里，有几个未爆炸的炸弹，拦阻交通，快带全营弟兄们来移去。志坚接了命令，先带了尚斌一班弟兄，跳上门外停的卡车，自己司机，开了车子，奔上光华门。着其余弟兄，徒步前去。这时，南京城里已不放警报，敌机来空袭，预先不能知道。汽车刚跑上马路，便有三架敌机的影子在头上掠过。他听了空中轧轧轧刺激空气声，知道敌机已投下弹来。坐在司机座上，已看不到投弹的角度。但看到面前不远，有一幢四五层高楼，料着敌机是把这里当目标，在几秒钟间，他的观感和判断和他两手的动作，很敏捷地联合一致，将扶机一转，车子很快地冲入街边南端一条巷子里，刚刚钻进巷子，身后一声大响，立刻烟雾猛升起来。卡车一点儿也不理会，继续向巷子里冲。冲出巷口，是另一条马路，车头转向东方，还是开向光华门。一路之上，又听到几下巨响，随了几丛弹烟向空中倒喷，笼罩了马路，硫黄气扑人。街边有几幢房屋倒坍着，还在陆续地滚着墙砖与屋瓦，想是刚刚被炸的。这一辆卡车，就在弹烟中钻过，顺了路直奔光华门。车子将到光华门那片敞地上，远远看到一个弹坑，车闸猛可地关着，嘎的一声停住。路边正有一个士兵，举手招呼停住。车子停后，才听到他喊，路中心有颗没有爆炸的炸弹，车子不能向前走了。车子停了，志坚跳下车来，尚斌也带了弟兄跳下，看时，车子距离那没有爆炸的小弹坑，不到一丈路。尚斌笑道："营长坐在司机座上，看不见。我们在后面，抬头看到头上三架飞机，简直是跟了我们炸。"志坚笑道："我何尝不知道，我们停下来，也许他炸个正着。你们先在这里，把这个炸弹搬走，我去见师长。"说毕，他自向前走去。尚斌望了弟兄们道："你们看看，我们营长，不但是十分勇敢，而且十二分的机警。这车子再开过去几尺路，就是很大的危险。我们在阵地上，处处都应该学他。"各位弟兄，也是目击刚才这一着惊人表演的，都在严肃的脸上，泛出了一阵微笑。大家也就受了志坚的感动，一分钟也不敢耽误，就各各在车上取下了工具，挖掘马路中心的炸弹。志坚由师长指挥所在地走了回来，马路上已恢复了交通，徒步的弟兄们也来了，两连的兵士，都站在马路边待命。

　　冬日天短，天色不觉已经昏黑了，志坚便自带了弟兄们在马路边人家屋檐下休息。但是这个夜幕，却给予敌人一种作恶的掩护，连续的大炮，又开始轰击起来。敌人的目标，似乎就是这光华门的城垣，在轰轰唰唰、隆隆啪啪各种巨响之下，那炮弹，带着通红的血光，一个跟着一个，向这一带城墙碰砸，随着火花四溅，犹如在黑暗中伸出无数道魔爪与魔网。炮弹间或地越过了城墙，落在门里空地上，成团的火焰，在地面上涌起，火网里看到地面上的碎土与乱石，向空中反跃起来。这样的紧张场面，约莫有半小时，这里守军，却未曾加以理会。忽然这附近的钢炮发出一声巨吼，向半空里回答出去一个火球。而附近的迫击炮与各种口径的炮，也一齐应声而起，向对面喷射了怒火出去。又是一小时上下，这城墙上的机关枪，却笃笃笃地左起右落，不断地响着。志坚和他的弟兄们虽是休息在马路上，白炮弹纷纷射落以来，人家也都找了掩蔽地方伏着，心血足随了那各种爆炸与碰撞声，刻刻因之紧张。自机枪声发动以后，这暗示了敌人在黑暗中借了炮火掩护已在向城墙进犯。机关枪的子弹，已经可以制止住他们。

这样的情形，又是一小时，机关枪声便停止了。想象着，敌人是被击退了。但机关枪声停止，炮声却已复起。志坚站起来，拿起身上挂的水壶，嘴对嘴地喝了两口水。师部的传令兵却来叫他去见师长。他走到城墙脚下，向那构筑的战壕走来。壕口上站着卫兵，问明了来意，进去报告过，然后才请他进去。壕是丈来见方的地窖，师长靠了一张矮桌子，坐在地上，桌子上点了两支烛，照着四五个电话机与一叠军事地图。他一手握了电话机，一手拿了地图，在烛光下看着，见志坚进来，便道："城墙上有几处工事，被炮弹轰坏了，限你两小时修好，快去！刘团长在某处等着你。"志坚接了命令，立刻带了一连弟兄们上城。这时，星月无光，长空里飞着往来的火球，与无数抛物线的光芒，遥远地看到城外地平上，喷出成片的火花，火药气弥漫了周围。我们炮兵阵地，在左右前后发着怒吼，不时地有一阵土屑，在火光下撒上人身。这一连登城的工兵，借了城垛交通壕的掩护，半弯了身体，奔向师长所指示的地点。炮弹带着闪烁的火焰，看到刘团长静坐在掩蔽所在，他让志坚到了面前，握住他的手道："你自己来了，好极。这里两挺重机关枪，刚才发生很大的威力，将攻城的敌人击毙不少。不幸的是这两个掩蔽机枪的工事，都被毁了，敌人二次再来，我们必须恢复这两处机枪的威力。"志坚道："师长给了我两小时的限期，那很够。我带了水泥和酒精上城来，很快地就可以把工事坚固起来。我立刻就去。"说着，他已不顾对方射来的炮火，挺立起来，督率了全连弟兄直奔被毁的工事所在。他在城垛缺口里，向城外探望，见地面上的火焰喷吐的地带，似乎又迫近了一些。不容再考虑了，他奔走着两处的被毁工事所在，指挥了弟兄们搬运砖块土石，一面将酒精拌和了水泥，在工事上堆砌。那头上的炮弹，却又一个跟着一个，在长空鸣溜溜作声，飞个不断。其中也有几次，恰好就落在城墙上。志坚全不理会，只是来往地指挥。在一颗炮弹落在附近之后，他也溅了一身的土。班长尚斌跑到面前敬礼道："报告营长，连长阵亡，还有三位弟兄阵亡，五名挂彩。"志坚道："知道了，他们很光荣。明天找了好棺木，给他们收殓就是了。现在任务完成了再说。"他说着这话，自己便亲自上前，代替了那阵亡连长的职务，挤在弟兄队里，建筑着工事。他一面做工，一面不住地看着表。把工事做完了，还只有一小时又三十分钟，比限期要早半小时。于是叫弟兄们先把挂彩的几个弟兄，找了担架抬了，先抬了下城去。自己还在阵亡弟兄面前，敬了一个礼，才下城去向师长报告。

他到了这时，才发现了这半晚的作战，在城上的守军，伤亡很重。由城下上城来的援军，在火光与炮声中，虽络绎不断，可是想到在东战场一个长期消耗战之后，再又接上一个南京消耗战，这趋势是很严重的。但是他看到师长在城下，团长在城上，都已亲临火线，却又令人兴奋得很。师长已接了团长的电话，知道志坚任务完成，见面之后，很嘉奖了几句，命他退下休息。其实在光华门附近驻守着的兵士，也谈不到休息。敌人在这晚上，用了大炮掩护步兵进犯，前后共有五次之多，枪炮的响声如崩堤放水一般，彻夜不停。城里有几处着了炮弹，已燃烧起来，几个火头，涌起了通红的火焰，在半个城南，都弥漫了紫黄色的云雾。火光被烟焰罩住，反映了这阵地上的草木房屋，在血光里露出了很显明的影子。光华门一区如此，其余各城门的攻守情势，也可想象。志坚是个留学回来的少年军人，又曾亲受着领袖的熏陶，对这个可爱的首都，有了充分的热恋与尊敬，看到这紧张的局面，真恨不得拿了一支枪跳上城去射击几个敌人。然而他自有他更重要的责任，不能如此。虽在严冬的晚上，他周身血管沸腾，汗湿透了衣服。他忘了炮火向身边射击的危险，不时在休息的民房里走出，抬头四望。每听到自己炮兵阵地里发出一声巨响，心里头暗叫一声好。一夜鏖战，他没有片刻的静止。到了天色将亮，除了敌人的炮火，向这里加紧射击之外，敌机又三三五五临空投弹。这时已不能分出哪里有弹坑，烟雾浓浓地笼罩了一切。炮弹连续地落到附近，地皮常是发生地震。这时志坚所知道的，只是我军坚守了城墙，几次连密的机关枪声，都把敌人击退，详细情形，未曾到战壕里去，却不甚清楚。

这紧张的战事，到了下午两三点钟，却是震天震地的一声大响，在那种倒瀑布似的声浪里，他料着这是城墙崩坍的象征，心里颇感到一种惶急。约在一小时后，大炮虽或偶然地轰两三声，而敌机已不在头上投弹，志坚得着弟兄们的报告在城门左角，城墙被大炮和飞机的轰击，已崩坍出来一个丈来宽的缺口。志坚听说，奔出掩蔽的所在，恰好师长带了几位官长和士兵来到了面前。志坚刚行过礼，他立刻正色道："孙营长，你带了所有的弟兄，赶快把这缺口堵上。否则敌人就利用这个缺口，可以冲进来的。南京的存亡，就关系这个缺口是否能堵塞得住。我先前所在的那个指挥地方，已受着缺口的威胁。敌人已有一小股窜到城壕这边，城墙上的机关枪，正控制着他们。若到了晚上，控制就不容易。你必定拿出大无畏的精神，在五点钟天黑以前，把这个缺口完全塞好。"志坚道："关系这样重要，孙志坚愿带全营弟兄的血肉把这缺口堵上。"师长道："好！你努力！"志坚转过身来立刻召集两连弟兄排队站在民房的屋檐下，因挺立了身躯向他们训话道："城墙被敌人轰出了一个缺口，敌人有由那里冲进来的可能，南京城守得住守不住，就在乎能不能立刻填上这个口子。师长把这个伟大的任务，交给了我和全营弟兄，这是我们军人的光荣。弟兄们，我们接受这个光荣的任务，我们必须成功，我们就是成仁也要成功。大家随我来。"说着，便叫两个弟兄，向前面去侦探一下，自己带了全连弟兄先藏在一丛竹林中深壕里等候他的报告。那侦探兵回来了一个，很匆促地行了个礼，面上带了忧郁的样子。他道："报告营长，那缺口里，已发现了敌人，他利用崩坍的城砖，做了机关枪掩体，有一架机关枪架着向里面射击。"

志坚听了这报告，立刻跳了起来。这竹林外有一条浅浅的交通壕，通到城根，就是班长尚斌带弟兄们挖的，因叫着尚斌和三名弟兄，带了步枪与手榴弹，滚下这壕沟，蛇行着向前去探望。这壕沟在菜地里弯曲着，斜斜地经过那城墙缺口。五个人在壕里爬着，还不曾抬起头来看，不知那缺口的敌人，发现了什么，突突突地，就向空地上射了一阵子弹。志坚微微看了一看，那缺口的机关枪，居高临下，控制了这整个城门里面的空场，漫说两连人，就是二只耗子也休想上去。不把这挺机关枪消灭，就不能堵上缺口。不能堵住这上缺口，在今晚上，敌人就可以继续增援，冲入南京城，因悄悄地退回了竹林，对弟兄们道："敌人很厉害，他爬进那缺口，至多三个人，他立刻构成工事，威胁了这整个光华门。难道我们这些个人，就不如他？我们现在可以在前面佯攻，吸住他的注意，另派一个人带了手榴弹，迂回由左角斜坡上过去。就在那乱土堆里，迫近机枪掩蔽，向里面塞进一颗手榴弹，不怕他不消灭。"他坐在竹林下说话，弟兄们蹲伏了围绕着他听训。尚斌移近一步，脸色一正道："营长，我去！"志坚道："好！你是勇敢的军人。但这个任务，非完成不可！因为第二次再去，就不灵了。"尚斌道："报告营长，我愿肝脑涂地，报效国家，不消灭那挺机关枪，我也不回来。"志坚连连点头，握着他的手说好。他身上挂着三颗手榴弹，手里又拿了一颗手榴弹，二次就滚下交通壕。

志坚伏在林根下的工事里，向外窥探着，不到十分钟，见他已爬出交通壕，在左角菜地沟里顺了沟向左爬。自己便命令全部弟兄，蛇行出了竹林，故意向城缺口所在露出一些形影。自己却带了一名弟兄，由交通壕里前进。果然，那里的机关枪，却向竹林右角不住发射，向左看时，尚斌已由菜地沟里，迂回到城墙脚下。在不平的地面上，看到一片灰色衣服在移动，那里正是崩坍的城土乱堆着。见尚斌已钻进那堆里，二十码、十五码，十码、五码，一块灰色衣服的影子，逐渐移近了那机关枪掩体。到了五码，他不蛇行了，只见他突然向前一跳，全身暴露出来，人向前一栽，右手伸着，把那个手榴弹塞进掩体里面去，那机枪突突突地吐着火舌，还在向这右角射击。响声突然停止，只见一把刺刀挑起，在迫近掩蔽的尚斌身上，接着一阵响、一阵烟，由机关枪掩蔽里喷出，手榴弹爆炸了。志坚从交通壕里向外一跳，高举了右手，叫道："尚班长成功了，弟兄们，上！"于是竹林右角涌出一阵人浪，一阵风似的奔向城墙。大家到了那里一看，机枪和三个敌人，都炸死了。尚斌成了功，也成了仁。原来这手榴弹在拔开引线和塞进掩蔽部的中间，有几秒钟的时候，才能爆炸。尚斌要一定消灭这挺机关枪，他连手都伸进掩蔽工事里去，给予敌人挑上刺刀的一个机会。可是他这一只手，挽回了光华门的危局，以军人的武德言，已是至高至上的了。

第十五回

易服结僧缘佛门小遁
凭栏哀劫火圣地遥瞻

　　尚斌这一颗手榴弹，消灭这光华门的危机，立刻将许多将校都感动了。弟兄争先恐后的随在这两连工兵之后，一小时内，把那城墙缺口抢堵成功。等到这缺口填塞完了的时候，城外的敌兵，竟有一小股窜到城根。这时，他们既爬不上城，敌我迫近，敌人的大炮也不能掩护，城墙上一阵步枪与手榴弹，就把他们消灭干净。自这以后，城内外又鏖战了两日。但敌人的后续部队，随了飞机大炮增加。而我们守城军却没有重武器与飞机，光华门虽是屹立不动，而全城的严重性却已时时增加。

　　到了十二月十三日，留守的最高长官，已下令做战略的撤退。志坚在光华门附近，原可以先退，但是他们的弟兄们，已在一日前，被调上城垣，加入了步兵火线作战。他仅仅带了两个勤务兵在营本部里候令，他不忍走开。后来师长下令，刘团在城上掩护退却，其余部队开始向城北转进，一面叫孙志坚去取出那四只橡皮船，送到某处支起来使用。志坚见大势已定，除此不能更有为国杀贼的机会，只好带了两名勤务，奔向原来做营本部的西式楼房来。可是，这时候的南京城，已踏上了浩劫的途径。接连四五日的敌机轰炸，南城原来有七八个火头，始终在燃烧着。这日又有几处破家的百姓，自己放着火，实行焦土政策。由光华门顺了马路向西北走，就经过了三处火场。烈焰飞上天空，与其他一处的烈焰会合着，半空里成了火海。人家的浓烟，由门里窗户里，带了火焰，向街心里流着热浪，半空里的火星，像雨点落着。匆忙中绕了许多小巷，才奔向目的地，然而那几幢楼房，也正成了一丛火焰。所指藏橡皮船的那所楼房，只有四周的秃墙，带了门洞与窗洞兀立在烟雾中。墙里一堆焦土，还有几丛矮小的火光在燃烧着。

志坚望着怔了一怔，不免叹口气。回头看两个勤务时，又走失了一个，便在身上一摸，掏出一小卷钞票交给他道："现在我们已没有了渡江的工具，你拿了这钱去做川资，自己找出路吧。"勤务道："我愿跟了营长一路走。"志坚道："你跟了我做什么？我还要到光华门去给师长回信。难道你还跟我到光华门去吗？"勤务道："营长，光华门你也不必去吧。一来是路难走，二来是师长未必还在那里。"志坚道："你不必管我，你自去。"说着，把钞票塞在他手上。勤务流着泪道："我跟营长这多年，就是在前方火线上，也没有分离过。"志坚道："不必做这种没出息的样子，我们将米还可以会面，一同杀回南京。你快走！"那勤务只好并脚立着正，举手行个礼。志坚也来不及再管他，再由原路向东南奔走。

不想这一两小时的情形，大为不同。转上了马路，不断逢着友军，向北走动。一路问着消息，说是我们掩护的部队，已离开了城墙。这就想着，勤务说的话不错，师长未必在光华门。心中站了定一定神，在两三分钟内，把计划决定。记得那天在西北城角经过那座荒庵时，和尚说了，附近城墙外面，便是长江，那么，由那里越过城墙去，或者就是出路。这样想定了，立刻转过了身体，顺着小街小巷，就向城北的西北角上走。所走的街巷，由空洞现着生疏，全是关门闭户的人家，大地都像死了过去。有时见几个由东南向西北角走的人，穿了破烂不合身材的衣服，面带了死色，大家匆匆忙忙地走着，各看一眼，也没有言语。回头看南城的天空，烟雾遮掩了半边城，炮声听不见了，继续的枪声却四处响着。由于天空的火焰太多遮蔽了云霄，在南方斜照来的太阳，已不可见了。这便分不出来天晴或天阴，只觉眼前凄凄惨惨的，没有一些生气。那噼一下啪一下的枪声，在这行人绝迹的路途上，增加了一分凄楚。志坚越过两条马路，也曾遇到两队向北急走的军队，而除此以外，那整条的柏油马路，像一匹灰布展开在两旁店户的中间，没有一些点缀。这一些景象，令他不便停留，加紧地向那荒庵一条路上走。

出乎意外的，到了那庙门口，却见三三五五的百姓，背了包裹走，也有些人纷纷跑向庙里去。自己走到树林外那口井圈边，站着凝了一凝神。一个穿破蓝布短袄子的人，穿一条白色单裤，赤了双脚，由树林跑出来。他看到志坚武装整齐，站定了望着他道："朋友，你还不改便装吗？"志坚道："我是刚由火线上下来。"他道："你打算向哪里去？"志坚手一指树林外道："我打算由这里跳城墙走，想在这里找一根水桶上的绳子。"他摇摇头道："我们都是打这个主意的。这外面长江里现在有了敌人的兵舰，你听，这不是机关枪响？敌人看见了岸上有人，不问男女老少，他就扫射一阵。要走得了的话，我不向回跑了，朋友，快打主意吧。听说中华门敌人已进了城。"说毕，他又跑了。志坚听时，果然在西北角上有机枪扫射声，便坐在井栏上想了一想。他将手去扶着井栏时，触到腰上挂的佩剑，不觉笑了一笑，自言自语地道："要什么紧？有这柄佩剑，我足以自己了结了。"同时，却听庙里有一种纷乱的声音，便慢慢踱着步子，走进去看看。转过那弥勒佛龛，却看到一群衣裤不整齐的老百姓，在大殿上纷纷进出。有的将碗捧了一碗水喝。有的拿了一块饭锅巴，靠了柱子咀嚼。有的将破衣服包了一包米向外走，满地撒着米。有的抓了一把萝卜干，坐在台阶上吃。有的将瓦罐子盛了米扛在肩上。还有几个人围了那壮年和尚商量着要钱与食物。志坚站着看了些时，想起自昨日下午到现在，还只吃一个干馒头，看着人家吃东西，引起自己肠胃的欲火了。三天三晚的火线生活，现在由南到北，又跑了半日，兴奋既已过去，疲劳也就充分地感到。于是取了殿上一个蒲团放在墙角，就靠了墙坐着。这样有半小时，那些纷乱着的老百姓，各拿了一些东西走了，自己还坐在那里不动。

那个壮年和尚看到他这个样子，倒出乎意外，因近前问道："长官，你和我要什么东西吗？"志坚站起来道："假如有什么吃点，送一点儿给我充饥，那是最好。否则给我一口热水喝，也是好的。"和尚皱了眉道："刚才这群人来，把我们庙里都搜刮空了。不过你这位长官，进得我们庙来，并没有和我们要什么，我们很感谢。柴堆里我们还藏着一大罐粥，分两碗给你吃吧。"志坚道："那太好了。"和尚也无二话，立刻用大碗盛了两碗粥来，放在香桌上。碗上只放有一双筷子，却没有一些菜。志坚也来不及客气了，先端起一碗来，站着就吃。虽没有菜，却喜有点儿温热，稀里呼噜，一口气吃完。两碗粥吃过，向和尚道了一声"谢谢"。那和尚站在一边，对志坚望着，因道："你这位长官，好像很面熟。"志坚道："你忘了吗，前几天我骑马来过这里的。"和尚道："阿弥陀佛，我记起来了。几天的情形，南京大变了。长官穿了这一身军衣，打算向哪里去？听说敌人已经进城了。迟早这个地方，敌人也是会来的。"志坚道："我不能连累你们，我现在吃饱了，有了几分力气，我再去拿佩刀拼几个敌人就了结了。"和尚道："那太不值得吧？"志坚道："那我有什么法子呢？大和尚，你这两碗粥，帮助我不少。我这里有两块钱送你结个缘吧。"说着，掏出两元钞票，伸了过去。和尚打着问讯连说"不必不必"，向后退了两步。

　　这时，上次所见的那个敲木鱼老和尚摸索着走到大殿上，问道："这里还有人吗？"和尚道："就是我刚才说的那位坐了不动的军官。"老和尚道："南京情形很严重了，长官，你一个人穿一身军装？"志坚近前一步，向他行了个礼。这回看清了，他果然是个瞎子，但他很灵敏，知道有人和他行礼，合了一合掌，问道："长官，你是什么阶级？"志坚道："我是工兵营长。"老和尚道："那么，是学校出身了。"志坚道："说来惭愧，我还是个西洋留学生呢。"老和尚道："啊！那是国家一个人才了。南京怕是失陷了，长官打算怎么办呢？"小和尚插嘴道："他打算去拼个日本人。"正说到这里，遥远地有一阵枪声送来。老和尚道："你听，你走得出去吗？你是国家的人，你不当为国家爱惜羽毛吗？"志坚道："呀！老师父，你出家人有这种见解。"老和尚微笑了一笑，接着道："我也不是一个无知识的和尚。"志坚道："老师父，请你现在指示我一条路。"老和尚退后两步，盘了两腿坐在高蒲团上，头微微地垂下，默然地没有作声。志坚看他这样子，心里一动，也就肃立着，看他怎样。约有十分钟之久，老和尚道："长官，你肯暂时解除武装吗？你听着，是暂时。"志坚依然肃立着，因道："可以的，我只暗留下一柄佩剑也可以……"老和尚向他摇摇手。志坚道："那也好，我可以脱了武装，请老师父暂时收留我一下。"老和尚道："我留你一下，与你无用。我要救你，就救个彻底。

我刚才想了一下，觉得与你有缘。你答应我做几天和尚，我成全你的前途。"小和尚在旁插嘴道："阿弥陀佛，这是老师父大发慈悲心。你不听那枪声又密起来了吗？"

志坚抬头看看那佛龛里的佛像，肃静地坐着，似乎有些微笑，便将帽子猛地一取，在老和尚面前跪了下去，因道："愿拜老和尚为师。"老和尚伸手抚摸了他的头道："佛门不说假话，老僧觉得与你有缘。我释名沙河，我有个师弟病着，叫沙明。这个小和尚是我徒弟，叫佛林，替你取字叫佛峰吧。你头上还有头发，叫佛林和你去剃光了。因为剃不得，万一日内有敌人进庙来，看到你这样子，他会疑心的。"志坚拜了两拜，站了起来。又和佛林合手一揖，叫了一声"师兄"。佛林道："你快随我来，事情迟不得。"说着，他带了志坚到后殿披屋里，先取一套僧衣僧鞋，交给他彻底地换了。将他的军衣皮鞋佩剑卷了一捆，匆忙地拿了出去。志坚料着他是拿去毁灭了，既是做了和尚，也就不能管了。过了一会儿，佛林拿了一把剪刀进来，向他笑着点头道："来，我来和你剪去这一头烦恼丝。"说着，端了一张方凳子，放在门边，让志坚坐下。于是扶了他的头，去把那满头西式分发，用剪子齐头皮给他剪掉。剪了之后，找了扫帚粪箕来，将满地的短发都打扫得干净，送了出去倒掉。然后回转身来，向他道："师弟，我带你去见见师叔吧。"说着，又引他走进了隔壁一间屋子里去。这里横直有三张床铺，正面一张床铺上，睡了一个和僧衣躺下的老和尚，胡桩子长满了脸腮，睁了两只大眼睛，向窗子外面望着。佛林抢前两步，向那老和尚说了一遍，然后招手将志坚叫了进去。志坚拜了两拜。老和尚沙明道："师兄是有慧眼的人，既然他说和你有缘，一定借佛力保护你的。"

志坚见这个老和尚，也是很慈祥的，心里自是安帖了许多。因已换过了僧衣了，就完全是个和尚，由着佛林的引导，重到大殿上，点了三根信香，参拜佛相。沙河坐在佛案边，招招手把他叫过来，低声道："佛峰，你听听这外面的枪声，从今天起，南京要遭浩劫。你在这里虽有佛光照护，凡事你还得加倍慎重。不是我叫你，你不必出来。你可以在师叔房里伺候着他的病，跟他学习些佛门规矩。万一敌人来到这里，你要镇定，不必惊慌。"志坚一一答应，因道："我所有的东西，都请师兄毁灭了。只是带的

132

一百多元钞票，还藏在身上，怎样处置？"沙河道："今天庙里洗劫一空了，你这钱很有用，交给你师叔就是，将来也许对你用得着它。天色晚了吧？佛林去关上山门，我要做晚课。关了山门以后，佛峰可以在庙里自由行动。你初入佛门，我不拘束你。"佛林听说，自去掩庙门。这老和尚却盘膝坐在蒲团上，两手做个半环形，手托了手，垂在怀里，渐渐地低下头去。志坚觉得不便打搅他，自退到后殿来。一个人站在殿檐下，抬头向天空看看，只见红光布遍了长空。那红光反压下来，见墙壁庭树，都映着发红光，这也可知道天色已入晚了。那零碎的枪声，却比下午更密切，远远近近地响，不会停一分钟。自己静静地听去，仿佛有些号哭声在空气里传递着。心想，不知道今晚上的南京成了什么世界？低头看看，自己穿了僧衣僧鞋。又想，不料我今日会在这里做了和尚。

呆站了许久，佛林走了来，约他到庙后菜园里去，就在火光下，摘了两篮子菜回来。又和他到斋厨里，煮了半锅粥，做了两碗素菜，都用瓦罐装了，藏在柴堆里，因道："老和尚说了，从明天起，这两天，我们最好静坐不动。师弟，你明天就坐在师叔屋子里，不必出来了。"志坚总觉虽是成了和尚，这个身子已在危城里面，不能凭了自己的血气之勇，连累这三个和尚。当时在天井下呆站了半小时，同和尚共同又吃过了一顿粥，也就回到沙明的禅房里来。沙明是个病人，也不能和他多说话。志坚穿了僧袍，也不曾脱下，就和衣躺在小铺上。佛林曾分了一被一褥给他，他就将被子一卷，高高地撑了身子，歪斜地仰面坐卧着。为了外面的劫火漫天，枪声不断，老和尚早是叫大家熄了灯火。志坚坐在暗屋子里，看了窗纸上被火光照得通明，自己只想着整个南京城的人民，不知已陷在什么境地里。虽然在光华门有两三晚不曾睡觉，但是自己的神经比在火线上受着刺激要增加十倍。每每迷糊一阵，却又自己惊醒过来。到了下半夜，枪声已不大听到了，似乎多迷糊了一些时候。

醒来时，天已大亮了，只见佛林站在面前向他合掌低声道："阿弥陀佛，师弟，你与佛有缘。你昨晚若不在这庙里，你免不了在劫里。"志坚一仰身，站下了地，问道："敌人已经进城了？"佛林道："不但是进了城，恐怕在屠城，今天天不亮，我和师叔悄悄地溜出庙去，想在附近种菜园子的人家，去分一点儿米。不想就在这庙外树林子外，人行路上，就有几个人死在地上。有两个人衣服剥得精光，还没有头。我们走了没有半里路，已看到三十多具死尸，我们不敢走了，只好回来。这个地方，向来是很僻静的，一夜晚都死了这些人。大街小巷里，那情形是不必说了。师父叫我大开着庙门，只管等魔鬼前来，他和师叔，会在大殿上，对付他们。叫你就在屋里，少出去。"志坚听了这些话，只管呆站着。佛林又向他望了道："老师父的话，你是要听的。"志坚点头答应了两声"是"。

自此，他没有敢多出房门。有时闷不过，走出来站到屋檐下向天空望望，见东南城角的天空上，浓密的焰，比昨天还要占领得空间大，便是这天井里的空气，也带了焦煳味。虽然枪声已听不到了，却更感到情形的凄惨。这天在屋子里闷了一天，只觉心绪如焚，坐卧不是。所幸这一天庙里没有来敌人，也就平安过去。到了晚上，天空里像晚霞一样红亮，便是殿前殿后不点灯火，也照着每个角落里都是亮的。沙河是双目失明的人，他不曾看到，沙明和佛林却是不断地念着佛。志坚心里头，是怒，是恨，是惭愧，满腔全是说不出来的一种情绪，他倒不言语了。

这样又忍耐了一晚，天色将明，他实在忍不住了，便悄悄地起身，走向后殿小阁子上去，这一登楼，首先让他失惊一下，南城的天空，那火头已分不出几个，只是高低大小联结着，像一列火山。生平游踪所至，也看过两处火山，那火山口上喷出来的烈焰，也没有这伟大凶猛。这南城的火头，下半截是红色的，有时也带了一阵绿焰，涌起几十个尖，形如蛇舌，在空中煽动，中一层是零碎的火星，涌成百丈巨浪，上一层是紫色带黄色的烟，像云团一般卷着，倒了向上滚。照着方向判断，必是夫子庙以北，新街口以南。也就是南京市的精华所在，这全完了。回看城北，也不平安，有两座火头，远近大小相照。再向东看，紫金山却是像平常一般的，挺立在天脚。东方渐渐地放出了白色，在山后面托着，衬出了山峰大三角形。山的东端，渐渐向下倾斜，伸出了几个苍翠色的支峰，由北向南伸展。天色更白一点儿，忽然一丛白色的建筑物小影发现在眼前。啊！这不是中山陵？他心里一阵惊讶，不免推开玻璃窗子，伏在窗栏上注视着。天越发的亮了，那陵墓正殿，白色的立体形，依然是个有亭翼然的姿势，俯瞰着南向的丘陵地带。白石的台阶，在赭色与苍绿色中间，在高峦上，划了两道宽的白影。钟山带了树木，披了青绿色的厚甲，高高地，长长地，屏围在陵殿之后。他忘了身穿僧衣，立着正，举手行了个敬礼，敬肃地低声道："愿总理在天之灵，宽恕我们这不肖的后辈。我们不能保守南京，我们使腥膻玷污了圣地，我们使魔鬼屠杀了同胞，我们使魔鬼火烧了这首都。但我向总理起誓，我们不会忘了这仇恨，我们一息尚存，必以热血来溅洗这耻辱。"他口里念着，举了那手不放下来，只管向圣地注视着。很久很久，在东郊有几阵浓烟，卷了云头向上升，又必是哪里被敌人所烧杀，他一腔愤怒与悲哀，万分遏止不住，脸上两行热泪直流下来。

第十六回

半段心经余生逃虎口
一篇血账暴骨遍衢头

在这种情形下，孙志坚当然不是个安心做和尚的人，便是老和尚沙河，他也知道志坚不是一个做和尚的人。他总怕志坚的英气外露，老让他在禅房里住着。但是到了第二日下午，进了城的敌兵已钻进南京任何一角落。他们第一个目的是找女人，第二个目的是杀壮丁，第三个目的是掳财物。在这三种目的之下，他们想这些目的物，也会藏在僻静地方的，所以城西北这些竹林菜园的丘陵区，他们也找来了。在上午的时候，已有几批敌兵闯进这座荒庵，沙明撑持了尚带三分病症的身体，在大门口弥勒佛面前微弯了腰站着，看到敌兵来，他不但不躲闪，首先迎上去，就举起右手掌平胸，向他行礼，预备他问话。这些敌兵，横着身体，故意把地踏着嗵嗵发声，抢了进来，都是拿枪带刀的。沙明也就把生命拿在手上，预备随时交给他们。他们进门来瞪眼问了第一句话，便是："钱，有没有？"这也是他们到中国来学着唯一的一句汉话。接着便是将刺刀在地上划着字，问这样，问那样，他们尽管杀人不眨眼，可是自己却格外地怕死。在国里不曾出征的时候，他就在佛寺里许着愿，请神佛保佑他。所以他们进了佛庙，看到和尚，却不致立刻杀人。那意思还是怕得罪了保障他生命的佛爷。这一点，老和尚沙河十分明白，他老早告诉了沙明。因之沙明恃了这点儿保障，也很镇定地向他们答复。他不敢接用敌兵的刺刀，只是将指头在香案上写了字作答。香案上的浮尘，被手汗涂抹了，却也分明。那些敌兵在庙里来一次搜索一次，看到实在是个穷庙。两个老和尚，一病、一瞎，绝无能为。

两个年轻和尚，他们也照检查壮丁例，逐次检验。第一，他们头上没有戴军帽的印子，第二，他们大拇指与食指之间的肌肉，没有扳枪的肉茧，也就不疑心了。

志坚虽是个现役军人，因为他以往曾蓄过西式分发，发剪短了，头上没有那太阳晒照着与否的分界痕。其次他是工兵营长，他并不常常抱着步枪，因之这两个军人的特征，他全没有。他学过三年以上的日文，日本人说话，他是懂得的。敌兵来了，他装着不懂，只管把眼望了。而他们互相商量的话，他先知道了，等来问话，他更能迎合他的心理去答复。当第一次他遇见了敌兵的时候，共是五个人。他们各穿着沾遍了泥土的服装。手里夹着上了刺刀的步枪。脸上的灰尘和他们的杀气融化一处，各人的面皮，都是紫棠色的。而这五个人里，有三个人的眼睛都犯了充血的毛病，细血管变成了红丝，网罩了他的眼球。他们在大殿上围住了沙河问话，沙明在屋子里，把他师兄弟两人叫出，悄悄告诉他，敌人要清点庙里人数。志坚走上大殿来，看到了他们，正是俗言所说，仇人见面，分外眼明，恨不得张开口来，一气把他吞了。可是他看到老和尚围在刺刀中间，他立刻把气忍下去，随着低了头，在老和尚身边站定。沙明已有了答复敌人的经验，在佛案上预备下了纸笔。志坚走过来，有一个敌兵夹了枪在胁下，近前先看了他的头，再夺过他的手，捏摸他拇指食指间的肌肉。志坚不作声，由他检验。检验毕，那敌兵扶起笔来，在纸上写着："是自幼出家否？"志坚另拿了一支笔，在纸上写个"然"字。那敌兵又写："庙中藏有妇女否？"志坚答了"不敢"二字。他又问："附近有无妇女？"写毕，他鼓了嘴瞪着眼望人。志坚答："庙旁并无人家。"他又问："何处有妇女？"志坚答："出家人向来不曾注意此事，请向民间去问。"其余的敌兵，张开口来大声狂笑一阵。他们找不出什么破绽，在庙中逡巡一遍，也就走了。沙明眼见他们走远了，回头向志坚点了两点头，又惨笑了一笑，那意思是说，他居然忍受过来了。自这次后，当日志坚曾遭过几次的盘问，都平安地过去了。

到了城陷的第三天，曾有两个老百姓逃到庙里来。据他们报告，城里的老百姓，不能和日本兵见面，见了就休想活，因之满街都是死人。他们想躲一躲，后来听说日本兵也常上这里来，不敢停留又走了。这是三日来，首先所得的庙外一点儿消息。志坚在这些满城火焰上去推测，也想了这消息不会夸张，但实际的情形，不曾看，也就不能加以想象。在第四日的早上，因为庙里一些劫余存粮，都快干净了，和佛林二人趁着天色微明，敌人还不曾出动，就各带了一只篮子出去，到菜园去掘摘些萝卜青菜吃。他们预备多储蓄些，随去菜地撷菜，渐渐走远，又迫近了那条人行路。他们刚一伸直腰，却看到这路上死人犹如掷下的铺路石板，左一具，右一具，不断地横倒在地上，估计着怕不在百人以上。佛林念了一声佛，向志坚摇头道："师弟，我们不能再向前了。"他手提起盛菜的篮子，扛了在肩上，就向庙里走。志坚一人也不敢落后，提了菜筐走回庙去，刚刚进得庙门，却看到树林子里奔出两个老百姓来。他们上身穿了两件破棉袄，下面却各穿了一条青布裤子，是警察制服。后面有两个敌兵，各端了一支上着刺刀的枪，追了上来。前面这两人还不曾踏上庙门台阶，两个敌兵已经追上。这两人回头看着刺刀尖伸过来，不隔三尺，料是跑不了，索性回转身来去夺他们的枪。不幸第一个人的手先碰上了刺刀，啊哟一声，向旁一闪。敌兵再一刺刀，向他胸膛直扎穿过去。那第二个人，倒是握住了敌兵的枪，正在用力拉扯，这第一个敌兵，却回过枪来在他背脊上扎了一刀。他随了这一刀，倒在台阶上，两个敌兵便倒提了步枪，在他身上乱扎了几十下。扎过一阵之后，又将刺刀，在头上拉锯也似，横割了几下，把人头割下，然后伸脚一踢，踢球一般，把人头踢进庙门，砰的一声落在弥勒佛面前的香案上。

志坚看到这情形，直觉有一股热血，要由嗓子眼里喷出来。自己只是看着垂了两只大僧袍袖子站定，怔了一怔，未曾走动，这两个魔鬼皮鞋乱响已闯进庙门来了。志坚觉得惊慌不得，只好笑着打了个问讯。这两个敌兵进来，见弥勒佛嘻嘻地向他笑，他们也笑了。一个敌兵放了枪，在佛案上斜支着，向佛鞠了个躬，操着日语，说声"抱歉得很"。另一个寇兵却站在旁边，哈哈大笑。这寇兵道："人头踢到佛案上，这是大不敬的，我们找和尚写一张符，求求神佛保护吧。"志坚听懂了他的话，便料着他不会逞凶，便站在菜篮子后面静候着。那鞠躬的寇兵拿了枪在上，将刺刀划着地，写了五个字"会画神符否？"志坚缓步向前，便在香炉里拔了一根信香棍子，在地面上划了答道："当画符奉赠。"他便点点头，招手和志坚走上大

138

殿。志坚在佛案下面，找出一张黄表纸，裁了两条，就把佛案上的笔提起，站着在佛案角上，写了两张符。他知道日本军人怕死带符出征的习惯，在字条中间，写了一个佛字，在旁边左右各注了四个小字："永保清吉，幸福长生。"写毕放在香炉上，跪在蒲团上，放出十分诚敬的样子，和他祷告了一番。然后站起来向他们弯腰各一合掌，把两张符交给了他们。这两个寇兵，竟在凶恶的脸上，放出了一线笑容。照了他们倭国的规矩，每人掏出一个辅币，交给志坚算香钱，然后笑着走了。出门时他们把佛案上那个人头也带了走，但那两具尸体却不管了。佛林由后殿大了步子，轻轻地走出来，先张一张嘴念着佛道："师弟，我替你捏着一把汗。"志坚道："到了现在，我也只有逆来顺受，也不必担心许多了。"他这样说着，把这事也就坦然处之。

可是这两道神符，却引出了许多意外的事。这两个寇兵的驻在地，就在附近民房内。他们回去把神符给同伙看了，大家都来找和尚写神符，又过了两日，有两个倭军下级军官，突然冲进庙里来。他们挂着手枪，又挂了佩刀，进门来四周乱看。佛林以为这又是来求神符的，直将他们引到志坚禅房里来。其中一个年老的军官，细长个子，是副三角眼，嘴上有一撮仁丹胡子，满脸煞气。进得门来，看到志坚，便用日语向一个年轻的军官道："这个和尚怕是假的。"这年轻的是矮胖子，倭瓜脸，翻嘴唇，露出一排扁牙，瞪了红眼看人。志坚只装不懂，静静地站在一张小桌子边。桌上有现成的纸笔，正是他预备写神符的。那年轻的听了这话，猛可地拔出他带的佩刀，白光灿灿地射人眼睛，就放在志坚颈脖子上，另一只手却夺了志坚的手来检验。他在志坚大、二两手指之间，极力捏着。志坚不动神色，随他去检查。这年轻的向年老的发出干燥的声音道："他不是军人。"那老贼横了三角眼，向志坚头上望着，便在桌上纸面，写了一句"为何用剪剪发？"那年轻的已把刀缩回去了，志坚便笔答道："二月未剃头。"那年老的特狡猾，他竟不信这个答复。他又拔出刀来，放在志坚肩上，刀口对了颈脖。另一只手在纸上写着："有行李否？"志坚点了点头。他又写："在何处？"志坚就胡乱向面前一张床上一指。其实那床上的行李，并不是他所睡卧的。年老的倭军官，便向年轻的军官道："搜查一下。"那年轻的果然将刀尖挑着那被褥翻弄了一阵。这被褥下面，并无奇异东西，只有一本缘簿和一把剪刀。年轻的将剪刀取出来举了一举，向桌上一扔，提起笔来，写着字问："是用此剪剪发否？"志坚肩上虽扛了那面刀，但坦然地点了点头。年轻的向年老的用日语笑道："可以放了，他是和尚。"那年老的抽回刀来，在纸上写道："能诵经否？"

志坚心里想着，这个年老的倭寇实在可恶，自己何尝会念经？这回算是完了。但没有到最后关头，自己也不和他翻脸。他两个人虽有武器，自己桌上一块大砚池，也可以拼他一个人，于是大着胆子弯腰下去，提起笔很快地在纸上写了一个"能"字。他写是写了，却是打着诳语。小的时候，随在念佛的祖母身边，看过几本佛经，只有最短的那篇《心经》，曾念熟过。而《心经》的后半段，是梵语译成汉字的咒语，佶屈聱牙，很难上口，现在丢了十几年，已记不得了。那老寇军官，在纸上写了一句"试诵之，不能则杀尔"。说着又把刀猛可地一伸，放在志坚颈上。他的颈肉，虽触到锋口上一阵凉气。但他毫不惊慌，便自《心经》头一句"观自在菩萨"念起，自己一面想着，念到咒说，便给他含混过去。那老寇瞪了眼睛，侧着耳听他念经。他把经文念了大半段，刚刚要到咒语"揭谛揭谛"那段，老寇把刀收了回去，仁丹胡子在嘴唇上掀动了一下，一摆手，告诉他不必念了。却向那年轻倭寇笑道："几乎错杀了他，他是和尚。"那寇也就昂起头来哈哈大笑，在纸上写了一句道："僧人，尔颇有道行。"于是两人将刀插入挂着的皮鞘内，转身走出房去。他走远了，还有笑声，他似乎以畏吓和尚当为有趣。直等笑声听不到了，志坚还呆站着。很久很久自言自语地道："怪不得老和尚说我与佛有缘，生平只听得半段《心经》，不想就是这半段《心经》救了我出险。"当晚把这话告诉了沙河，老而瞎的和尚盘手盘脚坐着，只微微一笑。

到了第二日，已是南京失陷的第六天，南城的火焰，大半已熄了下去，也不大听到枪声。寇兵屠城的工作，也告了倦意，因之庙里虽有敌兵来到，只是求神符的，却不再搜检。写符的事，老和尚都交给志坚办，他也写好了许多符，放在佛案上预备着。而这送符的事既传了开去，寇兵怕死求福的人多，竟是纷纷地来要。有一次来了几个寇中的知识分子，写着字问志坚道："尔能写诗句否？"志坚因这是个阴天，庙外树林子上飞着烟一般的细雨，远处都被云罩了，便写了一首杜牧之的七绝给他。诗句是："千里莺啼绿映红，水村山郭酒旗风。南朝四百八十寺，多少楼台烟雨中。"一个穿西装的贼人，看了字条摇头晃脑，叽咕了一阵，脸上翻出了笑容。点点头，竟掏出五元法币，送志坚做香火钱。志坚先合掌谢谢，然后写一张字给他看："香资谢谢，不敢领。小庙僧人四名，七日未尝粒米，只以野园菜蔬度命，阁下能护送僧人出门购米否？"那几个倭寇商量了一阵，答应可以，香资也没有取回。志坚便将这事告诉了在旁打坐的沙河，沙河低头想了一想，因道："你既要去，凡事小心，务必请他们派一个人送你回来。"志坚答应着是，到斋厨里去取出一只小米袋，便随着这群倭人走出庙门。

他们离庙向东走，不久就踏上了中山路。第一个给他深刻的印象，便是四五十具尸体倒顺交加成堆叠在马路旁边，地下的血水，淋了几丈面积，冻结成了紫膏。他随在倭寇后面，已不敢看。其中有个人，是敌军的宣抚班人员。却反是回转身来，伸了一个食指，指给他看，而且举起两手卷了筒形，一前一后。头弯下去，眼睛由手向外看，身子转动，做个机关枪扫射的姿势，口里舌尖撞动，嗒嗒嗒的学着响声。志坚没有敢表示，只略点了两点头。顺了路向北走，尸体是不出十丈路，必有几具。死的不但是中国的壮丁，老人也有，女人也有，小孩也有。有的直躺在枯的深草里，有的倒在枯树根下，有的半截在水沟里。而唯一的特征，女人必定是被剥得赤条条的，直躺在地上，那女人的脸上，不是被血糊了，便是披发咬牙，露出极惨苦的样子，有的人没有头，有的人也没有了下半截。有几根电线柱上，有小孩反手被绑着，连衣服带胸膛被挖开了，脏腑变了紫黑色，兀自流露在外面。有的女尸仰面卧着，身上光得像剥皮羊一般。而她的生殖器或肛门里，却插一支两尺长的芦苇。最后走到一个十字路口，黄色的枯草上涂遍了黑色的血。尸体也不知有多少在广场中间堆叠起来，竟达丈来高，寒风吹了死人的乱发和衣角，自己翻动。有那不曾堆上去的尸体，脚斜伸在路上，敌人的卡车到来了，就在上面碾了车轮过去。志坚不忍看，又不愿不看，心里头那份难过，犹如开水烫着，几乎昏晕了过去，身子晃了两晃。两个倭寇看到，商量着道："和尚胆小，不必再引他看到更多的尸体了，就在附近给他找点儿米吧。"

这里正有几家未遭火劫的店铺，门窗都劈开了。有家油盐杂货店门户洞开，其中有几个寇兵驻守着，店里也还陈列了一些杂货。他们在门口站住，用日语和那寇兵说："这和尚会写神符，我们都在他庙里求得了。他庙里七天断炊，和尚都要饿死，给他找点儿米吧。"志坚站在他身后，只装不知道。随话出来一个寇兵，操着八成熟的中国话道："喂！和尚这里来。"随着招了两招手。志坚走向前，向他打了个问讯。他道："你能给我一张神符吗？"志坚道："身边不曾带着，请到我庙里去拿。"他道："好，我这里送你一点儿米。"他接过袋子去，就在店里面，给他装了半袋米出来，又拿碗在盐桶里舀了一碗盐给他。那原来几个倭寇向他道："你能说中国话，那好极了，我们答应他护送他回庙去的，你送他去，顺便去求一张符。"这寇兵答应了，便翻译给志坚听道："和尚！你造化，他们让我护送你回去。那么，我们走吧。"于是取了枪支在手，向肩上一扛，又道："你引路。"志坚弯腰谢了一谢那些倭寇，手里捧着碗，肩上扛了袋，便在前面走。但是他要多看看城里的惨状，却不取原路，另找了一条马路向庙里走。

城北的人家本来稀少，路树在空地中间立着，没有枝叶，光秃秃地堆了死尸，添上一种凄凉意味。有人家的地方，大门都劈开了，有的在门口就倒两具尸体。路上的尸体虽比中山路上少些，但不出二十丈路，至少有一具。后来经过一口水塘，却打了个冷战。原来那水面上浮有七八具露体女尸，被一根粗铁丝将乳峰穿着，成串地穿在一处。女尸由水里漂浮起来，身体浮肿了像许多牛皮囊。那倭兵看到，问道："和尚，你害怕吗？"他走着路，念了一声佛。倭兵道："我在你中国多年，我知道你们中国人的。"他回头看了看，赶上一步，低声向志坚道："我替你中国人可怜。"志坚道："老总，我们出家人慈悲为本。"倭兵道："你为什么不叫我'皇军'？"志坚道："老总，这样称呼，是中国人尊敬军人啦。"他笑了一笑，因道："我告诉你一件新闻，你不能不害怕。我们进城的第二天，两个军曹比赛杀中国人。十二小时内，一个手杀了一百八十六人，一个手杀了二百一十三人。这个比赛胜利的人，还写了报告寄回国去呢。"他说毕，也摇了两摇头。志坚念了一声佛，因问道："老总，你看南京遭劫的有多少人？"他笑道："谁知道？我是由挹江门进来的。死尸在那里填平了门路有两千米远，

142

这就不少了，但你不要害怕，现在我们不会再那样杀人了。"志坚正要再说话，顶头遇到两个倭宪兵，他将那倭兵着实盘问了一阵，又在和尚身上搜查了一遍，方才放行。志坚因路上去了死尸，已没有中国人，也怕再会引出什么意外，暗中告别了满地的死人，径直地就走回庙去，而师叔沙明和尚已在山门口盼望多时了。

第十七回

悲喜交加脱笼还落泪
是非难定破镜又驰书

　　自这次起，他们这庙里没有了恐慌，也没有了饥饿。志坚在老和尚指示之下就忍耐地过着。在两个月后，他已经知道，我敌战线相持在芜湖上游的鲁港，我们在武汉已重新建立了军事政治的新阵容，也曾悄悄地和沙河老和尚商量，要逃出南京。沙河说："我不留你在佛门，但现时还没有到逃出虎口的时候，你还得忍耐着。你若冒险出去，万一有事，岂不把几个月的忍耐功夫都牺牲了吗？"志坚对于这事，也没有十分把握，只好又忍受下来。在这个时候，逃出南京虎口，只有到上海去的一条路，而这一条路，我们还在和敌人展开游击战。火车逐站要被敌人检查，敌人杀人，也极随便。志坚纵有冒险的精神，觉着也犯不上去冒这个险。这样一延搁下来，不觉在庙里住下来七个多月。寇兵除了那求神符的，却也不来骚扰。

　　是一个正热的夏天，敌人的宪兵司令带了一批随从，由庙门口经过，却拥进庙来参观。遇到这种场合，两个年轻和尚，照例是闪开的。沙明听到门外一阵马蹄枪托声，便赶快迎到大门口来。见那寇司令马靴、军服，鼻子上架了眼镜，手上拿了个带皮梢的短马鞭子，大步抢上大殿。沙明站在一旁，躬身合掌，他只在眼镜里扫了一眼。沙河也站在殿口，合掌道："残废僧人，双目不明，招待不周，请原谅！"沙明被贼官一群护从隔断了，不能向前，只好站在天井里树下。忽有一个穿西装的人，走下殿来，向沙明招了两招手。沙明见他满脸浮滑的样子，眼珠左右转动，想到又是困难问题来了。近前一躬，做个笑容。他低声道："不要害怕，我也是中国人，我在司令面前当翻译。"沙明道："你先生有什么吩咐？"那人道：
"那位拿马鞭子的，是南京宪兵司令，今天到你这庙里来，是你们的光荣。"
沙明躬身连说"是是"。又道："小庙太穷，连茶点都来不及预备，怎么办
呢？"那人笑道："那倒用不着，司令看到佛案上那个铜香炉和净水瓷瓶，
是两项古物，他觉得放在这僻静地方不大妥当。他愿买两样新的来和你们
掉一掉，你们要多少钱？"沙明道："这事我不能做主，要问那个瞎子当家
和尚。"于是引了那人走到沙河面前来说着。

　　他听了这消息，脸上放出一种不可遏止的笑容。他虽不看到，他也
将面孔对了那当翻译的人，两手齐胸合掌道："我们求司令保护着的事多
着呢？司令见爱，把那两样东西拿去就是，我们哪敢要钱？不过也算不得
什么古物。我们有一部唐人写经，是唐朝人写的，相当名贵，愿敬献给司
令。"那翻译对唐人写经，也不大理解。但是他又解释了一句，是唐人写
的，那倒知道是真古董了，便走向那寇司令面前，叙述了一番。这贼他偏
知道唐人写经还是宝物，他忘了他平常作威作福的身份，自迎向沙河来问
话。他将鞭子指了老和尚，叫翻译问那唐人写经在哪里，快拿出来。翻译
问了，沙河深深地向那寇司令一躬，因道："这东西太名贵了，放在这里，
太没有把握，在战前已送到上海去了。若是宪兵司令给我们一张出境证，
我叫我师弟到上海去取了回来。"寇司令听说，将鞭子指了沙明道："就
是让这个有病的老和尚到上海去拿？他如在路上病倒了呢？"翻译问了沙
河。他道："若是司令许可的话，庙里还有两个小和尚，我着小和尚随了他
来去。这东西太名贵，小僧也是不放心。"这话又翻译过了。这个寇司令，
他没有想到他的诈取得到意外的成功，他遏止不住贪婪的得意，扛了两扛
肩膀，眼珠在眼镜里一转，他那上唇一字式的小胡子闪了一闪，闪出嘴里
一粒金牙。两手握了鞭子，点了两点头，对翻译咕咕了一阵。那人翻译了
道："司令说，可以的，回头让那个兜腮胡子和尚到司令部去拿出境证。这
是一件宝物，叫你们不要声张。你们既有这番好意，这个净水瓶和铜香炉，
就不拿去了。"沙河把脸上的高兴，全变了感谢的笑容，深深的几个鞠躬。
那翻译指着沙明道："你就随我们一路去拿出境证。"那寇司令对庙子四周
看看，点点头。他意思说，这个古庙，果然是有古物的。他未曾想到这是

145

中国俗语，端猪头找庙门，成功是人家的事了。

两小时后，沙明取得了出境证回来。这日晚上，沙河做过了晚课，回到自己僧房里，盘腿坐在禅床上，将志坚叫到面前来，笑道："佛峰，恭喜你，你明天脱离虎口了。你师叔已经取得出境证来，明天带你到上海去。"志坚道："老师父处处和我设想周到，我感谢不尽。"沙河道："我说你与我有缘，这不是随便说的。你记得你来的时候，我低头想了很久吗？"志坚肃立着说"是"。沙河微笑了一笑，因道："四十年前，我和你一样，有这样一个境遇。外国兵追着我们的军队，我走进一个古庙当了和尚，直到于今。论我的官阶，比你大得多呢。不想四十年之间，我又再遇到了这样一件凄惨的事。这八个月以来，其他的事多了，你想着，这不是一个缘法、一重因果？"志坚不想老和尚和自己一样，也是执干戈卫社稷的人，他大受感动，在老和尚禅床前跪了下去，因道："愿求老师指示迷途。"沙河微笑了一笑，一手按了他的肩膀，因道："时代不同，没有再叫你永做和尚下去的道理。我当年一度逃禅之后，我也是应当还俗的，但我看到满清政府绝无能为，还俗又有什么用呢？我再告诉你，我是长江下游帮会上一个大老头子，我手下至少有十万弟兄，我若还俗，就很烦的。所以隐姓埋名，不再出面了。"志坚道："八个月来，弟子早已知道师父是个不凡的和尚，想不到是这样一个过来人。但是师父把庙里唐人写经送给贼人，为了弟子，牺牲太多了。"沙河笑道："这又是一点儿缘。庙里有一部真唐人写经、两部假抄本，但也是清初的东西了。第一部假的，我师父告诉我，已经救过这庙里一个和尚。第二部和那部真的，我保守了三十多年，今天用得着它了。这两部经现存在庙里，并不在上海。说是到上海去取，你可以知道我是什么意思了。你有慧根，前途是很光明的，家庭也许有点儿小麻烦，那可不必管了。不必很久远，你可以回到南京来的。但你见不着我，也见不着师叔，你师兄是可以见到的。我们的坟，就会在这庙后，回来之后，你可以在我们坟前再念那半段《心经》了。"志坚觉得老和尚和颜悦色地说上这一段话，每一个字都打击在自己心坎上，他的情感奔放，理智不能克服，觉得现在别了这相依为命的三个和尚，倒恋恋不舍，不觉流下泪来。老和尚见他默然，已感到他在流泪，将手摸了他的头道："现在你是和尚，过了几天，你是军人，这眼泪是用不着的，好好地去奔前程吧。"志坚真说不出一句话，跪在地上，竟不能起来。

他这点儿至诚的感动，生平是少可比拟的，除非是三十六小时以后，他又在一个地方跪下了，那与这情景相仿佛。那时，他还穿的是一身僧衣，跪的不是禅房，是上海洋房的楼上。那受跪的人，不是和尚，是他母亲了。他离开南京，和见着老母同是一样的悲喜交集，所以情感的奔放，还是让他洒了几点英雄的儿女泪。老太太更是有不可忍耐的泪在流，将手抚了他的肩膀道："你起来，有话慢慢地长谈，我们母子居然还可以见面，那就应当满足，这一次战事，家破身亡的就多了。"志芳站在一边，便来搀着他起来，小姑娘依然是心直口快的，她忍不住心里那个疑团，问道："大哥，你何以灰心到这样子，出了家呢？"志坚低着头看了一看身上，穿着僧衣，这又笑了，因道："你说的是这衣服吗？这不过是我住在南京城里的一种保护色罢了。"志芳道："那就很好。隔壁张先生家里，有个洗澡间，我商量一下，让你先去洗个澡，你的旧衣服，这里还有一箱子，我和你清理出一两套来，先换上，不要弄个和尚老在屋子里坐着。"志坚笑道："这不忙，我得先明白了家里的事情，才可安心洗澡换衣服。母亲和妹妹总平安了，东西的损失，那可不必管它，只要人在，总可以找了回来。现在所要问的，就是冰如怎么样了？"

老太太刚刚擦干了欢喜着流出来的眼泪，坐在对面床上，只是向这变成了和尚的儿子，周身打量了。听到这句问话，很快地向旁边的女儿看了一看。孙志芳对着这死里逃生的兄长，实在不知怎样安慰他才好，匆忙中只有将桌上热水瓶里的热水，倒了一杯，双手递了过去。志坚笑道："妹妹也是高兴得过分了，原先已经倒一杯茶给我喝了，怎么又斟一杯茶给我？"但他虽是这样说着，两手依然把茶杯接着，放在面前，向志芳望了道："你嫂嫂的消息如何呢？"志芳已是见母亲被他一问，对自己用目示意过了，便笑道："她很好。"只说了这三个字，在胁下纽扣上，抽下掖住的手巾，拂擦了额角上两下，退两步，坐在对面方凳上。志坚见母亲和妹妹的态度，都相当的踌躇，心里便很有点儿疑惑，因放出很诚恳的样子，向老太太道："她还住在汉口吗？她是个喜欢热闹的人，单身做客，恐怕耐不了这分寂寞。"老太太道："她上个月曾来上海，已回天津娘家去了。她老得不着你的信，我这里房子又挤窄，我也不留她。"志坚道："她到娘家去了，那也好。只是天津租界上的环境，不比上海租界，打个电报去把她找来吧。"老太太道："她也很平安，你可以放心了，洗澡换了衣服再说。善后的事多着呢，慢慢地来办吧。上海人更杂了，一幢房子住七八家，你这样装束，也让人家注意。"志坚看到母亲的答复，却不怎样彻底，而妹妹把手绢角咬着，两手拿了巾角的另一端，只管搓着。志坚觉得话外还有一段缘故，匆忙既问不出来个所以然，只得照了他母亲的话，洗澡换衣，还了一个俗家的样子。

　　二次坐在母亲房里时，见母亲和妹妹的脸色就安定些，仿佛已经有过一次商量了。志芳先笑道："你看，哥哥换了这身绸子小褂裤，身上洗干净了，不还是很年富力强的一个军人？有什么……"她说到这里，突然把话停住了。志坚洗澡换衣服的时候也想了许多办法要套出母亲的话来。看到妹妹又给了一个问话的机会，便道："关于冰如的事，我也知道一点儿。我想，向江洪去一封信，也许可以得一点儿结果。"志芳将嘴一撇道："你还打算问他呢？"志坚道："他是我的好朋友呀，难道他还能做出对不起我的事？"志芳又冷笑了一声。这样一来，志坚就十分明白了，经了三五回反问，志芳就再也不能忍耐，竟是一连串地把冰如到上海来的情形叙述了一遍。志坚当她说话的时候，只是斜靠了茶几，手上玩弄一只茶杯静静地听了，只等她把话完全说完了，才点点头笑道："那也好，我减少了一份挂虑。"老太太很从容地道："志芳的脾气，你是知道的，她就喜欢打个抱不平。其实冰如也不能说她有什么大坏处，不过看到你半年多没有消息，以为你不回来了，不免要做一番自己的打算。时代不同了，这也是人情中事，不必怪她。"志坚低头沉思了一会儿，因道："想着，这里面多少还有些外在的原因，让我也到附近旅馆里去开一间房间，好好地休息一会儿，躺在床上把这事前前后后地仔细考虑一下。"老太太道："那也好，家里也闷热得很，没有地方给你容身，晚上我和志芳到旅馆里去和你长谈吧。"志坚约好了旅馆，提着他的一只旧箱子，向母妹告别着去了。老太太就埋怨着她，不该这样性急。志芳道："这些话迟早不总是要告诉他的吗？与其闷在肚子里，让他过几日再来着急，倒不如立刻就告诉他，也好早早地做个打算。反正是不能瞒着他的。"老太太只叹了一口气，也没得话说。

到了晚上，志芳和老太太到旅馆去，却见志坚睡在床上，床前地板上撕有十来块纸片，是把冰如的相片撕成的。两面夹相片的镜子，也打成七八块，放在茶几底下。志坚被她们推门惊醒来，志芳便把碎纸片完全捡了起来笑道："大哥也孩子气，这也值不得做出这个样子来。"说着，把碎纸片把拿起来，全放到桌子抽屉里去。志坚跳了起来，笑道："我不想这件事情了，我不想这件事情了，我们出去吃馆子看电影。上海总是上海，暂时找点儿麻醉。也许，晚上我到跳舞场去跳舞几小时。"老太太上前一步，抓了他的衣袖，对他脸上偏着头看了一看，因道："志坚，你这是何必呢？你这大半天的工夫，比见面的时候，难看得多了。"志坚穿上了长裤子，向老太太笑道："你老人家以为我想不开吗？只要抗战胜利，我们的前途，那就远大得多了，岂但是一个女人而已，只要我不死，我总可以看到她薛冰如会有一个什么结果。"志芳笑道："大哥，你说不介意，怎么你嘴里只管说起来了呢？"志坚打了一个哈哈，便挽着老太太一只手道："母亲，我们走吧，得乐且乐！"说毕了，又哈哈一笑。志芳自然知道兄长十分难过，可是他既勉强地要把这事忘了，也就勉强顺了他的意思到马路上去混着。上海这个地方，要找麻醉，是极其容易的，夏日夜短，直混到深夜两点钟，方才分散。

次日早上七点钟，志芳便起来上旅馆去，打算问问志坚，想吃点儿什么，到了他房间门口，却见房门是虚掩的，他简直还起得早。先敲了两下门，然后叫声"大哥"。志坚应道："你进来吧，我一晚都不曾睡呢。"志芳进房来时，满屋子雾气腾腾的，一种很浓烈的纸烟味。志坚坐在写字台边，亮了桌灯。灯光下堆了一叠信纸，又是一听纸烟，因道："什么要紧的信呢？你不睡觉来写着。"志坚笑道："我仔细想想，君子绝交，不出恶声。对于冰如，我不能不做一个最后的试探。"志芳道："是的，理是宁可输在人家那一边，气是宁可输在自己这一边。我也要劝劝大哥写封信给她的。"说着话走近桌案边时，见昨日撕碎的那些相片，今天又已拼拢起来，放在桌上玻璃板下。这在自己心里头，立刻便有好几个不然，可是看到哥哥昨日大半天的工夫，已经消瘦了半个人，他心理上既有点儿安逸了，就不必再去刺激他了。于是坐在桌子对面椅子上道："我起个早来，想问大哥要吃些什么，好上小菜场去和你预备。"志坚两手叠理着桌上写好了的七八张信纸，然后叹口气道："还是自己的骨肉好，我倒不想吃什么。做了七八个月的和尚，倒觉得素食是很好的了。"说着，把手上叠的信纸，隔桌伸了过来交给志芳道："你看看，我这信上的话，措辞是否妥当？"志芳接着，依然放到桌上去，笑道："我不用看，大哥是个有良心的人，我是知道的。不是有良心的人，怎能做一个爱国军人呢？"志坚笑道："妹妹不看，自然是怕我涉着闺房之内的话，其实没有。我的态度是很干脆，我说，我已到了上海，也知道了她的行为，在这大时代的男女生离死别，那毫不足介意。不过我想传言总有不尽不实之处，希望她赶到上海来我们当面谈一谈。"志芳红着脸道："大哥可不要错怪了，我报告给你的，只有真话十分之六七，不尽或者有之，不实可是没有。"志坚道："妹妹多心了，假如她果然是很好的，你还故意要破坏我们的感情不成？实在说的一句话，我总想给她一个自新的机会。"志芳看看他手边，还有一叠不曾写的信纸，看这样子，大概还有很多的话不曾写着，因起身道："我先回去了，这大热天，和你做几样清爽的菜就是。家里等着你吃饭，我上小菜场去了。"说毕，也不待志坚回话就走开了。

志坚虽知道她很是不满意，赶着要写信，也来不及去叫住她了。写完了信，自己从头至尾念过了一遍，其间有几个不妥的字句，又把来修正了。本待把信交给茶房去交邮局，既怕他交迟了，又怕有遗失，便粘贴好了，自向邮局去投递。回来的时候，路上遇到一位西装朋友，迎面叫道："志坚！你到上海来了。可喜可贺！"志坚看时，是熟友包爽哉，正也是个军人。于是上前一步，彼此热烈地握着手。志坚笑道："太巧太巧。马路上不是谈话之所，到我旅馆里去谈。"包爽哉道："老伯母在上海呀，你为什么住旅馆。"志坚叹口气道："可怜，母女二人只住一间客堂楼，哪里还能再容下我一个？"包爽哉道："唉！这个大时代，不想我们躬逢其盛，实在是变动得太大了。"说着话，他是一路的叹气。

到了旅馆里，爽哉是首先看到桌上玻璃板下，压了两张撕碎而拼拢的相片，因点头道："老孙，你有福气，你夫妇感情很好。"志坚微笑着，拿了纸烟起来抽。爽哉坐在沙发上，两手轻轻拍了椅扶靠道："我最不幸了，我说给你听，你不会信，我那位夫人，竟丢下了七年情感和我离了婚。离婚之后，有什么前程也罢，不过是流落江湖做戏子。前半个月，我在上海遇到你太太，她告诉了我许多消息，我那夫人现在是王玉小姐了。她讨厌我是个老粗，跳进了艺术之宫，那算高凡人一等了，可是她还是喜欢军人，竟在汉口追求你那位好友江洪。"志坚不觉哦了一声道："是她追求江洪？"爽哉道："可不是？你也听到有人追求江洪。"志坚点点头道："你遇到我夫人，她说了些什么？"爽哉道："我们只见一面，谈话时间不长，她除了打听你的消息之外，便是说王玉不对。她以为做个抗战军人的太太，是个极荣誉的事情。便是要离婚，也不当在这个口了离婚。"志坚将桌子连拍了几下道："对对对！我想着你夫妇离婚的时候，若是她在当面，或者可以和你们挽回一点儿希望，也未可知呢。"爽哉也极以他这话为然。在两人谈话之间，都是说冰如见识很好，志坚也就感到这情形与母妹所报告的大为不同。自此以后，志芳和他说到冰如的话，他只是听着，并不加以评论。志芳看到这个样子，自然不肯多说，而老太太根本不愿提，自不能将冰如的言行说出。志坚便专心一意地在上海等天津的回信。在等候的期中，又去了两封信、三通电报。他受着包爽哉言语的影响，是有了一个金石为开的诚心了。

第十八回

一语惊传红绳牵席上
三章约法白水覆窗前

上海的时光，最容易消磨，几个消遣的场合一打转身，便是一日过去。孙志坚很不在意地在上海住了半个月，并没有接到冰如的回信。可是在上海的好友却遇到了好多，都说中央当局很是惦念，希望他早日回武汉去报到。志坚就想着，无论在哪一方面说，当天津、上海间交通还是很畅利的时候，不能半个月之久拍去三个电报都没有接到，尤其是自己曾写两封信给天津朋友，也就在前五天接到回信了。在一个证明中，已可以判断冰如毫无旧情。自己在付过了旅馆里又一次结账之后，却在心里自定一招退步，还在上海等三天吧？若是这三天内还没回信，那可以宣告绝望。

有了这个意念，当走到老太太寄寓的楼居来吃饭时，也就有意无意地露出要向中央去报到的意思。老太太听了，便正色道："志坚，你这个念头是对的。我虽只有你这个独子，但我既让你做了军人，我就要你有点儿成就，绝不能让你流落在上海当个废人。而况上海这个地方，你也不宜长久住下去。这环境险恶到什么程度，你是应该知道的。"志芳坐在桌上吃饭，她是忍不住要说的，因道："母亲怕你在上海要等什么，不然，早就催你走了。"志坚笑道："我等什么？不过朋友的应酬纠缠着罢了。"老太太正色道："当军人的现在应当以国家为前提，得罪朋友，那是小事，你也不应当让朋友纠缠住了。"志坚听了母亲这话，不管是不是暗指了冰如的纠缠，但她的话是绝对的有理的。自己是受过高等军事教育的人，还要老母这样来

152

教训着吗？他当时未曾作声，心里便又加上了一层必回武汉的意念。他那再等三天的犹豫期间，转眼又过去了，恰好第二日便有邮船去香港，再也不做什么考虑就买了船票。

临离开上海前的半小时，预备好了的简单行李，在房门口，自己手上拿了帽子，半弯了腰静静地站在母亲面前。他看到母亲瘦削的脸上，添了许多皱纹。他又看到母亲的鬓发，有一半是白的，他不知是何缘故，他想到了这一层，他已经不能抬起头来观看，只有默然地站住。然而孙老太并没有什么异样的感觉，她道："你由前线负伤退回了南京，在南京困守半年多，你还能绕到大后方去，这是老天给了你一个建功立业的机会，也是老天给你一个报仇的机会。这样的机会，绝不可以再失掉了。我手上还有几个钱，可以过活。志芳也像个男孩子一样，她一切都可以照料我，你用不着挂念。我希望我母子下次在南京见面，你勉力做到我的希望，就是好儿子。你是个军人，军人对于光荣，胜于生命，我望你向光荣的路上走，去吧。"老太太说到"去吧"两个字，声音有些颤动。然而她脸色很自然，并不带一些忧愁的样子。她见志坚站着没有动，也没有作声，便道："你不必挂念我。你要明白，我的儿子既是军人，我就要他做个荣誉军人。你的荣誉，就是我的荣誉。我不能留着你在上海不走，那样增加你的耻辱，也就是增加我的耻辱。你听我的话，你就孝顺了我。"志坚没得说了，答应了一个"是"字，深深地鞠着两个躬然后走了。他记住母亲的话："我的儿子既是军人，我就要他做个荣誉军人。"母亲是太贤明了，非一般妇人所可比，自己纵然取不到荣誉，至少也不可取得了不荣誉。他怀了这个意念，奔上了海天长途，因为武汉许多消息必须要在香港与关系方面接洽，方可证实，到了香港以后，还不能立刻就奔上粤汉路，便在香港旅馆里住下了，分别地去拜访朋友。

朋友之中的罗维明，是多年的好友，来往又更显得亲热些。是这日中午一点钟，罗维明夫妇单独约了他在家里午餐。罗家是颇为欧化的人家，楼下的客厅与餐堂相连，双合拉门的门框上，垂了纱帘，隔开了内外。志坚按时到了，维明夫妇双双地在客厅里陪着。罗太太笑道："孙先生到了香港，餐餐吃馆子，餐餐吃广东菜，也许你会觉得烦腻，所以特意请孙先生到家里来吃顿便饭。一来可以随便谈谈，二来替孙先生换换口味，说你未必相信，我家里竟有一个道地的天津厨子，很能做一点儿面食。"志坚笑道："贤伉俪虽是组织的摩登家庭，而对于故乡风味，却也未能尽忘。你看，这屋梁下垂下来的电灯，是北平的宫灯纱罩子罩着。墙上不挂镜框子，而挂着京裱的中国画。桌上是中国瓷瓶，养着鲜花。"他说时坐在沙发上，两手撑住大腿，在屋子四周打量着。罗维明道："不是我们偏见，北方人也和我说得来，我觉得北方人直爽些。"志坚道："唯其如此，所以你和北方女子结婚了。"罗太太笑道："说到北方女子，大概受旧道德的渲染是深些的，可是也就唯其如此，未免有个封建思想的脑筋。"志坚淡笑道："北方人也不一样。如其是真正的北方人，那就和嫂子所说一样，不是男子自私，他倒喜欢女人有前进的思想，可又有封建的贞操。但并非北方人原籍的女子，而寄居北方的人，那就差多了。唉！"说着，叹了一口气。罗太太笑道："你这是有感而发呀。你对于冰如之为人始终心里放不下，那又何必呢？男子汉大丈夫，何必把这件事放在心上？大时代来了，你自有你的干。"志坚笑道："我倒没什么放不下。不过像她这种人，何以变得这样快，在心理学上说，这也是一个可以研究的心理变态。"罗太太道："这个大时代，人事的变化就太多了。稍微有点儿反常的事，孙先生就以为是值得研究的事，那就可以研究的事太多了。"

正说着，女仆由隔壁房子里走过来，说是饭已预备好了。罗氏夫妇将志坚让到餐堂正中桌子上坐了。第一样菜便是大盘盛着鸡丝黄瓜拌粉皮。因笑道："果然是北方菜，不必尝口味，只看这样子就很好了。"罗维明笑道："既是很好，你我多喝两杯酒。"说着，提起壶，就为志坚斟酒。而这时第二样也来了，便是软炸肫肝。这个样顺了下去，菜是碗碗中意，志坚也就吃喝得很有味。酒兴方酣，隔壁屋子里叮铃铃电话响。女仆在隔壁屋子里接过了电话，便来请罗太太去接电话。志坚知道他夫妇在香港的交际很广，这也无须去介意。罗太太接过电话回席，脸色似乎有点儿惊慌。但她也还强自镇定，坐下来笑着向罗维明说了一串的法语。他听到之后，也是脸色紧张了两三次。志坚虽不懂法语，但看他两人的神气，这电话显然与自己有关，因道："莫非有人打电话找我？"维明笑道："让我考虑两分钟，这话是否立刻就告诉你。"于是手扶了酒杯，偏着头想了一想，因点点头道："我就告诉你吧。刚才是冰如打来的电话，她由天津搭直达轮船到香港来了。"志坚哦了一声，身子一颤动，却把面前放的一双象牙筷子碰落在地板上。维明立刻叫在旁边的女仆，换了一双筷子来，因向志坚笑道："这也不是青梅煮酒，为什么你听了这句话，就吓成这个样子？"志坚道："并不是吓成这个样子，我惊奇着她为什么又到香港来？"罗太太道："本来呢，我以为她到香港来，或者是回心转意了。我便在电话里探了一探她的口风，问她知道孙先生的消息吗？她倒肯实说，说是孙先生已由南京逃出来了，大概还在上海。这样，她的目的显然不是到香港来追孙先生了，因此我在电话里没有告诉她实话，只说等一会儿派车子去接她。孙先生你的意思如何，可以接她来当面谈上一谈吗？"

志坚在落了筷子以后，脸色也就变了好几次。虽然屋下有着风扇转动，但他额角上的汗珠子，却忽然增多，他抽出了一条手绢，只管擦着汗。然后淡淡地向罗太太笑道："我现在简直不能揣测女人的心理，根本我们是很好的夫妻，她虽变了心，而我在上海还等了她一个礼拜，直等她函电均无，我才来香港的。假使她允许我见面，我自是求之不得。可是她若拒绝和我见面时，你这主人翁到了那时，可成了一个僵局。我和维明是好朋友，我不能为了自己的婚姻，给予维明一种麻烦。这是应如何处置，倒是请贤伉俪和我出个主意。"罗太太望了维明道："孙先生的话自然是四平八稳，各方面都顾到的。可是我们做朋友的，遇到他们需要人从中拉拢的时候，我们也就义不容辞。"维明点了头，将筷子轻轻地敲了桌沿道："对对对！他们两人之离与合，正在我们手上度着一个关键。我们若是怕麻烦，将这个机会放了过去，那不但对不住朋友，可也太没有做人的气味。来，就派车子到旅馆去接她？"说着站起身来，要去按墙上电铃。

志坚站起来，将他拉了坐下，因笑道："少安毋躁，你等我解说一下。你这番见义勇为的行为，那是可以佩服的。可是你不曾探实了冰如态度以前，你派了汽车把她接来，见面之后，她给我一个难堪，我无所谓，你做主人翁的，却进退两难。我以为不如在电话里先和她说明为是。"罗太太笑道："我已经说过了，我们遇到这个机会，根本就有和两人牵一牵红绳的

155

责任。既是目的在牵红绳,当然要设法让你两个见面。但愿能见面,我们做朋友的,就是担一点儿干系,也不要紧。"她一连串地说着,眼珠可向志坚身上不住地打量,忽然微笑道:"是是是,这也是挂一漏万的,没有想通。你们若是在我这会面,坐在我客厅里,冠冕堂皇的能说些什么?本来是着妙棋,我们这红丝一牵,倒成了僵局了。"志坚插嘴道:"怎么会是一着妙棋呢?"罗太太道:"你看,你到了香港,本来是要走的,我们留着你玩两天,你才没走。恰好是我们今日请你便饭,并没有第四个人在席,她竟自来电话,凑成我们两个调解的局面。一切情形,都像是做好了的圈套似的,这岂不是一着妙棋吗?"维明笑道:"唯其是如此,我们这红丝非牵不可了。"说着,笑向罗太太道:"我们虽明知道志坚太委屈了,可是做男子的总应当吃亏点儿。我想,还是让志坚最后委屈一下吧,吃过饭,我们一路到冰如旅馆里去,就算我们是引志坚去负荆请罪的。有道是伸手不打笑脸人,只要志坚肯和我们去,他们究竟是夫妻,无论如何,冰如不能说我们带去失礼。只要她接受了见面这个行为,我们牵红绳的目的,就算达到,事后如何,就是他两人的事了。"志坚笑道:"我兄可说前后想个周到,但是我并无丝毫得罪她之处,这负荆请罪的说法,岂不太无根据?"罗维明道:"所以我说要你委屈一点儿了。为了终身的幸福,为你过去多年的情感,更为了你是一个以国家为前提的军人,对于这一个遭受到分离之痛的年轻女人你就受一点儿委屈,又算得了什么?"说着,放下了杯筷,伸手拍拍志坚的肩膀,志坚低着头,将手把放在桌面上的象牙筷,慢慢地将它摆齐整了。罗维明道:"你不用考虑了,就是这样办。她若是看到你这样低首下心,也许被你感化了,那你不过受一时之屈,可成就了百年之好。"志坚笑道:"你不用多所解释,我跟着你们去就是了。"

罗太太听说,十分高兴,这倒不耐烦去劝酒,赶着把饭吃过,她向志坚笑道:"请你在客厅里等十分钟。"说着,上楼去了。维明向他笑道:"她平常出门,化起妆来,总要一小时左右。她现在急于要出门,竟缩成了五分之一的时间了。"志坚点头道:"你贤伉俪对于我们的事,实在太热心了,为了这一点,而我也只有尽量地委屈下去。"正说着,见罗太太脸上扑了一些干粉,换了一件衣服就下楼来了。维明笑道:"太快太快。我说十分钟未必能完事，不想你五分钟就来了。"罗太太笑道："化妆小事，做月老事大。"罗维明看到太太如此热衷，自无他事可犹豫，立刻邀着志坚出门，同上汽车，向冰如住的旅馆来。志坚坐在汽车上的时候，虽然感到心房有些蹦跳。可是他也存着几分希望，或者在见了面之后，冰如也不能不念点儿旧情。既是有了这点儿希望，也就随着发生了几分高兴。

在他这样几番转念之间，就到了旅馆门口。下得车来，也只有跟着罗氏夫妇两人，上电梯，转走廊，身不由主地走。维明问明了茶房，薛小姐住在哪号房间，就双双地站在房门口，让茶房进去通报。他两人已是小心了，志坚不知何故，胆子格外小些，却退了两步，站在他夫妇后面。罗维明回头看了 看，本待伸手去扯志坚，却听到冰如在屋子里笑嘻嘻地叫道："请请请。"维明夫妇随了这一声"请"，走进屋子去了，却把志坚留在门外。罗太太却又立刻笑着走了出来，她点了头道："这位来宾怎么不进去呢？我来介绍吧。"她退到志坚后面，微微推了一把。冰如不知道是哪一位来宾，口里还是不住地"请请"。志坚进了屋子，她猛可地向后退了两步。志坚见她已是烫着这时最摩登的飞机头，脸上脂粉擦得浓浓的。穿了一件黑拷绸长衣，露着两臂，越显得白皙丰润，她是很康健的了，便取下草帽在手，点头微微笑道："好吧，冰如？"她手扶了身边的茶几，淡淡地笑着答应了两个字："还好。"但那声音是极低，几乎对面听不出来。维明夫妇还不曾坐下呢，他就笑道："志坚，你们二位谈一下子，我们到下层楼去看个朋友。"罗太太笑道："是的，走的时候，我们再来通知。"说着，他们也不问冰如是否同意，双双地走出房门去。维明走在后，反手还把房门带上了。

冰如手扶了那茶几，倒是呆住了。志坚在靠墙的沙发上坐下，随手将帽子放在矮几上，看她怔怔的样子，就没有作声。这茶几上有只茶杯子，冰如搭讪着向里移了一移。她挨身在茶几旁椅子上坐了，脸上没有一点儿笑容，只沉沉地垂下了眼皮，去牵着自己的衣襟。屋子里什么声音没有，彼此默然地坐着，总有十分钟之久。志坚两手撑了膝盖，轻轻咳了两声，然后正着脸色道："这回维明引了我来，是我的意思，不能怪维明夫妇多事。因为你打电话去，我恰好在那里。我想着，既然彼此都在香港，有一谈之必要，所以我就冒昧地来了。"冰如听了这话，没有作声，却把纽扣上悬的一排茉莉花摘下来，送到鼻子尖，低头嗅了两嗅。志坚在衣袋里取出纸烟盒和打火机来，一面打火吸烟，一面说道："你过去的事，我已经知道得很清楚了。在这种非常时期，男女离合根本算不得一回什么事。你有什么意志，我也决不来拦阻你。只是我多少还有一点儿意见，可供你参考一下。"

这时，冰如心事算定了一点儿，将茶几上的茶壶，提起来斟了一杯茶，待要自喝，却又放下，另斟了一杯，送到志坚沙发边矮几上，低声道："请喝茶。"志坚起身点着头，道了一声"谢谢"。冰如仍旧坐到原来的椅子上，因道："果然有什么好意见，也不妨提出来谈谈。"志坚喷了一口烟，将纸烟放到矮几烟灰缸上，敲了两敲烟灰，因道："我有三个办法贡献。"冰如望了他道："三个办法？"志坚点点头道："是的，三个办法，那也不算多。"说着吸了一口烟，接住道："我已说了，大时代，男女离合算不了什么。我以为我们根本不曾发生什么冲突，在南京最后一次分别，感情还极好。所以弄成今日这个局面，完全为了消息隔断。你青春年少，要去找你适当的伴侣，若不向封建思想这方面去说，你的行为也没有什么错。"冰如听到一个"错"字，轻轻地冷笑一声。志坚也不管她，接着道："现在我既是恢复自由了，你之所以要另找对象的原因已不存在，那么，过去的事，自今日以前，一概可以不问。自今日以后，我们还回复到原来的地位去，依然是很好的夫妻。"他说话时，手指上夹的纸烟，已经烧了三分之二，他就不再吸了，丢在烟灰缸里，端起杯子泼了一点儿水进去，把烟熄了，在这个犹豫的时候，很有几分钟，可是冰如只静静地坐着听下去，并没有给一个答复。志坚接着道："第二个办法呢，我觉得比较妥当一些的。我以为暂时不必离婚，可也不必同居。我是个军人，到了武汉，我自然是去干我的。这是什么意思呢？因为我和江洪都是军人，军人的生命是太没有把握的。这时，你和我离了婚，也许江洪是个不幸的人，岂不是两方面都失掉了？假如不幸的是我，那更好，你无须和我离婚，而江洪也易于接受。"说完了，他又点支纸烟吸。冰如问道："还有第三个办法呢？"志坚将点着的纸烟深深地吸了一口，将烟喷出来，因笑道："那很简单，就是离婚了。这三个办法，你不妨仔细地考量一下。我在香港也许还要住两三天，你可以考量一两天，再答复我。"

冰如将手上玩弄的茶杯放在茶几上，放得很沉着，表示她意志很肯定，微偏了头答道："用不着考量，现在我就可以答复你。你说的那第一个办法，我觉得办不到。第二个办法，那简直不是办法。"志坚道："你简直是认定了第三个办法，要离婚了？江洪自然是对你很好，但我对于你，也没有什么很不好。何以你的态度这样坚决，非离婚不可？"冰如道："我不能说你对我有什么不好，但是我到了现在……"她说到这里，突然站起来，却把茶几上的玻璃杯子拿在手，走到墙边洗脸盆架前，扭开自来水管，放了大半杯白水，高高举起，再走到窗户边，就对窗房外泼了出去。回头来向志坚微笑道："谁还能把这水收回到杯子里来吗？"志坚看了她这个动作，不免脸色一变，倒有好几分钟说不出话来。过后他微微一笑道："覆水难收这个故事，却被你这样借用了。这可是你自己比着那出山泉水。"冰如鼻子里哼着，点了两点头道："事实本来是如此，我也无须不承认。唯其是我觉得这覆水难收，根本不做另一个打算。"

志坚又静静地换了一支烟吸着，约莫有三五分钟的沉默，他将胸脯一挺，点了头道："好！一切都依了你就是。这手续怎样办呢？你需要在汉口登报，还是需要在香港登报？"冰如道："那倒用不着。只要你亲笔写一张凭据给我就可以了。自然我也会写一张凭据给你的。"志坚道："那很好，本来彼此情愿如此，离婚以后，谁也不会纠缠谁。不会打官司，更不会有什么物质上的争执，登报与请律师都透着无聊。这离婚契约，我在这里就可以写，不过图章没有带来。"冰如笑道："我很放心你。你说了的话，是不会变卦的。我大概还有两天才离开香港，你写好了明天送来就是了。当然，我应当写的那一份，今天我也预备好了的。"志坚站立起来，抖了两抖西服的衣领，挺着胸脯，似乎吐了一口气，因道："好的，我明天将契约送来。几点钟呢？"冰如道："自然是上午十二点以前好。因为到了下午，我就要出去玩玩了。"志坚道："约好了，我就不会误事。"他站在屋子中时，犹豫了一下，仿佛还有什么事情未曾办了，不曾移开脚步来走。可是冰如把他进门来不曾挂在衣架上的草帽拿了过来，笑道："哦，帽子在这里。"

她右手将帽子交到志坚手上，左手便去拉着房门，让它大大地开着，又点点头道："再会了。"到了这时，志坚觉得有任何一句话，也没有机会向她进言，接过帽子，说了一句"再会"，也只好点着头走出了。冰如站在房门里头，已是把门掩上了。志坚走出了旅馆，他固然觉得没有以先来时那样高兴，但也没有像来时那样心房乱跳，倒好像月余以来压在心上的一样东西，已经拿去了。

第十九回

下嫁拟飞仙言讶异趣
论交重老友谜破同心

    当孙志坚离开那家旅馆的时候，他自己觉得世界上的女人，没有比薛冰如这样心肠硬的。站在街上，回头对五层高楼望了一望。他心想漫说是薛冰如本人，便是这家旅馆，给予自己的刺激，也太深，实在是此生此世不必再见一面了。他这样想着，便悄悄地走去，他看到这街上来往的人，谁都比他快乐，灰心之余，他什么也不愿干了。可是在六小时以后，他在旅馆的床上躺着静想了许久，他忽然跳下床来，开窗向外看着。这是个月的下弦，月亮不曾出上，那深蓝色的天空，密布着的星点，平均不会有三寸的间隔。香港全岛的高低楼房消失了，只有和天上星点一般攒三聚五的灯光，在暗空里一层层向上分布着。那市声随了海风吹来，颇像隔了重重的帘幕，听到暴雨下降，心里想着，几十年前，这不过是个荒岛，人力的开发，变成了东方的黄金宝库。这样大的事业，也不过是人力经营得来，自己的婚姻问题，根本自己就可以操着一半聚散之权的，其余的一半虽操在人家手上，但能够挽回一分希望，照着过半数便是胜利的习惯说起来，那是不至于成为过去数小时那种僵局的。香港的灯火与市声，给予了他一种莫大的兴奋。

    在三十分钟之后，他又站在那旅馆，冰如所住的房门外，敲了两下门。冰如说一声"请进"，志坚进去了，她倒也不怎样惊讶，让着他在东壁沙发上坐下之后，她冷冷地道："孙先生，我们现在不过是朋友罢了，有何见教而来？"志坚听她这话，走来就已把说话的门先封上，便觉得她立意不善。

但自己是立下了很大的志愿来的，绝不能含糊地走去。先把神定了一定，然后道："这个我还明白，我正是以朋友的资格前来的。"冰如坐在房间的西壁下椅子上，正与他有一个房间面积的距离，点点头道："那就很好。你的字据带来了吗？"志坚见她脸上没一点儿笑容，便道："昨晚上就写好了。"说着，在西服口袋里取出一张字来。冰如道："请你放在桌上。"他笑了一笑，展开了那纸，放在桌上。冰如走过来，将字条拿起，捧了念头道："立离婚契约人孙志坚，兹愿与薛冰如女士脱离夫妇关系。以后男婚女嫁，各听自便。此据。年月日孙志坚写于香港。"她点头道："很干脆，够了。我的一张也给你。"她在床头边取过手提包，拿出一张字纸，也放到桌上，点个头道："请看。"说着，把孙志坚的那张，就收进皮包了。她抱了皮包坐下，如获至宝。他取过桌上那张字据略微一看，塞在衣袋里，依然在沙发椅子上坐下，问道："我可以问你几句话吗？"她道："请便。"志坚道："你自然是回汉口了。坐飞机走呢，还是由粤汉路乘火车走呢？"冰如道："那还没有决定。"志坚道："广州被轰炸得厉害，尤其是铁路交通。"冰如笑道："那怕什么？我也就是在轰炸下由汉口到香港来的，多谢你为我操心。"志坚道："这样说，你决定了坐火车走了。我以朋友的资格说话，我愿和你尽一点儿力，因为沿路很可能随时遇到空袭。你如是和我同车走的话，沿路提个行李箱子、买点儿零食，应该比你临时找人便利些。可不可以和我同车走呢？"冰如虽没有明白地拒绝，猛可听到时，脸色先变了一变，然后沉默了约三分钟才微笑着答道："谢谢你的好意，不过我的行踪，现在还难确定，也许我还要在香港再住个把星期。"志坚哼了一声，觉得话就不好怎样追着向下说，因站起身来道："我大概后天到广州去。在广州如交通畅利的话，也许当天就要坐通车北上。"冰如道："那么，我们汉口见吧。"她这句话相当地沉着。志坚听在耳里，觉得她显然有在香港不再见面的决心，原来持着那份人定可以胜天的观念，这时却又完全消失。而且觉得自己拿一番好意来感动她，始终得不着她一点儿好意的回答，便也笑道："在汉口再见吗？人事是难说的。也许在汉口见不着呢。再……"他顺口想说句再会的别辞，可是他想到与上面语气不接，立刻改口道："对不起，打搅了。"说着，他开了房门，挺着腰杆子出来。这次冰如却又客气了一点儿，送到房门外来站定。志坚算是伤心到了极点了，走过夹道，到了电梯口上，始终也不曾回一次头。这也增加了他快回内地的决心，后天一定是走。

当次日早上在旅馆里起来的时候，又让他心理有点儿变动了。那时，茶房送进来一封信，正是罗维明写来的。信上这样说：

坚兄：

　　君事弟已尽知，殊不想决裂到如此地步。但弟仔细思量，君与冰如实无决裂到如此地步之理由。今日午间，请来舍下午餐。事先，当由内子单独向冰如详询一切。果有可能解释之处，不妨当面谈破。君始终站在妥协地位，谅不反对弟之此举也。即候
早安！

弟维明上

志坚把信笺捧在手，看看想想，觉着他说事已尽知，自己是昨日分手后，不曾和他夫妇会面，这事又没有第三个人得知，必然是冰如把在旅馆开谈判的话告诉他夫妇了。那么，罗太太单独约她谈话，却也有可能。今天这个约会，倒是不能不去的了。他这样转念一想，就如约地到罗家去午餐。在客厅里会见的时候，维明夫妇双双地都坐这里，并没有看到冰如。心里头这就有点儿狐疑，他夫妻又弄什么玄虚吗？维明和他握过手，让他在旁边椅子上坐着，先笑道："志坚兄，我于说话之先，要劝你两句，便是你还是个年富身壮的军人，前途无量，大有可为，你还怕找不着女人吗？"志坚笑道："我并没有什么感觉，今天来是践我兄之约。"罗太太见志坚的脸色还相当自然，便笑道："既然孙先生这样说了，那好，回到了汉口的时候，你可以赶快去寻点儿工作，男子汉有了事业，那就可以把女人的事忘了。"志坚道："不过这又算辜负了二位一番好意，但不知冰如对嫂子说了些什么？"罗太太摇摇头道："这女人有些变态。我今日是特意到旅馆里去

163

看她，哪晓得她留下一张字条，说是坐飞机走了。昨天都没有听到她说要走，怎么会临时就买到了飞机票子呢？恐怕是推诿之辞，躲开了我了。"志坚道："她坐飞机走了，那是可能的。因为她知道我明天要坐火车走，所以她抢我一个先，好把离婚这个消息去告诉对手方。因为对手方是我的好朋友，若是我和冰如同到汉口，他或者还会有所顾忌的。她既先到，抢着布置了一切，便是对手方也会无可反悔了。"罗太太笑道："若是照你这样说，那错处就完全在冰如一方面了。"志坚耸着肩膀笑道："若是还要把错处看在我这方面，我也没有什么办法。"说完，他又叹了口气。罗维明站起来，拍了他的肩膀，笑道："老哥，不要灰心，将来我太太和你再物色一位贤良的。那时，抗战胜利了，你一个胜利军人，是有不少的女子崇拜的，找冰如这样一个女人，绝无问题。来来来，下酒的菜已经做好了，我们先来喝几杯。"说着，挽了志坚的手就向隔壁餐厅里拖了去。而志坚所认第二个挽回的希望，也就此了结。

餐桌上本来预备着四个座位，两位主人，两位客人。罗家的仆人依了主人的嘱咐，这样安排着。另一位客人未来，他以为是迟到，还在那座位前设了杯箸。志坚坐在席上，在衣袋里掏出手表来看看，然后指了那位子道："还虚席以待呢，大概这位客人已经在汉口大餐馆里吃午饭了。交通便利，便利到这种人，却已失掉了物质文明的原意。"罗维明听了这话，哈哈大笑，举起面前的杯子来道："喝酒喝酒。"志坚自也不愿跟着向下说去，也只微微一笑。

他说的话，好像是发牢骚，但所猜的，倒是一个正着，就在这同一的时间，冰如在汉口的一家餐馆里，独自地坐在面向大门的一副座头上，手举了玻璃杯子在喝汽水。她不时地举着手表看看，又用右手抡着左手的指头，默默地测算着一种什么。最后，她又把手皮包里的粉镜拿出来，左手拿镜，右手撮了粉扑，在鼻子两旁，不停地扑粉。把粉扑完，将手托托颈脖子后面的头发。她心里有那一种感觉，这正是极力修饰的一个机会了。她修饰完了，还不曾把粉镜收到手皮包里去呢，那玻璃门一推，江洪穿了青哔叽西服，笑嘻嘻地迎上前来，鞠着躬道："嫂子回来了。"冰如看到他于这两个月小别中，长得更丰润，心里倒是一喜，立刻站起身来。可是听到他所称呼的这两个字，却老大地不高兴。然而在这一刹那，江洪已是更走近了一步，便伸手和他握了一握，笑道："武汉天气这样热，你倒是长得更健康了。"说着，拉开案头的椅子，让江洪坐下。江洪笑道："今天早上接着电报，我很是惊讶。"冰如道："你惊讶什么？我在天津、上海全都有信给你，你不知道我已经动身了吗？"江洪道："我想不到你突然坐飞机来。"冰如笑道："这是我也没有打算到的，在香港动身前的十几小时，我还没有打算坐飞机呢。后来，我有了这个意思，向航空公司的两个熟人一通电话，居然有办法，我就毫不考虑，立刻去买票子了，这原因言之甚长，回头再谈。你吃过了午饭没有？就在这里吃一顿不怎好的西餐，好吗？"江洪笑道："谈到这里，我真佩服你。你在电报里，把会面的时间和地址都已约好，可说细心之至。但是汉口的大小中西餐馆很多，你为什么就约了这样一个地方？"冰如笑道："谁像你这样把以往的事不放在心里呢？从前我们总是于江岸散步之后，在这小西餐馆里喝点儿咖啡，吃些西点。这是你容易记得的一个所在。第二呢，你过江来之后，这是你最先到的一条街。"江洪点点头道："原来如此，多谢你为我设想。"冰如道："到今天，你才知道我为你设想了。我这样南北奔走，时而天空，时而海洋，那也无非全为的是你。"江洪听着，低头举起冰如代斟的一杯汽水，送到嘴边慢慢呷着。冰如将脚在桌子下面伸过来，敲两敲他的腿笑道："出什么神？我知道你还要赶过江去办公，就在这里吃一客西餐。"江洪道："我下午没事，可以不必忙着回去。"冰如道："那好极了，你先在这里吃饱了，我们再找个地方长谈一下。"江洪对她这话，也没表示可否，冰如就叫茶房开两客西餐来，笑道："我在香港就预订了，这顿午饭要等着你来同吃呢，你能拒绝我这番好意吗？"

江洪微笑着，默然地和她进餐。冰如倒不肯寂寞，说着天津市面怎么样、上海的市面怎么样，倒很是兴奋。吃过了三个菜，江洪也是随声附和，并没有特意提出话来问她。冰如见他手扶在桌沿上，便将手握的刀了轻轻地敲着他的手背，微笑道："你怎么也不问问我几句话？"江洪将眉头子耸起，轻轻叹了一口气道："我看你始终没有提到志坚一个字，大概他是不在人间了。"冰如顿了一顿，对江洪面色注意一番，因道："这件事我当然要告诉你，回头我们细说。"江洪见她脸上没有了笑容，益发料着志坚不在人间，因道："我倒急于要知道他是怎么一个下场。"冰如道："既然如此，吃完了饭，我立刻带你到个地方去，把这事详谈一番。这些话，恐怕我说出来的时候，我自己有些支持不住我的常态。让我找个好地方，静下心来谈吧。"江洪点点头道："当军人的下场，那是容易给予人家一种刺激的。也要这样，才不愧为一个军人。"冰如微笑了一笑，把这段话收束。吃完了饭，江洪并不拒绝她的邀约，随着她走。到了目的地时，却是她落脚的旅馆里。

江洪急于要知道志坚是怎么一个下场，同时，也应当立刻另取一个对付冰如的态度，就不避嫌走到她房间里去。但虽如此，究竟还受到一种拘束似的，手里拿了帽子，站在屋子中间桌角上，手扶了椅靠，踌躇不坐下。冰如笑嘻嘻地把他帽子接过来，放在衣架上。扯着他的衣襟，向旁边沙发上拉着，因道："坐下吧。你又这样书呆子似的呆头呆脑。"江洪看她眉飞色舞十分高兴，自是有话向下说，就依了她在沙发上坐着。冰如坐在他并排的一张椅子上，因笑道："我的第一句话告诉你，就是你要向我道喜，我的身子已经自由了。"她扭了身子向江洪这边椅子靠着。江洪道："你这话我倒不明白，以前难道你不是一个自由的身子吗？"冰如道："以前我怎么会是自由的身子呢？我若是自由的身子，我早就嫁了你了。我这趟算没有白跑，现在我一点儿阻碍没有，要怎么主张都可以，只等着你的回话了。"说着向江洪瞟了一眼。江洪道："这样说，你证实志坚不在人间了。"说到这里，他正了颜色，似乎有一点儿为老友黯然。冰如呆了脸子，把话顿了一顿，因道："他生存与否，也不能碍到我的自由。"江洪道："你这话越说越糊涂，我实在不能明白。"冰如看着江洪脸上疑团密布的样子，于是把腰杆子一挺，扬着眉道："我实对你说，志坚没有死，我们而且会了面了。"江洪道："哦！你们还会了面了。这……"冰如摇摇手道："你不用忙，等我把话说完。我们的事，他完全知道了，而且他以为在这个大时代里，男女问题当然要发生变化，毫不足怪。这话又说回来了，他也知道我的脾气，事已至此，也无可挽回，不去做那无益的企图。所以他倒是很干脆地和我离了婚。"

166

江洪听说这话突然站立起来，向冰如脸上望着道："什么？你和他会面之后，反倒是离了婚了？"冰如笑道："你坐着，这也用不着这样惊慌。我把过去的事，细细同你一说，你就明白了。"江洪不肯坐着，还是站了望她，摇摇头道："这可让我不解。你会到了他，你们正好团圆，你们怎么反而离婚了呢？你说，我们的事，他完全知道了，知道了就不该离婚。"冰如道："有什么不解，你是装傻罢了。我和他离婚，不就是为着你吗？这样一来，我就好毫无挂虑地来嫁你了。你艳福不浅，遇到小孩所听的故事，有仙子飞来嫁你。"她说到"嫁你"两个字，虽比较的声音低一点儿，可是她仅仅在嘴角上透了一点儿笑容，并不觉得怎样难为情。江洪听到这两个字，却多少觉着有些刺耳，闪开两步，坐到对面桌旁椅子上去。冰如又瞅了他一眼微笑道："事到于今，你大概不能有什么推诿了吧？"江洪且不答她的话，站起身来要去按墙壁上的电铃的机钮。冰如抢上前把他手拦着，因道："我们的谈话还没有开始，你又去找茶房来打岔干什么？"江洪道："我想喝一点儿凉的。"冰如笑道："你觉得你心里热得很吗？"江洪道："我心里倒不热，我口里有点儿淡而无味。"冰如道："那么，我来吩咐茶房好了。"她说着，出房门去了一会儿，江洪这倒不怎么要走动，撑头斜靠了椅子坐着。

　　冰如进来了，也在桌椅子边坐了，只和他隔一只桌子角，因道："我正说到要紧的地方，你偏偏来打岔。你要知道，我漂洋过海，飞来飞去，我们的婚姻问题，到了现在，我这方面问题已经解决了，你以前认为不妥之处，总算没有了。这在我，自然是解除了锁链，你也没有了什么阻挡，应该听了我的话之后，欢喜一番。可是你对于我的报告，却是丝毫不动心。"江洪道："我动什么心呢？不错，我以前说过，我们根本谈不到什么男女恋爱问题上去，因为志坚的存亡未卜，你是我一个朋友之妻。"冰如道："是呀，这话我记得。现在志坚活着，我和他离了婚，不是你朋友之妻了。你所谓根本谈不到的，于今可以谈到了。"江洪两手按了桌沿，胸脯挺着，望了她，很干脆地答道："更是根本谈不到。在南京的时候，志坚托我照应他的太太。于今他出面了，我正好把他的太太送给他，不负他所托，这才是做朋友患难相处的道理。怎么？人家在前方出生入死，不得到后方来，我

167

可对他所托的妻子讲恋爱，这已经不合人情。若是他回到后方来了，我还要你和他离婚，由我来替代他那个位子，这成个朋友吗？"冰如见他脸涨得通红，便道："你起急做什么？和志坚离婚是我的意思，与你无干。"江洪道："你若另找对方，当然与我无干，你若牵涉到我，我怎能无干？不是我引诱你，人家也说我引诱你。不是我欺骗志坚，人家也说是我欺骗志坚。天下人都像我一样，朋友还敢付妻托子吗？就退一步说，离婚是你的意思，志坚与社会都谅解了，你也不应该。丈夫为国效力回来，你对他没有一点儿安慰，给予他的是和他离婚，增加他一种人心不可问的创痛，未免大拂人情。若是他原来和你感情不怎么好，犹可说焉。然而他在南京和你离别的前夜，我是看到的，对你十分的情厚，你也未尝不望他生还，怎么到了他今天回来了，在彼此毫无什么冲突之下离婚起来，这事情不是太奇怪吗？"

冰如望了他的脸，静等他把话说下去。等他说完之后，却站起来微瞪了眼道："这是你说的话？你有点儿装傻吧。我之有今日，还不完全是为了你？你虽然不说破，我知道你是和我同心的。你说我是个有夫之妇，所以不能和我结婚，也不能和我谈到爱情。那是事实所限，你心里何尝不爱我呢？我就为了你这句话和他离婚的，你有什么不明白？"江洪道："我和你同一条心？那是你糊涂心思。在平常的时候，叫朋友的夫人离了婚去娶她，已经是有所不可。在你我的情形之下，有了这种举动，岂但对不起朋友，那也为社会所不齿。再就我的家庭说，是相当崇尚旧礼教的，我若做出这种事来，父母当不以我为子，哥哥当不以我为弟，我有我的前途……"冰如不等他说话，抢着道："你有你的前途你就不顾我了。我现在为你和志坚离了婚，而且和双方家庭发生了裂痕，你若拒绝了我，我的前途怎么样呢？"

江洪胸脯一挺，正待说着："那是你自作的。"可是这话还不曾说出来，房门敲着，有人叫道："酸梅汤送来了。"冰如道："拿进来吧。"茶房进来，放了两只玻璃瓶子在桌上，自退了出去。冰如将茶杯先斟了一杯尝过了，然后斟了一杯，两手放到桌沿上，向江洪点个头笑道："抬杠尽管抬杠，交情还是交情，你不是口渴了吗？先喝这杯。甜酸甜酸的，甜一甜你的心，管你止渴。"江洪也没作声，端过杯子去，坐在椅子上慢慢地喝着。冰如站着，身子靠在椅子背上，望了他道："我买酸梅汤给你喝的这个意思，你可知道？"江洪道："喝碗酸梅汤有什么意思？"冰如道："梅子的梅和媒人的媒同音，喝了梅汤就算是经过媒人的说合了。"江洪扑哧笑道："乱扯！"冰如见他笑了，很高兴，拿起瓶子又代他斟满了一杯，笑道："甜里头带了一点儿酸味，这滋味有点儿像你我之间的情形。我是甜，你是酸。其实……"说到这里，向江洪瞟了一眼，笑道："我想，过久了，你也会爱甜的。正像北平蜜饯店里的酸梅汤一样，时间越久，质味就越好了。"江洪淡淡一笑道："不敢当。我受不了你这种夸奖。我的质味永久是这样，恐怕不会变好。"

冰如两手扶了椅子背，有点儿发呆了，望了他道："你为什么坚持到底，一点儿转弯的意思也没有？"江洪点点头道："你肯问这个缘故就很好。那么，我也问你一句话。为什么我喝这酸梅汤是甜里带些酸味？"冰如道："你这问得奇怪了？哪个喝又不是甜里带些酸味？我也没有两样。"江洪道："为什么大家喝着，都是这一个滋味呢？"冰如道："你扯淡做什么？说正经话，人的舌头味神经相同，当然分辨东西的滋味，总是一样的了。"江洪道："哦！你也知道人的舌头一样，感触一样。人的七情相同，感触哪会两样？这个时候，譬如你是志坚，我是薛冰如。我把你对付姓孙的态度，转以对付你，你觉得怎么样？"冰如笑道："说了半天，你是和我打哑谜。那我告诉你，我主张婚姻绝对自由，我若是个男人，女人不爱我了，我绝对让她离开。嫁我的朋友也好，嫁我的仇人也好，我一概不管。"江洪道："你的态度不能这样解放吧？"说着摇了两摇头，淡淡地笑着。冰如道："为什么不能，你举一个例。"江洪道："好，我就举个例，例倒是现成。你可记得在九江遇到王玉的时候，你对她攻击得体无完肤吗？你说她不该和丈夫离婚，尤其是她丈夫是个抗敌军人，她不该在这日子对为国尽忠的丈夫离异。到了你这里，你自己责备人的话，就不适用了吗？"冰如道："那……那……那各人环境不同。"说毕，她一扭身子，到床上去坐着。将床上放的枕头，拖到怀里来盘弄。江洪道："说大家的舌头相同是你，说各人的环境不同也是你。你用得着哪一方面的理，你就用哪一方面的理。"

冰如将枕头一推道："我晓得，你还在追求王玉。"江洪道："无论哪种无情无义的女人，我不屑于追求。就算我追求她，我和她丈夫既不是朋友，而且她的丈夫也没有把妻子付托于我。充其量不过是我不识人，我不会色令智昏卖了朋友，也不会是个社会上的罪人。"江洪说到更着实的所在，把茶杯子重重地向桌上一放，碰着啪的一响。眼睛瞪起，脸也红了。

冰如坐在床上，怔怔地听着，等他把话说下去。最后，她脸色由红紫变成灰白，全身都有些抖颤。两行泪珠在眼角里转动，因道："你……你说……说这些话，不是让我太伤心吗？我费尽心血，倒受你这样的白眼。"江洪道："你受我的白眼？你这事要公开了，要受社会上的白眼呢。"冰如道："江……江……江先生怎么办？我千里迢迢捧了一盆火来，你兜给我一盆冷水，我活不了了，你救我一救。"说着，伸了两手，便迎将上来。江洪将桌子一拍道："你自作自受。"说着，在衣架上取了帽子，便开门走去。

门掩上了，冰如哇的一声哭了，倒在地上。

第二十回

故剑说浮沉掉头不顾
大江流浩荡把臂同行

这一回薛冰如倒在地上，她绝不是做作，心理上所受的打击叫她支持不住身体。房门已经关上了，并无第二个人看见，自不会求得什么人的怜惜。她坐在地板上哭泣了很久，直等自己哭着有些倦意了，这才扶了椅子慢慢地站了起来。先对梳妆台上那面穿衣镜看了看，只见自己面皮黄黄的，满脸泪痕，眼圈儿全都红晕了。头上的长短卷发，除了蓬在后脑勺之外，又挂着败穗子似的，披了满脸。便是大襟上的纽扣也绷断了两个。看看房门还是虚掩上的，这就赶快抢着插上了暗闩，然后在洗脸盆架上放了水，着实地洗濯了一番。这又不算，更朝着镜子敷抹了二三十分钟的脂粉。这才开了房门上的暗闩，一面想着心事，一面朝了镜子梳理头发。她之所以打开门上暗闩者，她以为江洪究不能那样忍心害理，看到自己哭得那样凄惨就这么一怒而去。根据以往的情形说，每遇到这种事态，他一定会转念过来，慢慢加以安慰的。料着在今天这一番重大谈判之后，不能这样地简单决定，他必定还会回来加以解释的，若是关了门，很会引起他的误会，以为自己出去了或生气了。这样想着，她索性将房门半开着，好让江洪到了房门口，便看见了，那样，他就无退回的余地。她这样地设想了，她是自己替自己解围，可是直候到晚间十二点钟，也不见到江洪转回来，幻觉中设想的一段事迹，终于还是一个幻觉。

自下飞机以后，便是一团高兴地预备给江洪报喜信，闹得那顿午餐也不曾好好地吃。接着在旅馆里和江洪开谈判，几乎把心都气碎了，直到现在，还是下午喝的两杯酸梅汤。这时已死了等候江洪重来的心，便走出旅馆，就在附近街上找了个广东消夜馆去吃点心。她因为是一个人，便走上楼在火车间座位上，找了一个对墙的单座。有一天不曾正式吃饭，自也很想吃饭，便叫着茶房来，要了一个和菜吃饭。卖晚报的来了，她买一份晚报，将身子移着向外一点儿，就了灯光看报。没有看到几行，忽然有人笑着叫道："孙太太，好久不见，什么时候回来的？"冰如抬头看时，却是老房东陈太太，便起身相迎，笑道："遇得正好，我正要找你呢。你那间房子租掉了吗？我现在还住在旅馆里呢。"陈太太笑道："法租界的房子，那怎样空得下来？不过你要住，我总和你想法子，你就在我屋子里挤挤也没有关系。"冰如道："那倒不必，随便哪里请你和我找间房子就是。我住在大江饭店三百零八号，你明天给我一个电话，好吗？"陈太太道："可以，我总替你想法子就是了。我等着要回家去，明天再谈。"说着，她向楼下走。冰如忽然想起一件事，追到楼梯口上低声笑道："陈太太，你是老同学，我告诉你一句实话，我和孙志坚在香港离婚了，你还是叫我薛冰如吧。"陈太太怔了一怔，问道："孙先生回来了？你又和他离了婚。"冰如鼻子哼着，说了一声"是"。陈太太因为这是楼梯口上不便多问，补一声"再见"，到底是走了。冰如对于这件事，并不怎么介意，在这里吃过晚饭，自回旅馆去安歇。

不料到了次日早上还未曾起床，就听到老用人王妈叫着太太。冰如开了门让她进来，因道："你还在汉口，没有走吗？"王妈道："我听说上海向内地不好走。我若是奔到上海，还是停留在那里，那我就不如在汉口漂流着了。"冰如道："哦！你现在有工作吗？"王妈顿了一顿才道："工作倒是有的。我特意来看太太的。"冰如脸色变了一变，因苦笑了道："我和孙先生离婚了，你不要叫我太太了。"王妈也笑着答应了一声"是"，因问道："孙先生到了香港，一定会到汉口来的了。"冰如随便答道："明后天也许会坐火车来的，你还找他？"王妈道："我们一个当用人的，自然愿意多有几个做主人的帮帮忙。"冰如将眉毛皱了两皱道："我不愿意你提他，你以后不要向我说到他了。你怎么知道我住在这里的，大概是陈太太告诉你的了。"王妈道："是的，我的新主人家就离陈太太那里不远。"冰如见了她，倒有些手足无所措的样子，在椅子上坐坐，又站了起来，斟了一杯茶待要喝，将杯子在嘴唇上碰了碰，又放下来。王妈站在一边，见她神情恍惚，只得告辞，冰如倒还送了她两步，站在房门口道："等过几天我事情定妥了一点儿，你还是到我家里来吧。"王妈听了，倒站定了脚，回转头来笑道："你还肯用我吗？还是旧人好啊。"她说时，还向她点点头。冰如虽觉她这言语里面，颇有点儿讥讽的意味，也不便怎样追问，由她去了。

但是王妈去了之后，她后悔没有留下她来谈谈，因为自己坐飞机到汉口来，本来是投江洪的，料着他这样年轻的男人，过去又还存着相当的友谊，一个年轻而又貌美的女人去向他提婚，是不会有问题的。所以自在香港和志坚离婚之后，根本就没有顾虑到回汉口以后的行止怎样。现在江洪闪避得干干净净，这却把自己弄得成了一位毫无依靠的妇人，早上起来之后，除急急地买两份日报看过而外，却不知道怎么是好。在旅馆里坐着是无聊，出去呢，又无目的地。而陈太太约着打电话来的，也没有了消息。闷不过，倒闷出来个主意，买了美丽的信笺、信封和许多新出的杂志回来。在旅馆房间里掩上了门，便用着玫瑰色的墨水，将钢笔来写信给江洪。这信还怕别人交邮不妥，亲自到邮局里挂号寄出，方才回旅馆来。回来之后，便是看那些杂志。她心里自想着，只要江洪稍微有转圜之意，总在旅馆里候着，不要失去这机会。第一日如此，第二日如此，第三日还是如此。每次出去，总要告诉茶房："有人来找我，说我马上就回来的。"这样，她不能好好在街上吃一顿饭，或买一件东西。甚至便是到邮局里寄信给江洪，也是忙着来去。可是她实在是神经过敏，三日以来，除了王妈，并没有第二个人来过。她后来出门，已不好意思交代茶房"假如有人来找"的那种话了。

可是第四日早上，终于有了一个意外的消息刺激了她一下，却是报上发现了一则给孙志坚的小广告。那广告这样说："志坚先生：知你已脱险来汉，有要事奉告。请到志成里八号王寓一谈。女仆王妈启。"将这小广告看了两遍，心想，她有什么要事和志坚谈呢？这广告当然是有人代拟，她背后还有什么人出主意吗？照说，她无非是叙述困难，向姓孙的要几个钱，大概是不会提到我薛冰如头上来的。那么，这件事也就不值得注意了。她将报看完了，照例是写一封长信，来消磨这上午的时间。却在这时，茶房敲了两下门，接着道："薛小姐，客来了。"茶房对于薛小姐之来客，好像是一回很堪惊异的事，所以特地敲着门，代为报告一声。冰如本人，自是格外惊异。但她脑筋里，立刻联想到，不会有几个人知道自己住在这旅馆里。而同时皮鞋上的马刺，碰了楼板响，分明来的是一位军人，这绝不有第二人，绝对是江洪了。口里哦了一声，便来开着房门，但门开了，却让她又喊出了第二个"哦"字。第一个"哦"字短促，表示了高兴与所想不错。第二个"哦"字，声音拖长，表示了奇怪而所想太错。原来面前站的不是江洪，却是在香港离了婚的丈夫孙志坚。

他穿了一身草绿色的制服，手上提了一只旅行袋。他笑道："请恕我冒昧，我可以进来吗？"冰如手扶了房门，正站着出神，便笑着点了两点头道："那当然可以。"志坚走进房来，把旅行袋放在桌子上，周围看了看，觉得手脚无所措的样子。冰如将椅子移了一移笑道："请坐。"志坚这才有所省悟，慢慢坐了下来。冰如将桌上摆的信纸信封移了开去，问道："哪天到的？一来就有什么见教吗？"志坚先看了一看她的脸色，然后笑道："我不会耽误你写信，有十分钟的谈话就可以了。我是前天由粤汉路到的。昨天见过了几位上司，对我都很好，朋友都不曾去看。"冰如笑道："我并不问你这些事。"志坚将手移着桌子上的茶杯，搭讪着望了桌面，约莫想了两三分钟，点头道："我知道你不问我这个，但是我的话必须这样说了来。这样，表示我也没有看到江洪。今天在报上看到王妈登的小广告，说是有事和我商量，我就按着地点去了。真猜不着，她在王玉那里帮工。王玉似乎还不曾嫁人，而且还在追求江洪……"冰如听到这话，不觉脸红了，瞪了眼问道："你……你……你怎么知道？"说着，又摇了两摇头道："这话不对。王玉那样乱来的人，江洪早已知道了，他难道还会去接近她？"志坚道："据王妈说，本来江洪是不大理会她的。但是自前两天起，他们倒是天天在一处。而且江洪在她面前说，他绝不会爱你，王玉对于这种情形，很是得意，我便想到你的难堪，也没有和她多说什么，只问王妈有什么事找我。哪……"说着，志坚将桌上放的旅行袋一指道："这里面有我许多相片

174

和一柄佩剑，是我和你留下在南京做纪念的。据王妈说，你离开南京的时候，已经上了船了，忘了这东西没带来，二次又进城去，以至于赶脱了船，坐火车到芜湖才赶上船。只这一点，你那情深故剑的行为，使我冷成死灰的心，又热起来。王妈把这袋子交给我，让我留下做纪念，说是你离汉口时，丢在那所租的房子里的。我倒起了一点儿疑心，这东西丢弃了几次，还是在我手上，也许我们也可以分而复合吧？"

冰如听到这里，冷笑了一声，将脸微偏着，望了窗子外面。志坚既说了，倒不中止，又把桌上的茶杯子向里移了一移，因道："现在这情形，你不是闹得很僵吗？依我的意思，以前的事，可以一齐忘记掉了，你还是回到我这里来。"冰如呵呵地重声冷笑了一阵，接着道："那不是件笑话吗？婚姻人事，也不能像儿戏吧？"说着，不但把脸偏过去了，而且将身体由椅子上转了过去，左腿架在右腿，两手抱了膝盖，脸子一板，表示毫无可以转圜的余地。志坚站起来，手提了那旅行袋，笑道："薛冰如小姐，对不起，我打搅你了。"说着，点了两点头。冰如还是那样朝外望着，并不回过脸来。志坚也不再转说什么，带了笑容，悄悄地走了。

冰如坐着，一点儿也不动身子，只是呆想。忽然听到身后有人叫道："薛小姐，你好哇！"冰如回转头来看时，又是一个意外的来宾，王玉却笑嘻嘻地站在房门口。志坚走时，不曾带拢得房门，这时，人家很客气地打招呼，倒不好意思拒绝她进来，便笑着点了两点头道："哦！王小姐，请进来坐吧。"王玉进来了，笑道："薛小姐，请你原谅我多事，我是代人送信来的。要不然，我也不敢来打搅。"冰如道："这无所谓，我在这旅馆里，并没有什么工作。请坐请坐。"王玉就坐在志坚刚才所坐的椅子上，因笑道："刚才孙先生来过了啊！我们在电梯口上遇到的。"冰如不免将脸红了，因强笑道："我们都是遭遇着一样的命运。"王玉笑了一笑，却没有答复。冰如搭讪着给她斟了一杯茶，又站在梳妆台前的镜子面前，摸了两摸头发。王玉端着杯子喝了一口茶，笑道："我告诉你一点儿消息，就是我和江洪的友谊，现在倒很好，你寄给他的信，也都收到了。他说，他和孙志坚的友谊很好，他绝不能让你爱他而和孙先生离了婚，而且根本上他不曾在你身上想到一个爱字。他若肯爱一个离婚的妇人，那他的心早就有所属了。"说着，两道眉毛一扬，也将手抚摩了两下头发，接着笑道："薛小姐，你绝不会疑心我是来报复的，要在你面前表示什么胜利。我完全是一片忠厚之心，来劝你两句，还是回到孙先生怀抱里去的好。"

冰如听了她第一句话，眼泪已经流到了眼角里来了。只是自己有了一个感觉，无论如何，也不能够在王玉面前示弱，所以极力地把眼泪忍住了，反故意做出了一番笑容，把她的话听了下去。等她说完了，索性向她点了个头道："多谢你的好意。我们都是同样命运的人，还用得着王小姐来劝吗。"王玉笑着摇两摇头道："虽然说命运相同，也不完全相同吧？我虽不必回到姓包的那里去，但我始终就在人家追求之中，倒也不见得前途怎样悲观。薛小姐现时住在旅馆里，这就很感到寂寞了。"冰如脸越发地红了，由桌子对面椅子上移坐到较远床沿上去，身子有些抖颤，含住了眼泪，向王玉望了望："你这还不算在我面前夸耀着胜利吗？可是人的境遇是难说的，你知道将来会怎样，也许更不如我。"王玉还是很从容地，笑着站了起来，打开了手提包，取出四个扁纸包封放在桌上，笑道："这是江洪托我送给你的，大概是你给他的信吧？他全数退回了。可是我声明，这是江洪包好了才交给我的，我并没有看到信。"冰如想不到有这一招棋，周身只是发抖，不能动，也说不出话。王玉笑道："我告辞了，最后我告诉你一句话，我也不一定要爱江洪，但在这一段过程中，我要将他把握住，你不会有什么希望的。志坚既是还来要你回去，你正好借了这一步台阶下台。这是实情，你若以为我有意挖苦你呢，那只是你自己牺牲这个绝好的机会而已。"她一面说着，一面走了出去。走出去之后，却又推了门，伸进半截身子来，她又笑道："薛小姐，不要灰心，努力吧。"说着，她把门一带，方才走了。冰如就这样呆坐在床上，丝毫不晓得移动。这样总有二十分钟之久，她忽然想着省悟过来，又哇的一声哭着，倒在床上了。

这么一来，王玉不表示着胜利，实际上是大大的胜利。她出了旅社，坐了辆车子，直奔了一家广东馆子，在楼上一间小雅座里，遇到了江洪了。他笑着站起来道："对不起，要你做了一趟邮差。我静坐在这里喝茶，并没有吃东西，意思就是要等着你来同吃。"王玉坐下笑道："虽然我不辞和你当一次邮差，可是我也有我的作用。以往，我很受过她的奚落，好像一个女人和丈夫离了婚，就不是人了。现在呢？"江洪向她连连地摇了手道："不要提这个了，不要提这个了，我们点菜吃饭吧。"说着，把桌上的菜牌子，交给了王玉。王玉将菜单子放在怀里，望了他笑道："我的意思你知道，你的意思我也知道。你是故意做着和我要好，让薛冰如死了追求你的那番心。你之所以如此，又无非是要她和孙志坚言归于好。可是，她不会回到孙志坚那里去的，她不好意思回去，她也不甘心回去。"江洪将肩膀抬了两抬，笑道："你已报复得够了，何必还要损她？"王玉道："我告诉你，我是按照你预定的计划做的。果然十点钟的时候，志坚就来了。他没有想到王妈是在我那里，先有些惊奇。我又告诉他，我们的友谊很好，我还要把冰如给你的信退回去，他又是一番兴奋。可是这位先生，是太不受他离婚夫人的欢迎，我到旅馆门口，他已经饱受冰如的白眼，退了出来了。"江洪道："这是我顾虑得错了，我免得冰如疑心是我们做成的圈套，所以让志坚先去。假使让你先去刺激她一下子，也许志坚后去，比较地让她容易回心转意。"王玉道："他又不飞了，假如她可以回心转意，孙志坚此后还可以去找她。不过我看孙志坚的态度，也不会再去找她的了。"江洪叹了一口气，又摇摇头。王玉道："你这是什么意思？"江洪道："我本来是一番好意，维护她由南京到汉口来，不想把我这番好意埋没了，倒让他夫妻拆散了。我与志坚十几年的老友，我简直无脸见他。"王玉笑道："你有这番志气，那就很好，现在所缺少的是一番决心。有了决心，她自然就不会纠缠你了，这决心你应当知道是什么。"江洪笑道："我有什么不明白？宣布我和你结婚。"王玉听着，点头微微一笑时。她这样一笑时，双眉飞舞，却给予了江洪一种更大的印象。

陪着王玉吃过午饭以后，他已知道志坚住在哪里，单独地便到旅馆里去找他，到了旅馆里时，茶房笑着说："这位孙先生，很少在旅馆里。不过你要会他，也不怎样难，他成日地是在江边散步的，我在江边，遇到过他好几回了。"江洪想着，只有法租界附近一段江边，比较的幽静，自己是个老在江边散步的人，当然还是到那种地方去寻找他了。他如此想着，故走向江边去试试看。这自然是不能发急的事，他到了江边先站着定了一定神，向周围张望了一番。这已是仲秋的天气，江岸马路的梧桐树，已有十分之二三的焦黄叶子，柳树的叶子，都长着每叶二三寸长，变了苍绿的颜色，西风刮过树梢，叶子吹得唉唉有声。天半成了"碧空净"三个字所形容的情形，透着这武汉三镇在天气中，颇觉得伟大雄壮。顺了江流望去，极东天水相接的尽头，隐隐约约的，浮起了几片白云，有几片鸟羽一般的东西，在水面上浮着，那正是东去的船帆，看长江的水，起着微微的白花浪头向那鸟羽的地方滚滚而去，令人起了一种故都在望的感想。这样看着，不免顺了江岸向前走着。这里正有一列高大的柳树，约莫有七八株，它们凌空摇曳着波浪似的枝条，苍老的柳叶，在日光里播动了阳光。树下是一条水泥人行路，略略撒布了几片树叶。有一个戎装挂剑的人，单独地挺立在路的外沿，正对了江心出神。虽然那柳条不时地在他军帽上拂摆过去，他也没有加以注意。江洪心里也就想着，这正是一位怆怀祖国的同志。慢慢向那人走近，看那后影，倒有些像志坚。心里也就想着，这必是自己心理作用。因为自己正想着他，所以也就看到这人影像他。但不管他是谁，究竟是一位同志，倒值得和他一谈。心里这样想着，脚步是越靠近了那人。脚跟上的铜马刺，碰了水泥地，那格外是铿锵有声。那人受了这声音刺激，终于是回转身来了，彼此四目相射之下，各各地咦了一声。

　　江洪抢上前两步，握了那人的手，叫道："志坚兄，我们到底是见面了。"志坚笑道："你很好，身体还是这样康健。"他说话时，向江洪周身上下望着。江洪脸色正了一正，因道："志坚兄，我很惭愧，我对于你所托付的事，不但没有做好，而且还坏了你的事，这简直不成为朋友了。但你一定能原谅我，尊夫人的行为，一切皆出于误会，她何以会有了这误会，我真是不解与遗憾。你能够原谅……"志坚不等他说完，连连摇摇手道："你所谓的尊夫人，早已不是我的夫人，我对于她仁至义尽，良心告诉我，不必理她了。你还提这个做什么，我今天上午遇到王玉与王妈之后，我对你不但十分谅解，而且十分钦佩。必须一个确守私德的人，才可以办好公事；必是一个对朋友守信义的人，才可以对国尽忠。疾风知劲草，到现在越是让我认识你更深一层。这也就让我知道自己莫有错交了朋友。"江洪听了这话，说不出他心里那一份感动，只有握住了志坚的手，紧紧地摇撼了一阵。志坚倒是拍了他的肩膀，笑道："老朋友，不要为了这件事为难，我

178

们有我们的前途，把这不相干的小事，丢了开去吧。"江洪道："虽然这样说，我良心上是很受着的处罚的。我正在竭尽我最后的一份力量，要促使你两个团圆。请你约会一个时间……"

志坚笑着，连连摇了手道："用不着，我明天就要离开汉口。"江洪道："明天就要离开汉口？你到哪里去？"志坚将手指了长江的下流头，因道："你看，这白云下面，江水上面，无穷尽的前途，都是我们的锦绣江山，我要到这白云底下的最前线处。"江洪道："这话是真？"志坚笑道："还有什么不真，我也用不着为这个撒谎。明天下午两三点钟，有一只差船去九江，我要坐了那只船走。"江洪道："哦！是的，明天有一批人到南昌去，取道浙赣路，到广德宣城去，你是随了这批人走吗？"志坚挺起了胸脯子，扬着眉毛笑道："若要打回南京，我该比你先到了。"江洪道："你刚刚到武汉来，怎么也不休息两天，就要到前线去？多少受着薛小姐一点儿刺激吧？"志坚笑道："哈哈！照你这样说，倒是她的伟大之处了。我之所以如此，倒也不是上司的命令，是我连日在江边散步发生的作用。我每次在江边走着，看了这东去的江流，我就想到了东战场，我就想到了南京。因此，我见着几个老上司，表示我的志愿，我要即刻回到前方去。正好有了一批干部人才要上江南去工作，上司就把我的名字写在名单内了。我们当军人的，在国家存亡关键中，这样才是正当的干法，女人的离合小事，算得了什么。"

江洪听他这番言语，站在柳荫下面，望了大江滚滚东去，很久没有作声。志坚笑道："你觉得怎么样？不赞成我的话吗？你究竟比我年轻两岁，老弟台！"江洪微微笑一笑，因道："我不是想着这个。我想着，你既是初来，又快要走，我应当接风，又应当践行，今天晚上，我们约两个朋友叙叙，好吗？"志坚道："那无须，我们是精神道义之交，不在乎此。你想我明天下午走，今天也应当抽出一点儿工夫来，在汉口办些未了之事。"江洪笑道："那么，我倒要驳你一句了。晚上你没有工夫赴朋友的约会，这个时候，你怎么又有工夫在江岸散步？"志坚点点头道："你这话有理。但是这几天以来，不知是何缘故，无论有多少事，我必得到江岸上来散步一番，才可以解除胸中的烦闷。这个散步的瘾，今天已经过了，不是你来，我也

179

该离开这里到武昌去了。"江洪道："好，我也该过江去，我们一同走吧。"志坚毫无芥蒂，自是如约过江。有许多老朋友，知道他们有点儿女人的三角关系的，倒很奇怪。以为他们不但不发生冲突，而且友谊如旧，这实在出乎常情。朋友们正这样惊异着，到了明日，更有可惊异的事。

下午三点钟的时候，志坚将一挑简单的行李，运上了差轮。纷扰了一小时，把铺位弄好，把送行的朋友辞走，知道距轮船开行的时候，还在半小时以上，就站在小轮的天棚上，手扶了栏杆，对了江天望着出神。心里也正想着，下次再到武汉来，却不知是什么时候，也不知道武汉成了个什么局面。正如此出神，却有一只手搭在自己手臂上，笑道："志坚兄，我来送行了。"志坚回头看时，却是江洪，他也穿了一身军服，精神抖擞地站定了。志坚握了他的手道："你公事很忙，又何必如此？"江洪笑道："在我们的交情上，不得不如此。"正说着，汽笛鸣的一声响。志坚道："船要开了，你快登岸吧。"江洪并不慌忙，在衣袋里取出一盒纸烟、一盒火柴来，抽出一支烟，递给了志坚，然后取一支自衔在口角，擦了火柴，彼此燃着烟。志坚道："不必客气了，你请登岸吧。"江洪手夹了纸烟，指着江面道："你看秋高气爽，正是军人勇往前进之时，秋江如练，和老朋友谈谈，看一程江景，多送你一程，又待何妨！"说时，船身有点儿摇荡，已是发动了鼓水轮子，离开码头了。志坚道："呀！真的，你送我到哪里？顺风顺水，船行很快，你打算在哪里登回岸来？"江洪笑道："我送你到宣城，也无所谓。"他说着，喷出一口烟来，态度很是悠闲，志坚这倒有些愕然，不免对他身上望了出神。就在这时，看到他胸前换了一方新的证章，番号是白布书着楷字，第一列××集团军总司令部，第二列上校参谋，第三列江洪两个大字，上面盖了鲜红的朱印。志坚哦了一声，握着他的手，紧紧摇撼了道："好朋友，好朋友！"

这时正是顺风顺水，船到了江心，便走得很快，回头来看汉口的江岸，原来泊船的码头，已隐约杂在白云秋树里，和武汉两百多万人都别了。同时那江岸码头上，正有两个少年妇人，站在树下，对这开行的轮船呆望着。一个是薛冰如，一个是王玉。王玉道："薛小姐，你怎样知道江洪走了。"冰如道："我刚刚接到他一封信，说是三点半钟，在这里坐差轮到九江去，要转赴江南。不想来迟了十分钟，没有赶得及上船。"王玉道："我倒是比你先到这里十分钟，见他在烟棚上和孙先生握着手。他们为了祖国，不要女人了。"冰如呆呆地向江心那只轮船看着，但见那船越走越远，缩成一点影子漂到水天一色的里面去，那一缕苍烟却还在云里盘旋着。

巷战之夜

序

  这部书的稿子，放在故纸堆中，是有相当的遥远日子了。民国二八年，友人编《时事新报》的《青光》，要我写小说，我就写了这个长篇，题目原来是《冲锋》。次年上说的《前线日报》转载，我又改名为《天津卫》。前者是说故事里的冲杀一节。后者是说保卫天津，而北方人叫天津，根据历史的习惯，是叫天津卫的。略有双关之意。

  抗战以来，我虽写了几篇战事小说，但我不肯以茅屋草窗下的幻想去下笔，必定有事实的根据，等于目睹差不多，我才取用为题材，因为不如此，书生写战事，会弄成过分的笑话。这篇小说的故事，是我一个极关切者的经历。他告诉我，这是天津将陷落时那一角落的现状。我觉得颇有点儿懦夫立的意味，就把故事略加点染，成了一个长篇。生平对于写稿，因为是每日的工作，由于十分烦腻而变到不甚爱惜，向来在报上杂志上发表的东西，无论多少字，如无人主张出单行本，我就扔了不管。这篇小说，也未能例外。只因三年来，几次有人要转载这篇小说，竟把这书全文，托人在报上抄了一份保存着。

  我原来是没有出单行本的计划的，近来后方朋友，鼓励我多拿旧稿出书。我因此篇手边现成，拿出来校阅一遍，觉得也还可用，便改名为《巷战之夜》以便出版。但因这一改，又感觉篇中故事，于巷战，于夜，未能发挥尽致。而结构平铺直叙，生平很少这样写法。思量过几遍，就在全文之上，加了第一章与第十四章，按个一头一尾。我不敢说是画龙点睛，仿佛这就多了一点儿曲折。正如画山水的人，添一个归樵，添一段暮云远山，或者可令看书的人，多有一点儿兴趣吧！

七七五周年纪念张恨水序于重庆南温泉

第一回

周年纪念

太阳沉没下去了，西边天脚还有些红晕。蓝色的上空，陆续地露出了星点，这正如日间休息着的游击健儿开始活动起来了。大别山脚下的小平原上，大树围绕着一所庄屋。游击健儿，穿过了四周的树林，在庄屋门口的打稻场上集合着。这稻场上并没有别的声音，只是稻场外的水塘，青蛙像放着田缺口一般，来了个千头大合唱。它们不知道有战争，照常地唱着它大自然之曲。不完全的月亮，钻出了云片，在十丈高的大樟树头上，偷窥着水塘与庄屋，在她偷窥之下，不怎明亮的月光，照见了稻场上有几十个人，成排坐在地面休息。除了蛙曲，依然没有其他的声音，可想到这些人的沉默。水塘里的白荷花被露水润湿了，正散布着清香。清香环绕在每个人的头上。

月色混茫中，有人发言了："各位同志，在去年今夜以前，我还是个教书先生，不解得打架，更不解得杀人。自从去年今夜在天津五马路上巷战之后，我换了一个人，锻炼出了我全身的气力，也锻炼出了我全副的胆量。这个故事，我已经给各位说过好几次了，无须我再说。但今天晚上，值得再提一声的，便是今夜是个周年纪念。今夜是我荣誉之夜。"说到这里，接着有一阵掌声。那人接着道："荣誉之夜，是人自己造出来的，并不是天生的。人人得着机会，人人都可以去造个荣誉之夜。因此，今夜我想举行个纪念，也就是给各位同志一个造荣誉之夜的机会。为了去年今夜，我做了本县游击支队长，为了今年今夜，到了明年今夜，也许各位的成绩，比我强得多呢。"又是一阵鼓掌。

这位游击支队长的演说完了，过了休息的时间，他轻轻地喝喊了一声站队，让稻场上坐着休息的游击队员都站了起来。星月的光辉下，看见他们双行站着一排。在他们队伍面前，相对地站立了一个人，便是刚才讲话的游击支队长。他看了一看众人便道："现在准备出发！自天色晴朗以来，我们有一个星期，没有什么战斗。敌人必以为我们在月光之下，必不敢去袭击他的队本部。今晚上我们分作两队进攻。王分队长带第二分队，进攻源潭铺寨子的正门。不必冲开他的铁丝网，只是隔着那条河沟，你们在水田里牵制了他。我们由里面冲出寨门来的时候，夺了他们那挺机关枪，你们就接应上去。我的任务也告诉你们。寨子后身河沟里，有一个阴沟涵洞，直通到街上王恒升杂货店菜园里水池子里。这是我们去年做下的暗路，敌人大概还没有发现，我们这个伏笔，就预备着巷战时候的一条退路。现在不然，要算着一条进路。今天晚上，我带第一分队十八个人，由那涵洞里去巷战。冲进去是不成问题的，至于是不是能冲得出来，就全靠你们在正面佯攻的人，引开他们对寨子里的注意力。但是，我相信我们冲进寨子去的，一定是冲得出来的。他们藏在源潭铺寨子里，也不过百十个人。去年今夜，我拿锄头也歼灭过整队的敌人。今年今夜，各人有枪，有手榴弹，又是乘他冷不防，为什么不能打胜仗？同志们，大家努力。"

这一番言语，用不大高的声调，在星月光下发出。大家虽是静悄悄地听着，但各人的心里，却是像开水那样沸腾。在十分钟之内，大家准备妥当，各人肩上扛着枪，胸前挂着手榴弹，人成了单行，在小山岗子上的小路上走。月亮斜照了人的影子，一串地斜倒在地面上移动，水湿了的草鞋走着夜路，没有一些声音，但在每个人肩上的枪支，钢铁的光亮与天上的月亮映着光辉，透着有点儿杀气。八十分钟的行走，发现稻田的平原上，簇拥着树木房屋，一丛黑巍巍的影子，那正是源潭铺的寨子了。于是这位支队长在月光下站到路旁做了一个手势，通知了在后引队的王分队全队同志，立刻分作两股。支队长所引的十八个人，舍开了人行路，将身子俯伏在两尺高的稻田里，顺了田埂，走向寨子后的河沟里去。这河沟约莫五六尺宽，两面河堤高高耸起，河床陷下去丈来深。浅浅的水在平沙上流着，不过几寸的深度。水在沙面，渐渐有声，人由岸上，悄悄地溜到河里，流水触着脚面，虽是有些泠泠的响声，然而四处稻田里的青蛙，正涌潮一般叫着，比这响声大多了。这支队长第一个溜进河沟里，当他看到水里月亮影子时，抬头看看天上月亮，那月亮在河堤两棵高大的柳树梢上，露出了半边银脸好像笑着对人说："放心去吧。"再看看这四野的稻田，在四周的小山岗中间，摇动着一层层青浪，发出沙沙之声。日本鬼子在这里驻守过，没有了农民，没有了鸡犬，因之没有了村庄，只是敌人未来以前，乡农种的稻禾，却自然地生长着。在大地如死的情境中，十九个人站在河沟里，大家顺着河床走，来到一所干闸口下，两岸簇拥了两堆芦苇。

支队长站定了脚轻轻地道："是这里了。"他分开了芦苇，就发现了岸脚下一个桌面大的涵洞。将随带的手电筒向里照了一照，青苔长得很厚，并无手脚印子，显然是敌人不曾晓得。随着灯光，一只盘子大的乌龟慌乱着四处爬。支队长向洞外叫了一声跟我来，直背了肩上的枪，两手落地，在洞里爬跪着向前。他的手电筒，开了电门子插在腰间皮带上，光射在涵洞底，反映着全洞有光，将后面十八个人，引着前进。这样爬了百十步，洞壁的小石块，变了大石块，这是寨子的墙脚下了。再进不远，便是洞口。他特别警戒着，熄了腰带里的手电筒。黑魆魆地向前，已看到了一线浑浊的光影。他心房和血管都在跳动，然而他的身体却十分地镇静，从从容容向前爬。那光线越来越大，便发现了洞口。这洞口外正像洞那端一样，长了一丛根深很厚的芦苇，芦苇外是一口小塘。这队长由芦苇下伸出头向外看，月亮正好掩藏在一片薄云里，似乎他又有些担心，先吓得躲起来了。夜光隐隐中，看到这源潭铺的房屋静静地藏在夜空里，暗暗地说了一声久违。这个念头未完，早听到啪啪啪机关枪响了。接着在那屋影外面，一片呼溜溜的警笛声。是了，第二分队，已进攻寨门，敌人向外开火了。支队长将电光对洞里照了两下，知会里面人出来。他首先爬出芦苇下，走上塘岸，站在一架瓜棚下。十八个人陆续出来了，看到面前是一片菜园，菜园前的屋子一排，那是寨子街后。有两幢屋子里，窗户向外放出灯光，只是晃动。机关枪将敌人惊醒，他们正忙乱地去守寨子前后两座门吧？这支队长做了个手势，大家俯伏在地下，向屋基下爬行。支队长是最前一个，手里提了步枪爬着，预备随时都举起来射击，然而没有一点儿拦阻，他们很从容地爬过了这片菜园。墙脚有十来棵葵花。他们由菜地沟里陆续爬起来，站在葵花底下。

十九个人静静地站着，连呼吸都要忍住了。支队长两手握了枪，四周打量了几分钟，除了那寨门口机关枪，一前一后，在互相呼应着射击而外，一切响动都没有。天上的片月，已经斜过屋脊，所以人在墙阴下。水塘里的青蛙，有时噜咕两句，好像叫声前进！前进！于是他们顺了墙阴绕着人家走。这队里随在队长后的第一个战斗员，就是源潭镇街上的人，他知道哪一堵墙是哪一家的屋后身。他随走随比着手势，告诉队长向哪里走。于是他们由一扇歪倒的后门，走进一家人家里去。这屋矮小，又缺少窗户，里面漆黑。虽然门户洞开，里面却没有人，仕星光卜露出一方小天井，微光映着前面是个店堂，店门开了一小扇，可以看到店门外的街。支队长走到门边，由门缝里向外张了一下，并没有什么，大着胆子，伸头向外看了一下。糟了！这街上正有两个敌兵站在下手人家屋檐下，啾咕聊闲话。不敢仔细看，立刻缩转身来。因将手牵着两个力大的队员到身边，轻轻地对耳朵里说了几声。说毕，支队长在前将店门轻轻地给它完全敞开，步枪已背在肩上，拔出背上皮鞘子里的大刀，侧着身子，折出了大门。那两个敌兵，还站在屋檐下闲话。他一个箭步，跳上前去，看得亲切，两手举起刀来，向背对这里的一个敌兵斜肩砍去。这个敌兵倒了，那个敌兵哟啊了一声，他举起枪来，横了枪把，便向队长砍着。但第二把大刀，一条白影，已由旁边砍到那敌兵手上，他歪了一歪身子。第三条刀影，已落在他肩上，他也倒了。很迅速地了结此事，没有什么大冲动。由店里出来的十几名同志，各端了枪，正警戒着后路。

窄窄的乡镇街道，看不到十几户人家。但觉前面是寨门，门边一个砖堆的机关枪掩护地，由寨墙脚下，啪啪啪继续响着枪。他们还是全力注意着寨外。这里相距那里，不到十丈。这脚步的响动，似乎已惊动了他们。有个人影，由地面站起来。这实在是不容再谨慎了，支队长将握在手上的手榴弹，拔开塞子，便丢了过去。轰的一声，脚墙一丛烟火喷起。接着第二下响，那机关枪的声音就寂然了。队长引着十八名同志，奔上寨门口，正好几个拿步枪的敌人，由人家屋里涌上了大街。当面碰到，已无开枪的机会，彼此枪刀互扎一阵。游击队在绝对优势之下，不到五分钟，便将遭遇的敌兵，杀在乱刀之下。大家已是逼近寨门作战，立刻抢着开了寨门，由三个弟兄们跑出去，将门外铁丝网的门扯开了，一面将手电筒在稻田上打着暗号。那在前面小路上进攻寨门的第二分队便飞跑了前来。支队长带了一部分同志守着寨门，各伏在人家墙脚下或土柜台子下，只等敌人前来。第二分队拥进了寨门时，大家就越发胆子大了，顺了这条窄街向前冲。散在四周寨墙下布防的敌兵，虽听到两下手榴弹声，在十几分钟内，他们还没有得着游击队冲进寨子的消息。及至第二分队由正面冲向前来，敌军侧面两个哨兵，在寨墙上才发现了铁丝网门已开，便连连鸣枪报警。因之游击队冲进街的一半，已与敌兵遭遇。但敌兵并没有露影子，只是唰唰唰，对面乱向这里放着枪。支队长见敌人用火线封锁了去路，料着他们胆怯，不敢冲向前来。但每隔五七里，便有敌一小队驻守。这里枪声响了许久，恐怕别处敌兵来救，这里是不可多耽搁的了，便回转头来，向紧紧跟随的同志们说了一声放火。弟兄们身上有带着酒瓶子装的煤油，将煤油洒在两店铺的门板上，擦了火柴点着，立刻就是好几个火头。风正向着敌人那面吹，火焰蹿出街心，挡住了敌人的来路。支队长带了十名弟兄，在街两旁屋檐下，蛇伏着监视敌人，掩护了进寨的两队人退却。对敌尸身上的武装，连皮鞋也不给他留着，已全剥了下来。守寨门的那挺机关枪，早由三个弟兄拆卸了扛在肩上，先抢出了寨门。支队长看到大部人脱险了，也就带了十名弟兄出门。那寨子里街上，敌人的步枪，还隔了火焰，不住放着。好像告诉人说，我们并没有追上来。

三十分钟后，他们已离开这稻田的平原爬上了一座小山岗。这山岗是丘陵地带边沿，茂茂密密的松树林子，直接大别山脚，白天敌人也不敢来，这半夜里简直是保险箱里了。支队长走到队伍前面，看看天上的月亮，变成了半个玉盘大，金黄的颜色，落在西边小山头上。源潭镇寨子里，三股火线，直冲天空。火焰里一阵光，放流星似的，有带了响的火星四处射出，正是烧着敌人的军火了。那火光映着这边松树林子也是红的。支队长站定了脚，向平原上瞭望，笑道："这纪念会办得不错。弟兄们把虏获的东西

190

放在地上，排队点名。"同志们将虏来的东西，放在松树脚，大家在空疏的地面排了队。分队长喊着报名数，整整三十六位，一个不能短少。检点地面的虏获品，机关枪一挺，步枪七支，手枪一支，掷弹筒两个，日本旗一面，还有子弹、军装等等。检点一次，大家是哄然一阵笑声。

队长又说："月亮落山，天快亮了，我们快点儿回去。去年今夜，一场巷战，是一场激战。今年今夜，不过开开玩笑罢了。各位是安分的庄稼人，我是一个书生，一年或几个月的锻炼，我们把巷战也看得很平常，找着敌人打。假使我们有飞机大炮，老早我们把敌人打落海里去了。"那分队长道："报告队长，我们今夜这一仗，虽没有去年那一仗打得好，但是我们将来说给人听听，也是很风光的一件事呢。"队长哈哈一笑。这时，天慢慢变了灰色，残星零落散在天上，月亮已不见了。他掏出表来，将手电照着看时，快四点半了。想到去年今夜此时，正夹了皮包，预备离开天津，而敌机已开始丢弹了。此身未死，留得今夜，又报了一回仇，明年今夜，也许回到了天津吧？他昂头四顾大别山巍峨的影子，已在北边天脚涌出，一切大地上的低矮影子，都向大别山潜伏着。自己的队本部就在那巍峨的影子上，此时看来，仿佛那山也雄赳赳有得色了。回看留给敌人的那焰火，还是在遥远的墙上，向上冒着成团的红烟，也像很高兴地恭祝他这个周年纪念。

读者要知道这个纪念的本事吗？下面就是。

第二回

车站上的人潮

　　强烈的电灯光圈，带着一分惨白的意味。在那光圈的上层，密线点的星斗，挤满了晴空。月台上的树，直挺挺地排班站着，没有一片树叶子在扇动。这些，都烘托着天气十分的热。大家都是这样说，这是二十年来，天津少有的苦热，预示着时局将有暴烈的变动。西车站的月台上，向来是没有什么旅客上下的，空荡荡的一片敞地。现在呢，行李堆得像山堆一般，除了让出几条路，便于人走之外，一切都被行李所占有。美丽的红皮箱，雪亮的钢牌子包了犄角。印花的被单，包着像大鼓一般的铺盖卷，尤其是难于胜任的网篮，将篮面的线网，撑起了高过提柄，里面的零碎物件，兀自要钻出网子来。不论这些东西当初是怎样宝贵，现在是一齐乱丢在地上。行人像决了堤的洪流，由任何一条行李巷子里奔出，一个跟着一个，向火车上跑去。而每一个火车门的所在，都有两三名警察监视着，口里高喊不要挤。那是枉然的事，后面的人只管涌了上前，前面的人实在站不住脚。

　　在一群人当中，一个中年男子左手抱了个两岁的小孩，右手提着一只网篮，口里连连喊着跟我来。跟在他后面的是一个少妇，两手抱了一只小提篮，箱子上还挂着一只小提篮。在这中年人所到之处，凭了他的力气，在人堆里可以有些闪动。在这闪动的当儿，他领着妇孺，抢上了二等车厢。钻到车厢子的时候，还有一半的位子空着，随便在一个位子上将小孩子和东西放下了。再看时，座位全满了，就是自己所占有的椅子，也有几位旅客簇拥了过来，打算侵占，于是他连大带小立刻在这张椅子上坐下。

192

全车厢里只见乱动的人和嘈杂的呼唤声，已经坐在这椅子上的人，反是心里慌乱着，彼此相望，无话可说。

这男子在衣袋里摸出火柴与烟卷，慢慢地动作着，吸着烟昂头喷出一口来，那少妇始终是向窗外看着天津的街市，好像有着很大的依恋。回过头来，向那男子道："竞存，我现在很后悔，不该买车票上车了。"竞存道："为什么？"她皱了眉道："我真不忍心离开华北，这一去不知道什么时候才能回来。再说，把你留在这里，我很不放心。"竞存笑道："你又把这说过上百遍的话，重新说起来了。你只管去，我一个人怎么也好办。万一情形严重起来，我可以避到英租界去。"她抓住了他的衣袖，摇撼着道："何必到严重的时候你才走。你赶着把家里的东西搬到英租界去以后，你立刻就走。那些笨重的木器，就锁在空房子里吧。"竞存点点头道："那也好。"她道："不是那也好，你简直就要那样办。竞存，你不要让我担心吧，你明天搬完东西，明天就住到英租界去。"竞存看到他的夫人，两道眉毛锁到了一处，只得答应着明天搬上租界去。"送客的下车，快要开车了。"月台上有人乱喊着。竞存站起来，向车子外面张望了一下，惊讶着道："什么？就要开车？"一言未了，路警抢了进来道："车子顶上都是人，不能停留了。送客的快下车。"竞存两手抱住孩子，在他额角上亲了一个吻，很亲爱地向他道："同你妈妈到南京去见大伯伯，乖乖的，别淘气。"说着，向她握了一握手道："再见。"她呆着两只眼珠，说不出话来。竞存就在一群纷乱的男女当中，拥挤着下了车，脚刚搭上月台，汽笛声已经呜呜地响了起来，同时，车厢下的车轮子也慢慢地碾动着。回头看时，他的夫人向车子外面苦笑着，点了头。虽然遥遥地看到她的嘴在张动着，然而西站人声嘈杂，像运河开了闸口似的，哪里还听到说些什么。火车上每一个窗户向前移展着，一刹那时间，彼此已离开视线。火车由一串，缩小至于一点，在轨道上终于不见了。烟筒吐出一条乌龙似的黑烟蜿蜒着逗留在电灯光里。

竞存站在月台上，兀自呆呆地向南望着。心想自她走了，越走越是比较地更安全些。可是这样分手，今生今世，还有能见面的日子吗？前十分钟，有爱妻，有爱子，这一个家庭的小小组合，还保持着。只是这十五分的经过，一切消失了。新站日兵占了，不能上车。老站日兵又占了，不能上车。这西车站的交通，又能维持几日？至于天津全市的交通，又能维持几小时？这全不知道。天津的四边，不！连天空也在内，全有日本的武力包围着，天津市上的人，除了托庇租界的而外，全不知命在何时。在西站送走了妻儿，也许就是在棺材未钉盖时的一刹那。他想到这里，心里实在凄楚得了不得。手按着衣襟，觉到衣袋有点儿包鼓鼓的，摸出里面的东西来一看，正是同小儿子买的一个小橡皮人儿。临走他要带着，替他揣在衣袋里。儿子玩的东西在手上，儿子可走远了，手里捏住了这个小橡皮人，只是来回地玩弄着。

　　"竞存发什么呆？我看你站在这里有三十分钟了。"他回头看时，同事的李子和站在身边。因苦笑着道："送太太走了。"子和道："我也是呀。今天要再不走……"说着，走近一步，低声道，"也许明天西站有问题。那么，要到杨柳青去上车了。所以我不管太太同意不同意，今天强迫她走了。"竞存道："假如没有这个孩子，我也不一定要她走，她帮着我当然可以做点儿事。"子和又握住他的手，周回望了一望，便低声道："怎么样？你找到什么秘密工作吗？"竞存点头道："当然有此心，但四处碰壁。其实，就是今天和太太一块儿南下，也未必不可以。只是我有点儿书生之见，非到天津最后那一天，我不愿走。我要看一个究竟。你为什么不走？"子和道："我怎样去呢？太太仅仅带走了一口箱子，和三个孩子。天津，我成立有十二年的家，我不忍就这样丢了。你夫妻二人的书籍也不少，你做何打算？"竞存道："陆续存到租界上朋友家里去吧？但那也不能保险。"子和皱眉道："除此无良策。"竞存正想回答什么，只见车站里未曾走尽的人，突然一阵纷乱，潮涌一般向车站外面跑了去。一转眼，子和已是不见。竞存镇定不住，也跟着出站了，马路上还零落地有人跑，但不十分紧张。有人叫道："胡捣乱，跑什么？是胶皮车炸了车胎。"竞存心里就更感觉到天津空气的恶劣，匆匆地回家了。

194

第三回

散后之家

　　送别的人，那凄凉的情绪，不发生在轮船码头和火车站，应当是在回家之后。屋子里外，什么情景都是一样，就是差着共同相处的那个人。竞存对于这种情况，不能例外。他送别了他的夫人，回家之后，一进门看到凌乱的行李捆，塞满了东西的网篮，除下了字画的墙壁，更配上布着灰尘的桌椅，那一股不可言宣的酸楚意味，只管向心灵上袭击着。他毫无目的地进了他的书房，这里一切未曾变动。他坐在写字椅上，抽起烟卷来。心里不知道想什么，也不明白要想什么，只管抽烟卷，抽完了一根，再接着抽一根。

　　耳朵边突然发生有一种呼喝的声音："号外，号外，中日双方议和的消息。"正想叫人买一份来看看呢，立刻听到大门响，是家里那位童工小马出去了，他大声叫着买号外。"张先生，好啦！议和啦！明天可以签字。"小马由外面一路嚷了进来。手上举着一张宽不盈尺的号外，送到桌上。竞存手上，夹着第四根抽完了半截的烟卷，指着小马笑道："你对于时局，比我还要留心些。"小马两手搓着衣襟，瞪了两眼望着。竞存将号外先草草看了一遍，再又仔细看了一通。手上那根烟卷快完了，扔了它，将放在桌上的一盒烟卷拿起来。但仿佛觉得抽多了，把烟盒放下。小马呆呆地站在书桌子角边，向他望着，问道："张先生，你看天津有事吗？听说廊坊打起来了。"竞存将纸烟盒在桌上连连敲了几下，慢慢地道："大概今天晚上总没有事，明天早晨起来，帮着刘妈把东西收拾起来。要走，我自然带你们一

195

块儿走，你放心就是了。"刘妈正在门外站着，不住地伸了头向里面张望，接嘴道："怎么办？张先生，我想绕道回北平去。"竞存道："胡说！你没听到北平四门都有日本兵堵着吗？你飞过去？"咚咚咚，一阵敲门声，很是紧急，刘妈、小马全呆了，不敢作声，那门越敲得厉害。竞存走出来，用和软的声音问是谁。门外答道："是我呀，我姓陈，张先生回来了。"竞存道："小马去开门吧。是间壁房东陈老先生，别大惊小怪。"

小马去开门，陈老先生随着进来，人还在院子里站着，先就哈巴着嗓音道："张先生，外面消息怎么样？听说中国便衣队，今天晚上进攻海光寺。"随了这声音，一个老头子由灯光下伸进头来。他穿了一件湖白色的蓝纺绸短褂子，丛生着一颗毛刺刺的斑白头发，眼睛上虽架着一副宽边的圆眼镜，并遮架不了他那满脸的愁容，向着竞存一层层地堆起脸上的皱纹，向下垂了嘴唇角，苦笑着道："我一点儿主意都没有，怎么办？"竞存请他坐，他并不坐，两手举起了那张号外，就着电光，从头到尾，仔细地看着，好像这张号外，有些价值千金。他两手向怀里抱掩着，扬了脸对着竞存问道："张先生，你看这号外的消息，靠得住吗？"竞存看了他那副难堪的样子，不忍叫他十分失望，便笑道："大概总有几分吧。若是靠不住，报馆里也不发号外。"陈老先生道："今晚上，日租界又演习巷战，别弄假成真才好。全说廊坊已经发生冲突了，这……"说着，用手摸头上毛刺刺的头发。竞存道："陈先生，我倒要忠告你一句话，你家女孩子太太们太多，应当先有个打算才好。"陈老先生道："谁说不是？可是我内人，她舍不得这个家，说情愿同这几所房子一块儿完。"竞存道："事情没有什么变动之时，谁不是抱了这样一种思想。等到事势危急，片刻都不能停留的时候，要想走，来不及了。"陈老先生说："是的是的，我和他们商量去。"他不住地点着头，脚步随了那头点着的数次，匆匆地回家去了。

竞存随着送他出门，走出了小胡同口，空荡荡的一条大马路，只有直立的电线杆上，由近及远，望着像一排巨星。灯光下照着的马路，没有一点儿生物的影子。很久，一辆拉着行李的人力车，有人步行跟着，悄悄地横过马路，穿入对过小胡同里去。在比较远的地方有一块白光，反射到天空上，那是火车站。那里是日本兵已经占领过一个星期的所在，不听到往

196

常的嘈杂声音，也不听到汽笛声，心里觉着冷静的空气里，含着种严肃的意味。天气又异常地烦躁，半空里繁密地列着星光，没有一丝风，这也让人感到是一种动荡前的片时沉寂。但这个片时的寂寞，究竟是延长了，整晚都没有什么动静。

竞存在院子里乘了大半夜的凉，下半夜睡得很熟。咚咚的敲门声把他惊醒，天已大亮，是陈老先生的儿子陈大先生随着小马进来了。竞存看到他脸上满带了惊慌的样子，上身汗衫外面披着一件灰布长衫，纽扣全没有扣，倒愣住了，问道："有什么事吗？"大先生道："不知道呀，我来问张先生借报看。"竞存不由笑起来，因道："报哪有这样早？"大先生道："不算早了，满街人都在搬家。河北的人搬空了，全拥进了英租界、法租界。街上瞧瞧去。"他交代了这句话，径自走了。刘妈送着洗脸水来，走出房门，却又回转来，问道："张先生，咱们今天做饭吗？"竞存笑道："别捣乱，何至于连饭都不做，打仗的军队，也带着锅灶走呢，你尽管照常做事。吃完了饭，我送东西到法租界去，趁着今天一天，把重要东西搬完。明天情形和缓，再把木器搬走。不好的话，明天咱们就上南京。"刘妈脸上泛出了一层笑容，沉思了三五分钟，又皱了眉道："听说小日本今天还要演习呢。要是他驾着铁甲车冲到河北来，咱们怎样办？"小马在院子里站着听话呢，鼻子一耸道："哼，没那么容易，咱们的保安队，全都预备好了，来了就揍他。"竞存道："快把书架上的书给我收起来吧，废话什么？"小马道："张先生，回头送东西到租界上去，我也跟着去吧。"刘妈道："这小子就是那么一张嘴，你这就想躲到租界上去，不回来了。你也得有那造化。"竞存又忍不住大笑。

出去看了一看，果然，今天情形不同了，左右间壁人家，老早地人声嘈杂起来。向门外张望，有两处人家，门口停着大车，纷纷地向车上堆东西，又有人喊着："怎样今天的报，还没有送来，到大街上去买一份来瞧瞧吧。"竞存忍耐不住，也莫名其妙地走到门外来站着，邻居进出，老远地看见，老是皱眉问上一句话："你打算怎样？"竞存也是照例地回答："看看情形再说吧。"这样在门口站了两小时，也没去收拾东西，也没有到胡同口去做什么，直待送报的把报送来了，这颗海阔天空的心才有了归宿。

第四回

事变之前夜

　　报纸上所载的消息，和老百姓口里所传的消息，往往是两样的。这几日天津报纸上所载的，还是和平未曾绝望，而且隐隐约约之间，说到日本方面所提的条件，天津当局，可以完全接受。竞存将报看完了，心里头似乎得着一些安慰，又似乎得着一些烦恼，放下报，衔了一根烟卷在嘴里，不免在屋子里来回走了几个转转。小马站在门外头，伸头向里面望了好几次，问道："张先生，东西收拾得差不离了，我们就搬上英国地去吗？"竞存笑道："你比我还急，咱们空着肚子就搬家吗？"小马走近了一步，瞪了两眼，向竞存望着，低声道："听说日本兵今天驾了四五辆铁甲车，还有两辆坦克车，耀武扬威地，一大早就在市政府门前摆着队伍，那情形，恨不得一下就冲进市府去。大街上的老百姓骇着乱跑，恐怕今天有事。"竞存道："没事干，你就到胡同口上去站着，听了那些洋车夫的谎言，到家里来，就自己吓着自己。"小马道："有人瞧见的，并不是谎言。现在日本人印着许多小太阳旗子，一毛钱一面，满街卖，说是拿了这旗子在手上，碰到日本兵可以讲交情。刚才我在胡同口上，亲自瞧见有人拿着，你瞧，中国巡警看到，只当没事，简直当汉奸的都公开起来了，这还了得！"

　　竞存也没理会他的话，径直地就走上大街去。果然地，只一夜的工夫，河北街上，又变得严重了许多，每个巡警岗位上，都加了双岗，五马路斜拐弯遥对了车站的所在，沙包堆得又高又宽。在街上走路的，没一个迈着安闲步子的。人力车、马车、大车，不断地拖着行李向租界上或到乡下去。

竞存站在街边树下很出神地看了一会儿。恰有一个巡逻警士，由面前经过。彼此是胡同口上常见面的人，他先点了一点头，走近来，低声道："张先生，你还在这儿啦？"竞存皱了眉道："我们苦于不知道真消息，今天市面上……"巡警道："自然严重多啦。可是上面一道两道的命令传下来，总叫弟兄们别乱动。"竞存道："你打算怎么样？"巡警道："不管上头的命令怎样，我们决计不投降。唉！天津恐怕要变成'九一八'的沈阳，用不着打就完了。"他说完，忽然走了。

竞存一时的情感紧张，仿佛也抑制不了自己。觉得光是镇定，那是无济于事的，他转了一转念，到三点钟的时候，便把细软东西，完全都搬到法租界去藏起来。租界上的消息，和内地完全两样，不是说中央军已到了杨柳青，就是北平要关起四城来捕捉日本人，虽然消息是乐观的，然而同时表示了战祸已迫在眉睫。竞存为了好奇心，特意由英界跑上法界，再前进到日本租界不远的梨栈去。这里情形果然是两样，那极热闹的十字街口，只有很稀少的人走路。法国兵、安南兵，全副武装，十个八个的，排班在路边站着。紧接日租界的边境，沙包堆得人样高，在外面密层层地挂着铁网丝。中国便衣侦探，不时地在街上拦住了行人，伸着两手在人肋下抚摸，隔着沙包远远地看那日租界旭街，两边夹立着的楼房，没有人出入，也没有了布制的店招，中间马路上，更没有一辆车子走过。偶然地，有一辆坦克车在马路横角冲出来，车前面伸出来那小钢炮的脑袋左右晃动。竞存一面看，一面想，觉得这事情真不妥，只得匆匆地赶回家去。

一脚踏进河北地段，那情形更是不同。除了每个岗位上站着三五个巡警，街心上简直没有人。上午还有不断的车子，拖着行李，现在连这一种点缀也没有了。走到自己家门口，有一大部分人家，是大门紧闭，上面钉着横木条。有几处门户洞开的，却又在外面看到他们院子里满地堆着大小包件，却没有一个人。倒是那住小家的，还没有多大的变动，在屋墙转角的所在，两三个人站在一处，喁喁地谈话。看见人来，他们又悄悄散开了。胡同口上，向来是停着几辆人力车的，这时只有两辆车子，相对地停着，倒有四五个车夫，站在车子边，七言八语地谈话。看到竞存过来，有个叫快嘴刘的，伸着尖下巴颏，向他笑道："张先生，英国地回来，还是法国地

199

回来？"竞存笑道："你就准知道我上租界来着吗？我脸上也没有贴着到租界上去的护照。"快嘴刘道："我们这穷小子穷命一条，算事吗？你们当先生的人，还不早早儿地在外国地安家。"竞存也只笑笑，没有说什么。

在这些车夫背后，站着一个人，身穿白府绸的短褂子，手里拿了一把长柄白折扇，有一下没一下地扇着，那短褂子的出手，长过了手脉，在每次摇扇子之时，可以看到他的袖子，也微微地拂上一下。柿子形的脸，有两撇短胡子，活现着他那镇定不惊的神气。竞存觉得他是恐怖气氛里最安闲的一个人，倒不由得连看了他两眼。他倒笑着点了两下头道："你打算怎么办？"竞存想起来了，他是这附近的混混王七爷，倒不可得罪他，便道："我们老百姓，手无寸铁，有什么办法？到了不得已的时候，当然是要离开这里。"他收起那摇着的折扇，啪的一下，在手心里打了一下响，随着一点头道："这话对极了。老百姓手无寸铁，有什么法子？可是你说要搬着离开这里，那倒不必。"说着，把脖子一伸，低了声音道，"真要有事的话，巡警还不是跑了一个光吗？那时候，应当出来维持维持。"竞存笑道："我出来维持？笑话！我一个老百姓，维持什么？"那人道："你没有懂到我的话，回头我到你府上谈谈。你房东陈先生知道我。"竞存觉得他这话很是有点儿尴尬，在他脸上挂着一份阴险笑容的当儿，向他点了个头，自回家来。

走到院子里，房东陈先生带了几位上年纪的邻居，跟着进来。那个王七爷就在内。竞存一回头看到，便知道有事，因点头问道："各位有什么事见教？屋子里坐吧。"陈老先生道："倒不必客气。你瞧，这些人全是走不了的。有人劝我们组织个小小的维持会，先维持这几条胡同的治安，也有人代咱们向日本接洽……"竞存将脸向下一沉，瞪了眼道："什么话？大家全打算当汉奸吗？这地方还是在青天白日旗底下呢。"陈老先生红了脸，发愣站着。王七爷微微一笑，其他的人也默然不作声。其中有个苍白胡子的，穿了一件大襟的紫花布短褂子，纽扣上挂着银牙签，右手大拇指上戴着汉玉环指，脸腮上透出红晕，虽老却不现衰朽之气。他一抱拳道："张先生，你先别急，谁也不愿意做汉奸，只是大家瞧着大祸临头，不能不想一个办法。我也是不愿意他们这主意的，让他们拉着来和张先生商量商量。"竞存道："事情是很严重了，今天晚上怕真有事。各位多半是上了年纪的老前辈，万一有事，恐怕跑不动。我想这个时候能搬走一点儿东西的话，就搬走吧！这儿离火车站很近，在附近开火，那是免不了的。"大家听了此话，又是一愣。陈老先生对他呆望了很久，随后才问道："既是这样，张先生你自己打什么主意呢？"竞存道："我前昨两天，就同陈先生说过了，搬完了东西我就走。无奈这零碎东西，实在太多，今天还是走不了。大概有明天一天，可以结束了。"陈老先生抱了拳头，向他连拱了两下手道："张先生，你若是要走的话，务必带着我一块儿。"说时，歪了颈脖子，把头靠在肩膀上，透出那无精打采的样子。竞存看到这一群迷途的老山羊，很是可怜，极力地答应带他们走，他们才分散了。

　　日子在茫无头绪的情景中，是最容易把时光混过的，客人散了，已经是五点多钟了。天色正有些阴沉，屋顶上抹着一片血色的斜阳，表示着凄惨的时间业已来到。在紧邻着马路的胡同，不听到一点儿车马声，也不听到一点儿小贩的叫唤声，还不曾到黄昏时候，就像在深夜一般地静止了。但偶然也会听到一种喳喳的皮鞋声，在马路上经过，料想着是整排保安队，由这里过去。为了这缘故，在屋子里说话的声音，也都低细了。在屋头的阳光，由血红色变成了灰色。屋子外面，更听不到一点儿声音，很久很久，可以听到隔壁人家细细的说话声。竞存也感到坐立全有些不安，只管取烟卷儿抽。自己觉得粮草有些不够，便走出胡同来，要到烟店里去买烟。脚步只是刚踏上大街，便感到事情出乎寻常，所有两旁店家，完全闭了铺门，正踌躇着，两个穿黄制服的巡警，各拿着上刺刀的枪，由人家屋檐下钻了出来，有一个喝道："干吗的？"竞存道："我是在这里住家的，出门买东西来了。"一个巡警道："张先生，我认得你，你就住在这胡同里的，快回去吧，六点钟起，就特别戒严了。"竞存也不便再说什么，悄悄地转身回家了。

　　这时，听不到叫卖号外的声音，也听不到叫卖晚报的声音，每晚黄昏时候，能找到的一点儿新刺激，这时也没有了。竞存背了两手，只管在院子里踱来踱去，抬头看看天色，云层密密地布着，有几点零落的星星，在暗空里不住地闪烁。小马累了整天，睡在屋檐下藤椅子上，不断地打呼。胡同外面，有好几洼水坑，在这一阵子大雨之后，处处水是满满的。青蛙在自由的环境里，咕噜咕噜，唱着夏之夜的短歌。这是平常不大理会的，反过去一想，天津的今夜，是多么沉寂，人的声音退出了宇宙，却让这蛙声来占领了。八点钟，刘妈做好了晚饭菜，送到书房里桌上，在桌子旁边，放了一把小小的锡壶。竞存笑道："还预备了酒？刘妈，你替我壮着胆子呢。"刘妈站在桌子边，只是微笑。竞存看桌上，有一碟黄瓜拌粉皮、一碟雪里蕻炒豆腐干、一碟咸鸡、一大碗火腿白菜汤，笑道："吃得这样好，干什么？"刘妈笑道："剩着腌鸭和火腿，再要不吃……"竞存点头道："对！什么都犯不上留着。"刘妈取过高脚玻璃杯，斟上一杯白酒，放在他面前。竞存道："你也去和小马吃饭，不用管我，我慢慢地喝着。"刘妈果然走了。

竞存端了杯子，眼睛只管向屋子四周打量着。书架子上不曾收起的那些书，墙上挂的字画，甚至于桌上放的镇纸的小石狮子，全都看上两三分钟。电灯发出惨白的光，在没有声音的环境里，让人说不出是凄凉，是悲痛，或者是恐怖。情绪毫无所主的时候，只管喝酒，并不感到醉意。喝了大半壶酒的时候，不鸣汽笛的火车，由远而近，哗啦哗啦地响着以后，这声音又由近而远。这车声过去，两只耳朵又像聋了，但不久，火车再跑过去。于是由此开始，火车不断地响着。想象到这火车是怎样地在黑夜里奔驰？火车上装着什么？新站老站，在日兵占据之下，在干着什么？夜尽管没有一点儿变动，这情形是更严肃了。"不能喝醉呀！"竞存突然喊出来，推杯而起。

第五回

动摇者之窘相

这样寂寞恐怖的一夜，在昏昏的醉意中又过去了。当竞存醒来时，不知道怎样的，身子会睡在藤椅上。睁开眼来，窗子外的空气，变着鱼肚色，却听到嗡嗡的声音，在房顶上响着。在两年以来，天津的市空就常常翱翔着日本飞机，这声音已听惯了，倒不觉得有什么奇异。尤其七月七日以后，天天都有日本飞机掠过上空，似乎是寻常举动了。但有一点，这时的飞机响声，特别沉着，几乎震动了整个市空，连房子里的玻璃窗户，也受到空气的摩擦，咯吱咯吱有声。竞存虽不说出什么来，但也不能跟着忍耐下去，他就抢到院子里来，向天空上看去。这无怪空气是像热气那样簸荡，翅膀下面带着红太阳记号的飞机，一个三个，列着品字形，东西南北，全有一组或两组，转了圈子盘旋着。当机身稍微偏侧一点的时候，飞机上坐的人都可以看得出来，那自然是绝对不顾虑到地面上有人射击的。竞存看了有十几分钟，那飞机也不会飞走，自言自语地道："好！今天又有了新花样。"走进书房，靠了椅子背坐着，两眼对窗户外面望去。小马在外面喊起来道："瞧！日本飞机散传单。啊，院子里也落下了两张。"随了这话，他拿了两张红绿纸的方块传单，就向书房里跑，望着竞存，还不曾报告出来呢，竞存喝道："谁叫你捡起来的，快撕了吧。"小马站着发愣，进退不得。竞存道："这是扰乱人心的东西，你看了有什么好处？撕了撕了！"小马见他这样深恶痛绝，简直不敢抬起头来，就随手把纸块捏了纸团子，丢在字纸篓里。

就在这时，听到胡同里面人声哄然起来，听出两句来，都是说看飞机散传单的事。小马缓缓地移着脚，倒退到房门口。退出了房门，他一扭转身就听到一阵脚步声，奔向大门口去了。他究竟是小孩子，竟存没有理会他。半小时后，他送着报纸进来倒要报钱。因为三天以来，原来送报的把钱预先拿去了，已经不送报来，每日是花两角钱零买一份报看。竟存笑道："平常的一份报，要卖两角钱，他们趁火打劫的心事，也太厉害了。"院子里就有人接嘴道："不要，就把报拿出来，我好赶第二家。"竞存听说，自送了两角钱出来，卖报的却是一个斑白头发的老头子，因问道："为什么卖得这样贵？"他道："先生，你也不出门去看看，现在大街上是怎么一种情形了。我们在街上走路，也就是拿着头在手上玩。"他口里交代着，人已走出大门去很远了。竞存听了卖报人这番报告，觉得情形很严重，立刻展开报纸来看时，也只是说到北平要正式开火，至于天津方面，只有日军昨日在日租界演习巷战，和一部分汉奸的活动消息。日军虽已占领了第四区警察署，警察是一点儿抵抗也没有，就退出来了。就是市政府的表示，也只说愿努力和平。将两大张报，从头至尾都看过了，很少说到中国准备作战的消息。将报放下，还是用那唯一安慰自己的办法，取出烟卷来抽烟。

这日的天气是异常地闷燥，正像天津整百万市民一样，情调都是热烈的，而眼前没有什么光明，十分地苦闷。早上天上多云，太阳时时洒出一些淡黄的光彩，敷在院子土地上。大门外两棵槐树直挺挺立着，蝉在树叶里拉着长声在叫。吃过早点，竞存身上，却湿透了两件汗衫。街上小贩的叫唤声，同车辆的转动声都没有，虽然觉到整个河北都已死过去，但这种情形，昨日下午，就是如此，今天也并不见得加重。经过长时间的刺激，也就觉得一切是很平常了。刘妈和小马已不是昨天那样惊慌，刘妈清理出一些衣服来洗过了。小马将三天没有打扫的院子也洒过水扫过土。隔壁房东陈老先生，口角上衔了烟卷，踏着拖鞋走了来。他身上穿件长大葛布背心，光膀子摇了芭蕉扇，态度是镇定得多。他进门便道："张先生没出去吗？市面上还好，也许没有事吧？大概是会议和的。中国有什么办法？军备没人家的好，只有屈服再说。人心也不齐。"竞存笑道："希望老先生不要组织什么维持会，人心就齐了。"陈老先生红着脸道："唉！我们算得什么，不过谋个苟全性命于乱世而已。"竞存连摇了几下头道："这种思想，万万不能放在脑子里。于今不是内战时代，中国打败了，全中国都成为奴才，老先生们所希望的苟全，一定是一种泡影。"陈老先生皱了眉道："这个我们也知道。不过谁坐天下，也免不了要百姓，没有百姓，谁替他捧场？"竞存道："日本天皇，有日本老百姓捧场，要中国人捧场做什么？我先说着，你向后瞧，假若天津失守了，原先那些贩卖海洛因，扎吗啡针，以及开窑子的日本人，都是中国人的天皇，中国人要捧场，只有捧他们，还想捧日本天皇吗？"陈老先生苦笑着道："也不至于吧？"竞存笑了一笑，没多说，在屋子里拿出两张报来，笑道："我知道陈老先生为了这个来的，拿回去瞧吧。"陈老先生见他有些不高兴的样了，只好拿了报回去。

不到一小时，他满脸带了笑容，送着报走了进来。竞存见他会有了笑容，这是在他脸上，打破了一星期以来纪录的事，便也禁不住笑道："有什么好消息报告？"陈老先生笑道："我有一个亲戚在省政府里做事了，刚才他派人送了口信来，说是我们派了代表在法国地同日本人接洽，日本人的要求，大致我们可以答应。在河北的保安队，今天晚上可以撤退。"竞存道："老先生以为这是好消息吗？"陈老先生道："这样办，天津就打不起来了。"竞存点点头，一个字没有批评。在衣架上取下长衫披着，拿了草帽在手。小马在屋里跑出来问道："张先生出去吗？"竞存道："我要出去打听打听消息。你把捆好了的书箱，送到英国地吴先生那里去。"他一面说着，一面向大门外走。陈老先生跟在后面扯着他的长衫，竞存站住了脚，回过头来，他低了头，在老花镜框眼子上，抬着眼皮向前后都看了，然后低声道："张先生，你政界上熟朋友很多，他们总是在法国地国民饭店进进出出的。你到那里去打听打听，就可以知道真消息。"竞存道："打听出来了又怎么样？"陈老先生道："咱们这前前后后几条胡同，也可组个自治会，别以为这就是汉奸。有个自治会，中国地面军警退了，咱们也可以自己照应自己，免得地痞流氓出来打抢。"竞存淡笑一声，径自走了。

三小时以后，竞存由英法两租界回来，所得的印象，是汉奸遍地，官无斗志。相反地，却又军心愤慨，力求一战。在这种情形下，无论怎样观察，也难下着一个和战的结论。但回到河北时，出乎意外的，却是大街上的铺子，十之八九是照常开了门营业，零落了两天的人力车，也有往日一半的数目，在街上来往。偶然还有一辆破旧的汽车，刮起地面上的灰尘，有两三尺高，拼命跑过去。车头上插着一尺见方的万字旗，车里坐着苍白胡子的老人，穿了三十年前流行的半截长衫。在五马路的斜角，簇拥着一幢五层的高大洋楼，那是铁路旁的纱厂，屋顶上飘荡了一面太阳旗，但街上人来人往，并没有谁注意到这个。胡同口上，歇了一挑子大西瓜，七八个短衣人围着讲价。自己正要走进胡同的时候，一个卖切糕的，推着独轮车子出来。在车子面上的那块木板，白布盖了小半面，布外散着三四十个大铜子儿。竞存道："掌柜的两天不见，你又上街了？"卖切糕的叹了口气道："什么法子呢？我们是一天不干，一天就得挨饿。天天戒严，若是不做着一点儿生意，日本不来，也许先就饿死了。"拉车的小三子，是个十六七岁的小伙子，将人力车倒放在胡同口里，人坐在脚踏上，向后斜躺在车子里，笑道："喂！三大枚切糕。吃还得吃，乐还得乐，小日本大概也不会和咱拉胶皮车的人作对。"竞存道："小三子，你不怕亡国？"他嘴一噘道："亡了国活该，我还拉我的车。"

竞存看了看这些，心里是陆续地发生许多感想。最奇怪的，便是陈老先生家里的两位少奶奶，胆子也大起来，将平常每日下午要做的功课，也恢复了，同站在门口望街。她们是纯北方式的旧型妇女，尽管彼此十分熟悉，见面并不说话，只是带着三分呆意的眼光，向人看着而已。今天老远地望到竞存走来，一直目送他走回家去，好像在他身上，可以搜刮出许多和平希望。竞存刚进大门，就听到身后好几个人聒噪着道："去问问吧，张先生回来了。"表面上似乎是还镇定，也许是麻木一点儿了。但一想到和平有多少希望呢，立刻会惶恐起来。这两位少奶奶如此，现阶段全天津的市民也是如此。

第六回

暴风雨将来时

这是十月二十八日的下午，依然是七点钟戒严。当马路上断绝行人的时候，天色还没有黑呢。好在昨天也是如此，大家已是经过一度紧张生活的，不十分觉得可怕。胡同里头左右街坊，还是悄悄地开着门，彼此找着谈话。平常在十条胡同里的邻居，见着面头也不点，现在全胡同里人，跑得只剩下十分之二三，大家就陡然地亲热起来。邻居们都为了陈老先生推重竞存，大家陆陆续续到张家找竞存问消息。其实也知道竞存与中日军事当局，并无关系。但大家总以为听了他的推测之词，也比较有头绪一点儿。及至竞存说到时局险恶，战事大概难免，各人都很懊丧地带了这消息回去。竞存觉得这样直说，未免过于扫人家的兴，最后几个人来问，便折中两句道："时局当然险恶到了一万分，能走的人，最好马上就走。但议和运动，始终有人在奔走着。"听了这话的人，又疑惑着道："到了这个时候，还能议和吗？"竞存心里想着，你们全爱听议和的消息，就这样告诉你们了，你们又认为不可能。明知故问，这又何必？由七点钟到八点钟，差不多有十个人来谈消息，竞存觉得是不需要的一种无聊应酬，因放下竹帘子，熄了电灯，一人在书房里枯坐。并告诉小马关上大门，再有人来，就说已经早睡了。

自己把心定了一下，虽然屋子里还很热的，但是感到自己需要一些时候极端的清静，因之，斜靠了书桌，向窗外的天空看出神，见那繁密的星点，整堆地照耀着，想着明日又是更晴的天气。在南京的人，也许还邀着男女朋友在玄武湖里荡着游船。妻是到了南京了，正和兄嫂们在院子里乘

207

凉，说着天津的情形。北平城外，又在开着火吧？二十九军的兵士，在高梁地里，黑魆魆地向前摸。天津、南京、北平，还有其他的所在，都在这成群的星光下，而环境是绝对的不同。宇宙真是一个谜。想着出神，眼睛也只管向天上看去。忽然几道白光，向天空里横斜交叉地照耀着，有时掠过这里的屋顶，连屋顶上蹲着一只猫都可以看见。漆黑沉静的夜里，看到这种白光，那是更添了一种肃杀之气。

竞存也是正向着天空幻想，想把自己的幻想，更得着一个结论，却听到断断续续地有人敲着门。小马在院子里问道："谁？张先生睡觉了。"外面有人答道："小马，你快开门。我有要紧的事，同张先生商量。"小马道："是马上要走吗？陈老先生，你想明白了。"他道："不，我有好消息报告。"小马听说是好消息，禁不住就来开门。随着陈老先生进来，一面叫道："张先生，有好消息了。"竞存只好迎到院子里来，笑道："这样子，老先生你简直一夕数惊。我看你想破一点儿，明天上午，一块儿同我离开河北吧。"陈老先生道："我想可以逢凶化吉了。刚才我邀着胡同口上孙先生卜了卦，大概明天十二点钟以前，可以脱离危险。卦上还说，今天戌初有点儿小惊动，现在日本人射着探照灯，不是证明了吗？孙老先生的卦很灵的。"竞存笑道："老先生就是来报告这消息的？"陈老先生道："我也起过牙牌数，全是上上的卦。我亲戚报告保安队今晚上撤退的话，大概不会错。"竞存要不看他是一位老人家，真恨不得一脚把他踢出大门去。

正呆着还没有回答，黑暗中有人叫了一声马二哥。小马道："杨老七，这时候你还来啦。"星光下，竞存看到一个打了赤膊、肩膀上搭着一件短褂子的人。听他声音，知道他是胡同口常停着车子的车夫。便道："早就戒严了，你们还是乱闯，仔细警察捉了你去当汉奸。"杨老七道："没关系，枪毙了免得在世上活受罪。我来无别的，明天张先生要送东西到英国地去，交给我办吧。小三子这小子乱抢生意，明天不能再要他拉。"竞存道："你们这些拉胶皮车的，太没有义气。现在什么时候了，还这样闹意见。"杨老七道："张先生，你明天别让他拉，他要是拉了，我用拳头和他算账。"说毕，一面啰唆着去了。陈老先生一边听着，沉静了一会儿突然问道："张先生，你看今天晚上没事吗？这探照灯今晚上照得邪行。"说时抬起头来，向

208

天空四周观望着。竞存笑道："这样说起来，孙先生的卦，老先生的牙牌数，还是靠不住。"小马道："老先生说送好消息来，我喜欢得什么似的。结果，你还是来问我们张先生。"陈老先生道："小兄弟你知道什么？人到急了的时候，只有信命。若是比命更有可信的，当然信那个。"竞存听他的话音，有些啰唆，这就拱了手笑道："老先生，你回去休息吧，明天好早一点儿起来，作一个商量。"陈老先生缓缓地走着，走到了大门口，却又回转身来叫了一声张先生，竞存因他叫得很响亮，以为他又有什么新的发现了，就抢上前一步来问话。老先生对竞存呆呆地站立着，约莫总有五分钟之久，没有说出话来。竞存倒忍不住了，笑道："老先生觉得怎么样？"陈老先生道："我能够觉得怎么样就好了。你明天早上一准走吗？"竞存道："那还得看看形势。因为我还有一部分书籍，没有收拾起来。非万不得已，我也舍不得牺牲。但实在地说，也不会挨过明天的。请你明天早上到我这里来吧。"陈老先生叹了一口气，摇着头回去了。刘妈在身后插言道："张先生，我给你端了一把椅子出来，你在院子里躺躺吧。收拾东西，送东西，这大热天，你就够累的了。这些昏头鸡似的街坊，没事尽向这里来打听消息，这里又不是报馆。张先生，躺一会儿吧。给你熬了绿豆稀饭，现在凉着。"竞存道："你们吃吧，我先躺一会儿。"刘妈道："稀饭熬得多着呢，有一大锅。"竞存也没理会她的话，在院子里藤椅上躺下。

虽然是九点多钟了，天空里依然没有一点儿风，繁密的星点群里，有几颗更大更亮的星，不时闪烁着，这更象征着明天要加倍地燥热。环境和昨晚一样，除了偶然可以听到火车跑过去的声音而外，又是一切都沉寂过去。竞存受了累的人，在藤椅子上得着安全，也就睡过去了。蒙眬中，仿佛人在南京玄武湖的游船上，正带着妻儿，领略六朝烟水。那湖面上的清风，悠悠地送到人身上，让人感到清凉透骨，需要加衣。苏醒过来，看着天上的星宿，还是那样繁密。槐树顶上的银河，可斜挂在天的一角。竞存一抹两手臂，还只穿了一件短袖汗衫，便要进屋子去睡。坐起来出了一会儿神，只偶然听到水洼里的青蛙，随风送着断续的声音过来，此外是没有一点儿变动。在那星光下的屋脊暗沉沉的，表示着这大地的人都睡熟过去了。这也不过是平常的一幕夜景，而在这时的情绪里，就觉得更有一种特异之处。但是一种什么特异之处，可不能抽象地定下一个名词。于是低下头只管出神，想玩味得一个结论。

就在这时，只听到半空里唰的一声，很清脆，又凄惨，在这无时无刻不在恐慌的当儿，立刻断定这是枪声，便站起来，抬头向天四周张望着。天空依然是那些繁密的星宿排满着，没有一点儿异样。可是唰！呜丢丢！唰，啪啪。那些不能用文字形容的声音，断断续续而起，便叫道："小马、刘妈，快醒醒，事情不好了。"小马在堂屋里拦门搭了板子睡着，一个翻身，滚到地上。他爬了起来，奔出院子，就摸索着大门。竞存道："你还干什么？还打算出去吗？枪声响了，你也听听。"小马道："我也知道。我瞧瞧大门，是不是关好了？"刘妈这时也起来了，一面走着，一面哆嗦着声音道："张先生，这……这可出了乱子了。怎样……"她哎哟一声，却滚在院子地上。竞存道："别乱，先镇定一点儿，乱也是无用。"这时，枪声已经大起，噼噼啪啪之间，还轰隆一下，又轰隆一下，响起了大炮。竞存道："刘妈，你怎么了？老坐在地上。"刘妈道："我忙了下台阶摔在地面上，没什么关系。"小马在大门洞子里道："这枪声越来越近了，好像这五马路口就有事。"竞存道："你老在那里站着干什么？日本兵打来，你抵上大门，就挡得住吗？"小马道："我两条腿有点儿发软。"刘妈带着凄惨的笑声道："谁说不是呢？我心里直跳。"她说时两手扶了台阶，爬到屋檐下柱子边，抓着柱子站起来。竞存道："你要害怕的话，找张凉席，铺在墙脚下，躺在上面吧。"刘妈道："也不见得炮弹就落在墙顶上。"竞存道："那我也不敢保险。小马怎么了？"说时，走到大门洞里来看时，他倒照竞存的话实行了，一卷棉絮似的，躺在墙角里地上。竞存笑道："你若是腿软了的话，就这样躺着也好。"再回到院子里来，却见刘妈跪在屋檐下向天空磕头，口里念念有词："救苦救难观世音菩萨。"天空应着她这祷告的，是嘘嘘的流弹声。竞存发生了一种新的感触，倒站在院子里呆了。

第七回

流弹横飞下

　　竞存在这两个星期之中，时时刻刻，都在为天津打算，究竟会不会有战事呢？现在这个哑谜打破了，到底是不免流血。但流血是很容易的事，流血之后是不是换得一点儿价值，这就太没有把握！只看胡同里的街坊，老早就预备当顺民，只看那些下层阶级的人还是愁着每日的衣食，只看自己家里这两位佣工，女人在求观世音，小伙子拿身体去抵上大门，若是整个民族性，都不外乎这一些，那就大势去矣。他这样想着，竟是忘了天空里在响大炮，只是站在院子中间出神。刘妈拜罢了菩萨，已是坐在阶沿上，问道："张先生，你这是怎么了？还是找个地方避避。你瞧，这子弹直在头顶上飞。"竞存这才走到屋子里来，因道："刘妈，你到厨房里去烧一点儿水吧，这样子，今晚上是不用打算睡觉的了。你现在腿不发软了吗？"刘妈道："不要紧，我活了五十岁，没有做过一件亏心的事，命里也不应当遭横死。再说，在劫的难逃，命里真注定了我有这一劫，躲也是躲不了。我想破了，一点儿也不害怕，我这就同你烧水去。"说着，直顺了屋檐，向后院走。

　　就在这个时候，呜！唧唧唧，唧，一个炮弹横空声，由头上飞过去，叫人毛骨悚然。而且接着咻溜一响，啪的一声，打在屋顶上。小马在大门洞子里叫道："流弹流弹！躲开躲开！"竞存走出堂屋门口想喝出来，被兜胸一撞，眼一阵漆黑，撞得人倒退了好几步。看时，是刘妈跑了进来，对撞一下，她也倒退得和门碰上一下。竞存道："你好好儿，又向回跑干什么？"刘妈喘着气道："子弹落在咱们屋顶上，小马又直嚷躲开流弹。"竞存道："你不是说不害怕吗？"刘妈道："可是这些大的小的声音，让人听着，真沉不住气。"竞存道："既然如此，我也不要你做什么，你找个地方躺下吧。小马，你再不许大惊小怪乱嚷，附近有放哨的兵，仔细当你是汉奸。"小马没答复，立刻院子里沉寂下去。

但大门里沉静了，大门外却开始热闹着。轧轧的汽车声，喳喳的队伍步伐声，啪嗒啪嗒的断续马蹄声，就在这胡同口外的五马路上牵连不断。那远处的枪声与炮声，这已闹成一片。当初一二处响着，仿佛还像旧历大年夜的爆竹声，现在好像四处八方都在开火。每到步枪机关枪猛击的时候，很像是乡间水渠开了闸口，狂流奔腾而下，又像是树林里猛然降下了暴雨，各种枝叶让雨点打击着，分不出点滴之间的声音。随着也就想到，这周围前后都成了火线，明天早上，打算离开这里，恐怕是不可能了。想到了一切困难，全在后面，倒反是不必想了，到屋子拿出烟卷来，就静坐在堂屋里藤椅子上，缓缓地抽着烟，只听四周的响声。电灯是不亮了，不知道电线断了，或者是电厂停了电，黑魆魆地坐着，也看不到同屋子里这两位难民是何种景象。左右街坊，并没有灯光由墙头上射出来，看他们家的屋影，似乎都添了一种向下蹲躲的姿势，偶然发现一两句说话声，都透着呜咽的意味。竞存面前那一小粒火星，微微地在黑暗中移动着，可想他是在拼命地抽烟卷。突然间，面前一个黑影子一伸，倒骇了一跳。他道："张先生，不不，不好了，咱们大门口，有兵布防了。"竞存道："小马，叫你不要大惊小怪，你还是这样。你是怎样走进院子来的，我倒没有看见。"小马道："我是爬进来的。"竞存笑道："你别替中国的青年人活现眼了。这也不是阵地上，干什么走路都要蛇行？"小马道："这不是阵地吗？请你到大门口瞧瞧去。"竞存听了两小时的炮声，实在忍耐不住。真的走出了院子，来开大门。

两扇门刚是打开，身子还不曾完全露出，就有人在胡同里大喝一声道："干吗的？"随了这一声喝，星光下看到有人跑来面前，刺刀尖正对了胸脯。竞存道："老总，你辛苦。我是这里住家的老百姓，家里熬着现成的绿豆粥，若是你愿意喝一点儿的话，我就送来。"那人道："我是二十九军一个兵士，同咱排长在五马路口上布防。兄弟全都渴得不得了，半夜三更，子弹乱飞，又不好敲老百姓的街门，真他妈的糟糕。"竞存道："没关系，没关系。我家里有凉茶，也有绿豆粥，你进来喝一碗。"兵道："咱官长说话啦，爱百姓就别进老百姓的家。咱当兵，咱家里也是百姓。老乡，你有这好意，把绿豆汤送到马路上去，让咱排长同兄弟们全沾点光。"竞存道："我就怕不能乱走。若是可以送去的话，当然效劳。"兵道："我带着你去，就没事。"竞存叫声等着，就到厨房里去，把整瓦盆的绿豆粥，放在一个空网篮里，又带了几只碗和筷子，叫道："小马，来，你同我把这一只篮子抬到马路上去，咱们的命一样大，我能去，你就也能去。"小马没言语拿了一根门杠来，因道："那我抬后头。"竞存笑道："你就抬后头吧。回来的时候，抬后头更危险。"小马道："我还是抬前头吧。"竞存笑着，和他抬出了大门。兵先拿着碗舀了一碗绿豆汤站着喝过，哎了一声，表示赞美，笑道："老乡，你把这绿豆汤送出来，真是雪里送炭。"他放下碗到篮子里，在引着路，低声笑道："你见着咱李排长，你别说咱先喝了一碗，我实在渴得很。"竞存道："我不说就是。其实老百姓看到老总们打仗，自己情愿把东西送给老总吃，这也不算犯军规。"兵道："不，总以不说为妙。"竞存笑着答应了。

这时电灯全灭，马路在昏暗星光下，越显空荡。在胡同口上，就横着一辆大卡车，上面并没有什么，似乎是运着兵士来的。绕过了卡车，就看到斜对过小胡同口上，有个影子出来，接着喊出了口令，这边的兵答应过了，又告诉他是送绿豆汤的。他道："你们别全喝完了，给我也留下一碗。"竞存道："老总，你若是离不开这儿，你就喝一碗吧，碗现成。"说着，放下篮子，舀一碗汤送过去。他左手抱着枪，右手端过去，仰着脖子，连气也没转换一下，咕嘟一阵，把空碗送了回来，笑道："我没尝出来是甜还是咸的，就全送到肚子里去了。"竞存道："那么，你还喝一碗吧。"他道："啊！啊！别！马路口，咱还有好些个人呢。"竞存说了他一声真义气，抬了篮子顺马路边走去。那大兵先跑过去报告了，然后再跑回来，迎着竞存过去。在五马路口上，离竞存家不到一千米，原就堆着沙包，设下防御的。在那沙包上面，架着一挺机关枪，另有十来个兵，全拿了步枪，在沙包前站着。

随了那引路兵的后面，有一个挂盒子炮的人走了过来，突然站定，向他敬着军礼。竞存放下担子，立刻说不敢当。兵道："这位先生，这是我们李排长。"竞存道："排长，辛苦了。想着各位一定是口渴，抬了一点儿绿豆汤给诸位老总解渴。"李排长道："多谢多谢。有道是养兵千日，用兵一朝。我们军人，平常吃喝着老百姓，国难来了，我们打仗是本分，算得什么。李得标，来，把这盆绿豆汤你们抬过去喝。"黑暗中，就有人把网篮抬到沙包下去。随着有人送上一碗给李排长，他就站在路上喝着，和竞存谈话。竞存道："排长没有遭遇到敌人吗？"李排长道："我们是走铁道上绕过来的，遇到几个日本鬼子，把他们全给干了。这附近通新站又通纱厂，怕鬼子由这里穿过去。每条路口上，都有人把守着的。老乡，你们老早怎不搬家？这里是火线上了。"竞存道："我们没想到今天会动起手来的。"李排长端起碗来，早是把那碗汤水，完全喝光了。这就将筷子扒动着碗里的几粒饭颗与绿豆，一阵扒拨，将碗放下来。摇了两摇头道："想不到今天动手吗？可是依着我们的意见，早就该动手了。无奈我们上司，左一道公事，右一个电话，总叫我们忍耐着。"小马插嘴道："排长，我们家就在那前面横胡同里，不要紧吗？"说时，他抬起手向马路那头指去。李排长笑道："你想吧。我们在你们胡同口上守着，你胡同口上就是火线。"小马没作声，把放在地面上的门杠拿起，扛在肩上，问道："各位老总喝完了没有？"有人答应着喝完了。小马过去，把网篮穿在门框上，一肩扛着走过来低声道："张先生，咱们走吧，这是人家打仗的地方，咱们别在这儿打搅。"李排长将碗筷送到网篮里点着头道："对了，你们走吧。"竞存道："李排长，我家住在五号门牌。弟兄们喝茶要水的，只管派人来取。祝你全军胜利。"说完了，再掉转身来，已看不到小马。

在这样十分严重的警戒线里面，当然不能放大嗓子喊人，也就只得顺着马路边人家墙脚下向家里走，看看到胡同口上了，就是嘘的一声，不知是哪里来的一颗子弹，由头顶上穿过。竞存却也有些愕然，正站定了脚四周看去，不想噼噼啪啪枪声乱起。那头上飞过的子弹，嘘嘘呜呜，在凶暴的声音里发着凄惨的哭泣声。竞存看看自己家门，还隔了一条长胡同，要跑回家去，却有相当的危险，眼前正是那辆大卡车挡住了路，绕过卡车，便是马路中心，危险性更大，只好把身子一转躲到卡车底下去，在卡车下面向外张望。只听见马路当中卜卜枪声，被子弹碰起的碎石和沙子，直冲到卡车上来，沙沙有声。再听前面那守御线的所在，只断断续续地放出枪去，并不怎样积极。这样总有二三十分钟，于是那挺机关枪猛烈地响起来。在机关枪响之后，很激昂的声音一阵喊叫着杀，立刻枪声人声全止，竞存先还没听出个究竟，跟着然后省悟，这正是我们的军队，冲出了防御物，与敌人短兵相接了。万一不好，敌人就可以到面前来。半空里已没有了飞舞的子弹，还等什么？因之就在卡车底下，钻到胡同口里面去。到了人家墙脚，一阵狂奔着跑到了自己的门口。

　　大门半掩着，小马已迎出来了，他道："张先生回来了，好极好极，刘妈正抱怨着我呢。我守在这儿没敢进去。"竞存道："快关上大门吧，马路已经开了火很久，敞着门也许会有人冲进来。"小马听说，砰砰砰砰，将门关得乱响。刘妈哆嗦着走到院子里，颤着声音道："张先生你回来啦？刚才这一阵枪子乱飞，怕死人，你在哪儿躲着？小马这孩子，太不懂事，你同先生出去，一个人先逃回来了。"竞存笑道："不要紧，不要紧，要是像你们这样说，响着枪声的地方，凡人都会受伤，那战场上还会有完人吗？"一言未了，哆的一声，小马在大门洞里喊起来道："哎哟，我腿断了。"终于是出了乱子，竞存、刘妈都吓得心房乱跳。

第八回

炸起了中国男儿的怒火

　　天空里的乱炮声，又是近近远远地响着。小马这一声喊叫，来得非常之猛，叫竞存不能不相信他是受了伤，不顾危险，立刻跑到大门洞子里来。见小马蹲在地上并不作声，竞存也就蹲到地上来，伸头望着问道："你是哪只腿受了伤？怎么打断的？"小马道："打的是右腿。"竞存道："我瞧瞧，断到什么程度？"小马道："我手上拿着呢！"竞存道："什么？整个儿断下来了吗？你痛不痛？"小马道："这还不痛吗？"竞存道："这糟了！来，我搀你到房子里躺着，先找点儿东西来捆上。"说着，就伸手来搀他。小马闪着身子道："休息了这样久，我痛过来了，扶着墙我能走进去。"竞存道："一条腿能走路吗？这是你痛得麻木了，神经失了知觉。等一会儿你神经恢复了感觉，你瞧着吧，你会痛得叫爹叫娘的。还是我来搀着你，没有错。"正说着，刘妈拿了一枚洋烛，颤巍巍地来了，口里还道："真造孽，这孩子是怎样弄的，会把腿给打折了。"她一面说着一面弯了腰，将烛光向小马身边照下来，见他撑起两只膝盖来，便道："你两只脚不是好好儿地蹬在地上吗？怎么说是打断了？"竞存道："你不是说断了的腿，还在手上拿着吗？"小马道："哪里是拿着断腿，有那能耐，我也会来个盘肠大战。我是拿着门杠。"说时，手上将一截断木杠举了起来。竞存回想到刚才说话的一番错觉，不由笑了起来，因道："这不怪你，我也让大炮震昏了。哪有人腿打断了，还会在手上拿着的？"刘妈道："我也是听着纳闷，这孩子真忍得住痛。断了的腿，会拿在手上。"

竞存越想越好笑，忘了这是极危险的时候，走到院子里来站着，把这个岔打过去，心算定了，立刻听到嗡嗡的飞机声，在空中响起来。抬头看时，院子外的两棵槐树，已经在屋头上显出了枝叶的形状，虽然有几粒很亮的天星散漫在半空里，可是天已变成乳白色了。想到昨日一天亮，日本飞机就飞了起来，倒也不觉得有什么奇异之处。就在这时，三只飞机成品字形，在槐树顶上直穿过去，看那高度，离那屋顶，也不过两三丈，飞机头上的螺旋桨，看得清清楚楚。飞机过去，玻璃窗户震得格格作响是不必说，就是支棚顶上的灰网，也筛糠似的落了下来。小马在门洞子里骂道："还能飞下飞吗？再要往下飞，就该擦着屋顶了。"竞存道："胡同外面，也许有敌人在那里守着呢，你嚷些什么？"只这一句话，还没交代完，早就震天动地地听到轰隆一声，随着天空火光一闪，小马已是走到院子里来了，将手摸着脖子，连连地摇了几下头道："这真受不了，大炮……"他来不及说完这句话，猛烈地蹲在地上。竞存道："快进来吧，这不是大炮，这是飞机扔炸弹。"刘妈手扶了房门，呆呆地昂了头向天空望着。因道："这越来越不成话了。刚才那一下子响，我觉得站着的这块地都有些摇撼。这炸弹在哪里扔着？大概就是新站吧？"竞存也默然着，站在屋檐下，也是对天空看了出神。哪晓得在炸弹响过之后，那轰隆隆的声音，就接二连三响起，有时很猛烈，真是刘妈的那话，连地皮都震动着。有时又很远，但只轰轰响了一声，小马道："他妈的，这小日本真下得去这毒手。这一炸弹下去，要炸死多少人？"

竞存也不理会他们，只皱了眉头子，在堂屋里站着，不时向天空里看去。这时的天空，果然有些异样。槐树最高的枝上，抹了一片黄色的金光。当每日这时，在墙上喳喳乱叫的麻雀，现在也不叫了，只缩着脖子躲在屋檐下站住。每当它们不知所以地飞起来，便是日本飞机由屋顶上经过。现在日机不是三个一队地飞着了，仿佛在半空里排着走马灯似的，有一架飞过去了，随着又是一架飞过来，约莫在一小时以内，所听到的炸弹爆炸声，总在五十次以上。飞机在屋顶上绕飞的次数，那更是记不清楚。除了初次爆炸，还听到左右街坊，喧嚷了几声而外，以后就像深夜里一般，什么响声都没有了。飞机嗡嗡的声浪远了，轰炸也没有了，竞存定了一定神，觉得不但大门外面没有了一个生物的动作，就是刘妈同小马，也不知道在什么地方。连叫了几声，也没有人答应。直找到自己卧室里去，见桌子上堆了两个网篮，网篮上又堆了几床铺盖，小马很自在地躺在桌子底下。竞存道："刘妈呢？"小马道："我告诉她了，叫她躲到床底下去。现在飞机不扔炸弹了吗？"他说时，两手爬在地板上将半截身子伸出桌面来。竞存笑道："你要是害怕，你就在那里躲着吧。"说着，再到刘妈屋子里去。她倒没有躺在床底下，将一床被没头没脑盖着，横躺在床上。竞存笑道："快把被掀掉。这样大热天，炸弹不炸死，倒会让棉被闷死。"刘妈将被一掀坐起来，额角上汗珠子雨一般地滴下来，两眼发直望了竞存。竞存笑道："小马叫你躲到床底下去，为什么你这样在床上躺着？"刘妈道："我以为是躺在床底下呢。"竞存道："你镇定一点儿，不用太害怕了。现在到了这生死关头，害怕也是无用。人越怕越糊涂，倒不如定住了神，还可以死里求生，想一条出路。"刘妈道："这话也说的是。本来我是没有打算躲着的，架不住小马直催我。"竞存道："现在飞机没有来了，你到外面来坐着，让我到胡同外面去看看情形。"刘妈站起来道："哟！你可别去，昨晚上不也是把你断住着，差一点儿回来不了吗？"竞存道："仗也不能老在那里打。我要是不出去瞧瞧路线，咱们要逃走，知道向哪儿跑？"刘妈道："这样说，你就去一趟吧。你多加小心。"

竞存也没理会她，自开了大门走出来。还没有出胡同口，听到后面有人说："是张先生，是张先生。"竞存回头看时，陈老先生带着两个儿子站在胡同中心。还不曾向他打招呼，三人已经追到面前来了。陈老先生穿了儿子的长袖汗衫，衣肥人瘦全不相称，挺大的领圈子，连两排胸肋骨，全拱了出来，扛着两只肩膀，头仿佛是凹了下去。眼睛眶也陷成一对肉洼，颧骨是格外地撑起，这就映得他几根两三寸的疏稀胡须，也越发地焦黄了。竞存赔笑道："老先生受惊了。"老先生两手互抱着，把拳头连拱了两下，摇着头道："真受不了，我们一家人，女的哭，男的叹气，一点儿主意没有。刚才听到张先生家里大门响，我们赶着开门出来，要向张先生请教，你瞧我这一大家子人，男女老少一十三口……"他哽咽着说不下去了，将右手抓住汗衫长袖头子，去揉擦眼睛。汗衫的胸襟上，早是滴了好几点泪水。竞存看到，老大不过意，便笑道："老先生，你只放心。我要有办法离开天津，一定替你想个办法。"陈老先生听说，抱着两只拳头，只管作揖。竞存道："老先生，你请回去吧，外面危险。"陈老先生道："我也愿意跟着张先生到外面瞧瞧去。老早地看好了路子，将来也好逃走。"说着，和竞存一块儿走出胡同口。

看那大马路时，家家紧关了门，固然是和前两三天一样，今天更奇怪的，却是前两天在马路中心站的警察，是绝无仅有的生物，现在也不见了。空荡荡的，这里就是一条死过去了的马路。东面和北面，有好几处火焰，黑烟直冲半空，在大烧房屋。陈老先生摇了两下头道："想不到两天工夫，把一个花花世界的天津，糟蹋到了这种样子。"竞存走到街心，四周看看，只有马路边睡着一条狗，在它身上，流出很多血，好像是中了流弹的。此外没有一点儿战争的痕迹。昨天晚上，那样猛烈的枪炮声，仿佛在屋子前后，也已经开了火。现在，远远的地方，虽然还一阵一阵地枪炮声传来，但是已不感到怎样可怕。不过鼻子里，时时嗅到硫黄味，让人有些特别感触，便向陈老先生道："昨天晚上，这马路上就开过火的，虽是没有什么痕迹，这光景，战时气味也够浓厚。前面堆着沙包就是我们的防线了，咱们一块儿瞧瞧去。假若有受伤的兵士，咱们也可以尽尽力量。"说着话，信步走向前。还不到那堆沙包前马路上，飞了一片浮沙，在过去不到一丈的地方，路面上凹下去一个两三丈深的窟窿，便道："啊！怪不得有两下炸弹非常之响。这个地方，他们也扔下一颗炸弹了。你看，这样一块大碎片，碰在人身上，那还有了命？"说时他弯腰在地上捡起一片尺多长、三四寸宽的铁板来。陈老先生扯着他的衣服道："听！听！飞机来了，走吧。"竞存看时，在市区西角，有四架飞机绕着，随了几响轰轰之声，有一股黑焰，像卷起的大海狂潮猛烈向天上射去。早上的太阳，被云遮掩着，半空里略嫌阴暗，在半空里旧有的黑烟还腾绕着，这新的黑焰又冲了起来。那硫黄味也随着浓厚，像附近人家放过了爆竹。老先生又道："张先生，别只管看火了，飞机来了。"他不能再等，说毕，向回家路上先跑。竞存看时，有两架飞机，由西飞到南边去，转过头，正向这里飞，便喊道："别乱跑，挨着墙慢慢地走。"老先生跑得跌跌倒倒，右手上提了一只鞋子，左手牵着裤脚，右脚穿鞋，左脚光着。两位少先生跑几步，又站着等一会儿，等的时候，不住抬头向天上看着。那时真怪，呼的一声，两架飞机，由头上飞过来，直扑到对面十字路口去。

大家虽然心里害怕，可是飞机这样地抢了过来，它到底要做出一些什么事来，也禁不住跟了飞机尾子看去。这就看到每只飞机上，全有两个筒形的影子，向人家屋头上落下。轰隆一声，便是一阵黑烟冲霄而起，突然一阵大风，向人猛扑了来。接连着有几下轰隆之声，便有几阵黑烟冲起，便有几阵大风。随了这黑烟，屋顶上冒出火光。同时，也不知人是由哪里来的，一大群像冲倒了竹笼的鸭子一样，颠颠倒倒在马路上乱跑。大人口里乱喊，小孩子口里乱哭，向马路这边直拥过来。刚才扔炸弹的飞机，本是向对面直冲过去的，炸弹扔下，飞机也就去远了。不想它身子一转，绕了大半个圈子，又飞到了十字街口。逃跑的老百姓，刚喘过一口气，一见飞机来了，继续再跑。不但跑到了马路中心的人，又跌又蹿地走，而且两旁关门闭户的人家，三三五五吐出人来加入马路当中这一群逃命的难民里去，于是马路当中的这一群人，就像被狂风吹动了的海水一般，向前直涌。有的身子走得虚了，倒在地上，后面跟的一群，便一齐被绊着倒了下去。这时街上的秩序虽然很乱，可也没有谁肯在人身上踏过去。前面有人倒在地上，后面的人也就只好站定了脚，呆呆望着。

这一望，不免有两三分钟的犹豫，那绕着大圈子的飞机，已到了头上。只看它把长翅膀微微地斜着，卜卜卜一阵机关枪响，那拥挤在路头上的人，好像颓墙上的乱砖，一个跟一个地，向地面上直倒。路上逃跑的人，看到这许多人随了机关枪倒下去，越是拼命地狂奔。那架飞机的敌人，仿佛看到这种事情，是一种很有意义的娱乐，第二次再绕转着圈子过来，又临到逃难人民的头上。竟存当飞机第一次扫射的时候，蹲下了身子，藏在一爿小店的土柜台里。飞机去后，不敢迟延，挨着路边墙脚，赶快地向家里走。这时，只刚走到胡同口上，那咯轧咯轧的响声，把空气都带着颤动了，眼见飞机又要飞临到头上，立刻把身子一缩，藏在人家墙角里，微伸了头张望，只看马路上那么些个被飞机控制着的人，没有一个知道找掩蔽处所把身子藏起来的，全是在飞机前面狂跑，心里又可痛又可怜。那敌机好像要表示它的得意之作，由烧夷弹烧着的房子上扑过来，还穿过了屋顶上直射云霄的烟雾。到了马路头上，更向下飞，人的手伸起来几乎可以抓住飞机。唯其是机身飞得这样低的缘故，那机关枪子的效力，格外来得大，随着飞机的影子，在地面上闪电似的掠了过去，早有几十个人应着飞机翅膀下呼的一声惨响，躺在地上。等飞机过去，那些在马路上拥挤着的人，算是长了一番见识，不在马路上跑了。看见了大小横胡同，大家不分高低，像惊散了的苍蝇四处乱钻。因之飞机第三次飞来的时候，马路上的人已经很是稀少。大概敌人觉得屠杀这少数人，不够痛快，没有开枪就去了。那些藏在横胡同里的人，直待听不到一点儿飞机声音，这才纷纷地走上马路来。

这时，十字街口烧着的房屋，已有四个火头，向天空里乱冲烟雾。眼面前一片雾嶂，半空火星乱飞，简直分不出方向来，天气又热，人在一里路外，都觉火焰炙人。但一部分人，并不怕热，或者喊爹喊娘，或者叫人的名字，还向火焰奔去。竞存想到刚才飞机三次光顾，料着死伤很多，也随着人看去。不上五十步路，死尸和受伤的，一个挨一个躺着，就塞满了马路。寻人的人，有的蹲在地上，对受伤的乱叫。有的搂住地下死尸，号啕大哭。最凄惨的，是娘打死了，刚会走路的孩子，牵着死人的衣襟哭着叫着。还有小孩子打得血糊周身的，娘倒是抱着在满地打滚。沿马路有大半里地，全是哭哭啼啼的声音。其中有个三十多岁的人，站在路心警察岗位石墩上，把双手高举着抬过了头，大喊道：“各位各位，别哭别哭，听我说两句话。”大家看时，他穿着短袖白布对襟短褂，光秃着脑袋，紫色国字脸，下巴上有个大黑痣，胸面前一路黑毛，说起话来，带些山东味儿。有人认得，那正是酱肘铺子里掌柜的，他会站起来演说，连竞存也感着有些奇怪，当然要注意听下去。那掌柜的道：“我是个没有知识的人，不敢说什么爱国不爱国。平常大家打咱们一拳，咱们一定得回他一手。现在咱们跟小日本，没招没惹的，他烧了咱们的房，又对咱们老百姓用机关枪扫射，咱们真是那样容易欺侮的？哼也不哼一声吗？你们愿意忍受的，赶快走吧。是有能耐的，跟我一块儿投军去。咱们当了大兵，有枪在手，多少总要干他两个。”他这篇话说完，围着的人，同喊起来：“当兵去！当兵去！”大家哄成一片。

就在这时，人丛里挤出一个二十多岁的小伙子，穿着黄布短裤和翻领衬衫，剪着平头，很像个学生。他抢到警察岗位上站着，两手高举乱摇一阵，只喊大家别嚷。经他连跳带嚷地要求着，算是把大家的声音压了下去。他道："各位要当兵报国，这是好事。可是军队有军队的军规，不能随随便便就让咱们进营去。也许看着咱们里面有人体格坏，连当名伙夫，他都不能呢。依着我的意见，咱们下乡当游击队去。趁着现在高粱地长得很深，哪儿也能去。候在公路旁边，哪一天都可以遇到鬼子兵经过，现钱买现货，今天要干，今天就有机会。"大家又是哄然一声。那小伙子又道："自然，现在咱们就动手，没有一支枪，也没有一颗子弹。可是那没关系，咱们在公路上挖下坑等着，只要弄翻一辆日本军用汽车，就有了本钱。有枪的马上就走，到北仓落岱一带去，那里是我老家，我还可以找着地方上的人帮忙呢。"大家喊着："去去！杀鬼子兵报仇。"那个小伙子跳着在人群里带头，马路上拥挤着民众，就有一二百人跟了走去。

竞存在一边看着呆了，只管目送了他们走去。这时有人叫道："张先生，还不回去吗？你家老妈子到处找你呢。"竞存看时，是那拉车的小三子，他穿了一件破背心，晃着那长光手膀子，在裤腰带上，斜插了一柄斧头。竞存道："你这是什么意思，拿着这柄斧头砍难民吗？"小三子道："我要砍小鬼子。"竞存笑道："你不是说过国亡了活该，你还拉你的车，怎么你也恨起鬼子来了？"小三子道："这畜类太没有人心。像他们这样炸，拉车的他也饶不了，这样做亡国奴，我不干。"说着，他右手拔出裤带里的斧头，左手伸出一个大拇指，在斧头锋口上，摩擦了几下，摇晃了两下头，鼻子还耸着哼了一声。竞存听说，心中暗喜，他想着日本人这样轰炸，炸起中华国民的怒火了。这怒火正是我们昼夜企求发生的。现在小三子也有了这怒火，透着中华民族还不是一盆冷灰吧？

第九回

天津在被屠杀中

这时，天上布着乳白的云彩，太阳已藏到云层深处，地面上成了一种似晴非晴，似阴非阴的光景。除了五马路口上中了燃烧弹，烟雾升得很高而外，其余远远近近，还有十几个烟头，腾绕在半空里，仿佛这火焰把大地全熏蒸过来，虽然没有阳光照着，可是还闷热得要命。在马路上奔走逃命的人，个个都把衣服湿得透彻。竞存在每个人脊梁上面，全看出来是衣肉相黏，才觉得自己的衣服，也是让汗洗涤过了的，于是赶着回去换衣服。脚是刚刚进大门，震天震地的一下响，一阵杯口大的雨点，随了暴风，落在院里。但这雨点，也就只一阵，随着还有些臭泥味可以闻到。远远地在东边屋头上，涌起一片烟雾。小马正站在屋檐下，人向后倒退了几步，不是墙撑住，就已倒在地上。于是摇了两摇头道："我瞧见飞机呜呜一下怪响，在屋头上擦过去的，怎么有这些带臭味的水点子？啊！小日本洒毒药了。"交代了这句，他立刻把鼻子捏着。竞存也因为连房子带地皮，全猛可地一震，也把人震得有些发昏。直等小马嚷过一阵，人才清醒过来，因道："你胡嚷些什么？这还不够惊慌的吗？还说话自吓自。我告诉你，这不是飞机洒毒药，是把炸弹扔错了方向，扔在这胡同东口，臭水塘里了。"小马想了一想，两手拍着道："对了，这要是飞机缓过去一秒钟，不，一秒也要不了，这炸弹准扔在咱们院子里。你瞧瞧把臭泥水溅了这一院子。"

刘妈看到竞存回来，由屋子里老远迎出来，正想说什么，被这一声炸弹震动着，人倒在地上。这时爬起来，也就追到院子里，对地面上看看，又对天上望望，因道："喝！这可厉害！张先生，我想咱们还是趁早想法子走吧。仗也打了，飞机也下蛋了，你还打算等个什么呢？"她说话的时候，面孔微微地扬着，在哪一个毫毛孔里，也找不出一点儿笑意来。竞存笑道："你的观音菩萨，现在也不保护你了。"自己伸手牵着脊梁上的衣缝向屋子里去。刘妈呀了一声道："我的天，这是怎样好？"竞存倒有些愕然，站住了脚，问她什么事。她道："你自己还不知道吗？刚才炸弹把塘里的水溅了起来，溅你这一身。"竞存笑道："这是出的汗。要是炸弹溅我这一身水，我早已就躺下了，给我打盆水到屋子里来，我要洗个澡。"刘妈道："哟！先生，你还有心洗个澡啦。赶上飞机又在臭泥塘里扔炸弹，那可不方便。"竞存笑道："我不洗澡，飞机就不下来吗？"刘妈也没有分辩，在竞存卧室里，安顿好了澡盆与换洗衣服，提了一小桶水进来。当她倒出了水到盆子里，转身出去的时候，忽然放声大哭。竞存抢来问道："刘妈，你这是为什么？"刘妈坐在门槛上，掀起一片衣襟，两手捧住，只管揉擦眼睛，口里还是呜咽不了。竞存道："你这是为什么？你说呀。"刘妈道："我也瞧出来了。先生，你是看到情形不好，洗个澡，找一个结局，扔下我和小马，怎么办呢？"竞存不料她是这样揣测着，气得瞪了眼望着她，接着又哈哈大笑起来。

小马在外面抢了过来，两手叉了腰，向刘妈瞪着眼道："你干吗咒张先生？寻死？别说是张先生这有志气的人，就是我，我也不干。我们必得把一条命拼一个小日本，至少拼他这么一个。"说着，将两只光手膀，互相用手搓着。竞存笑道："怎么肯？现在你不害怕了。"小马道："害怕有什么用？光害怕是躲不了飞机的。刚才那个学生在那里叫人当游击队，我就想去。只是没有找着张先生，没个交代，我不能走。"竞存笑道："你胆子那样小的人，现在倒挺强硬的。"小马将胸脯挺着道："光胆小不成啦。胆小日本鬼子可饶不了你。飞机大炮，他闹他的，咱们还得干咱们的。咱们要是不干，白白让他炸死去。"竞存道："好吧，你有这大胆子，就去告诉隔壁陈家人，叫他们赶快收拾要随身带的东西，什么时候有机会，咱们什么时候就走。外面飞机可在扔炸弹，你要害怕就别出去。"小马道："不怕，现在我什么也不怕了，你要我到车站上去，打听日本的消息，我都敢去。"他交代完了这话，立刻就转身走出门去了。竞存向刘妈笑道："你瞧，现在你不疑心我是寻短见了吧？"说毕，又是一阵哈哈大笑，自到屋子里洗澡去。

洗过之后，捡齐一些衣服，裹了一个大包袱，再向屋子里面看看，估量着还有什么可拿的。无奈那飞机嗡嗡之声，一阵接着一阵，只管向屋顶上掠过去。虽然每当飞机掠过连那房屋全都被带着震动了，经过已多，却也不为介意。只是驾飞机的敌人，有意玩弄中国百姓，常常对着人家院子里，放上一排机关枪。竞存每次想到院子里张望一下，总是被嗡嗡之声阻了回来。以为自己是极力地镇定着，不能出院子门，就在屋子里坐着，随手在书架上抽一本书下来，翻着看几页。但眼光射在书本上，耳朵里的飞机嗡嗡之声，和那轰隆的炸弹声，始终紧一阵松一阵，叫人不知道日本飞机究竟有多少架。命在顷刻四个字，总在脑子里腾跃着，哪里看得下书去？只好拿了一盒烟卷斜靠椅子上坐着抽。这样约莫有两小时，随着机关枪声和大炮声，同时并作，究竟是哪里射击，已经分不出来。但听到那嘘嘘之声、呜呜之声，在头上飞来飞去，有时啪的一声，屋顶上落一颗子弹，便不由得周身的毛孔，随了紧缩起来。也就为了这缘故，在两小时之间，除了抽掉一盒烟卷而外，什么事全没有办。

不知经过多少时候，刘妈在门外伸进半截身子来，问道："张先生，你想吃点儿什么？"竞存手里第七根烟卷，正要找火柴，把这支烟点着，这就向她笑问道："现在几点钟了？是啊！今天我们还没有吃一点儿东西下肚去。"刘妈道："已经两点钟了，你看，我们是怎样糊里糊涂过着的。"竞存道："我倒是一点儿都不觉得饿，你和小马饿了，可以随便做一点儿东西吃吧。"刘妈道："这大长天日子，你一点儿东西不吃哪成呢？"竞存笑道："我骇唬饱了。"刘妈站在房门口，先是呆了一呆，接着道："这话倒是真的，怎么我也不觉着饿？"说时，用手抚着腹部。竞存道："不管吃得下吃不下，你还是做饭去吧。把饭做得现成了，饿了就吃。把肚子吃饱了，我们得机会就跑。"刘妈听到这个跑字，不但不带着笑容，反是把两道眉毛皱起来了，因道："这日本鬼子的飞机，老是在咱们胡同前前后后飞着，怎么走哇？它扔炸弹还好点儿，不见得就碰上了。可是它追着人放机关枪，谁还敢在大路上走呢？"竞存道："天黑了，半天空里瞧不见地下，飞机就不来了，那个时候咱们再走吧。"刘妈道："晚上飞机准飞不起吗？"竞存道："晚上要飞，也是一样地飞。但是在飞机上的日本人瞧不清地下，他何必那样费劲呢？等到明天再扔炸弹也不怕你们中国人会把房子搬起走。"刘妈道："阿弥陀佛！也有不扔炸弹的时候，那我倒是要赶着去做饭，家里还有半口袋面，做上几十个馒头蒸着，吃不了咱们可以带着走呢。"她提到预备出去的事情，就把毫无希望的心情，重新振作起来，带了笑容到厨房去。

她还走不到十几分钟，就听见小马从外面连嚷带骂地走进院子里，说："哎呀！这日本鬼真狠毒！不知从飞机上扔下了多少炸弹，那条大正街烧掉了一半，他还要在那里扔炸弹。我全看了，咱们这条胡同几个出口的所在，全有飞机扔过的炸弹！"他一面说着，一面向竞存屋子里走来。刘妈在后面插言道："飞机它不能像巡警站岗似的，老停在半天空里守着，难道咱们过去，他就是一炸弹？"她两只手和过了面，连巴掌带手腕全糊着很厚的白面。不知道她什么事费力几分，头上的汗珠子豌豆大一粒粒，由额角上流将下来。她不能用手去揩汗，却抬起右手臂，在额头上横擦着。瞪了两眼，向竞存望着道："要是各胡同口上都有飞机守着，那怎么办？"竞存道："你自己也已经说过了，飞机不会像巡警一样地站着。"刘妈道："小马这孩子说得活灵活现的，我不能不相信。"竞存道："你人在厨房里做饭，小马在院子里说话，你都会听见了。"刘妈道："这个日子谁能够不听着一点儿瞧着一点儿呀。也许正在做馒头，一个铁馒头落下来。"竞存笑道："你这话有理。不过你别尽听炸弹，把饭耽搁了。肚子饿空了，逃命也是逃不动的。"刘妈站在房门口，向竞存呆望了一阵，方才走去。走了几步，复又走回来，向他笑道："你要是走的话，可得言语一声。"小马在后面抢着道："你也太什么了，张先生是那种人吗？"竞存倒不怪他们，只觉得他们这无知识的人，遇到了这非常时期，是格外地可怜。

这时飞机闹过了一阵，天空里又安静了一会子，不过在远远的地方，有连续不断的步枪声。竞存正想定一定神，估量着是不是出去的机会。只见陈老先生夹着一个大提箱在右肋下匆匆地走进房来，瞪着眼道："张，张先生，我瞧着是非走不行了。这炸弹不在屋前，就在屋后。"竞存道："看老先生这样子，立刻就要走了，你打算走哪一条路？"陈老先生夹不住那提箱，将两手抱着，因道："我们是一点儿主意都没有。我们要请张先生领着我们走呢。"竞存道："走，自然是要走的。你看，打窗户里向外瞧，天空里就是好几个火头，咱们这一带房屋，不定在什么时候，就会火封了路……"刚刚是说到这里，呜！突突突！那炮弹声，又在屋顶上飞过。在这一声之后，屋头上一个炮弹跟着一个炮弹，只是不肯断绝。远处又轰隆轰隆的，有炮弹子出炮口的声音。竞存也站在窗户边静听，听过了几十响，回转头来，见老先生还是站在屋子中间，把那个小提箱紧紧地在怀里搂着，便笑道："老先生，这个样子，咱们是走不了的了。你放下箱子来先歇一歇。"陈老先生这才觉得自己有点儿白费劲，把箱子放着，人就坐在箱子上，抱着两只膝盖，摇了两摇头道："日本鬼子，尽管叫老百姓别害怕，可是他们又拿大炮老朝着中国老姓轰。这个样子，天津怎么能安身？有些人想出来组织维持会，也无非是想保全财产呢！"竞存笑道："你这也明白了，日本人劝人合作，是骗人的。"老先生道："不过日本人尽管骗人，没有中国人，也什么事也干不好。就算他占了天津，他总得中国人和他做事，要不然，他怎么和老百姓接得起头来呢？现在炮火连天的，咱们只好躲开。过两天战事停了，我想这样做良善百姓的人，总可以回来吧？"

竞存听他如此说着，倒不好跟着说什么，只是长长地叹了一口气。陈老先生很明白，竞存是不满意他所为的，只好默然坐在那箱子上。正感到无聊时，他的一个小孙子，由大门口一路嚷着进了来道："爷爷，你怎么还不回去，大家等着你呢。"陈老先生听着，站了起来，弯腰手提着箱子。哪晓得哗啦啦一声大响，震得人耳朵有些发聋，人又只好呆站着。竞存道："老先生，你暂回去休息。看这样子，不是飞机炸弹，就是大炮，在白天出门很危险，晚上再走吧。我要走，一定会通知你的。"他的小孙子，已经跑进来，只管扯着他的衣襟，要他回家。他皱了眉道："这孩子真不知死活，你没听到刚才一炮，就打在胡同口上吗？我在张先生家里多坐了一会子，他和我多说两句话，也可以壮壮胆子呢。"竞存听他说的话怪可怜的，真的就留他在家里坐着谈天。到四点钟，刘妈蒸出馒头来了，索性留着他吃饭。可是在期间，飞机又经过了七八次。急得老先生坐在屋里，两眼只望了窗外的天空。最后他急出一句话来了："这天也别扭，今天还不天黑。"

第十回

月下劳军

俗言道：望发财不易，望天晴总是有的。晴雨是无定的，昼夜是有一定的，那么，在白天希望晚上到来，更不会困难。陈老先生所盼望的天黑，在三小时以后果然来了。白天所看到半空里的黑烟，这时都变了熊熊的红焰，站在院子里，昂头四周一看，这住家的所在，简直被围困在这些烈焰里面。虽然炸弹声已经停止，可是许多红焰的上空，火星乱飞，一般地怕人。陈老先生叹了一口气道："也有天黑的时候。"提着箱子去了。竞存叫小马。看守着大门，自己带了个手电筒，就单独地走出胡同来。五马路上还是空荡荡的，不过远在那边路口一丛火焰，卷起屋头高的黑烟，懒懒地滚着。烧夷弹炸中的房子，现在是烧得只剩了些焦炭，没有什么威力了。沿着向马路这头去，不到一里路，就是小河，渡过河是乡下的高粱地，就有逃命的路线了。

心里如此想着，在黑暗无灯的大马路上，将电筒照耀着走。约莫只走了一百步路，忽然有人在身旁喝了出来："口令！"看时，小横胡同里，一个端了枪的兵士，抢将出来。竞存站住了脚，答道："我是在附近住的老百姓。"兵士已是走到面前，问道："打算到哪里去？"竞存道："我住家的所在，今天整天都让炸弹包围住了，几次想逃出来，都没有逃出。现在我想出来探探路线，然后引着街坊一块儿跑。"兵士道："你带着手电筒的吗？给我。"竞存将手电筒递过去，他就拿着向竞存周身照了一遍，因道："你是干吗的？"竞存道："我是教书的。家就住在前面。假使老总不相信，可以跟我到我家里去瞧瞧。"兵士道："并非是我难为你，天津的汉奸实在多。老乡，你回家去吧。今天晚上，你走不了，这四周全不好走。"竞存道："我们布了防线吗？"兵士道："这个我不能告诉你，反正不能走就是了。一两个人逃走，走一步是一步，那还好一点儿，你要是带着一大批人走，目标太大，无论遇到自己军队，遇到小日本，全跑不了。咱们都是中国同胞，假如逃得了，我还不愿意多活几个同胞吗？"竞存道："你这位老总说得有理，我不走了，天亮再说吧。""吓！王得标，同谁说话？"在二三十步外，有人插嘴问一句。王得标道："班长，这里有位先生想探探逃跑的路线，我劝他回去呢。"说话时，那班长扛了一支步枪，也到了面前。王得标道："这是我们周班长，你问他吧。"竞存便先向他报告了姓名、职业、住址。周班长道："张先生，今晚上，你别想走了。不但是这前后好几个口子过不去，就是过去了，前面那条河里没船，你飞不过去。你要是由铁路桥上跑过去，两头都有兵，你去干吗？你希望我们在这儿打个大胜仗吧，那就把这里的老百姓全放出去。"竞存道："就是不能放我们老百姓出去，我们老百姓也希望打个大胜仗呀。只要国家能打胜仗，我们做老百姓的，虽然受一点儿牺牲，那倒是不在乎的。"周班长听这话，走向前来和他握着手，连连地摇撼了几下，笑道："到底有知识的人，说话不错。张先生，你回去吧，马路上究竟没有家里头安全。"竞存道："各位口渴不口渴，我家里泡着现成的菊花茶，送一大壶来，好吗？"周班长道："好的。只是我们这里弟兄少，分不开人去拿。"竞存道："当然我送来，我家到这里近得很。"说着接过手电筒，又一路照了回来。

胡同里的人，全知道竞存出去探路了，现在全在大门外等候着，看到他回来了，大家就一拥而上围住了问消息。竞存把听来的话都说出来了。大家听说是不能走，又兜头一盆冷水，呆呆地站着，默然无言。竞存道："虽然现在不能离开这里，咱们也并非是完全绝望。那周班长不是说了吗，只要他们能在附近打个胜仗，把几个口子打通了，明天早上就可以保证我们出去。我们放着现成的路子不去努力，只管唉声叹气的，这不是办法。叹一阵子气，咱们就出去得了吗？"有人道："怎样努力呢？我们也不会端着枪打仗呀。"竞存道："人家在打仗，咱们送点儿吃的喝的。找两个麻布口袋出来，给人家堆堆沙包，或者挖铲土，筑筑战壕，这都算帮了忙，还有什么不会的吗？"那个拉车的小三子，也在这里听消息，便插嘴道："干！干什么我都算一个。"竞存道："那很好，我现在要送一大壶茶给他们喝去，你先帮我拿着。"小马在人群里迎出来道："我在这里呢。"竞存道："你也去，你把咱们家的馒头装上一篮子。"小马道："光给人家馒头怎样吃呀？咱们家可没菜。"竞存道："打仗的军人你以为像平常的人吗！"小马道："咱们这是慰劳人家，总得有点儿菜配着才好。"陈大先生也在人群里站着，因道："我家有几块腊肉，就是得煮熟。"竞存道："那你就去煮熟吧，我先把茶送去。"这一说，大家跟着起劲，有的愿送腌鸭子的，有的愿出新鲜菜的，共凑了六七样。竞存见大家热心，很高兴，便道："各位尽管预备着，我先同小马送茶去，问他有多少人，好预备碗筷，回头我叫小马来报信。"小三子道："不用我了吗？张先生。你别瞧我拉胶皮车的，我也是个忠心报国的同胞。"说着，将手连连拍了两下胸脯。竞存笑道："好吧，好吧，你也去。"

说着回家去，把大小水壶茶壶全装满了凉茶，共是六壶，带了几只杯子，同小三子、小马，一路送到马路那头来。遇到的哨兵将他们引到了一条宽胡同里，一个三岔口的所在来，那里就是防线。在全市空的火光映照下，看得相当清楚。左边过去约二十步，是小胡同口，正对了一家大纱厂，那里架着一挺机关枪，有三个士兵守着。可是也没有什么掩护的，就是在地面上临时堆了一摊乱砖和沙土，还不到二尺高呢。这边是宽胡同口，站着八位士兵。竞存将茶杯放在地面，请兵士随便饮用，就站着和周班长谈话。他道："我们共有十一个人，就是警戒着这条胡同口的，那纱厂里有几百日本鬼子，知道他们要打哪条路出来呢？我们只好每条胡同口上都设下警戒线。"说时，他已取了一大碗茶在手，端起来昂头一饮而尽，又弯着腰提壶斟第二杯茶，接着道："当了七八年兵，什么仗都打过，受老百姓这样欢迎，还是头一遭。我就常对弟兄们说，咱战死沙场也不屈。好茶，这准是二毛一两的菊花。"说着，在黑暗中听到咕嘟一声。竞存道："我们家准备着一篮子馒头，打算送给老总们尝一顿糙点心。街坊听说，有凑咸肉的，有凑鸡子儿的，不知道班长赏光不赏光？"周班长啊呀了一声，笑道："大家看得起我们，送东西给我们吃，我们还有不识抬举的吗？"竞存听说，就叫小马、小三子回去取东西，自己依然站在马路胡同口上和周班长谈话。

约莫二十分钟的工夫，小马、小三子把所有的东西装在一个大藤筐子里，用木杠子抬上前来。后面男男女女跟了十几个人，随着也送些东西。有的抱着一个西瓜，有的拿着几盒烟卷，有的捧着半桶子饼干，全部送到周班长面前放下。他笑道："这可了不得，慰劳的老百姓，比我们大兵多得多。"小马道："我原不叫这些人来，他们说一来要来瞧瞧，二来问问消息。其实，这些东西，我这一杠子全可以抬来的。"周班长笑道："来了就来了吧，大热的天，反正睡不着，只当是在马路上乘凉。喂！王得标，你把这些馒头咸肉鸡蛋，先分一股出来，送给杨仁勇三个人去吃。他们守住那挺机关枪可不能动。这一个西瓜也送给他们。"说完了，那小胡同口上三位守机关枪的，哄然一声，表示着欢迎。周班长道："弟兄们，你们都把东西搬去吧，多谢老百姓。"这里连王得标在内，共有七名士兵，大家就蹲在藤筐子边，抱了枪在怀里，用手抓了吃。周班长站到大胡同口外去，因道："你们吃吧，我在这儿放哨。"

这些老百姓见士兵欢欢喜喜，一点儿没有打仗的样子，大家也忘其所以地站在一边看。士兵们很快地吃完了，就让周班长回来吃。竞存道："周班长真能与士兵同甘苦，你放哨要紧，宁可吃弟兄们剩下来的。"周班长弯腰下去，抢了两个馒头抓了两大块咸肉，夹在馒头中间，送到嘴里咬了一大口，咀嚼着道："他们全给我留着呢。我算什么？我们李旅长、我们宋军长，上起操来，一样地穿布鞋打裹腿。"竞存道："你们师长呢？"周班长道："报上说是到北平去了。你当然比我们大兵知道得多。"竞存道："听说李旅长这次很激烈，他非干不可，你们知道吗？"周班长道："外面都是这样说吧？我们当军人的，以服从命令为天职，叫打就打，不叫打也没法子。今天早上抢日本飞机案，就是为了这命令迟了一个钟点，跑掉飞机十几架，要不，我们全给它烧了。"他很快地吃完了两个馒头，两手剥着一个咸鸡蛋吃。竞存道："那是怎回事？"周班长道："原来李旅长下的命令，我们三点钟要出发，四点钟打到飞机场。半夜里，上面又来了一道命令，改四点钟出发。打飞机场原是预备两营人，一营人冲锋，一营人接应。打冲锋的没接着后来的一道命令，还是照原时间出发。杀到了飞机场，偏是日本鬼子又先得了信。他一面抵抗，一面抢着让飞机起飞，我们的接应不到，天又大亮，只好退下来。咳！说什么？挺好的机会错过了。"他斟了一碗茶，咕嘟一声喝下去。这时，火焰像黑云一样，闪开了半边天，露出半轮月亮。在月光下虽看不到他的颜色，只听这一声响，仿佛他把所受的委屈怨恨，都随了这一碗茶，完全吞下肚去。

　　大家听到周班长说话很有道理，全都围拢来听。不到半小时，前后人家，都开了大门，迎向前来看热闹。周班长说得高兴，也只是跟着向下说。夜深了，近两处火场，已经没有火焰。天色反是大晴，郁结在半天里的云层，稀疏得像破了的纱罗一样，慢慢地消失。斜在屋顶上的大半轮月光，射下了一片清光，照着一大群人影子，散在地面上。半空中间有点儿风，由马路那头送来。顺风看去，马路空荡荡的不见一个人影，虽然远处还有火场的烟雾，这眼前的马路，却透出了月色。肃静、凉爽之余，听了周班长的话，又加上一层痛快，大家只管在马路上站着，忘记了这是什么时候。忽然一阵急促的脚步声，由胡同外面跑了来，却移动了大家的注意。月亮下看出来，只是一个徒手的便衣人，才喘过了一口气。周班长端起了瞄准的枪，也就放下来了。那人到了面前，是小三子。他不等别人问他，回转身将手指着来的路道："我刚想溜回家去，把车子拉出来，老远地听到一阵皮鞋响。我偷偷地爬上院墙一看，在那边马路上，来了一群日本兵。"周班长道："那很好，多谢你来报信。你看他们准是向这地方走吗？"小三子道："我没敢由大门走，是打后院翻墙头跳出来的，隔着两条胡同呢，说不清他们是向哪儿走。"周班长道："当然是由这里走。我们这对面的纱厂，是他们一个部队。"在这里听消息的老百姓，听说敌人来了，哄然一声，转身就要跑。周班长轻轻喝道："呔！一个也不许动。动，我就开枪。"说着，他真把步枪端起来。大家在月光下，见他的枪口直对着身上，又只好站定了脚。

　　周班长将枪放下来道："对不起，我不这么着，各位不肯站住。你想呀！敌人正由对面马路上过来，你们要穿过马路才能回家，岂不是两下碰个正着？这么一大群人，目标太大，脚步又重，他们要是追上来了，你们

232

是白受牺牲。"大家想这有理，全愣住说不出话来。竞存道："班长，你们人太少，打算怎么办？"周班长道："人少要什么紧？我们一个人不打他十个不算数。军人只有向前的，绝不退却。我们也像你们的情形，退却就是白杀。没有说话的时间了，大家全躲在地上装死吧。敌人过来了，我们对付他们。"小马道："装死就能保险吗？小日本心肠是狠的，也许对死尸也开上两枪。"周班长道："装死不过是无办法里头找个办法，当然不能保险。"小三子道："那我们不装死，躺着地下挨揍，我不干。"周班长道："那还有个办法，你们跟着我们弟兄一块儿干。把敌人打退了，咱们全部活着。"竞存举了手道："干！好的！干！"在场的人都觉得一块儿干，比躺在地上装死强得多，都说："我们干，我们干。"周班长道："那好极了。张先生会开枪吗？"竞存道："枪，我不会开。可是我学过两年国术，会使刀。"周班长道："那好极了！这个给你。"他说着，在背上刀鞘子里，找出那把大刀来，交给竞存，便道："为了大家死里求生，大家要听我的命令，五分钟以内把事情办完。在这里的女太太、老人家、小孩子，站在南边墙脚下，月亮阴地里去，快走。"说完，果然有七八个人走开。周班长将手点着月亮下没走开的人道："一五，一十，十五，一共是十六位老乡。我们这里还有六把锹、十一把大刀、两把锄子，全放在地上，你们能使什么家伙，自己来。弟兄们，快把东西挑好。"这时，谁也不敢耽误一秒钟，月亮下，刀光和锄锹的影子，纷纷地忙乱着。三分钟后，各人手上都有了武器了。

第十一回

肉搏·四比七十九

周班长站在月光地里，扛住上了刺刀的枪，侧着脸，凝神去听敌人的响动，两眼却看着拿家伙的那些人。等着各人把家伙拿好了，他便道："连我们弟兄同各位老乡，共有二十七人。恰好是九个一组，可以分成三组。一二两组，三个弟兄，六位老乡。第三组可是两位弟兄，七位老乡。我的意思，一二两组，隐伏在胡同两面，敌人来了，就各攻左右翼。由三位弟兄在前面领着，各位老乡，跟管后面杀上去就是了。第三组由我自己领着，由正面进攻，先藏在那堵短墙凸出来的犄角上，敌人一到就扑出去。但是老乡都是生手，必得一个领着两个人向前。张先生显然懂得国术，肉搏起来，最好不过，给我们一块儿打中路，也交两名老乡给你领着，好吗？"竞存取了那柄大砍刀在手，横拿着刀面在月光下面审查了两次，锋口薄薄、宽宽的，一条水也似的雪白。用手掂了两掂，又做了两个姿势，觉得很称手。周班长这样说，立刻很响亮地答应一个好字。

周班长叫起了弟兄的名字，指示着每三个人带了六名老百姓伏在胡同左右两面墙脚下，他自己和竞存、王得标也带了六名弟兄藏在墙犄角下。正好左边有座八字门楼斜藏九个人。右边有一堵短院墙，又藏了九个人。正中这个墙犄角是在胡同里第三户人家大门边，比隐藏的左右翼，略退后上十步。墙微耸着，挺起了个屋肚子，勉强可以掩盖着人影。大家很快地照着命令行动，各人紧紧地拿了家伙站着，一点儿声音也没有。站在后面的一个人，可以把前面一个人的呼吸声，听着清清楚楚。抬头看去大天中

234

一钩凉月，配了几颗稀疏的星宿，正在胡同头上。人家院墙里伸出来的老槐树，于月光下面，露出一个很大的黑影子，透着这环境相当的肃静，因为远一些地方的枪炮声已是完全停止了。回头看那边小胡同口上，那三个守住机关枪的，已伏在那因陋就简的防御工事下面，那一份紧张，不亚于这方面。竞存低声道："周班长，把那挺机关枪移到这大胡同口上来，不更稳当些吗？"周班长道："那里放一挺机关枪，我还嫌着不够呢。我们这里一动手，那纱厂里的日本兵就难免出来救他的队伍。我们不把一挺机关枪在那里截住，岂不受着敌人前后夹攻？我们……啊！别作声，听着，大概来了。"本来大家就够镇静的，被周班长这样叮嘱过后，大家益发地镇静，镇静得连呼吸都要停止下来。周班长回转头来，望着站在墙阴下那几位老弱的百姓轻轻地道："喂！老乡，你们也别闲着，假若我们动起手来了，你们大声嚷杀，给我们助助威。"站在那里的人，也没作声，还是静静地站着。

这时，所有在场的人，全可以听到脚步响了。叽叽喳喳，由远而近。在两面墙脚下埋伏着的人，全都是血管紧张着，两手握住手上的武器，瞪了大眼向前望去。有枪的兵士，各端起了枪，在墙阴外，微微露出枪口，朝着胡同口上。脚步声越来越近，月亮下已看到一丛人影子。人影子近了，看清楚了是黄色的军服、军帽、皮鞋。不是日本兵是谁？竞存左边是周班长，右边是王得标，全端起了枪，向前做一个瞄准姿势。竞存也就两手紧握了刀柄，正看了前面。这时，也不知道是愤怒，是恐惧，是焦躁，是安定，但很盼着敌人快到面前，将刀砍了下去。但听得周班长大喊一声放！三方八支步枪，轰的一声齐齐地放出去。接着枪声便是震天震地地喊着："杀呀，上！"随了杀呀之声，人是不知不觉地发了疯一般，飞步上前。眼见一群武装齐全的日本兵，簇拥在胡同口上。面前一阵人影晃动，前面几个，随了枪声倒下。后面的人，哄然一声惊讶着，还来不及后退，把进了胡同的人，堵在胡同口上。左右两翼的十八名埋伏，冲出了墙根和大门洞，刚刚是接近敌人。

竞存这支中路军，来得更快，已飞步到了敌人面前。因之窄窄一条胡同里我敌已纠缠成一团，竞存来不及去看别人了，两手举着大刀，对准了正对面的一个敌人，做个大劈柴式，猛砍下去。刀擦着步枪当的一声响，那人右膀被砍断落地，人向右一倒。在他后面一个日本兵更慌了手脚，两手横拿了枪，向竞存的刀口挡着。竞存本还是两手捧住刀柄的，左右试砍了两回，都不能下去，便身子一侧，左手撒开来，右手单拿着刀，向左边虚挑半刀，日兵果然两手捧枪向左边遮拦。竞存早已收回刀来，再猛可地向敌右肩横削过去，毫不费力，那人随了刀光倒地。竞存还不曾收回刀来，在右边空当里，一条带刺刀的枪倒插过来。竞存待用刀背去挑开刺刀扎到脚边，可是刺刀过来了，那人身子也过来了，头伸出来有一尺多远。扑的一声，月光下一个锄头影子，正对了他的脑袋猛砍下去，他便向前栽过来。竞存不能放过这机会，连拖带砍的一刀，很利落的，连军帽带脑袋全砍下来。这时，后面那群老弱的喊杀声、阵前刀枪锄锹的碰匝声、敌人的皮鞋奔走声，闹成一团。敌人始而不知这边虚实，冲杀之后，立刻后退。因为自己人多退不出去，只好肉搏向前冲。这胡同虽宽，也就只好十人上下排立着，前面砍杀了许多，后面的人无法向前救济。等到可以接近，我们的两翼，已抄到他前锋的后面。在狭窄的战地上，反是短小轻便的锹锄大刀，挥动自如，他们拿着步枪，胡乱遮挡。可是挡了正面，左右两方却有十几把锹镐在月光下飞舞了来，敌人只有且战且退，不能再冲。越是这样，他们的人越是纷纷倒地。进了胡同的敌人，没有一个退出去。在胡同口上的一部分，知事不妙，转身向后面便走。

只听到周班长大喊道："老乡，千万顶住敌人，不让他离开我们，他离开我们，我们就是死，杀呀！"他一面喊着一面向前进。竞存随了中队，冲出了胡同口，见敌人还有四五十人，散在马路上，觉得形势还很是严重。他口里大声喊杀，将面前回身举枪的一个敌人，直扑了去。自己也不知道勇气是哪里来的，月下一条白光，在面前落到敌人身上，敌人就随刀落。我军方面的老百姓，原来以为求生不得，只好厮拼，并没有希望打多大的胜仗。现在看到日军纷纷败退，原来他们的力量，也不过如此，就一同冲杀出来，各人都拿着手上的武器，各找一个日兵猛扑了去。到了大马路上，地方开展，日军本来可以整齐了阵线向我对比。但是他们退出胡同口来，就乱了阵线。刚回转身来要抵抗，就让我军赶上去一顿砍杀。那些没有接触的，本待向前增援，恰好那些助威的老百姓，也喊着冲出胡同口来。他们以为胡同里面的中国军队，一定源源不断的，掉过背来又跑。到了这次跑，他们的人数，已是和我军不相上下，大家更壮了胆子，死命地追着。追得贴身了，他们又只好回身接杀。他们对于拿锹锄刺刀的人，还有时回手，对于拿大刀的人，总是一个笨法子，横端了枪上下遮拦。因之拿刀的人，从从容容地砍了一个，又可以去帮助别人。最后，他们剩下十几个人，倒拖了步枪，将身子猫着向前，顺了马路飞奔。这里的人不能追了，有枪的兵士们，在月光下面看得亲切，端起枪来，接连几枪，只见敌人纷纷倒地。远远地看去，只有一个，俯着身子朝前奔。他跑得很狡猾，跑个二三十步，找着一个掩蔽的所在，就把身子贴俯在那里一会儿。听到枪响过了，起身再跑。大家看到就只这一个人，犯不上追赶，跑了就让他跑了吧。敌人算是全部覆灭，喊杀声也早已停止。

　　清凉的月光洒在马路上，照着满地的尸首，七横八倒。步枪、刺刀、军帽，散在四处。竞存拿了那柄刀，站在马路中间月光下，看看马路两头，依然寂寞无人，仿佛是做了一个噩梦。倒是月光照着人影，斜倒在地面，一个个的，黑白分明。这些厮杀过的人，连兵士带老百姓，全是刚喘过一口气，都呆呆地站住，鸦雀无声。尤其是老百姓们，经过这一场生平所未经过的国际战争，不知道是怎样经过了，也不知道是否有风波跟着来，所以大家都忍住一口气，不知道作声。因之地面上躺着死人，月光下站着是呆人，全不会动。还是周班长站在一丛人前面，两手抱了枪，四面全看了一番，然后昂起头来，对着天上的月光道："杀得痛快！不是我那枪瞄准差着一点儿，叫这班小日本，最后一个也跑不了。"竞存也把精神安定过来了，左手拖着刀，迎了周班长握着手道："恭喜恭喜，靠着班长的指挥，打了这一个大胜仗。"周班长笑道："要不是老百姓帮忙，我们十一个弟兄，那要全完。我还得谢谢你呢。"竞存道："我们也当点点数目，到底打死了多少敌人。"周班长道："先查一查自己的吧。"于是大声叫道："刚才我们三队作战的人，都站到一处来。"大家本来站在一堆的，这就由王得标引着大家成单行站在一排，站好了，他也归着队。周班长道："老乡，你们会报名数吗？"大家说会。于是王得标由第一喊着，到末了一个，共是二十。

周班长又叫再数过来，还是二十。周班长道："连我在内是二十一，有六位没归队了，弟兄们出来。"他重叫一声，兵士全走出来，只有五个人。周班长道："我点名吧。"于是一个一个地喊着名字。喊到万代光、夏永荣没有人答应。周班长道："大概两位兄弟阵亡了。我亲眼看到一位弟兄，前胸中了刺刀倒地。其余的兄弟们都好吗？"有人道："班长，我腿上挂了彩。"

随着这话，竞存在老百姓班里啊呀一声。周班长走过来问道："张先生，你又怎么样了？"竞存已坐在地上，两手抱住了右腿，因道："这里中了一刺刀，血流得太多，把裤脚全黏上了。不是这位老总说，我都忘记了。"周班长道："那大概伤不重。张先生不是有一位工友同来吗？让他搀你回去吧。"小马由马路角上跑来，笑道："我同小三子把胡同里面的死尸，查了一查，咱们自己死了两名老百姓、两名老总。敌人是四十一个。"竞存道："哎！你和小三子查尸身去。我们以为你们不归队了。敌人死了这样多，再查查马路上看。"周班长道："这位小兄弟，你搀你们先生回去吧，他挂了彩了。"竞存摇着手道："不，我不痛，我得听听消息再走。小马，再去点去。"小马一头高兴，果然不问竞存的伤，又顺着马路向前查去。其间在场的百姓，精神安定了，也都纷纷去查点死尸。后来大家报告，马路上远处还有三十八具敌尸，没有自己人，共杀死敌人七十九个，连那跑掉的一个算起来，敌人是共来了八十个人了。数目大概不错，但现在又有一位老百姓失踪。

大家正奇怪着，有一个人拖着锄子，由胡同里走出来，叫道："我在这里呢。我左胳膊上，伤了一刀，回家去，找点儿布，把伤口捆上了。"小三子笑道："啊！是杨老七。"老七道："小三子，你平常总和我抢生意。刚才一个小日本，打你腰眼下伸过来一刺刀，不是我在他脸上使劲一铁锹，你就没有了命。"小三子道："咱们都是中国人，谁吃一点儿亏，谁占谁一点儿便宜，那都没有关系。刚才要是小日本给你那样一刺刀，我要得空，一样帮着你的，帮别人也是帮自己，咱们归里包堆是这么些个人，少一个，小日本的力量就强一分，自己也就加上一分危险。请张先生评评这个理，对是不对？"竞存笑着插嘴道："对的。这会子，你们该明白过来，还不是中国人好？大家一齐心，咱们二十七个人，干了人家七十九个人。"小马道："怕日本干什么？干这一回，把他们屎渣子全瞧出来了。"周班长笑道："肉搏，日本人是不行，可也别太瞧不起他们了。今天这八十人败在我们手上，有两个原因：第一，他们是在别个地方打败下来的残兵，想归队，不料让我们在这儿截住。第二，他们是在乡军人新编的，并不是什么正式军队，哪里能冲锋肉搏呢？"竞存道："周班长怎么知道他们是在乡军人呢？"周班长笑道："这里头有个前田药房的二掌柜我认得，他那药房，不就开在北洋饭店斜对门儿吗？啰！这位就是。"周班长走近一个仰面躺着的敌尸，用脚拨了两脚。在月亮地上，周围看看，大家都十分感慨。周班长说是这样侥幸的事，可一不可再。恐怕再有什么风波，劝大家回去。竞存有了伤，也不敢耽搁。他和周班长握着手，紧紧地摇撼了几下，然后说声再会而去。他一走，大家也纷纷地散了。

第十二回

动摇者醒了

五马路上，依然归于沉寂了。竞存住的这条小胡同里，更不会有什么异样的情形。竞存扶着小马肩膀，一拐一跛地走了回来。刚到大门口，小马就大声嚷起来道："刘妈快开门吧。我们得胜回来了。"刘妈一面开门，一面埋怨道："怎么去了这样久？这是闹着玩的吗？不定什么时候有日本鬼子冲过来打仗。"小马道："好哇！你还全不知道呢。我们和日本鬼子打了一仗，他们来八十个人，只回去一个。就是我小马，也砍了他们鬼子两个，真不含糊。"刘妈道："夜深了，休息一会儿，咱们趁着天亮好走，别吹了。"说话时，已走到了院子里。小马跳着脚道："什么，我是吹吗？你问张先生看，是不是打了一仗。张先生脚上还受了伤呢。你快点儿弄盆冷开水来，让张先生洗一洗伤口。"刘妈这才理会到竞存是扶了小马进来的。哟了一声，立刻忙乱起来。竞存倒不怎么介意，将伤口洗干净了，在灯下看去，只有二三分深，一寸多长，家里现成的绷布药棉花，细扎好了，到屋子里去睡觉。刘妈知道真的打了仗，就盘问小马的情形。小马和她在院子里乘凉，将二十分钟的冲锋肉搏，连比画带说，足闹了两个钟头。刘妈坐在椅子上一会儿叫爹叫天，一会儿念佛。

小马说得有个差不多了，陈老先生带着两个儿子一个孙子，一同进来，问道："小马，你刚才说的话，全是真的吗？"小马道："你去问问别人，街坊一块儿去打仗的，也不止我一个。"刘妈道："吓！你瞧瞧只管说话，我们也忘了关大门。"陈老先生道："关大门做什么？天一亮咱们走了，扔下这个家，人家爱拿咱们什么就拿什么。"刘妈叹了一口气道："这话倒是真的，叫我们怎舍得扔下这些东西呢？"小马道："舍不得有什么法子呢？飞机大炮满天飞，守着东西不走，也许同东西一块儿完吧。"陈老先生一听飞机两个字，就增加了他的心事，抬起头来，向天空望着道："也不知道到了什么时候了。假如天快亮了，我们就该预备走。"小马道："四处都是战场，天不亮向哪儿走？糊里糊涂钻进了火线里去了，那才冤枉呢。"陈老先生道："要是照你这样说，天一亮四处的战场都收起来吗？"小马道："可不是？我和他们兵谈过的。他说，天亮了，敌人的队伍飞机就要出动，这可叫他们不好对付，只有把队伍收回去。"陈老先生道："咱们的队伍收了，日本的队伍收不收呢？"小马道："打仗是对比着的。咱们不在战线上挺着，他们不是追过来，也就收回队去，他们还在那里耗着干什么呢！"陈老先生道："那我们该预备了。把张先生喊起来吧。"刘妈道："老先生，你只顾逃命，也不体贴别人一点儿。我们张先生打了两个钟头仗，腿上受了伤，刚刚睡着，也让他休息一会儿。反正现在也走不了，叫他起来干什么？"陈老先生道："我仿佛这一夜，比着过一年还要长久些，还不天亮，真怪！"他说时，手里乱摇了一把扇子，只管在院子里来来去去地走着。

小马道："这会子，老先生也就舍得把这几所好房产扔下不管了，满心都是打算着什么时候能走。"陈老先生道："这孩子，你也笑我，我也是没奈何罢了。小兄弟，一生心血换来的产业，谁又舍得白白地扔下呢？"说完，长长地叹了一口气，昂头望了天，将扇子不住挥动，对他大儿道："朝汉，你们带了家眷，随着张先生走吧，我还是在这里看守着房子，不见得一炸弹就扔在这上面。若是扔在我家，我这么大年纪了，还惦记着什么，随一生的心血完了吧。"小马怕自己几句话说重了，真引着老先生不走，默然地向大门外走去。刘妈道："老先生，你别睬他，他是个小孩子，懂得什么。"陈老先生道："可是我的产业，我也真舍不得。回去和大家商量商量吧。"他说着这话，好像是决定了不走，立刻跑回家去。

可是当他还没有走进大门，却听到后面有人轻轻叫道："是六爷吗？"陈老先生站住脚时，胡同口上几个人摇晃着身体，走了向前。陈老先生等着他到了面前，看见第一个像是孙老头子，第二个人是王七爷，后面几个人，也都是左右胡同的老街坊。他们好像是约好了来问话的，异口同声地问着，打算怎么办呢？陈老先生道："要不是为着军队拦了去路，刚天黑，我就走了。据说，天亮了，军队就要撤防，那个时候走吧。"孙老头子道："我瞧，不走也不行了。你没瞧见，马路上全是日本兵的尸首。他们能够不来报仇吗？王七爷说了，现在就是出来组织维持会，他也不敢保那份险。"那王七爷果然在人后面挤向前，他手上拿了一把长柄板扇，点着陈老先生道："日本人不抓住天津就算了。抓住天津，这笔账可不好算，这胡同前前后后的街坊，向二十九军送茶送水不算，还帮着他们打了一仗。这样一来，我在这里也待不住，只好跟着你们走了。"陈老先生道："什么？你原来还没有打算走的吗？炸弹可没有长眼睛。"说话时，在月光下看到王七爷眼珠转动着，带了微笑，表示着他那份得意劲，鼻子里哼一声道："虽说日本飞机扔炸弹是不问青红皂白的，可是和他们通得上消息的，就不会受弹。"小马正在胡同里站着，就在一旁插嘴道："这日子，谁和日本通消息呢？除非是汉奸。"王先生身子挺了出来问道："谁在一边搭话？"小马道："我叫小马。不含糊！你打听打听吧。刚才在马路上冲锋，就有我在内。数目也不多，杀了两个半日本鬼子。怎么有半个呢？别人把他打着躺下了，我加上一刀。日本鬼子兵都不是我的对手，汉奸能把我怎么样？"他说着，把两手叉了腰，挺起肚皮囊子挤向前来。孙老头将手横拦着他道："回去睡觉吧。"小马晓得这老头子有两手，只好缓缓地向后退着，退到大门洞子里，手拍着大门咚咚有声喊道："打倒日本，打倒汉奸。"陈老先生连连拱手道："各位请家里头坐吧，别理这傻小子。明天告诉张先生，得重重教训他一顿。"小马道："明天？明天是杀汉奸的日子，也不知谁在谁不在呢。"他尽管说着，这些人已经到陈家去了。

倒是睡着半迷糊的竞存，听到打倒汉奸这口号，立刻由床上跳了起来，直到院子里，并没有看到什么特殊情形，才定了神，先是将小马申斥了几句，及至他说出理由，倒是好笑，便道："天快亮了，这次我们决计走。你东西预备好了没有？"小马道："我自己有一只小箱子、一个铺盖卷。张先生要有什么给我拿，这铺盖卷我就不要了。大热的天，反正用不着。"竞存道："你们自己尽量带自己的东西吧。我的东西多得很，带了一两样出去也无用，干脆，全送给日本人了。唉！"说着，长长地叹了一口气。走到屋子里去，见木器家具，还整齐地摆着，这每一项都是心血钱换来的。复跑到书房里去看看，总还有三四百本书凌乱地堆在书架上，不曾搬得走。每一个角落里，都不免发了呆，多看上一看，于是就发现在玻璃窗户外，有一群黑影子摇撼不定，正是自己手栽的盆景，被风摇着闪动，也许是她在说，我们再会吧。竞存不由得呆坐下来，对了那花影子发痴。心想，大家都向安全地带走了，谁来守住这天津？可是，不走又怎么办法呢？

沉沉地想着，不知道停止，却听到院子里有杂乱的脚步声。自己出来看时，却是陈老先生引了一大班人进来。竞存对这些年老的街坊，已经是领教过两次的了，便道："各位有什么计议，不必把我算在内，我马上要走。"陈老先生道："谁说不走呢！晚上这一次巷战，打死日本许多人，这祸事惹得不小。咱们军队要是退出了这地方，日本鬼子不找咱们老百姓算账吗？好汉不吃眼前亏，我们都离开这里吧。"竞存哈哈笑道："这样说起来，还是和日本打得好。一来得着一个胜仗，二来把想跟着日本人走的，也都拉过来了。各位还有什么打算没有？若是没有打算，就回去收拾东西吧。天已经快亮，我们是不能等着路上看见人，就要离开的。"陈老先生听说，又作起揖来，央告着道："无论如何，你必带着我去的。"竞存笑道："其实我也没有什么保障。不过各位街坊愿意同我一块儿走，我一定在前面引路。不过有一点，现在是抓着机会就走，谁也不能等谁。"陈老先生道："那当然，我们都把东西理好了，放在手边。干脆就在胡同里等着张先生。你一动身，我们就跟着后面追。你别看我们是老天津，这两天让飞机大炮一闹，全成了昏头鸡，哪里能走，哪里不能走，真不知道。唉！家完了不算什么，我这大大小小的十四口，要逃不出去，可真的……"竞存道："老先生，不用发愁，我一定带你走就是。一不用我背，二不用我驮，让你们在后面跟着。我为什么不肯？"大家听说，似乎得了一层保障，纷纷回去收拾包裹。

竞存自己也开始感到一些焦躁，背了两手在身后，不住在院子里走来走去，抬了头只管向天上看看。那歪斜在天上的大半轮明月，似乎减少了她的光辉。绿青色的天空，慢慢儿地，带了一些灰白色。天上的星星，本

243

来就不少，现在可只剩着两三粒比较明亮一点儿的，伴着月亮下沉。天空里并没有什么风，可是全身都感到凉阴阴的，便道："刘妈，预备走吧。这天气是将要天亮的样子了。"偏是夜阑闻远语，他道一句话，门外候驾的那批街坊，首先听到了，大家哄然一声，挤进院子来。竞存向大家摇着手道："别乱别乱，天还没有亮呢。咱们先得向大街上去打听打听。若是军队没有撤防，我们还是不能走。"早有两个年纪轻一点儿的街坊，应着他的话，就向胡同外面跑去。不多大一会子，他们又跑了回来，老远地招着手道："我们走吧。大街上已经有人在走了。"在胡同里等着的人，这就不需要竞存引路，把放在地面上的东西，背着扛着，一巢蜂似的就向胡同外拥了去。陈老先生一家人，看到大家向外走，扶老携幼地也都扛着背着细软，随了排挤着的街坊，抢上大街去。小马找了一根棍子，挑着一只柳条篮同手提皮箱，在大门洞里叫道："你们不是要跟着张先生走吗？张先生还没有出大门呢。"他只管这样嚷着，可没有人听到。

竞存胁下夹着一个皮包，手里提着一只箱子，走到院子里，向天空上看去，已经有大半边天变了鱼肚色。正想对他们说，可以走了，猛然间，一阵嗡嗡轧轧的声音，从东南角响上前来。小马叫道："张先生，这是飞机响吗？"竞存道："等一等走吧。"小马道："不能这样早就扔炸弹，我们冒险走吧。"竞存道："你听！"随了这句话，轰隆轰隆，就有好几下炸弹爆裂声。最后一声，就是相距不远。抬头看时，有四架飞机，前一后三的，正在当头天空兜着圈子。两三个圈子以后，飞机已是低飞着离屋顶不远，啪啪啪的，几次向下面放着机关枪。原来预备逃走的人，都撞撞跌跌地跑回来。因为逃到马路上，目标显然，日机已用机关枪扫射了。

244

第十三回

渡河。天津，再会了

"在火线下的生活，真是顷刻难受，唉！"陈老先生脸上带着惨白的颜色，走进竞存的院子，口里自言自语地说着。竞存道："这真想不到，天刚刚有点儿白色，日本的飞机就来了。这可没法子，飞机在头上飞得那样低，在街上跑走，危险性是很大的。"老先生拍着两手道："糟了！"说着，又把脚板连连顿了两下。竞存道："老先生有什么事没有办？"他跳脚道："没有办倒好，就是我把事情办坏了。我夹了一个小箱子出去，那里头钱是不多，全是房地契据，糟了糟了！刚刚到马路上，飞机在头上追着开机关枪，我不能不跑。这一跑是丢在哪里，全不知道。趁现在马路上还没有人，我得找找去。"说毕，扭转头来，就要向外面跑。竞存抢步向前，一把将他衣服抓住，因道："老先生，你这是做什么？不要命吗？"陈老先生道："我不要命了，这个小箱子就是我的命。没有那小箱子，我活不了。"说这话时，他扭转身来，看到东厢房窗子上有个四方的影子，立刻就近一看，哟啊了一声道："在这里，在这里呢。"竞存虽好笑，却又可怜他，因道："老先生，你还是镇静一点儿吧！有着机会，咱们就走，可别先把自己弄慌乱了。"老先生把那箱子拿在手上，喘着气，连说："是的，是的。"

正在这个时候，四五架飞机，呜呜轧轧地正在屋顶上兜着圈子，不要多大一会儿，便听到轰隆一声，扔下一个炸弹，有两次丢得太近了，将屋子里天花板上的尘灰，震撼得下雪般地撒下来。刘妈手里提了一只箱子，扶了门站住，向竞存道："张先生，怎么办？我瞧今天早上有点儿过不去吧。"竞存口里衔了一支烟卷，背了两手，只管在院子里来回地走着，皱了眉道："两天以来，这样的苦日子，你都受过去了，难道这一会子，你就熬不过。"刘妈道："并非是我熬不住。你瞧这日本鬼子的飞机，多么邪行，老是在头上绕着弯子。"竞存也没说什么，用劲吸了两口烟。老先生坐在台阶石上，长长地叹了一口气。这轰隆轰隆的轰炸声，约莫响了二三十分钟，飞机忽然集合拢来，又摆着前一后三的形式，由屋顶上飞了过去。五分钟之内，飞机震动空气的声音没有了，炸弹轰炸地面的声音，也没有了。竞存站在院子里，背了两手，偏着头，静静地凝神向天空里听着。突然向屋子里叫道："要走，大家赶快走吧。飞机回飞机场装炸弹去了，至少要二三十分钟，才能飞起来。趁着这个当口，我们赶快跑。"口里说着，人向屋子里跑，将挂在墙上的长衫披在身上，站在屋子中间，四周张望了一阵，看到自己手提皮包，放在桌上，再也不用考虑，提起夹在胁下，人向外跑，叫道："小马、刘妈，快跟我跑，走走走！"说着话，人已是走出了大门。小马、刘妈看到竞存这样慌张，当然也镇定不了，随着后面直跑。胡同里被炸弹拦阻着回来的人，依然是睁了大眼向天上望着等机会，见竞存说走就走，大家也没了主意，哄然一声，也就跟着在后面跑。陈老先生跌跌倒倒在后面跟着，叫着："张先生，再等一会儿不行吗？我们还得收拾一点儿东西，锁上大门。"竞存站在胡同中间，皱了眉道："老先生，你不知道日本飞机再要来了，我们就性命不保吗？由这里向外走，只有穿过海河，走向津浦铁路稳当一点儿。就是这么着，也得走几十分钟，才能离开大道，走到空地。马上日本飞机装了炸弹就来，还等什么？你府上的人都在胡同里了，只要大家能逃出来，什么都好办，走吧，别犹豫了。"他一面说着，一面迈着大步子走。在胡同里等候逃走机会的这些人，究竟感到生命重于财产，只是回头看看房屋，便都拔开步子朝前奔跑。

走上了五马路，觉得眼前的情形，是更加凄惨，两旁被轰炸过的屋子，三五十户人家里面，就有一所。有的是整堆的砖瓦，有的是砖瓦堆里，剩着半堵残墙和几根木料斜架着，阵阵的雾烟，杂着硫黄气味，由那残破的屋基里向外喷吐着。大家联想到飞机再要来的话，眼前所走的路，就够说危险，大家就不约而同地向前飞跑。大概逃难人的心事全差不多，看见各大小胡同里，这时继续有人钻了出来，顺着马路，向西南飞奔。竞存看到人越来越多，就不敢走大路，只挑那曲折的小胡同里走。走的时候，全紧挨了人家的墙脚，对天空把身子掩蔽着。一路上也遇到两三处火烧的房屋、四五具倒在路边的尸首，但也来不及去理会他了。穿过两三截胡同，迎面一带空地，青隐隐透出了高粱秸子，这分明是离市区渐远了，大家都松了一口气，更加劲向前跑了去。

　　可是冲出了胡同，才发现了已到绝地。一条很宽的河拦断了去路。原来所望到青郁郁的高粱地，却是在河岸那边。看看河两头，在远远的西路角，有一道铁路上的小铁桥，横跨在河上。若要过河，非走到那里去不可了。竞存正这样地估算着，仿佛就听到长空里面，有了嗡嗡之声。立刻跑下矮矮的河堤，站在水边，向岸上的人连连招着手道："大家快下来，敌人的飞机又来了。"大家是惊弓之鸟，又知道竞存绝不会撒谎的。只这一声，大家连跳带滚，一齐跑下了河岸。竞存回头一看，总有一百人上下，这就不由得呆了一呆，因道："这么多人，目标太显然了，大家疏远一点儿地走着吧？过了前面的铁桥，就是高粱地，这是比较妥善一点儿的所在了。"大家听到妥善的地方就在眼前，谁也不肯落后，一窝蜂地拥了上前。一部分人感到河岸下面人拥挤，抢不上前，二次爬上河岸去，依然顺了那小小的河堤跑。竞存见刘妈、小马都还站在身边，便道："快，快，快！靠了河岸趴下。"他口里说时，身子已是这样地做了。就在这时，随了轰轰之音，已有一架敌机，转了大半个圈子，由河对过飞来，接着呜的一下怪响，斜着机身，向河岸这边直扑过来。估量那高度，总还不到十丈。只见它把翅膀斜了半边，追在难民的头上，卜卜卜，就是一阵机枪扫射。在河岸下的难民，看到飞机来了，没有一个照竞存的样子，趴在地上的。除了一部分人，慌着向回头路上跑之外，多数的人，还是对准了铁桥直奔。因之敌人的飞机，在头上掠过，立刻有二三十人倒地。但它并不罢休，绕着大半个圈子，飞了回来，又追着二次开机关枪。接连扑了三次，才扬着飞机头飞走。看看沿河岸和水边，总有五十人开外躺在地上。那些没有受

247

伤的人，此时也一个个吓呆了，只是站着，翻了两眼看天。竞存引着小马、刘妈向前走，一面招呼沿路的难民，快些逃命。有几个答应了哦哦两声的，却是不肯动脚。竞存道："我对各位说了，总算尽了我的责任。各位不走，敌机二次再来，那就不好办了！"口里说着，人还是向前走。

到了那大铁桥附近，倒正是一条渡口，有两只木船，轮流地向对岸渡着人。竞存走到渡口上时，正好一个老头子放了一只空船过来。在岸上候船的人不容分说，一拥而上。老船夫手里拿了一根木篙子撑住了岸，昂着头喊道："各位，我是拼了老命来摆渡的，每位得给我五角钱。收足了钱，我才能开船。真是空着手逃出来的，我也不要钱，各凭各良心。"竞存道："老人家，你快开过去吧。你听嗡也嗡的，飞机又来了，一个炸弹你我全完。我这里三个人，先给你两块钱。"陈老先生随着竞存之后，也拥上了船，叫道："我大小十四口，先给五块钱。快开船吧，飞机来了。"说着，一顿脚。拥上船来的三十多人，发了狂似的，又跳上岸去，只有竞存主仆和陈家一家没走。老船夫喊道："各位上船，我不要钱渡过去就是了。那大铁桥坏了，走不得。"但是跑上岸去的人，四处乱跑，哪个理他。老船夫因陈老先生跳着脚催开船，只好一篙子点开。船到河心，已看到两架飞机，顺着河沿向上游飞去。陈老先生在船舱里，无处可躲，低着头，紧紧闭了眼睛，所幸五六分钟，船已靠了岸。竞存塞两元钞票在船夫手上，带着刘妈、小马先跳上岸。这次陈老先生倒不急于要走，催着家人上岸，自己左手夹着小箱子在胁下，右手伸到怀里去做掏钱的样子。见人都上岸了，向船夫一抱拳道："掌柜的，过一回渡，五块钱，真太多了，我给你一块现洋吧。我比你还可怜，什么全光了，你行个好吧。"老船夫丢了篙子，扯住他一只袖子就向岸上拖，叫道："快往高粱地里钻，飞机来了。"陈老先生回头看时，一架敌机，正飞在铁桥头上，侧了翅膀，卜卜地向着在桥上爬行的老百姓，一阵猛烈的扫射。那桥上的人，随了这机关枪声，陆陆续续地向桥洞下滚了去。也许飞机上的人，觉得这是一个很有趣的玩意儿，飞过了那桥之后，转了翅膀，再飞过来。陈老先生两手紧抱那箱子，将头伸着向前直钻。虽然平常是跑不动走不动的人，这时也不解什么缘故，像倒回转去了三十年，一阵风似的，跑上了岸。

这里除了一条窄窄的人行路，就是高粱地，老先生直跳入高粱地里去，就把身子低低地在高粱秸子的深处掩藏着。一面抬头向天空里张望着，一面还向绿叶浓密的所在钻动。也不知藏隐着有多少时候，却听得高粱地外面，有许多人说话，伸头一看，家里人全站在河岸上。小孙子跳着叫起来道："爷爷出来了，爷爷出来了。"老先生倒不理会家里人，弯着腰只管向河岸下寻找了去。大先生抢过来挽着道："你又找什么？小箱子在胁下夹着呢。"老先生道："上岸的时候，我掏出一块钱来给船钱，丢了。找出来，给那撑船的老掌柜吧，那人心眼不坏，把我拖得高粱地里来。"那老船夫正站在身边，笑道："老先生，你不用找了，那块钱就算我拿着了。你走吧，这地方危险得很。"竞存也站在河岸上看着的，忍不住插嘴问道："老掌柜的，你为什么还不走呢？"老船夫道："你瞧，铁桥是爬不过去。北岸上向南岸逃命的人，也不知道有多少，我爷儿俩要不在这里摆渡，得陷死多少人？我一辈子都靠着摆渡过日子，过渡的人，养活了我一生，到现在大家正要渡船的时候，我怕死不干，我良心上说不过去。"他站在太阳地里，抬起那焦黄皮肤的右手，伸出一个食指，对了天上指着道："我要对得住我的良心。各位走吧！高粱地里有小路，先向西，后向南，可以找着到杨柳青的运河，上济南，上太原，请咱们的军队打回天津来吧。对岸又有人等着过河了，再见吧。"他说着话，已经走下河岸，跳上船去。陈老先生不住点着头道："君子人也。"谈话时，船夫一篙子点开了船。陈老先生抬起一只手招着道："老掌柜，我还没给你渡钱呢。"船夫在河心里笑道："老先生，你一家几十口逃难，带着路上花吧。"老先生手里拿了三张钞票，举在空中摇晃着道："钱我都拿出来了。将来我回天津，再请你喝三杯吧。"

竞存看河那边的人越来越多，目标显然，对河那边望望，叹了一口气，对刘妈、小马道："走吧，总算逃出虎口了。"在高粱地里约莫走了两里地，竞存又忍不住停了脚步，回转头来，向天津市区望着，见高高低低的楼房，依然在半空里挺立着，黑沉沉的一片屋脊，无穷无尽，不觉赏叹了一声道："伟大的天津！"刘妈接着这句话，哇的一声哭了。竞存道："你哭什么？现在没危险了。"刘妈坐在一丛青草上，将她夹出来的一个

249

布包袱打开，指着道："你瞧，这里是些破衣服、破袜子，我打算扔了的，怎么会把这个带出来了？我的箱子、我的动用东西，全丢了。十几年的心血，全丢了。"竞存见小马提着一只柳条篮站在一边，因问道："你带着什么出来？"小马弯腰打开篮子看过了，张着嘴道："什么也没有，就是张先生一双新皮鞋。"竞存再检点自己，只夹了一只大皮包，不由昂起头来，哈哈大笑。陈老先生随着一群难民，也跟来了，望了他直发愣。陈老先生便道："张先生笑什么？我们完全出了险地了吗？"竞存笑道："我笑我们送了日本军阀一份好厚的礼物，连刘妈、小马都凑了一点儿份子，你我是不必说了。"

"谁说的，向日本军阀送礼？"很粗率的声音，由高粱地里发了出来。随着声音，走出一群兵，草绿色的军帽，背包、水囊、子弹带，手里拿着步枪，是很整齐的武装。都是健壮的身体，二十来岁，脸皮红红的，胸前戴了证章。竞存倒是愕然。其中一个向大家带了笑容道："同志！你们不要以为日本人这样一来，就把天津拿去了。他们拿不了，天津永远是我们的。我们由南京来，就是替同胞夺回天津的。"竞存定了定神，觉得他们虽是突然出来说话，完全是善意的，因问道："武装同志，是中央××队吗？"他们笑着，没答复。竞存笑道："老先生，听见吗？中央军来了，你那房屋丢不了。只要我们有武力，日本在华北就站不稳。他站不稳，我们随时就可以回来，天津永远是我们的！"大家在大炮飞机下过着两天的生活，谁也没听过一句壮胆的言语。这时大家看看服装整齐的中央军人，听了很可安慰的言语，于是彼此相视微笑。在高粱苗上面，望不到尽头的屋海，各人心里想着天津是我们的！天津永远是我们的！

第十四回

二周年纪念

太阳沉没下去了，西边天脚，还有些红晕。蓝色的晴空，陆续露出了星点。正如摩登仕女一样，白天在家里开风扇避暑，这时开始活动起来了。一家茶酒馆，临水面山，设着一个敞厅，有许多座头。在这里乘凉吃茶的人，纷纷地谈着故事。张竞存和几个朋友，也围着一张桌子谈天。一个朋友道："竞存，今晚上是你天津巷战二周年，应该请你喝杯酒。"竞存笑道："那不是叫我更惭愧？去年举行纪念，我还作过一次巷战，今年却在最安逸的大后方，坐茶馆，谈天。"正说到这里，隔着小山溪发出了一阵喧哗声。原来那边乡镇的大街上，有家戏馆，歌女们正演着《玉堂春》。当唱到"十六岁开怀王公子"那句，台下的听众，似乎得了一种安慰，就报了一阵掌声和好声。这声音便传达到这茶座上来，他笑道："吓了我一跳，这掌声好像机关枪。"第二个朋友笑道："你放心，这里不会有巷战。"第一个朋友道："不会有巷战，这上面巷战正酣呢。"大家向这人手一指的地方看去，隔巷有家酒楼，汽油灯明亮着，窗户洞开，照见一个穿绸衬衫的人，围了圆桌在吃酒。七巧八马，拼命地呼喝，桌面手指摇晃，有人在划拳。第二个朋友道："我认得他们，这是几位做进口货生意的。"竞存站起来道："天气热，这里又闹得很，我告辞，要回寓所去了。"朋友们知道他感触良深，也不强留，倒有一个朋友陪了他同走。

走到马路上时，见旁边巷口上，四个轿夫，站在当面，歇了一乘凉轿，横挡了去路。正觉他们有些阻碍交通，却有一阵汽车喇叭响，响到了面前。

看时，一辆油亮的流线型汽车，停在路心，立刻有七八个短装人，跳向了汽车四周，布着步哨。那轿子被抬到汽车门边，车门开了，车灯光下，看到出来一位妇人，但见那长衣飘飘，光彩夺目，看不见其他。那妇人下得汽车，便跨过了轿杠，坐上轿椅。她一步未移，三个轿夫，抬着轿子，一个随在后面，便向巷子里去。放步哨的短装人，有的提了马灯，有的亮了手电筒，一半在轿前开路，一半在后面跟随，簇拥着去了。竞存被友人拉着衣襟，老早在远处站定，这时才慢慢地走进了那巷子。巷子是人家花园围墙夹成的，倒也绿森森的，映着天上的月亮。那轿子去远了，巷子里很肃静，却听到哗啦哗啦的洗牌声，从两面花园里放出。朋友笑道："你看，这巷战如何？"竞存笑道："隔巷对峙，夜战正酣吧？"

二人说笑着，慢步向前走。忽然一阵杂乱的脚步声，迎面而来。先是一丛灯火之光涌入眼帘，随后便看到一乘凉轿。正是刚才去的那妇人，她又转来了。这巷子颇窄，只有三四尺阔，两下相逢，无可让的。那朋友警觉，将背贴墙站了，尽量地让出空间。竞存初来此地，不曾懂得规矩，只站着略偏一点儿。那边是闪电式的行路，轿前的短装人，已涌到了面前。见竞存直挺挺站着，一个拿手电筒的两手用力将他一推，嘴里喝声滚。竞存出于不意，早被推着向后一歪，脚还不曾站稳，冲锋式的轿子又冲了上来。一轿杠飞碰在竞存肩上，撞得他向地面一倒。这正是石坡路面，重重的一下，碰得大腿木麻了一阵。朋友见轿子和人，如飞地去了，便跑来搀他。竞存扶着墙，慢慢爬起来，笑道："不要紧，跌撞一下，这伤碍不到我们这战士。我是没有想到今晚还有巷战，稍微提防一点儿，也不至于败在他们手上。然而，今晚这二周年纪念，是太丢人了。"朋友笑道："不要紧，军家也无常胜之理。"竞存哈哈地笑道："败了！败了！"

十分钟后，他们出了巷子，行到一个小山坡上。月亮大半轮，挂在蓝色的夜幕上。看见四周的树木楼台，都罩在水一般的银光里。戏声、划拳声、牌声、轿夫呼喝声，这里都没有了。因为那乡镇的灯光，远远在两里路外，散布在山脚下的月光里，上上下下，成了许多的金色星点。那灯下人所做的事，也就觉得很渺小可怜了。朋友道："你看什么？"竞存道："我想到去年夜袭源潭铺的时候，回到山上，看着烧敌人的那丛野火。"朋友默然，没有作声，却听到山林子里，杜鹃拼命地叫着："不如归去，不如归去。"竞存道："这日子还有杜鹃鸟叫，这里天气是不同。"朋友笑道："也许是为了你吧？"竞存没作声，抬头看着天上的月亮。晴空非常干净，没有一片云。那月亮像一面镜子挂在半空里。四围的山，懒洋洋地带了一身的树木影子，蜷伏在月光下。虫子在深草里，吱吱唧唧叫着，两个不作声的人，并影在月光的石板路上，反是十分寂寞。竞存觉得今年今夜，虽没有前年夜间的慌乱与恐怖，也没有去年的严肃与紧张，可是精神并不安宁。他久久望了月亮，心里想着，你照见过前年今夜的巷战，照见过去年今夜的巷战，也照着今年今夜不算巷战的巷战。一切瞒不过你，你知道人世间是怎么回事！

热血之花

第一回

怕见榴花灾生五月
愿为猛虎志在千秋

这一部书，不知道说的是中华民国哪一年的事情，也不知道是中华民国哪一个地方的事情，但是等到读者读完了这一部书之后，也许很愿意中国有这件事，也许很叹惜，中国竟不免有这一件事，见仁见智，这只好等候将来再下断语了。

我们这一部书开场的时候，在城外一个附郭的村庄上。这个村子，叫作太平庄，庄子外，东边有个教会大学，西边有个国立大学，所以在村子里住的人，十停之八九，不免与教育事业有关。因为这个缘故，乡村自治，也是办得极好。其中一个人家，是幢半西半中的住房，楼外有一所平台，平台之外，下临一片草地，让一排高拂云霄的垂杨柳，遥遥地围护住了。杨柳之外，是一片水稻田，这个时候，秧苗出水有一尺高，远远地望去，真个是绿到天涯。在这一片绿毡的大地上，却有一道赭色的界线，将它来分破，原来那是阳关大道，直通边地的。再由这人家楼房向里瞧，这平台上，摆上了十盆石榴花，在绿叶油油的上面，顶着血也似的花朵，在太阳里照着，光耀夺目。平台后由，儿扇窗户和两扇绿纱门一齐洞开，楼上面是人家一个大休息室。布置得很是精雅的，一张摇动的藤椅上，躺着一个五十以上的老人。他口衔烟斗，手捧了一本书，映着阳光在那里看。野外的南风，由水田上吹来，带着一阵植物清馨之气，人受着精神为之一爽。

他是这教会大学里的一个哲学教授，姓华名有光，是个道德高尚、学问又有根底的人，除了教书而外，他不大愿意过问别的事情。这几天以来，他似乎有一种很深的感触，不时地叹着气。这时他看着书，方始有点儿兴趣，忽然一阵军鼓军号的声音，由窗子外送了进来。那声音遥遥地自西而来，而且还夹着两声马嘶，分明是那条阳关大道上，有军队开拔经过。他就停书不看，坐了起来，叹了一口气道："你们听听，又有军队开拔了。我不明白这是什么缘故，每到五月里，总是打仗，这个五月，真是不祥的月份。"

在这屋子当中，有一张小圆桌，两个青年正在那里下象棋。这两个人，是有光两个爱儿，都是大学生了。长子名国雄，次子名国威，他们两人，也和他们父亲一样，这几天是加倍地烦恼，兄弟二人在这里下象棋来消磨苦闷。及至有光说了那几句话，国雄将象棋一推，站了起来道："父亲，你还是保持你那非战主义吗？"有光取下了他所戴的大框眼镜，用手绢擦了一擦，再将眼镜戴上，然后很从容地答道："当然，人在世上，是求生的，不是求死的，现在世界上，拼命地研究杀人利器，利器造成功了，就去论千论万地杀人。杀死了人，抢夺人家的财产，拘束那没有杀完者的行动，他不知道他是无理性，不人道，他还要说是他忠勇爱国。平常人杀一个人，法律就要判他的死罪。到了军人手上，整万地杀人，不但无罪，而且有功，这是什么理由？我认为现在的造枪炮的人、造兵舰的人，以致陆军大学的教授，他们都是疯子，都是魔鬼，他们靠他们的技艺学问去求生活，和野兽吃人，原是一样无二。至于那毫无知识的兵士，我只觉他们吃了魔鬼的魔药，除了可怜他而外，没有别的法子了。"

他说着话，站了起来，手上拿着烟斗，再按上了一烟斗烟丝，步行到窗户边，向外望着，这时他气极了，以为他这两个儿子，不屑教诲，不必去和他儿子再争论了。他这样向外看着，首先射到眼帘来的，便是那几盆石榴花，便摇了一摇头道："看到这石榴，我就记起了这是旧历的五月。这个月份，在中国是十二分不吉利的，到了这时，不打仗点缀点缀，好像就对不住这个五月似的。这个五月，最好是糊里糊涂过去，连这种石榴花，我也怕见得了。"他的夫人高氏华太太，也坐在窗子边一张横榻上，低了头缝衣服，不免就放下衣服来笑道："你又在那里高谈玄学了。"国雄将棋盘推得远远的，两手扶在茶几上，向上托着小腮颊，表示出很沉着的样子，一人自言自语地道："不见得自古以来，五月就是坏月，反言之，中国五月

258

是坏月，别人正是好月，我们不能纠正过来，让这月成个好月吗？"有光口里衔了烟斗，这时掉转身来，向他两个儿子望着道："你不信我的话吗？你想，'五三''五四''五七''五卅'，不都是五月吗？而今又是五月。你想，这五月是不是不祥之月？我们不要以为帝国主义压迫，不是我们自己的罪，谁让我们自己不知道自强呢。"国雄道："正是为了要自强，我们才要军队呀。"

这位老教授，觉得儿子没有理会到他的意思。他正是说有了军队，年年内乱，所以不强。国雄倒偏说是就为了这个要军队。他气不过了，依然躺到藤椅上，将刚才放下的那本书，重新拿起来看。两手捧着书，挡住了面孔，只有他口中衔的烟斗，向书外斜伸出一个头子来。国雄还不肯停止他的辩论，望了他父亲道："无论如何，我认为在中国现时，是不能持那非战主义的。您不是怕看到石榴花开吗？我以为我们要轰轰烈烈干一场，以后要爱看石榴花开。把这个多灾多难的五月，变成一个大可庆贺的五月。"有光手里依然捧着书，他没有说什么，只是脸藏在书后面，冷笑了一声。国雄道："您别笑，让我细细来解释一番你听。您反对的是国家有战事，战事由何而起？是因有了军队，有了杀人利器。可是我们要知道兵和武器不是那样可怕，也有用处。一个国家要求他一国人的生存，不能不有军队，来防意外的侵害。譬如羊，那总是最柔和的动物，可是它头上，一般长了两个大角。这角做什么的，就是为卫护它自己起见，若是有豺狼虎豹来吃它，它就用角来刺杀豺狼虎豹。人类里头有羊，也有豺狼虎豹。我中国呢，就是人类中的羊。现在世界上各强国，谁不是像豺狼虎豹，要想吃一口大肥羊肉呢？您想，这羊能不长两只角来防备敌人吗？"

有光听他儿子说了这些话，倒很有些学理，再不能够躺着不理会了，一个翻身坐了起来，将书放到一边。那烟斗里的烟丝，因为他看书的时候，爱抽不抽的，早已熄灭了，这时在桌上取了火柴，将烟燃着，重重地吸了两口烟，将烟喷着，然后从从容容地坐回那张藤椅。他本是上身穿着大袖衬衫，下身穿了长脚裤子，他用手提了提长脚裤子，表示他并不急迫的样子来。在他这样犹豫期间，他一肚子的议论，这就有了归结，想出了一个答复了，点点头道："你所说的譬喻，很合逻辑，但是我们所看到的羊，是用它的角和羊去打架，并不曾看到羊用它的角和豺狼虎豹去打架。"国雄道："话虽如此，可是不能为了羊自己打架，就废除了羊的两只角，要不然，有一天豺狼虎豹来了，怎样去抵抗呢？"有光口衔了烟斗，两只手互相抱着，连连吸了几口烟，然后将烟斗取下来，向痰盂子里敲了一敲烟灰，摇了一摇头道："你还是不明白，我看着这些羊有了角后，也变成豺狼虎豹了。不过它们是吃自己同类的骨肉罢了。"

他父子二人如此辩论着，国威坐在一边，手抚弄着棋子，始终不曾作声。这个时候，看看兄长有些失败了，他突然站了起来，向大家一摇手道："这个时候，不是讲理的时候了。若是就我个人的意思来说，做疯子就做疯子，做魔鬼就做魔鬼，生在这种世界上，我非去变为豺狼虎豹不可。变了豺狼虎豹以后，我要把欺侮我的仇敌，吃个一干二净。"他说着话时，左手伸平了巴掌，右手捏着拳头，在掌心捶了一下。这样一下，他是表示他已下了决心。有光看了儿子这种情形，与他的主张既是绝对相反，而且举动也过于粗鲁，是他所不愿见、不愿闻的事。可是孩子们都是大学生了，他们有他们的思想，做父亲的怎能强迫。而且他们还有个永远庇护着的慈母在这里呢，又怎能说他们什么哩？因之口里只管吸着烟，一言不发。国雄笑道："国威总是这样性急，话是一句很好的话，在你这态度上一表示出来，好话也说坏了。"

有光老先生将两手反背到身后，在屋子里来回走着，口里的烟斗，已是吸不出烟来了，他依然极力吸着，有时还闭一闭眼睛，可以见到他想出了神。华太太在一边看到，觉得这两位公子，太有点儿让他父亲难堪了，两手按住了怀里正在缝纫的衣服，就向大家笑道："闲着没事，你爷儿三个又抬杠。说到打仗，我不知道什么是战主义、非战主义，可是拿了性命去拼人，总不是一件好事。那年我们这儿过兵，全村子闹个一扫精光，鸡犬不留，你们还说要打仗呢？"国威道："怎么不打，打光了也就光了。若是不打，让人家洋兵把我们的财产收了去，还不如打光了，倒出一口气呢。我还是那一句话，愿做一只猛虎似的兵士，手里拿了手提机关枪，冲到敌人的阵线里去，对着敌人扫射。"他口里这样说着，两手端起一把小藤椅，向左肋下紧紧一夹，用椅子靠背朝着外，身子一转，作个扫射之势。他瞪着眼睛，闭着嘴，咬住了牙，表示出他那种坚决的态度出来。但是他身子刚刚转到一半，只听到当的一声，那椅子的腿，把桌上的茶杯茶壶，哗啷啷摔下来三个，瓷器砸在楼板上，茶叶和茶溅到四处。国威手上夹了一把藤椅子站着呆住了，国雄哈哈大笑。华太太说了一声淘气，自己放下衣服，连忙找了扫帚畚箕，将碎瓷扫开去。老先生只将眉毛皱了一皱，不说什么，依然在屋子里踱来踱去。

国雄将国威手上的藤椅子接了过来放下，伸手拍着他的肩膀，笑道："若是这样子扫射，我们家里先受着损失呀。"于是二人哈哈大笑。华太太清理着桌子，微微瞪着二人道："都是这样大的人，不要闹了。你们要变老虎，先吃家里人吗？"国威道："妈！你不要小看了我们，我总要做一点儿事情让大家看看的。俗言道得好，豹死留皮，人死留名，我们总要做一点儿出来。大丈夫不能流芳百世，就当……"国雄将手一摇，插住嘴道："下面那句不要。天下的事，都看人怎样去做。只要下了那番决心，流芳百世，又是什么难事？"有光取下烟斗，人向藤椅上一躺，腿架了腿，淡淡地一笑道："年纪轻的人，总是不知天地之高低、古今之久暂，流芳百世，这是一件多大的事情，轻轻巧巧的，让你们这样一说，就算成功了。其实你们还是想不开。呼我为马者，应之以为马，呼我为牛者，应之以为牛，中国哲学家……"华太太笑着站了起来，将手连摇了几摇道："刚才非战主义这一个大问题，还没有讨论得完，你们又要讨论留名不留名的问题了。当大学教授的人，大概卖弄的就是这一点。不过这一点，我早也知道了，用不着在家里辩论。我去泡一壶菊花茶来，大家喝上一杯吧，不要徒在字眼上考究了。"说毕，她又是一笑。

华有光研究了一生的哲学，什么事情，都可以研究出一个理由来，唯有这怕夫人的理由，从何而来，却是无从说起。华太太这样一说，他在这种不知理由之下，又走到窗户旁边，向平台上去观望，只看了石榴花，不住地出神。两位小先生因为议论得了母亲的帮助，战胜了父亲，暂时不能再向父亲进攻了，也是默然，于是刚才议论风生的场合，一时沉静起来，就是华太太，在这个时候，也不知如何是好。然而就在这个时候，丁零零的一阵响声，打破了这寂寞的空气，于是这全部的情形，就完全变化了。

第二回

争道从戎拈阄定计
抽闲访艳握手谈歌

　　这一道铃声，是门铃响，原来门口有送信的来了。华家的听差丁忠，拿了两封信来，都交到华有光手上，他接了信在手上，先笑了一笑道："家乡来的信。啊！太太，你也有一封，大概是令弟寄来的。"华太太拿了信在手上，也笑道："有一个月没有接到家信了，今天才有信来。"说着，将信拿在手上掂了一掂，呀了一声道："轻飘飘的，里面是一张信纸吧？"于是将信封口一撕，抽出信笺来，果然是一张信纸。那信上第一句是"姑母大人台鉴"，并不是兄弟来的信。自己娘家并无嫡亲的晚辈，这信上称姑母，是谁来的信呢？接着向下一看，乃是：

敬禀者：

　　客套不叙，我村于本月十八日，被海盗占领，事前，乡团在庄中小有抵抗，海盗炮火乱发，将全村打得粉碎，全村老小均不知下落。侄因前一日出门讨账未归，托苍天之福，得逃此难，后事如何，将来打听清楚，再为报告。敬叩族姑母大人万福金安。

族侄高本农拜启

华太太手上拿着信，早有两点眼泪水滴在信纸上。一看华有光的颜色，只见他面上青一阵，白一阵，那衔在嘴里的烟斗，虽是早已熄灭了，然而他还不断地向里吸着，在他这样只吸空烟斗的时候，可以知道他的心事，并不在烟上，心意不知道飞到哪里去了。华太太道："怎么样？信上有什么不好的消息吗？"有光叹了一口气，将信纸信封一齐交给华太太道："你看看。"华太太接着信向下一看，那信写的是：

有光仁兄惠鉴：

　　家乡邻近匪区，前函曾为述及。兹不幸，月之十六日匪徒大举进攻县城，道经我村，肆行屠杀，继以焚烧，全村荡然，令弟全家遇难，尸骨至今未能收埋。弟幸得逃出虎口，另谋生路，此项消息，谅道途远隔，未得其详，弟亲身目睹，未能默尔，因是逃难途中，匆匆奉告。前路茫茫，归去无家，弟亦不知何处归宿也。特此驰报，并颂文祺。

乡小弟刘长广顿首

　　华太太的眼泪，本来就忍耐不住了。再看了这封信，眼泪水犹如抛沙一般的，由脸上落了下来，因向有光道："我们是祸不单行啦，你看看我这封信。"说着，就把手上的一封信，交给了有光道，"你看看，我家也是完了。"有光将信接到手上看完，那青白不定的颜色，更加了一种凄惶之状，手上拿着信纸，只管是抖颤个不定。他本是坐着的，不觉站了起来，胸脯一挺道："事已过去了，我们白急一阵子也是无用，只是我那兄弟……"国雄国威看了二老这种样子，早就将信抢过去看了一遍。国雄一跳脚道："他杀我们，我们就去杀他们。我们到了现在，家也破了，骨肉也亡了，再要说什么人道，我们只有伸着脖子让人家拿刀来砍了。"国威道："这海岛上的生番，无论他们怎样吸收物质文明，他那野性难驯，人道又和他讲不通的，要他怕，只有杀。哥哥，我们投军去，和叔叔舅舅报仇吧。"他越说越有劲，右手捏着拳头，只管在左手心里打着。两道目光由窗户向外看，看了那出兵的人行大道。华太太揩着眼泪道："我伤心极了，你们就不要作这无聊的争论了。"国雄道："怎么是无聊的争论？我们真去投军。"

263

有光将信放在桌上，又按上一烟斗烟丝，慢慢地抽着。在他抽烟的时候，他默然不发一语，也望着那窗外的阳关大道，直待这一烟斗烟都抽完了，然后才叹了一口气道："这真是中国的劫运。然而这绝不是外来的侮辱，假使中国政治修明，简直让全世界可以注意，绝不会让生番出身的海盗，都来欺侮中国人。"国雄道："你老人家，或者有点儿错误，这一件事，并不用得把哲学的眼光去研究。假使哲学可以治理国家，自然没有战争，而且国家两个字，也许根本不能存在。"他说着话时，两手反背在身后，挺着胸脯子，将脚尖点着，身子挺了几挺，似乎胸中一腔子闷气，都在这身子几挺之下，完全发泄出来。这位哲学家虽然是相信非战主义，但是到了这个时候，两位少君都激昂慷慨到了极点了，再要持非战主义，恐怕要引起激烈的辩论了。于是自背了两手慢慢地走下楼去了。这里剩下华太太是无所谓是战主义与非战主义的，坐在一边，自揩她的眼泪，国雄与国威还是继续着说投军去。由投军又说到战略与战术，结果，两个人还取了一张地图，摊在桌上来看。

恰是这军事消息，一阵又接着一阵传来，当城里的报纸，寄到了乡下的时候，全村子里的人都震动了，原来报纸上用特大的字登载，乃是海盗已经攻下沿海十七县，马上就要进到省城来了。这十七座城池，向来都没有什么军事设备，海盗乘其不备地突然袭取，分十几处进攻，一日一夜之间，就完全丢掉了。国雄跳起脚来道："古来败国亡家的人也有，像这样整大片丢土地的，那倒是少见，我们若再不迎上前去，照着孙中山的话，真十天可以亡国了。"国威道："你打算怎么办？"国雄道："怎么办？放下笔杆，我们去扛枪杆。"说着，伸手将胸脯一拍。国威原是隔了桌面在看地图，这就老远地站起来，伸出一只手来，和国雄握着，连连摇撼了一阵，然后坐下来道："这件事和父亲的主张大大反背了，我们说是去投军，恐怕他不能答应。"国雄道："只怕我们下不了那个决心，假使我们一定要走，我们是名正言顺的事，无论在旧道德上说也好，在新道德上说也好，我们的理由是十分充足的，我们绝不能受父亲干涉。"

说到这里，正是华有光又缓缓走上楼来，他见国雄国威都寂然无声了，便点点头道："你们不必做成这种样子，你们所说的话，我已经听到了。"

国雄道："我们的家都破了，现在不能再持非战主义了吧？"有光点了点头，在他二人对面一张椅子上坐下。国威站了起来，举起一只手来说道："我明天去加入义勇军。"高氏自看了信以后，满肚皮的忧郁，简直不知如何可以表示出来，两手十指交叉着，放在胸前，就是这样默然不语地坐在一边，现时看到国威那样雄赳赳的样子要去投军，这事似乎无可挽回的了，便望着他，用很柔和的声音道："孩子……"国雄看到国威表示那样坚决，他也举起手来说："我当然是去。"国威两脚一跳，连拍两下掌道："好！好！我们同去。"有光把嘴里的烟斗取下来，走到两个儿子面前，自己也挺了胸脯，也表示出一番很沉着的样子，望了他二人道："你们的意志，大概是决定了，我也不来拦阻你们，拦阻也是无用。但是打仗是危险的事，我只有两个儿子，只能去一个。"国雄道；"当然是我去。"国威道："当然是我去。"于是两个人都望了他父亲，等他们父亲的取决。有光摇着头道："这无所谓当然，我也不能说哪个儿子应当去打仗，哪个儿子应当陪着父亲。我和你们出一个主意，用拈阄来解决，拈着去的就去。"

国雄道："好！让我来办。"背转身就在旁边书桌上，裁了两张纸条，用毛笔各写了不去两个字，然后将纸条，搓成个小团儿，放在茶几上来，先用一只手按着道："我这两张纸条，一张上面写去，一张上面写不去，拈着去的去，拈着不去的就不去。"说毕，缩回手来，身子向后一退，向着国威道："这阄是我做的，我不能先拈。"国威倒也不曾考虑，伸手就拈起阄来，打开看时，却是不去两个字。国威一跳脚道："太不走运，怎么偏是我拿着不去的阄呢。"国雄将茶几上剩下的纸阄，拿了起来，向嘴里一扔，吞下肚去，微笑道："当然我拈着的是去，不必看了。我觉得苍天有眼，我是个长子，应该去呀。"说着，伸手过来，和国威握着。国威笑道："我祝你成功，但是我也会用别的方法来帮助你，绝不至于闷坐在家里的。"他这样说着，脸上尽管表示欢喜，但是心里可懊丧极了。他无精打采地走下楼去。

华太太见国雄抖擞着精神，站在屋子中间，半昂着头，现出一种得意色来，便道："你真要去投军吗？孩子。"国雄笑道："我们郑而重之地拈了阄，再说不去，那不是小孩子闹着玩吗？走了，我马上到义勇军司令部报名去。"说着，掉转身子就向楼下走。华太太站起身来，追到楼梯口边

265

道："孩子，孩子！"但是这个孩子，是国家的孩子，不是母亲的孩子，已经穿上了学生服，出了大门，径自投军去了。

过了三天之后，华国雄换了一身军服，走出军营来，他不是回家，却是去探访他几乎可以和国家父母相并重的一个人。这种人，在男子们方面，就是没有，也很希望着有。是一种什么人呢？就是男子们的情人了。国雄的情人是城中女子中学的一个音乐教员，姓舒名剑花。当国雄匆促去投军的时候，不曾分身去和剑花报告，现在是急于要去见的一个人了。剑花的家庭，很是简单，仅仅只有她一个五十岁的老母。因为她爱好美术，所以住在一幢很整洁的小屋子里。屋子外面有一片旷场，墙上挖着百叶窗，正对了一排密密层层的槐荫。当国雄走到槐荫之下，那窗户里面，一阵钢琴的声音，由窗户传了出来，接着便有一种很高亢的歌声。那歌子连唱了三遍，国雄也完全听懂了。那歌词是：

娇！娇！娇！这样的名词，我们绝不要！
上堂翻书本，下堂练军操，
练就智勇兼收好汉这一条。
心要比针细，胆要比斗大，志要比天高。
女子也是人，绝不能让胭脂花粉，把我们人格消。
女子也是人，应当与男子一样，把我们功业找。
国家快亡了，娇！娇！娇！这样的名词，我们绝不要！
来！来！来！我们把这大地山河一担挑。

国雄听了这歌声，在外面先叫了一声好，然后推了大门走进去，一路鼓着掌道："唱得好歌，唱得好歌！"舒剑花的书房，有一面正对了外面的旷场，外面这一种好声，早是把她惊动了。及至国雄走进去，她依然还坐在钢琴边，心里可就想着他有好几天不曾来，我且不理会他，装出一种生气的样子，看他怎么样。她如此想着，所以面对了钢琴，并不曾回头一看。及至脚步走得近了，半偏着头，眼睛瞟了他一看，见他是穿了军服来的，不由得口里哎呀了一声，突然站起身来道："国雄，你……"国雄将身上背

266

的武装带一抬，笑道："剑花，我投了军了，你看我，像一个军人吗？"说着，做个立正势，脚一缩，两只皮鞋后跟一碰，啪的一声响，他举着右手到额边，和她行了一个举手礼。剑花点了点头，笑道："恭喜！"说着向前一步，看了看，又退后两步，偏着头，向他浑身上下打量着。国雄也抢上前一步，执着剑花的手问道："你仔细看看，我究竟像一个军人吗？"剑花点头笑道："像！不但是像，简直就是个英气勃发的爱国军人啦。你有了今日一天，我替你快活。"国雄道："刚才你唱的歌，我也听见了。这是新编的歌词呀，正是我们爱听的，这比妹妹我爱你的那种歌词，要高过去一百倍了。"剑花笑道："幸而你来的时候，我唱的不是妹妹我爱你。假使我唱的是妹妹我爱你，恐怕你不进大门，就要走了。"

国雄握着她的手，一同到一张长椅子上去坐下，笑道："你不会编一支哥哥我爱你的歌来唱吗？这歌里可以用许多鼓励男子的话了。我记得在小学里的时候，有这样两句歌，老母指面，败归休想。娇妻语我，堂堂男子，死沙场上。一个当小学生的人，哪里有娇妻语我的这一回事。其实……其实……"他执着剑花的手，只管是摇撼不已，这句话，他可说不下去了，同时，只把眼睛注视到她的脸上去。剑花并不去问其实以下，何以不说，只微笑道："哥哥这两个字，只好写在小学生教科书里，我这么大人编着，我这么大人唱，未免有点儿肉麻了。"国雄道："那么，我们来同唱一段《从军乐》。"剑花一只手托了国雄的手，一只手轻轻拍了他的手背道："你既是从军，行动就不能自由，以后见面的机会很少。见了面，应当好好地谈一谈，为什么唱呀闹呀地把光阴牺牲了呢？"国雄笑道："好，我们就坐着细细地一谈，但是我觉得要说的话太多，要从什么地方说起呢？"剑花道："我们既不是告别，又不是有什么问题要谈判，为什么感到谈话的资料困难？"国雄道："并不是我感到谈话的资料困难，因为你要和我好好地谈话，我想这谈话，一定非比等闲，大可寻味，所以我就想到资料方面去了。"说着，向她一笑。她见他一笑，也报之一笑，在这种莫逆于心的情形之下，两人倒沉静起来了。

第三回

密地潜来将军发令
雄资骤得少女忘形

　　女人的笑，是含有一种神秘意味的，在剑花如此一笑的时候，国雄注视着她，很久很久的工夫，不觉就是一个很长的哈欠，接着还把两手一抬，伸了个懒腰。剑花忙站了起来，两手向他摇了几摇道："你这种状态，有点儿不妥，一个当军人的人，哪有这样懒洋洋地伸着懒腰之理？"国雄将自己的军衣下襟，拉了一拉，突然站立起来，胸脯一挺，笑道："你这话说得是，我应当将精神振作起来。"剑花道："不但如此，还有一件不堪入耳之事，我要贡献给你。"国雄道："不堪入耳之事，那是什么话呢？我想你也不至于说这种话呀！"剑花望了他微笑道："其实也不是不雅之言，不过你听了，不大愿意罢了。我想爱情这东西，消磨人志气的时候多，提起人精神的时候少，你到这里来，容易消磨你的志气，我希望你以后不要来，万一要来，你也应当少来。"国雄笑道："这样说来，转一个弯说话，我到这里来，就是度爱情生活了。"剑花笑道："你自己说呢？"国雄道："我可要驳你这句话，古来的人，总是英雄儿女并论，你只看那些鼓儿词上，哪没有提到打仗，不来个临阵招亲的，这可见得当兵不忘恋爱，在旧社会里头，已经是把这种观念，深入民间，我何人斯……"剑花又笑着连连摇手道："这是不通之论。古来成大功立大业的人，不见得非亦儿女亦英雄不可！西边一个拿破仑，东边一个项羽，那是叱咤风云的人物，也有许多风流韵事，可是他们结果怎么样？西边一个华盛顿，东边一个成吉思汗，那是成大功的主儿，风流韵事在哪里？俗言道得好，心无二用，一个人真要做一番事业，那就不必到事业外去谈什么爱情了。"

国雄笑道："我倒好像在这里上历史课，要你和我讲上这一大套兵书。但是你所举出例子来的这四个人，我都没有这个资格去学。"剑花笑道："你这话还是不受驳，哪个英雄是天生成的？还不是碰上了大有为的机会，各人自己创造出一番世界来的吗？别人可以趁机会干一番事业，你华国雄为什么就不能趁机去干一番事业？你自己虽然谦逊着，说你不能做一番事业，但是我看你就资格很够，我希望你做一个英雄。"国雄又坐了下去，一手搭在她肩上，轻轻拍了两下道："换句话说，你就说我可以做一个华盛顿，是也不是？"剑花点点头笑着。国雄笑道："俗言说，关起门来取国号，我们两人的行动，也有些差不多吧？"剑花握着他的手，轻轻向下一放，笑道："说着说着，你又犯了毛病，这种行动，老实说，我是个大赞成的，尤其是现在这个环境之中。"说着，她就正了颜色道："国雄，我说的是真话，我希望你从此以后，把这水样柔情，完全收拾起来，做一个铁石心肠的硬汉。等到打了胜仗回来，你谈恋爱也好，你谈风流也好，反正是各尽了各的责任，与国家社会都没有妨碍了。你的学问见解都比我好，难道到了这紧要关头，你就偏偏不如我。"最后这两句话，算是把国雄刺激着兴奋起来了，又站起身一挺胸脯，点点头道："好！我依从着你的话办。你能说出这种话来，就不同于平常的女子，我佩服极了。"剑花也站起来，挽了他的手道："你既是能做一个铁汉，便在我这里多耽搁一会儿，并没有什么关系。你再谈一谈如何？"

国雄还不曾答复她这一句话，电话机铃，忽然响起来。国雄站着靠近了电话机，剑花好像怕国雄接着电话似的，抢了过去，就把电话耳机握在手上。她喂了一声，答道："是……哦……我知道……好……我立刻就来。"她如此说着，国雄虽然猜着，必是一件不能公开说出来的事，但是剑花为人，自己是很知道的，也不见得就有什么过分不高明的地方，只作模糊不知道，并没有怎样去问她。剑花倒也怕他疑心，自己先说了出来道："真是不凑巧，我想陪着你多说两句话，偏是学校打了电话来，催着我去有话说。"国雄笑道："我依着你的话，把这水样柔情要抛开了，你既是要走，我也不耽搁，立刻就回营去。"说着，举手和她行了个立正礼，挺着胸脯子，迈开大步就走了。剑花很快地追送到大门口来，见他这一派气概非凡，便在他身后连点了两点头，那自然是佩服的意思了。

她一直等着看不见了国雄，然后回家去换了衣服，告诉了母亲，在电话里叫了一辆汽车来，她出门坐上汽车，直奔城的东北角。这里是城中最荒僻的地方，住的都是贫寒人家和几片菜园，并没有什么文明气象，更不见一所学校。汽车开到了一条旧巷里，很是狭窄，汽车没有法子可以进去。剑花下了汽车，付了车费，让汽车回去。自己在这小巷子里绕了大半个圈子，转到一所破庙边，这庙是一道很低的土墙围绕着，上面还留着一片灰红色涂的泥灰，是不曾剥落干净的，这越发地显着这庙宇的朽败了。随着土墙，转到一个后门边，门是两扇枯木板，原已虚掩着，剑花随手推开门走了进去。

一条不成纹理的鹅卵石小路，在古树森森的浓荫下，直穿过两幢佛殿的小夹道。那人行路上，青苔长着有一寸深，而且还斑斑点点，撒了许多鸟粪。走到殿后一间堆柴草的小配殿里，上面佛龛是倒坍了，却有几个断头断脚的佛像。在神龛下用手一推，推出了一个窟窿，由这里俯身而入，脚下是一层一层向下的土阶，走下去七八级，就是一个地道，远远地放了一些光线，对着这光线走，前面的光线也就越来越大，走到近处，是个洞口，闪出一个天井，天井那边，还是一个大门，紧紧地闭住。

剑花走到门边，且不拍门，对着门，口里喊道："二一四号。"那门里仿佛是有人，只在这一声报号之后，门开了一条缝，由门缝里闪出了个人影子，那影子一闪，让她由门缝里侧身而进。进了门之后，又是一条很长的夹道，这里有两个全武装兵士，站在门里两边。虽然放了一个人进来，而且是这种很秘密的样子，但是他们并不介意，也不对这进来的人盘问什么话。剑花顺了这条长夹道，一直向前走，这条长夹道，在一幢高大洋房的直墙之下，一点儿什么声息也没有，剑花在石板道上走着，那皮鞋嘚嘚之声，却清清楚楚的，令在这一条长夹道上都可以听到。这嘚嘚之声，随人而远，经过了三重门，到了一个很大的门楼边，门楼下站着四个背枪的卫兵，剑花见了他们，远远地站定，口里又报号道："二一四号。"四个卫兵之中，有一个卫兵和她点了一点头。于是推门而进，走过一个长廊。长廊之前，是个大厅，上面垂了长幔，长幔之外，又是四个卫兵，剑花站定了道："二一四号。"帐幔里有人答道："进来。"

进了帐幔，是一所公事房，壁上挂了许多地图和表格。正面一副中堂，是临的岳武穆笔迹，"还我河山"四个大字，两边一副五言对联，乃是"养气塞大地，效命赴疆场"。在这中堂之下，设了一张公事桌，公事桌上，也是列着地图、表格、书籍、电话机、笔墨，只在这一点上，可以知道是个很忙碌的办事所在。一张圆椅上，坐了一个虬髯军服的军官，他瘦削的面孔，高鼻子，两只闪闪有光的眼睛，表示他一种沉毅有为的样子出来。他手上捧了一个小藤筐子，里面盛着一筐子带旗的小针。他面前有一张地图，他正把这带旗的小针，向地图上插着，正是低了头，很出神的样子。剑花因他是管全军情报的警备张司令，地位是很高的，人也是很尊严的，不敢乱说什么，所以悄悄地站在公事桌面前，静等他的吩咐。

那张司令抬起头来，剑花连忙就是一鞠躬。张司令向她点了点头，意思是让她走了过去。她走到桌子面前，望着张司令，张司令两手按了桌子，脸上表示很沉着的样子，对剑花道："舒队长，我知道你是个忠勇精明的人，我派你去做一件重要的工作，你能为国家牺牲一切吗？"剑花毫不踌躇，点了头答道："能！"张司令停了一停，那炯炯有光的眼睛向她一闪，低着声音道："我打听得铎声京戏班，是海盗的密探队，唱武生的余鹤鸣，就是首领，他有外国护照保护，我们没拿着证据，没奈何他们，你去把他的秘密找出来，能暗杀了他，更好！"说话时，他两道眼光射在剑花脸上，等她的回答。剑花挺着胸答道："司令，我尽我的力量去做。"张司令站起来，特意步出公案走近前来，两手按了她的双肩，轻轻拍着，点着头说："我相信你有办法，千斤担子，都在你一个人挑起来了。"剑花微笑着一点头道："司令，我尽我的力量去做。"张司令指着旁边一张椅子道："有话坐下来慢慢地说。"于是剑花和他对面坐着，平心静气，商量了十五分钟之久，然后才告辞而去。在这日的第二天，报纸的社会新闻栏里，登着如下一段消息：

第二女子师范教员舒剑花女士，素精音乐，每值教育界有游会艺举行，非女士加入，即为遗憾。然女士家道殊不甚丰，堂上一母，砚田所入，且不足以供甘旨，丰才啬遇，闻者惜之。近今女士叔父某君，在南洋新加坡病故，事前立遗嘱，以现款十万之遗产，交与女士继承，于是女士平地登天，一跃而为千金小姐矣。

　　这段消息在报上宣布以后，社会上都轰动了。并不是这十万块钱，就让人特别注意，只因为舒剑花这个人，在省城里是朵艺术之花，倾倒于她的，为数很多，一旦听到说她发了十万块钱的财，都认为是一种很有趣的新闻。一班人以为当这个乱世，一个姑娘家，突然有了这些钱，总是讳莫如深，不肯承认的。不料事实上大为不然，剑花不但是不否认，而且很公开地表示她已经发了财。她原来住的所在，本是很狭小的，在这段消息发表后两天，她就新租了一所高大洋房住了。

　　这个消息，既然登在报上，国雄自然也是知道的。自己的情人，自己的未婚妻，发了十万块钱的大财，当然是值得欢喜的一件事。然而转念一想，女子的虚荣心，似乎比男子还要高一个码子，剑花正在青年，突然有了十几万的家产，岂有不骄傲奢侈起来的，自己究竟是个穷措大，有了这样一个富拥十万巨资的夫人，将来如何可以对付。因之在剑花十分快活的时候，他倒是十分地不快；可是他转念一想，这种猜测，未免有点儿无病呻吟。而况剑花这个人，和平常女子不同，她绝不能因为有了几个钱，就变更了她的态度，因之心里有时又安慰一点儿。只是军队里面，现时加紧训练，不得请假外出，只好每日写一封信给剑花，劝她不可因为有了钱就放荡起来。剑花倒也有信必复，说是虽有了钱，也只找点儿正当的娱乐，不过每日出去听听戏而已。国雄知道这个消息，又写了信去劝她，说是听戏这件事，固然无伤大雅，但是现在国难临头，娱乐的事，最好是少寻。然而剑花再回他的信，就不提到这一层上面去了。

　　直过了一个多星期，国雄得着一个假期，他再也忍耐不住了，出得营来，一直就奔剑花的新家而去。这里已是一所高大的西式楼房，门前花木阴森的，是一片花园，花木中间，是一条很平坦的汽车道，直通到楼栏杆下的一所大门，门前停着一辆崭新光亮的汽车，一个穿了漂亮衣服的汽车夫，手扶着车轮，正待开车要走，静等乘车的人上车。只在这时，剑花穿了一身灿烂漂亮的绸衣服，由屋子里走了出来，一见国雄，突然站住，身子一缩，似乎有点儿吃惊的样子。国雄也忘了身穿军衣，应当行军礼，倒抱了两只光拳头，向剑花连连拱了两拱手，笑道："恭喜呀！恭喜呀！"剑花笑着点了点头，便走到汽车门边，回转头来笑道："你来得不凑巧，我要出门了。"国雄道："我难得有个放假的日子，你不能陪着我在家里谈谈吗？"剑花笑道："你早来一点钟，我就能陪你谈谈了。"国雄听她这种话音，简直就是不能陪伴。心想她有了钱，果然就冷淡了。便笑着点头道："好吧！你请便！但是什么事，你有这样子忙呢？你能告诉我到哪里去吗？"剑花昂了头答道："那有什么不可以？我到人亚戏院听戏去。"国雄望了她道："什么？听戏去！"剑花又点了点头。国雄道："我劝了你好几回了，你都不回我的信。这样国难临头的日子，我劝你不要这样只图舒服吧。"剑花微摆着头道："你不懂。从前没钱的时候，要什么没有什么。现在有了钱，从前想不到的，现在都可想到了，为什么不一样一样享受一下？"国雄淡淡地道："你不怕社会上的人骂你吗？"剑花高声道："我自己花我自己的钱，谁管得着？傻子，你要我做守财奴不成！再会了。"说毕，她自己开了汽车门，身子向车里一钻，隔了玻璃窗，向他点了点头，汽车喇叭呜呜一声响，掀起一片尘土，便开走了。国雄站在阶沿石上，望着车子后身，半晌作声不得，长叹了一口气道："这是金钱害了她了。"

第四回

歌院传笺名伶人彀
兰闺晤客旧侣生疑

华国雄这一声长叹，自然有极深的用意，然而舒剑花专心致志在大亚戏院，她哪里理会得。汽车直驰到了大亚戏院，她直接就向楼上包厢房里去。因为这个包厢，已经被她包用了一个星期之久，戏院子里的茶房，都知道她是个老主顾，一见她，老早地就笑着一鞠躬，表示敬意。她进了包厢，就有男女两个茶房进来伺候茶水。这都因为她很不吝惜小费，实在是值得欢迎的。男茶房退去，女茶房将茶壶斟了一杯茶，放到剑花面前，望着她嘻嘻地笑道："小姐，你来得正好，余老板的《黄鹤楼》刚露呢。"剑花微笑着和她点了点头。

这时戏台上，刚刚上了四个队子，门帘子一掀，余鹤鸣扮着丰姿潇洒的周瑜，向台下一个亮相，唱了四句摇板，剑花早随着楼上下的观众，啦啦啦啦鼓起掌来。周瑜坐下，鲁肃上场，他躬身一揖，道白：启禀都督，刘备过江来了。周瑜道白：刘备过江来了，带有多少人马？鲁肃道：并无人马，只有子龙一人。周瑜大笑起来，两手握住了头上两根雉尾，攀到头前面，转圈儿地舞弄着梢子，那眼神就随着雉尾梢，向包厢里射了去。剑花觉得他这两道目光，完全都笼罩自己身上，又笑着鼓了两下掌。女茶房站在一边，低低地问道："舒小姐，你还有什么事吩咐吗？"剑花在身上掏出一沓十元一张的钞票，抽了一张，交给女茶房道："这十块钱赏给你。"女茶房蹲了蹲身子，笑道："谢谢你。"剑花在手提包里，取出自己的一张名片来，交给女茶房道："这个……交给……"女茶房笑道："我明白，交

274

给余老板。"剑花点头笑道："对了。可是你别对人说。"说毕，又是一笑。女茶房笑道："余老板早知道你的。"剑花道："我家只有一个老太太，朋友只管去，没关系。"女茶房笑道："我知道。"说毕，拿着那张名片，就向后台而去。

　　那饰周瑜的余鹤鸣，口里衔了烟卷，坐在一方布景之旁，低头沉思。那个饰鲁肃的归有年，手上拿了胡子，一只脚架在方凳上，向余鹤鸣笑道："嘿！那人儿又来了，连今天包了一个礼拜的厢了。"余鹤鸣笑着喷出一口烟来道："真漂亮！"归有年向后台四处看了看，低声说："你别胡来，仔细惹下了乱子。"余鹤鸣道："她是个暴发横财的小姐，我早知道了，玩玩有什么要紧。"归有年道："话虽如此，人心难摸，总以小心为妙。"他们说了几句话，又该上场，就各自上场去了。把这一出戏唱完，余鹤鸣到戏箱边匆匆地去卸装，正坐在衣箱上抬起两只脚来，让跟包的蹲在地上和他脱靴子，他口里还是衔了烟卷，在那里微笑。那归有年已是卸了戏装，走将过来，将嘴一努道："包厢里的那人儿还没有走哩。"余鹤鸣低声笑道："你见到我就说，什么意思，打算替我宣传吗？"他一只脚已经脱了靴子，却把袜子向他身上踢了一踢。归有年将身子一闪，就笑着避开去了。余鹤鸣倒相信归有年的话，以为剑花果然还在包厢里等着，连忙走到上场门，将门帘子掀开来看了一看。归有年站在身后，拍手哈哈一笑。余鹤鸣回转身来，刚待说一句受了骗，只见一个女茶房在后台门口一闪。余鹤鸣心里一动，就匆匆地洗了脸，换好衣服，走了出去。一出后台门，那女茶房由墙边迎了出来，低声笑道："余老板你刚出来，我等了好久了。"说着，将身上揣的那张名片，向他手上一塞。余鹤鸣接过来一看，笑着道了一个哦字。女茶房笑道："她说了，她家里只有一位老太太，家里非常文明的，朋友去了，她们是满招待。"余鹤鸣在身上掏出一张钞票，向她手上一塞，笑道："你不要作声。"女茶房接过钞票，道了一声谢谢。余鹤鸣笑道："别谢，以后有事拜托你的时候，你别拿巧就得了。"说着，一路笑了出去。

　　他有了这张名片，连姓名、地址、电话号码全知道了。这还有什么可踌躇的，要见她便按图索骥而去就是了。过了一天，第二天恰是没有日戏，换了一套西装，坐了汽车，就来拜会剑花。这个时候，剑花正在一个精致的小书房里，半躺半坐在沙发上，拿了一本书看。一个听差送上一张名片来，剑花接过来看了，便道："请！快请！"听差道："请到客厅里吗？"剑花将这本西装书撑了下巴颏，想了一想，笑道："就是这里会他吧。不，你先把他请到客厅里，再来告诉我。"

听差出去，把余鹤鸣请到客厅里坐着，然后再进去报告。余鹤鸣一看这客厅里，全是西式家具，地毯铺了有一寸厚，可想是个欧化的富家。自己正在这里打量，那听差又出来相请，说是我们小姐请到里面坐。余鹤鸣听了这话，不免心里一跳，一个初来的生客，怎么就请到内室里去？笑了一笑，就跟着听差走。到了剑花的书室里，只见剑花穿了一件花衣服，袒胸露臂地斜坐在沙发上。她一见客来，突然站起，笑道："哟！啊哟！余老板，请坐！"在她这啊哟一声之间，看她脸上笑嘻嘻，大有受宠若惊的样子。余鹤鸣笑着，向她鞠了一个躬。剑花低了头，笑着又说请坐，似乎有点儿害羞哩。余鹤鸣道："这一个礼拜，多蒙舒小姐捧场，我特意来谢谢的。"剑花笑道："啊哟！这话不敢当，余老板肯到舍下来坐坐，那就很赏面子了。"彼此对面坐下，剑花的目光下视，由他的皮鞋上，缓缓向上升，一直看到他的胸襟上来。见他衣袋中有一把钥匙链子垂在外方，不免多盯了两眼。在她这种表示之下，余鹤鸣心里荡漾着，也不免向剑花看来，先看她的腿，再看她的薄绸衫，见她袒出来的胸脯，又白又嫩，如豆腐一般，说不出来自己心里有一种什么感触。

他正如此看了发呆，不料就是这个时间，来了一个不速之客，不是外人，就是剑花的未婚夫华国雄。国雄因为前天一句话，没有把剑花劝过来，心中实在放不下，今天又请两点钟的假，打算见了她，好好地劝上一顿。他到这里，也不要门房通报，一直就向里撞，及至走到内客室门外，一见有个西服男子在这里，而且剑花是这样一种装束，立刻心中一跳，站着发了呆，走不上前去，剑花一回头看到，只当没事，笑着站了起来，向国雄招了一招手道："来！我给二位介绍介绍。"于是半勾着腰，向国雄道："这是敝亲华先生。"余鹤鸣也不知道是她什么亲戚，就站起身来，点了点头。剑花又介绍道："这是余老板，都请坐。"这余老板三个字，国雄听了，是异常刺耳，便笑着点头道："余老板请坐吧，我暂不奉陪。"又对剑花道，

"我要看伯母去。"说毕，就转身上楼去了。

楼上一间大屋子里，也是像楼下一样，陈设得很精致。剑花的母亲舒老太太，正斜躺在一张安乐椅上。身边有个柜式的话匣子，正唱着，她笑嘻嘻地侧着脸在那里听。国雄走进来，行了个军礼，笑道："伯母，好快活啊！"舒老太太起身笑道："我这大岁数了，快活一天是一天。你今天怎么又有工夫来？"国雄在老太太对面一张椅子上坐下，很从容地道："我是特意请假来的。"老太太走向前将话匣子关住，按着叫人铃，对于国雄这句话，似乎没有怎样注意。一个女仆进来了，老太太道："你泡壶好茶来，把好点心也装两碟子来。"国雄坐着，伸出两只脚，两只皮鞋互相叠住了摇撼，便注视在自己两只皮鞋上，默然不作一声。舒老太太站着看了他那样子，不觉微微一笑，她依然在安乐椅子上半斜躺着，微笑道："剑花和我买了这个话匣子，什么样的片子都有，你爱听什么片子？"国雄笑道："我们军营里正在练习作战，光阴是很宝贵的，老远地请了假来听话匣子，这是什么算盘呢？"舒老太太笑道："你现在真是爱国，但是找一点儿快活，也没有什么关系吧？"国雄道："虽然是这样说，但是娱乐这两个字，很容易颓废少年人志气的。"舒老太太道："这样说，我们快乐是不要紧了，一来是女人，二来又年老了，要爱国也无从爱起。"国雄道："说到年老的人，无从爱国，这还有话可说，若说妇女就无法爱国，这句话，我有点儿不能赞同。伯母的意思怎么样？"舒老太太道："当然，妇女们一样地可以爱国。"国雄道："说到这一点，我就要论到剑花了。她正是一个有为的女青年，不但不爱国，而且她闹得太不成话了，天天听戏、吃馆子、跳舞……"舒老太太便抢着道："你为什么这样顽固？她以前很苦，现在有了钱，让她快乐快乐也好。"国雄点头道："对了。有了钱是应该让她快乐的。不过我们总是清白人家，把那走江湖的人引到家里来，总也不大好。"舒老太太道："哪有什么走江湖的人到我家来呢？"国雄笑道："原来伯母还不明白，请你到楼下去看看，有什么人在那里坐着？"舒老太太道："哦！你说的是唱戏的余鹤鸣吗？唱戏的人，现在不像以前了，社会上都很看得起他的。剑花喜欢音乐的，让她交两个艺术界的朋友，这也无所谓啊！"国雄道："你老人家，没有看到过余鹤鸣这种人，一脸的油滑样子，绝不是什么正经的艺术家。我虽然有点儿顽固，但是不见得有那种封建思想，就像旧社会的人一样，看不起戏子。"舒老太太道："这位余老板的戏，我也看过的，他不像是个坏人。"国雄听到老太太极力和剑花辩护，多说也是枉然，冷笑了一声道："很好，那就很好，再见了。"说毕，站起身来，就告辞而去。舒老太太追着送到房门口，笑道："没有事就来坐坐啊！"国雄鼻子里哼了答应着，人就一步一步地走远，已经走下楼去了。

当他下楼经过内客室的时候，只见剑花和余鹤鸣并坐在一张沙发上，笑嘻嘻地彼此谈得很起劲。国雄鼻子里又哼了一声，冷笑着走夹道绕了出门去，就没有经过那内客室。然而剑花在屋子里，眼睛可是不时地注视到窗外和门外，见国雄一人低头红脸而去，禁不住呆了一呆。余鹤鸣也看到了，笑问道："这位华先生，是府上什么亲戚呢？"剑花道："是我一个远房姊夫，其实也不能算是亲戚。他知道我家新近在经济上活动一点儿，就常来借钱，真是讨厌得很。"余鹤鸣道："他穿了军服，是义勇军吗？"剑花道："什么义勇军，风头军罢了。他借了这个机会，穿上一套军衣，好到处耀武扬威，这种人我最是讨厌。"余鹤鸣笑道："舒小姐一连说了两个讨厌，当然对他是讨厌得很。"剑花叹了一口气道："俗言说得好，贫居闹市无人问，富在深山有远亲。我们现在可以过日子，什么亲戚都来了。人家好意来相看，有什么法子可以拒绝，只得罢了。"

余鹤鸣听了这话，也只含着微笑，不去再说什么，因为他早已看到她手指上戴了订婚戒指了。剑花在自己说完和国雄的关系以后，也觉得有点儿失言，但是若再用话来掩饰，恐怕更会露出马脚，所以并不说什么，只当没有感觉到余鹤鸣已察破了秘密，只管把很甜蜜的话去逗引他，将这事牵扯开去。余鹤鸣陶醉在剑花的眼光笑意里了，在初见面的一个期间，自然也不便去追问，所以依然很高兴地谈到日落西山，方才告辞而去。

剑花谈话的时候，原是笑嘻嘻的，但是等到送客到了大门口，回转身来以后，立刻双眉紧锁，说不出她胸中那一番痛苦来。缓缓地走上楼，到了她母亲屋子里，两手一扬道："嘻！真是不凑巧，偏偏赶着他今天来了，把事情几乎弄僵。他上楼来说了我什么？"老太太笑道："你想，他能不说什么吗？"剑花道："这个我也没有法子。我不但是这样，弄假成真，也许

278

真要和他离婚才好。"老太太哦了一声道："那可使不得！你不明白他的那个脾气吗？也许会激起什么意外来。依我说，你就对他把话说明也好。"剑花笑道："这是重要大事，怎可胡乱对人说的！老实说，原先我对你老人家也想瞒着的；但是我凭空落下一个叔叔，而且有十万块钱的遗产，要是不和你说明，怎样装得像呢？为了公，就顾不了私；为了国家，就顾不了爱情。我已经决定了牺牲，对不住国雄，只好让他去生气的了。"老太太点了点头道："嘻！我也没有法子，只好听凭你去做了。"剑花道："这个姓余的，机警非常，要想在他面前玩手段，那非做得像真的不可！我想到了真没有办法的时候，我就拿这条命拼了他，也不能让他在这城圈里作怪。"老太太听了这话，眼望了这花枝一般的姑娘，只管发愣，作声不得。剑花站在一边，也斜对了她母亲，呆了一会儿，忽然笑起来道："不要发愁了，我来跳一段舞给你老人家看吧。"于是找了一张跳舞的音乐片子，向话匣子上一放，自己牵了长衣的下摆，左摇右摆，就在屋子中间跳起舞来。老太太先是皱了眉望着她，她跳舞跳到老太太面前，却一伸脖子，在老太太脸上吻了一吻，老太太说一声淘气，也就禁不住哈哈大笑起来了。

第五回

留别书弃家卫社稷
还约指忍泪绝情人

在剑花这一方面，对于这件事，似乎毫不为意。可怜华国雄这书呆子，哪里摸得清楚，总以为剑花有了钱，就变更态度了。本来放心不下，总想向剑花去多劝说几回。但是义勇军近来操练得很紧，绝对没有工夫可以出营去。每当自己一人想着很过不去的时候，就写封信给剑花。但是去两三封信，也难得她回答一封信，就是回了信，她也决计不肯提到娱乐两个字上面去，只是劝国雄为国努力而已。国雄一气之下，也就不再写信给剑花了。过了一个星期之久，前线很紧急，义勇军等着出发，内部忙了两天，在开拔的前一天，和开拔当天的上午，将兵士分别放假三小时，让各人出营去和亲友告别。国雄是在当天上午得的假，因为时间匆促，在城里借了一辆脚踏车，就飞快地骑着跑回家来。

他到了家门口，想看看父母做什么，要突然地现在二老之前，好让他们惊异一下子，因之将车放在大门口，悄悄地步行进去，楼下并没有人，只看那垂着的竹帘，让风微微掀动着，和门撞击着，那轻微的声音，都可以听得出来。这样的静寂，想是父母都睡了午觉了。兄弟国威，他不是一个能安静的人，怎么也不作声呢？于是又悄悄地登着楼梯，走到楼上来。在楼门口就站住了，看看楼上有什么动静。只见他母亲斜靠在一张藤榻上，两手放在胸前，低垂了眼皮。父亲口衔了烟斗，两手反背在身后，面窗而立。那反在背后的两手，右掌托了左拳头，只管互相拍着。看那神情，又是在思想一件什么事情呢。他母亲高氏，忽然叹了一口气，沉静了一会子，才道："这件事，我真是料不到的，照私理说我是不愿意的。"有光依然面向着窗子外，叹了一口气道："他们的题目大，我们有什么法子呢？只是国威这孩子做事，也太任性一点儿。其实我们有话也不妨好好地说。"高氏道："我们俩，都有个岁数了。两个孩子都从军去了，两个孩子……"

国雄在楼口上看到，再也忍不住了，先叫了一声妈，又叫了一声爸爸，随着叫声，人就跑了上前去。有光夫妇回头看到，高氏哎呀了一声，首先站了起来，望了他道："我的孩子。"有光也缓缓走近前来，看了他道："脸晒黑了，可是人健康得很多了。"说时，手里拿了烟斗敲灰，勉强一笑。国雄斜伸了一只腿，站在二老面前，正了脸色道："我们的军队，今天下午开拔了，要上前线去。"有光点了点头道："那……很好！为国努力吧。你兄弟昨天留下　封信，不辞而别的，也投军去了。"国雄道："怎么？他也走了。"高氏走上前，和他牵了一牵军衣，口里答道："可不是？孩子！"国雄看了二老这种样子，生怕更会说出许多伤感的话来，便笑道："我兄弟自小就是个有志气的人，他一定可以轰轰烈烈做一场的。"有光点头道："你们倒是难兄难弟了，你看他这信。"于是就到写字桌子上，拿了一封信交给国雄。他看那信封面上写着留呈双亲大人。抽出信纸来，看那上面写道：

双亲大人垂鉴：

当大人读儿此信时，儿已在学生军司令部矣。儿不孝，不能遵二老之命，在家奉养，自知无以对抚育之恩。然儿习体育者也，体育之于吾人，乃在锻炼身体，为国家社会做一有用之才，绝不在乎谋一己之健康，作延长生命计，更非踢球赛跑，夺彼徒饰虚荣之锦标而已。今国家多事，民族沦亡之惨，迫在目前，若儿学体育之人，反蛰伏家中，偷安旦夕，则吾人最初习体育之意义何在？父为有名之哲学家，全国所景仰，毕生衣食，自可无虑，即无儿等奉养，将不至陷于冻馁。母亲居心仁慈，且复精神康健，虽入老境，苍天必加以福佑。儿再四思维，居家不过趋事晨昏，为力甚小；投军则多杀一敌，即为国多除一害，较为有价值之举动。总之，家庭不必有此一儿，国家则不可无此一兵。其毋谓一人去留，无关大计，设全国青年皆作此想，则义勇军学生军无法召集矣。儿筹之既熟，深恐与二老面商，必多劝阻。因之留书与王福，嘱儿出门后四小时，再行呈上，以免行至中途，再生波折。二老均非平常之人，儿之此举，必可原谅。儿非万不得已，亦不遽做牺牲，必保留此身，从容杀敌。忍泪留呈，难尽所怀。以后在营操练，或出发前线，自必随时作函禀报，可勿挂念也！

儿国威敬禀

　　国雄将这封信看完点了点头道："我兄弟是条汉子，很对得住我们姓华的这个华字。"有光将信接过去，从容放到抽屉里去，口里却道："他说的理由是很充足的。只是……"高氏道："你兄弟俩有一个在家里呢，我也没有什么可说的了。偏是你两个人都投军了。"说着，二老都默然地在椅子上坐下，望了儿子只管发呆。国雄一看二老态度不妙，立刻牵了牵军服，将胸脯一挺，做一个立正势，笑道："妈！您看您儿子不是一个大国民吗？有这样一个儿子，您不足以自豪吗？"高氏两眼内含着两包眼泪，向他点了头抖颤着声音道："我……我很自豪的……孩子。"国雄道："父亲，我们下午就要开拔，假期只有两小时了。我还想去和剑花告一告辞，现在我要走了。"有光道："好！你也应该去和她告一告辞。"国雄道："您有什么事吩咐我吗？"有光道："你很好，我很放心。没有什么可告诉你的了。是你兄弟信上所说的话，国家需要你们去当兵，比我需要你们做儿子，还要紧得多，好吧，你去为国努力吧。"高氏点了点头道："对了，你们努力吧。家里是没有什么事的。"国雄挺了腰，举手行了个军礼，又做了个向后转势，放开大步，就下楼出门而去。出了大门，赶快地骑上脚踏车，一溜烟似的就走了。二老也来不及下楼来送，就站在楼窗户边，顺着大道望去。国雄在脚踏车上坐着，是头也不肯回的。二老在楼上，直望着这辆车和人成了个小黑点，以至于不见。

这里国雄一路赶来，心里可就想着，剑花每天是要出去看戏的，这个时候去，不要又是扑了个空吧？可是天下的事，很有出于意料以外的。这天下午，剑花正是没有出门。所以没有出门的缘故，正因为她要去看的余鹤鸣，止来看她来了。她和他坐在内客厅里，谈笑着喝咖啡，吃糖果。余鹤鸣笑道："你唱得很好，今天没事，再唱一段我听听，行不行？"剑花头靠了椅子背，眼睛向上注视着微笑道："我唱就唱，没有配角，又没有胡琴鼓板，唱不出个劲儿来。"余鹤鸣道："胡琴是不得便，我和你当个配角吧。"剑花道："当配角，你要我唱什么呢？"余鹤鸣道："唱一出《乌龙院》吧。我和你配张文远。"剑花笑道："你配这出戏，打算讨我的便宜吗？"余鹤鸣笑道："这就太难了，漫说口里清唱，就是在台上真唱，又有什么关系。"剑花道："这是你们在台上唱戏唱惯了的人，那不算一回事，我们……"余鹤鸣站起来，走到她面前向她拱了一拱手道："面子面子！这里又没有外人，就算口头上占一点儿便宜，又算什么呢？"剑花把那架起的腿，只管摇撼着，就抬了头出神。余鹤鸣也不管她同意不同意，就站在她面前唱道："思情人，想情人，思想情人常挂在心。一步儿，来至在乌龙院，叫声大姐快开门。"剑花背着脸就接着向下唱道："忽听得门外叫一声，莫不是三郎到来临？用手儿开开门两扇……"唱时，就向余鹤鸣瞟了一眼，余鹤鸣向她作了一个揖道："有劳大姐来开门。"剑花将沙发椅上的靠垫，拿一个放在中间，又用手轻轻地拍着道："端把椅子三郎坐。"余鹤鸣就坐下来，笑着唱道："多谢大姐好恩情。"剑花唱道："问三郎，为何不来乌龙院？"余鹤鸣道："只因惧怕一个人……"

唱时，他用手向外一指。这一指之间，恰是电铃响：国雄来了。他在门外，仿佛就听到屋子里有一种歌唱之声。早在外面站着，不肯进去。最后忍耐不住了，就一按门铃，然后到外客厅站着，叫听差到里面去，把剑花请了出来。剑花正在内客厅里唱得高兴，听差说有客在外面等着。剑花一时没有想到是国雄来了，便道："是什么客？你也不要他一张名片，就把他让进来了吗？"听差道："不是别人，是华先生。"余鹤鸣早是注意国雄的了，也就插嘴笑道："是啊！不是别人，这还用得着那通报的一道手续吗？"剑花望了他一眼，微微笑着，并不说什么，就对听差道："你给他倒

283

茶，我就来。"听差去了，剑花对余鹤鸣道："请你在这里宽坐二十分钟，我和他说几句话，打发他走了，再来奉陪。"余鹤鸣笑道："你请便吧，不能为了我这一个不要紧的客，连其余的客，都不要你去奉陪。"剑花也不愿和他多说，伸手拍了一拍余鹤鸣的肩膀，笑道："我真是有点儿对不住。"

说着，走到前面客厅里来，见国雄并没有坐下，两手抱在胸前，只管在屋子里走来走去。那皮鞋走在地板上，只管咚咚作响。剑花一推门进来，他先笑着点头道："我来打搅你了。"剑花笑道："好多天没有见，怎么见了面就说俏皮话？"国雄道："不是我说俏皮话，我在门外，就听到你唱得很高兴。我一进来，可把你的唱打断，岂不是打搅你了吗？"剑花点头笑道："请坐吧。今天怎么有工夫出来呢？"国雄道："我不坐了，说两句话我就走。我今天下午开拔了，我特意来和你告辞。"剑花点头道："我祝你胜利回来。"国雄扳住了冷笑一声道："胜利回来吗？我不愿回来了，因为我不能做宋公明，你去陪你的张文远吧。"说时，就在手上把订婚的戒指脱了下来，交给她道："这个东西，我也不配戴着，你收了回去吧。"剑花不料他做事如此的率直，手里托着那戒指，只管发愣，半晌，才微微一笑道："那也好！"国雄笑道："怎么不好？"说毕，抽身就向外走。剑花道："喂！你别忙走，我和你说几句话，行是不行？"国雄已是走到门口了，听了这话，复又转身回来，望了她道："还有什么可说的呢？我觉得我这种办法，真是很圆满的办法了。"剑花望了那戒指，静默了两三分钟之久，才道："这种大事情，难道你考量都不考量一下吗？"国雄道："我现在是个军人了，所要的是民族的光荣，生命可成了水面上的浮泡，说破就破。生命都不能保，爱情与婚姻，那更是太没有关系的事。我此去十有八九不能回来，与其让你做一个未过门的寡妇，不如我们先断绝了关系，让你做个闺房小姐。"剑花眼睛里面，水盈盈的，不免含着两包眼泪，许久不能作声。国雄道："你不必伤心。你心里难过，不过是这五分钟的事情。把这五分钟过了，你身体上更得着一重自由，精神上更得着一重安慰，以后你就会想到我这举动，并不是一件鲁莽的事了。"剑花用手绢擦了一擦眼泪，微笑道："你的话很有理，我完全接受了。我这里还有你一个戒指，要不要拿回去？"国雄道："哦！我还忘了。当然我要拿回去。"剑花道："不必！我送到你府上去就是了。你带到营里去，不免受点儿刺激；打仗的时候，不要为这个，分了你的心。"国雄皱了眉道："既然如此，你又何必叫我回来，说上许多话。再见了。"说毕他掉转身躯，再也不回头，匆匆地就走出去了。

　　剑花手指上戴了一个戒指，手心里又托了一个戒指，于是注目向手心里呆呆地望着，忽然握住了戒指，向外面追了出来，口里喊着道："国雄！国雄！"但是国雄出门之后，骑上脚踏车，早跑得无影无踪了。剑花站在院子里，发了一阵子呆，然后跑回客厅去，伏在沙发椅上，呜呜咽咽地哭将起来。她的头还没有抬起来，忽然余鹤鸣在身旁道："怎么着，你舍不得吧？"说着，把两手将她的头扶了起来，只见她满脸都是泪痕，鼻子里还抽噎有声呢。剑花将手绢擦了一擦眼泪，站起来挺着胸道："我哭什么？我又舍不得什么？你看，你不是很注意我手上的这一只戒指吗？现在我可以老实告诉你，我和他脱离婚姻关系了。"余鹤鸣坐到沙发椅子上，握住了她的手，笑道："我在门后面，都听见了。他说我是张文远，可是我愿意做花园赠金的薛平贵呢。"剑花将手上戒指，也脱下了，把两只戒指托在手心里，掂了两掂，哈哈大笑起来。余鹤鸣道："你不哭，倒笑了，什么意思？"剑花听他问，笑得更厉害，身子向他怀里一倒，斜躺在沙发椅上。余鹤鸣道："怎么我越问，你越笑。"剑花道："我现在算是看透了他是个狠心的人了，到底我虽受了他的骗，还没有上他的当，伤心固然是伤心，高兴我也是高兴，这个双料大傻瓜，他以为把戒指交还我，就可以气我，其实我才犯不上呢。哈哈哈哈！"她口里如此谈着，眼睛可就注视着余鹤鸣口袋外垂出来的钥匙链子。余鹤鸣在软玉温香抱满怀的时候，眼醉了，心也醉了，又哪知道爱情以外有什么问题呢？

第六回

啼笑苦高堂人去后
昏沉醉客舍夜阑时

　　屋子里面沉寂了几分钟，在沉寂的时候，余鹤鸣觉得有一种轻微的脂粉香气袭入鼻端，不由得心中微微荡漾起来。剑花将脸贴到他胸前，对那钥匙上表链，又仔细看了看。余鹤鸣用一只手搭在她的肩膀上，头向下一低。剑花以为他知觉了什么，心中倒是一惊，索性将头向他怀里挤了一挤。余鹤鸣拿起她一只手，放到鼻子上闻了一闻，笑问道："舒小姐，我有一件事，想要求你，不知道你能不能答应？"剑花望了他笑道："你说吧。只要不让我为难的事情，我一定可以答应。你是绝顶聪明的人，当然也不会让我为难。"余鹤鸣用手轻轻在她肩上拍了几下笑道："你真聪明，先不用我说什么，把话就封上门了。其实我也没有什么奢望，不过我想在今晚散戏之后，和你畅谈一番。"剑花笑道："啊哟！散戏之后，还要畅谈，那会迟到什么时候去，我家慈恐怕有些不愿意。"余鹤鸣道："也不怎么晚，若是跳舞去，不到天亮不能回来，又当怎办呢？"剑花笑道："俗言道得好，眼不见为净，真是老太太不看见，回来说两句好话，也就遮盖过去了。我们在家里尽管坐着谈话，老太太岂能一点儿不管？"余鹤鸣笑道："要眼不见为净，那很容易，散戏之后，我在敝寓，恭候台光。"剑花皱着眉想了一想道："不大方便吧。"余鹤鸣道："有什么不方便？我那地方，说热闹就热闹，说冷静就冷静，我若不让人闯进屋子来，谁也不敢来。"剑花摇摇头道："我倒是不怕人。"余鹤鸣道："却又来，既是不怕人，又什么去不得的。"剑花微笑道："但是我怕你。"余鹤鸣道："你怕我做什么？我又不是

286

豺狼虎豹会吃人。"剑花道："你不会吃人。"说着这话，眼睛瞅着他，只管向他微微地笑着。余鹤鸣笑道："你不要疑心了，来吧，我今天晚上等你，你若是不来，我就会急死的。"剑花笑道："何至于此呢？"余鹤鸣道："当然是这样的，不过你不明白男子所处的环境。"剑花坐了起来，望着他的脸道："这话我更不懂了，这与环境两个字，又有什么关系？"余鹤鸣脸上红着笑道："我瞎说了。不过我想你前去，却是事实，你要不去，恐怕我明天登不了台。"剑花道："那为什么？"余鹤鸣道："今天晚上，我要是一宿睡不着觉，明天有个不害病的吗？若是害了病，有个不请假的吗？"剑花点了点头道："到于今，我总算相信唱戏的人格外地会说话。"余鹤鸣笑道："无论怎样地会说话，到了你面前，话也没有了。哈哈！"说笑着，又伸了手，不住地拍她的肩膀。剑花心里高兴极了，表面上半推半就的，只是傻笑。余鹤鸣道："你再就不用推辞了，我回去吩咐厨子好好预备一点儿吃的迎接嘉宾。"说时，站了起来，依然不住地拍着剑花的肩膀。剑花只好点点头，低声答道："你一定要我去，我也不便一定拒绝。倒是你不必和我预备什么东西，我坐一会儿就走。"余鹤鸣伸手和她握了一握，笑道："那就是晚上见吧。"笑嘻嘻地去了。

剑花也是笑嘻嘻地送他出了屋子门，站在廊檐台阶上，向他的后影放着笑脸，预备他不时回过头来，却可以看到本人的笑容。直等余鹤鸣走出大门，上了汽车，隔着玻璃窗还点了个头，然后才回转身来。但是她掉转身来之后，那笑容怎样也维持不住，三脚两步跑回屋子去，伏在沙发椅子靠背上，呜呜地就哭了起来。她自己哭着，并不觉得怎样，把旁边一个倒茶的女仆，倒十分惊异起来。刚才小姐和余老板坐在一处说话，是那样欢天喜地的，余老板一走，就如此大哭，难道是舍不得人家走吗？这就想劝两句，也不知道如何去劝好，只是问道："小姐，你这是怎么样了，你这是怎么样了？"剑花这种委屈的心事，怎能对一个无知识的女仆去说，只是摇摇头，依然继续地向下哭，女仆莫名其妙，便跑上楼去告诉舒老太太。

老太太听说，心里大吃一惊，心想，莫非我们小姐计划的事，已经失败了。匆匆地走下楼来，见剑花已是坐在那里，用手绢不住地擦着眼泪。

舒太太站在她面前，望了她的脸道："你又是什么事，只管闹脾气？"剑花叹了一口气道："我这牺牲大了。你瞧，国雄这书呆子，和我认起真来，拿戒指还了我了。这样下去……"她说着话，见女仆站在身边，就对老太太丢了一个眼色，再道："他是不会和我再好的。我并不是舍不得他，我觉得他这个人做事太绝情，不由我不伤心。其实一个大姑娘别什么事可以为难，找丈夫有什么为难，我这时候说一个嫁字，恐怕有几十人抢着要娶我呢。我不嫁别人，我偏要嫁余鹤鸣，活活把他气死，看他什么法子对付我。"说着，将牙齿咬了下嘴唇皮，又顿了两顿脚。老太太向女仆道："你去拧把手巾来给小姐擦脸。"女仆答应走开了，老太太就低声问道："你突然哭起来，为了什么事，倒吓了我一跳。"剑花用手绢擦了擦眼睛，倒笑起来，便道："这也可以算是我的孩子脾气，于今想起来，倒几乎误事。余鹤鸣约了我今天晚上，在散戏以后，到他寓所里去。说不定这东西，又存了什么坏心眼。"老太太听了这话，不由得脸上颜色一变，望了她道："姑娘……"只说到这里，女仆已经拧着手巾把来了。剑花将两手向老太太做个推送之势，口里连连地道："请你老人家上楼去吧！"老太太望着她退了两步，脸上依然有些犹豫之色。剑花眼珠一转，就搀着老太太走上楼去。

到了屋子里，剑花将门关上，让老太太坐下，正了脸色向她道："妈！你不是下过决心，为国家牺牲你这个姑娘吗？现在你就只当我是死了，不管我到什么地方去，你都不用过问。"老太太沉默了很久很久，才点着头道："事情已做到了这种地步，我还拦阻得了你吗？不过我听你在今晚深夜要到余鹤鸣家里去，你究竟是个姑娘……"剑花突然将胸脯一挺道："姑娘？姑娘怎么样？姑娘就不能冒险吗？这是我自己不该哭，做出了这小家子的样子，所以引得老太太看不起我。"说着将房门打了开来，喊道："王妈，给我烧火剪，预备烫头发。晚饭给我预备一杯葡萄酒。"她很亮的声音，说着笑着，就这样走了。老太太虽是有些提心吊胆，想到今晚是最紧要的关头，眼看自己姑娘要建立一场大功业，岂可把她的雄心打断了。这也只好听了女儿的那句话，只当她死了，也就无甚可念了。

吃晚饭的时候，剑花已是把一头长发烫得堆云也似的。脸上搽抹了脂粉，画了眉毛，在满面泪痕之后，算是又成了一个笑容可掬的欢喜姑娘。吃过晚饭之后，她并不觉得今晚上要去办什么重要的事情。挑了一件最艳丽的衣服穿上，手指上又添了一个钻石戒指，笑嘻嘻地坐了汽车上戏园子去。唱戏的时候，余鹤鸣在台上，不住地向剑花包厢里飞眼，剑花总是微微带着笑容，有时好像还点着头，那意思就是说我知道了。戏唱完了，剑花刚站起身来，那个女茶房，早就站在身边，向她低声微笑道："舒小姐，余老板说……"剑花笑道："我已经知道了。你到后台去告诉余老板，我不会失信的。"女茶房听说，掉转身就跑过去了。剑花知道她是到后台报信去，这也不必去理会，自己慢慢地走出戏园子，在咖啡店里喝了一杯水，好等余鹤鸣先回家，然后才坐了汽车到他们住的寓所来。这里的门房，已经得了余鹤鸣的指示，只要有女客来，就请到他的房间里去，所以剑花下车之后，他并不怎样仔细盘问，要了一张名片看看，就引着到余鹤鸣房间里来。

这里是一间加大的卧室，在屋中落地花罩之间，垂着一挂绿色的呢幔，在幔里是床铺箱柜，在幔外是桌椅陈设。房间是用花纸裱糊的，并没有什么痕迹。地板上却铺了很厚的地毯，脚踏在上面，软绵绵的。地毯上放了一套小沙发，在椅子腿边，地毯皱了起来，而且微卷了一只角。剑花一推房门，眼光是闪电也似的，早是四方上下，看了一个遍，其次才看到余鹤鸣身上去。他已经改穿了中国白绸长衫，漆黑的头发，搽满了雪花膏的脸子，身上又洒了许多的香水，在电灯光下看来，自然也是个翩翩少年。他是含笑抢步向前向她一鞠躬道："真是不敢当，这样夜深，劳你的大驾。请坐请坐！"说着，扶了她在沙发椅子上坐下。她身子坐下，眼光可是四处扫射，便笑道："你这房间，布置得很是雅致，进出就是这一道房门吗？"余鹤鸣笑道："你放心，这里无论是几道门，假使我不让人进来的话，也没有什么人敢进来。"剑花笑着点点头道："那自然，你是这班子里一位领袖人物，又是大大的红人，哪个敢违抗你的命令？"说着，她禁不住又站起身来，在屋子里走着，做个赏鉴的样子，壁上的图画，走近去对着看，桌上陈设的小玩意儿，拿到手中去掂掂，而且故意地对着他的床多注视了两回。

余鹤鸣笑道:"你把我这房间,仔细地看了又看,你觉得还可以安身吗?"剑花点点头道:"客边有这样的地方住,那就很好了。"余鹤鸣走近一步,握了她的手,依然同在一张沙发椅上坐下来。剑花望着他道:"你叫了我来,就为了坐着闲谈谈吗?"余鹤鸣用手在她手背上轻轻拍了两下笑道:"别忙别忙!我预备了许多东西给你吃呢。"说时,房门咚咚地响了几下,余鹤鸣问道:"是老刘吗?进来吧。"门一推,一个系了白围裙的厨子,用托盘托了许多碗碟,还有两个大酒瓶子放在上面。余鹤鸣笑向托盘一指道:"要你来,就是为的这个事。"老刘将托盘放在桌上,一样一样地捡了出来。剑花看时,一碟龙须菜和冷火腿、一碟蛋丁杂拌、一碟什锦冷冻子、一碟糟鸡,全是清凉可口的东西。另外两大盘子水果、两只高脚玻璃杯。剑花笑道:"这菜很好,只是这个大玻璃杯子,喝什么酒,我都受不了。"余鹤鸣笑道:"就凭你说这菜很好四个字,也该对消一杯。"他道着,拔开了瓶塞,就咕嘟咕嘟倒下两大杯酒。剑花端了杯子起来,举在鼻子尖上一嗅,将头一偏,笑道:"好厉害,这是白兰地,我可不能喝。"余鹤鸣道:"这样夜深,就算是喝醉了,也无非是睡觉去,要什么紧。"剑花道:"不是那样说。一个人神志清明,喝得糊里糊涂,不知天地高低,身体受了伤,几多天也不能回复原状,那有什么意思。"余鹤鸣笑道:"要那样就好,你不知道一醉解千愁吗?"剑花道:"你天天过这样快活的日子,还有什么愁?"余鹤鸣笑道:"小姐们不会知道这些事的,你也不必问,我们喝酒吧。"说着,举起杯子来,向她笑着,等她对喝。剑花皱了眉笑道:"真对不住,我是滴酒不尝的人,你要我喝酒,那就是要我现丑。你真是放我不过,你就替我要瓶汽水来,我兑上一些酒喝就是了。"余鹤鸣摇摇头笑道:"这倒真是对不住,我没有预备汽水。"剑花道:"我记得我告诉过你,说我是点酒不尝的,所以你今天晚上故意弄了许多酒来和我为难。我又一个对不住,我要先告辞了。"说着,她就站起身来。

余鹤鸣放下酒杯,跳到房门口,两手横伸着,拦住了她的去路,笑道:"你真是不能喝,我就不敢勉强,请你随便喝一点儿就是了。"剑花微侧了身子站着,撅了嘴道:"我实在不能喝,喝醉了我怎么回家?"余鹤鸣道:"若是说为了这个问题,那很好办,让我开车子亲自送你回去就是了。

若是醉得连汽车都不能上，那也有办法，我们就对坐着，清谈一夜到大天亮。到了明日天亮，趁着好新鲜空气，我步行送你回去。清晨的凉风吹到脸上，路上的树叶子，洒着隔宿的露水珠子，嗅到鼻子里去，有一股子清香。"剑花笑道："你不用说了，反正是你怎样说怎样有理由，总要我陪着你喝酒，是不是？好！我拼了醉吧。"说着，端起了杯子来，就抿了一口酒。余鹤鸣笑道："对了，今朝有酒今朝醉，乐得快活一晚上。"于是扶着她在对面椅子上坐下，两人举杯对饮。这酒虽是有些辣口，可是吃点儿凉菜，心里很痛快，二人带谈着话，不知不觉地，剑花喝了大半杯酒下去。她那苹果色的两腮通通红的，更是像熟了的果子，放下了酒杯，用两手按住了胸口道："这是怎么一回事，我心里跳得厉害。"余鹤鸣在水果盘子里取了一个梨，亲身到挂在衣架上的西装袋里，拿了一把小刀子来，侧着身子削梨皮。将一个梨削完了之后，回转头来看时，只见她伏在沙发椅子靠上，两手正枕了额头。余鹤鸣将手托了她的头道："你醉了吗？"剑花被他将头托了起来，眼皮还是垂着的，勉强半开着眼，微张了嘴，并不言语。余鹤鸣笑道："你真不济事，喝这一点儿酒，就醉成这个样子。我这里给你削了个梨，你吃一点儿下去，好不好？"剑花摇摇头又伏在手臂上了。余鹤鸣将梨放在桌上，笑道："我不料这位小姐是这样贵重。既是醉了，坐在椅子上，也不是办法，我来扶你上床去睡吧。"说着就用两手伸到剑花的胁下，要扶她上床去。剑花到了此时，总算上了他的钓钩，要如何摆脱，就看她的本领了。

第七回

魔窟归来女郎献捷
荒园逼去猾寇潜踪

这时，剑花闭了眼睛，定了神，静待变化之来。余鹤鸣是让美色陶醉了，两手抄上了剑花的腰间，正待把她抱起来。屋子里的电话分机铃，丁丁地响起来了。他只得丢下人不管，去接电话，问道："哦！我知道了，我知道了。大家稍等一等，最迟在三十分钟内，我一定到了。"说毕，挂上电话机，随手在衣架上取了件长衫向身上披着，望了沉睡的剑花，很凝神地注视着，突然在书橱子里取出一把钥匙，赶快就把房门向外带着。

剑花睡在睡榻上，听得清清楚楚，那门中暗锁，咔嗒一下响，这是余鹤鸣在外面锁上房门了。她也并不理会，依然静静地躺着。约过了三分钟，她悄悄地坐起来，缓步走到门边，用耳朵贴着门，向外听了听，并不见得有点儿声息。她突然改变了态度，用手在壁上先摸摸，又按按。随着在书橱子里、桌子抽屉里，如疯狂一般，都翻看过了。抽屉的中间，有一支手枪，先取到手里，扳开枪膛子，见里面正上满了子弹，于是将枪插在衣袋里，继续着掀开床上的被褥和地板上的地毯。在沙发椅子边，地毯发皱的所在，那地板正有四周裂缝，仿佛一种木盖，嵌在地板当中。用脚使劲将地板顿上几顿，果然那地板陷了下去，露出个大洞。伸手到洞里摸索着，摸出一只小箱子来。那小箱子自然是关着锁着的，她在桌上拿了一方尺大的砚台，在箱盖上拼命砸了几十下，将箱盖打破一个大口子，里面便是些表册文件，用手掏出来看了两件，都是十分紧要的。也来不及细细看了，将文件依然放到破箱子里去，伸头到玻璃窗边，向外张望着，是否可以出去。

她正如此打算，却听到房门外有了脚步声，似乎是有人要进来。她这一吓，非同小可。赶忙着，一手拿了手枪，一手夹着那小箱子，便静静闪在那门角边等候。果然门锁咔嗒有声，门向里开。剑花心想余鹤鸣这人很有点儿力气，若等他到了屋子里，和他挣扎，那就晚了。身子闪在一旁，向房门看得清楚。等着一个人身子向里挤进来，对着他背心，就是一枪。轰咚一声，那人擦门倒在地板上。剑花低头看时，并不是余鹤鸣，乃是余鹤鸣的朋友归有年。这虽便宜了余鹤鸣，自己将文件拿到手，功成了一大半，也不暇计较人的问题，夹了箱子就向外面走去。他们这里同居的戏子，在这样夜深，多半睡了。那没有睡的，也并不在家，已去做他们的秘密工作。所以剑花由里向外跑，并不曾有人拦阻。

　　到了大门口，自开了门闩，奔上了大街。到大街上迎面碰到一位站岗的巡警，便对他道："我是密探，破了一件案子，你赶快保护我到警察署里去。"巡警听说她是要到警察署里去的，点头道："我知道了。"马上就吹了警笛，在人家屋檐下，和巷子角落里，立刻有七八名巡警走了来。那戏剧园里的，有发觉剑花杀人夺门而出的，但是追上街来，就看到巡警拥护着她，哪里敢追上前来。剑花捧了那个箱子，就很从容地和一群巡警到警署里去了。她到了警察署里，自是十二分的安全，大大方方地和侦探总部通了一个电话，那边就派了一辆汽车全部接了去。到了总部之后，剑花将文件箱子交给司令。他随便取出了一项文件看时，便笑道："有了充分的证据了，今天晚上，我们要得个人赃并获的大成绩了。姑娘，这是你第一件大功劳。"说着，将两手搓了几搓，向着剑花微笑。剑花道："只是有一件事可惜，那个姓余的，让他跑了。"张司令用手摸了摸他的兜腮须子，摇摇头笑道："他跑不了的。我接着你由戏园子打来的电话，我知道你今天晚上有七分成功的把握，立刻派了十个探员，到戏馆内外去帮助你。你到了他们寓所里，我又和警署里通了电话，在那前后埋伏五十名警士，帮助十个探员办事。我这里不断地接着电话报告，知道余鹤鸣忽然走出来，鬼鬼祟祟，不坐汽车，只坐了一辆人力车。我们的探员，看了他这种样子，当然是可疑，立刻就有四个人紧紧地跟了下去。刚才又接了电话，他是到东岳庙后荒园子里去了。无意中，又得着他们一个秘密之窟，我又调了一百名武装警察前去包围，这一下子，料他不能飞上天去。痛快痛快！"说着连连拍手。剑花道："我也料着司令一定在暗中保护我的，所以我心里很是坦然。抢出了他们的大门，我就立刻跑到一位巡警身边去，知道是可以安全回来的。"张司令笑道："且不要太高兴了。他们既然是在今晚这样深夜会议，一定有什么紧急举动，我们在这些文件中找找看，也许可以找出什么形迹来。"如此说着，就把文卷拿出，一样一样地清理。

剑花坐在旁边一张椅子上，静静地旁观，并不敢作声。张司令在桌子上缓缓地展阅文件，忽然一手按着一张电稿，一手将桌子大拍一声道："了不得，这件事要让他们办成了功，那就大事完了。"剑花站起身来问道："什么事？司令这样惊慌。"张司令道："他们有个记事，是关乎军事的，我念给你听。'我军若于二十八日通过夹石口，则下月三号可以直逼省垣，我等工作，自须加紧。'你看，这岂不是他们有军队由夹石口偷袭省城？"剑花且不理会军事情形如何，突然站起来道："什么？夹石口？"张司令道："可不是？那正是沿海攻取省城一条捷径。因为山路难走，我们料着他不敢由这里冒险进攻，不料他居然由这里来了。可惜这些密电稿子，不曾翻译出来，不然，我们一定可以得着不少的证据。"他口里说着话，手上还只管在清理文件，忽然将三个指头，连连拍了桌子道："有了，有了，这可以证明上面那段记事是不错的了。这里有个电报，是翻译出来的了。这文字是'夹石货物，必可成，俭有佳音至。刘大往'。这不是明明说着二十八日可以到夹石口吗？刘大，是他们旅长田锦川的暗号，我们早已知道了的，这分明是说他们有一旅人夺我们的夹石口。这决计不是小事，我们应当把这件事情呈报省主席。今天二十五……"

张司令很得意地说这一件事，以为他侦察出敌军一件秘密事情来了。眼睛先看着文件说话，及至一抬头，见剑花斜靠了椅子背坐着，脸上青一阵白一阵，便注视着道："舒女士，你怎么脸上这样地不好看，身上有什么不舒服的地方吗？"剑花挺了挺胸脯，微笑道："不相干，我心里有点儿新的感触。"张司令道："你有什么为难之处吗？论功本来就应当奖赏你，论私，我也可以帮你的忙。"剑花道："司令不能帮我的忙，也没有法子帮忙。"张司令道："哦！哦！涉及了爱情问题吗？"说着他就哈哈地笑了。剑花道："不是，那夹石口防守的军队很少，敌人来了，怎样抵抗得住？"张司令一伸大拇指道："你是为了这个发愁吗？你念念不忘国家，好的。但是这个秘密被我们发现了，我们立刻可以调军队加到夹石口去，现在不算晚。"剑花皱了眉道："他们这电报，是说二十八到，也许提前了日期，二十六七到，那些学生义勇军，恐怕是不济事。怎好？唉！怎好？"张司令见她两手如搓面粉一般，只管互相搓挪，分明是很急，因道："你对这事很清楚，而且也很挂心，那一支军队里面有你的熟人吗？"剑花无声吁了口气，又点点头。张司令笑道："那么，在那军营里的人，和你是什么关系？"剑花笑道："自然是有关系。"张司令笑道："大概是表兄。"剑花道："司令怎么猜是表兄呢？"张司令笑道："我觉得这样猜是最妥当了。说是亲戚也好，说是朋友也好，总可以附会得上的。但是，你也不必发愁。你要知道上了前线，就没有什么地方可以不生危险。就以你现在担任的工作而论，什么时候，都有遭人暗算的可能。论起你的困难，还要在当兵的以上。夹石口虽是守兵不多，我们可以调兵前去增援，我马上亲去见省主席，把这事报告给他听。"剑花道："救兵如救火，那就求求司令，赶快去报告省主席吧。"

张司令笑着点点头，将那些文件归并到一只大皮包里，戴了帽子，正待要走，这时却进来一个探员，向张司令举手行礼。张司令问道："余鹤鸣捉到了吗？"探员道："他的同党，捉到有十二个，但是并没有他在内，大概是逃走了。"张司令轻轻一拍桌子道："若把这个人逃走了，将来也许我们还有上他大当的时候，这个人手段很毒辣，我是知道的。"探员道："这样夜深，城门没有开，我们现在叫四城都严厉把守，料着他跑不了。"张司令道："不是叫你们紧紧地跟着他的吗？怎么会把他放走了的呢？"探员道："当他由寓所里走出来的时候，我们就有四个人跟着他到了东岳庙后荒园子里去。那里一片深草，还有许多小树，人在深草和小树里钻着，路也没有，只是瞎碰，在一堆乱太湖石后面，有几间矮瓦屋。那屋子里微微地闪出一线灯光来，似乎这班党徒，就藏在那里面。我们几个人，慢慢地走到石头边，藏在深草里，向那屋子附近，慢慢地走过去。那个地方，很是冷静的。我们蹲了许久，就听到那屋子里，发出一种唔唔说话的声音来。

于是我们就派了一个人回来报告，我们依然在那里候着。后来我们这里去了一百名警察，响动未免重一点儿。他们这班人，也有眼线在外，这一来，那屋子里灯光，先就吹灭了。我们这里的警察，慢慢地逼上前去，看看要把那矮屋子包围上，他们倒是先下手为强，立刻对着我们警队，乱开着手枪，就冲了过来。我们这里，也是早有防备的，立刻就向他们回枪。大家在黑暗里开了一阵枪，都不敢上前。他们所带的子弹，究是有限，打过了两小时，他们的子弹都放光了，我们怕时候持久了有变，只得冒着险，一步一步地向前进逼。因为四周都是我们的人，他逃脱不掉，就一齐退到屋子里去。我们就喊着说，你们心里要放明白些，你们的后援断了，我们打着打着，还只管有人来，若是你们现在不出来，我们就抬了机关枪对着破屋子乱轰，你们就一个人也跑不了。你们现在想想，还是愿意立刻死，还是愿意另求一条生路呢？我们就是这样喊着，后来他们料着是跑不了，就大声答应着，他们可以投降，请我们不要开枪。我们口里答应着，端了枪就冲到屋子边去。先让他们在屋子里亮了灯，然后大家一路冲进去。到了屋子里看时，连受伤的还有十二个人，屋子外面草地里，打死了四个。可是我们检点全数，就是短了他们的首领余鹤鸣。我们追问他们余鹤鸣在哪里，他们说刚才确是在这里开会。可是这屋子里有个地洞，可以通到这屋子外面去，可以由枯树根下钻了出去。他们本也要由地洞里钻出去，但是等他们要走的时候，枯树根下，也让我们包围了，他们已经来不及。我们听了这话，立刻由屋子里下洞去搜查，果然是个可以行人的地道，钻出地洞来，有一棵大枯树。枯树枝子，正搭在墙头上，若由枯树枝爬到墙头上去，正好逃走，大概余鹤鸣就是由这里逃走的了。我们大家都不肯放手，又在东岳庙后，四围追寻了一阵子，但是他究竟没有露一点儿影子，我们没有法子去追他。"

张司令用手摸了下巴上的长胡子梢，点点头道："我说了不是？这个家伙，厉害得很，在这样紧紧包围的当中，他都逃走了，平常他有多么狡猾，就可想而知了。虽然，他究竟这回败在我们女将军手上了。"说时，眼睛向着剑花微笑。剑花站起来道："虽然我这回侥幸成功，那还是靠了张司令的指挥。不是司令指挥，我的力量有限，怎样可以笼络住他？"张司令笑道："我好譬是个导演的，你好譬是个演员，假使没有好演员，我就卖尽气力，也演不出好戏来的。哎呀，我要走了，不说闲话了，舒女士心里头，大概也巴不得我一步就走到省主席面前去哩。"剑花自从在这里服务以来，向来都看到张司令是一副俨然可畏的样子，今天这样有说有笑，实在是难得，这一定是自己的功劳太大，乐得他情不自禁，这样假以辞色的了。如此想着，脸上自然有些得色，不觉笑吟吟地对他道："我总算没有负你的栽培吧？"张司令似乎也看出她那种得意的情形来了，便将颜色一正道："话虽如此，你要知道我们做侦探工作的，是讲个胆大如虎，心小如鼠，成功是成功了，千万不可得意。你这回成了功，伤了敌人的心，他对你、对我们总部，说不定要取一种什么报复的手段。害怕还来不及，哪里可以喜欢起来呢？"他越说脸上越庄重，停了一停，又道，"舒女士，你要知道失败是成功之母，成功也是失败之母啊！"这一番话，说得剑花毛骨悚然，站着连连点头说是。张司令看了她这样子，又怕她难为情，笑道："但是，你是一个很聪明的人，这话也不用我说，我不过让你再加小心就是了。你累了，可以休息一会儿再回家去。天大亮了，我也要赶快去见主席呢。"说毕，一笑而去。

第八回

兄弟相逢扬声把臂
手足并用决死登山

上回书交代到张司令向主席报告，海盗要偷袭夹石口。主席得了这个报告，当然有一番布置。这夹石口如此重要，究竟是什么情形呢？原来这地方，是在一道大山中，闪出一条人行路来。在人行路的左边，山向后闪着，有个大谷，靠了半边山，筑了个城堡，城堡后面，一道流泉，由山上潺潺而下。一条山沟，直通到堡里，正好供给守堡军队之用。当年堡垒筑在这边，当然就为的是这一脉流水，便于驻军。但是对面山那边，却是一个很陡的山峰，在那山上，正可以俯瞰这个城堡。所以守这个城堡的军队，必定要把守那个山峰。当剑花发现了余鹤鸣的阴谋而后，华国雄那支义勇军，由火车运输，兼程前进，次日早上，就安抵了夹石口。

他们这支军队的领袖，是赵英营长，曾由陆军大学毕业，是个有学识的军人，他到了夹石堡而后，并不曾休息，立刻就在堡上巡视一周，看看堡外的形势。他就对着同事熊营副说，这个地方太要紧了，冲出去二十里，便是铁道，设若敌人挺进到这里，铁路有中断之虞，总部把这里当个不要紧的地方，把一支新成立的义勇军开到这里来，这是一个很大的错误，我要赶快打电报去报告。我相信我们这支军队所负的责任不小。熊营副点头说："营长说得不错，不过我所感到的，这紧要的地方，又有个紧要之点。"说时，向对过山峰一指道，"这个地方，我们要派人去保守着，以作掎角之势。"赵营长点头笑道："我把这句话放在肚子里，正想考考大家，谁能有那个眼力呢。你且不作声，华连长来了，看他知道不知道？"

298

说着话时，华国雄也走到城堡上来。四周看看，不觉失声赞道："这是一个好地方，哎呀……但是对面这座山头，紧对了这个城堡，非常之危险。"赵营长大笑，将手拍了两拍他的肩膀道："你是个好的，我们算没有错着了你了。我们在这里讨论着，正留着这个问题，等你来答复呢，不料你来，就把这个哑谜揭破了。哈哈！你很不错。"国雄听营长这样夸奖他，自是高兴，便道："既然我们都知道这地方很重要的，我们就该赶快去把守。"赵营长望了他一会儿，正待有一句话要说，熊营副用手向来的大路上一指道："看，这里来了一批人。"赵营长将挂在身上的望远镜取了下来，两手捧了向四处张望着，笑道："我正嫌人不够，可巧那批学生军赶到了，这多少可帮我们一点儿忙。"吩咐把堡门大开，让他们开到操场上散队。熊营副下堡去了，赵营长和国雄，依然在城上眺望。那支学生队，望了这堡上的国旗，临风飘荡，静穆中现出庄严来，大家也似乎感到别一种精神，走得更是起劲，不多大一会儿工夫，就到了堡门口，堡门大开，他们穿门而入，在堡中间一个操场上立定。赵营长正了正军衣，先迎下城去了。

　　国雄不过是个连长，在军营里要守着军纪，当然不敢乱动，只在城上远远望着。看看那学生队，约莫有一百多人，都是服装整齐，精神抖擞，二十上下年纪的学生，自然是大家的好助手。心里便如此想着，假使中国全境这二百多万兵，都是这个样子的人，何愁打不倒敌人。这一批青年兵，都是学生里面，自己跳起来，愿意执戈卫国的，当然都是些最好的人，自己也是个学生，应当先睹为快地前去看看。于是一步一步，缓缓地走到操场上来。这时，学生队队长正喊着散队，学生兵是一窝蜂似的，大家散了开来。迎面一个学生兵，离着有十几丈路，突然呆着站住，手向上一扬，他口里有句话，还不曾说出来，国雄哎呀了一声，也扬着手喊道："那不是国威，那不是国威吗？"二人各说着话，各跑了向前，走到一处，彼此握手跳了起来。国雄笑道："真妙极了。我回家去辞行的时候，看到你那封信，知道你投军了，我高兴得了不得，可是我心里又有些难受，弟兄如此一别，也不知能会到面不能？不料你居然是开到夹石口的补充队的一分子，我高兴极了！"国威道："我本来想写信告诉你，但是我怕你得了这个消息，有些替家里双亲着急，所以我索性瞒着你。偏是在这里会着面，多么有趣。只是一层，我们学生军驻在一处，你们义勇军又驻在一处，恐怕不能时常会面呢？"国雄笑道："人心别不知足了。我们能够在前线会面，就是极难得的事了，还要怎么样呢？"国威道："对了，我们不要再嫌不满足了。哥哥，你看看这个地方怎样？我看是十分险要的口子了。听说由这里往前，都是山套山、山叠山的小路，一直通到海边上去。除了海盗不来，到了这里，我们有人由后面包抄起来，他们是退不回去的。我看他们不会那样傻，这里是不会来的。那么，我们驻扎在这里，一定是什么事也没有，只当是在山上避暑了些时候，岂不也是一乐？"国雄昂着头想了想，有一句话待要说，又忍回去了，只笑道："你完全是小孩子脾气。"

到了这个时候，义勇军方面吹号站队，兄弟就散开了。那些学生兵，虽不如国威，在前线遇到了哥哥，有那样快活，但是他们都是生长在城市的，忽然看到这种山林奇险的景致，大家都高兴得了不得，纷纷上城游览。那赵营长初到此地，虽然知道这里有小山路，通着海边，然而并看不出马上有危险来，所以也并不在这顷刻的工夫，对堡中有什么布置。然而到了两个钟头以后，情形就不同了。他们这堡中原设有短波无线电台，这时收到了一通无线密码电报，译了出来，原文如下：

> 限即刻到，夹石口营长赵鉴：敌以一旅之众，将于俭日由山路袭夹石口，进袭定中县，此地为后方锁钥，万不可放弃。总座已飞调马旅星夜赴援。在收到此电四十八小时以内，须死守城堡，违即以抗令论，切切！
>
> 参谋处感辰印

这个电报，让赵营长由头至尾看了一遍，不由他不吃一大惊，他赶快伏到桌上，将军用地图展开了细细看着，回头看到一个随从兵，就向他道："传华连长进来。"一会儿工夫，华国雄走进营房来，老远地站定，向

300

营长举手行了个礼。赵营长也站立起来，向他道："华连长，我知道你是个精明强干的人，你很能主持一点儿事情。现在我接到命令，敌人要由这里进袭定中县，总部命令我们死守四十八小时，四十八小时以内，援军准到。我们负着管领全省锁钥的责任，就是死，也死在这夹石堡里。不过要守这个堡，对面那个山头，非守住不可，我派你带一连人去守着。"华国雄举手行礼，说了一声"是"，然后退了出来。于是赵营长立刻下了警备命令，调一连人上城守望，其余的在操场上集合听候命令。

华国雄所率的一连人，得着连长的口令，另站在操场的一角，靠近堡门的出路。赵营长站在队伍前，向大家检视了一番，点点头。于是走到学生军的队伍前，站定了，注视着大家道："弟兄们，总部要我们死守这夹石口四十八小时，这是我们报效国家的时候到了。我们要知道负责任更重大，我们所得的荣誉也更大，我们正好尽我们的力量，轰轰烈烈，大干一场。我们守着城堡，固然是件很重大的事情，这堡对面那个山头，又是守城堡的一件大功劳。现在由华连长带一连人上去驻防，照说力量是够了。不过我为慎重起见，还要调十名学生军，随着这一连人去守山顶，诸位有愿去的，走出队来。"他说毕，依然注视着队伍，看大家的行动。这学生队里的人，听了这个消息，果然就陆陆续续走出十二个人来，赵营长摇手道："多了多了。"说话时，注视着第一个走出来的人，笑道："你的相貌，很有些像华连长，你叫什么名字？"他答道："我叫华国威。"赵营长笑道："这样说，你们是兄弟二人了。难得难得！"他们兄弟对望着，都微微地笑了。

赵营长当时吩咐着这十二个学生，跟在那一连人之后。国雄喊着口令，就率队走出城堡去。然而他们只走到半路上，已发现那山顶上，撑出半弯月亮旗，这正是海盗的旗帜，他大吃一惊，不料人家先下一着子，已经暗中抢上了山头，立刻大喊一声散开。这一连人，步履哗啦一阵响，向着对山，成了散兵线。卜的一声，也不知是哪方面先开了火，于是这些兵士卧倒在地，向山上放枪。山上的海盗，人数也不见多，但是他们有三架机关枪，对着这山下的军队，不断地扫射，令人无前进的可能。同时这大路另一边的大批海盗，向城堡里开着山炮和小钢炮，掩护部队进攻，堡里的军队，一齐登城应战，立刻响声大作，烟雾弥漫。一营人当然也只够守堡的，决计不能出来增援抢山头的义勇军。

国雄心里想着堡门已闭，决计是不容后退的，这山头无论如何难上，也要设法攻上去。不然，纵然退到堡里去了，他们在山头上向堡里作远距离的射击，也是难守。如此想着，横了心，大声喊道："弟兄们，趁他们山上人不多，抢上去，抢上去。"于是大家齐齐地叫了一声杀，跳跃着抢上了半截山坡。但是海盗的机关枪由高临下，对着上前的人，紧紧扫射，冲上的人，已伤亡了一大半。没有伤亡的，将身子藏在石头和树底下，也是喘息不定。看看到那山顶，还有二百多米，若在平地，一个冲锋就冲过去了。然而这是由山下仰攻山上，那机关枪对着进攻者全个身体，看得清清楚楚，若要上去，准要再死伤大半，若再死伤一半，力量薄弱，这座山头，就不好抢了。国雄如此想着，在半山坡上，随了大众卧倒，只是蛇行着慢慢地向上挨。然而山头上的机关枪，正对着正面山坡，只要有一点儿风吹草动，就扫射起来。在这种情形之下，中国军队，如何攻得上去？国雄卧倒了许久，回头看看攻击城堡的海盗，依然是很激烈，这个山头若不抢过来，这城堡一定是很危险的。于是在身上掏出日记簿子，撕了一页下来，放在上面写着道："在地图上，我知道这山后有一方陡壁，我决定由陡壁上爬上去，抢他们的机关枪，弟兄有愿和我去的，一齐倒爬到山脚大松树下集合。连长华国雄。"写完了，又重新写一张，于是将一张交给左手的兵士，将一张交给右手的兵士，对他们说，看完了，再递给下手的人，一直递到最后一个。

吩咐已毕，他自己首先倒退到大松树下去，不多大一会儿工夫，就有九个人来到，国威也在里面。国雄看到，高兴得很，就伸着手，和这些人握手。最后和国威握手，摇撼着道："抢山头已经够危险，爬石壁上山头，这是危险中之更有一层危险了。兄弟！我们的性命，都交给国家了。只要我们十个人，有一部分抢到山头上，死不算什么。若是我死了，你留着，回家之后，你替我侍奉父母。"国威道："哥哥你怎么说这样短气的话。我们绝不死，我们要挣着硬气打倒我们的仇人。虽然爬上石壁是一件困难的事，但是我们精神贯注着，什么困难，都可以打通，我们干。"说着轻轻一喊，举起右手来。那八个兵士也共同笑着，各举了右手。国雄点头道："好！我们干。"

于是他率领九个人在深草和石缝里，爬到山后去。他们都把步枪背在身上，各人将挂在身上的手榴弹，预备妥当，齐站石壁下定了定神。那山头上的海盗，因正面进攻的军队，陆陆续续地只管向上放着枪，他们全副精神，都注意在前面，山后这样的陡壁，却以为是万全的天险，华兵绝不能去的，所以并没有留意。山下国雄一行人，听到山上的机关枪正向前面开，大家微笑着点了点头，各人就手足并用，由石壁上爬了上去。这石壁虽不是像墙壁一样的竖立，然而一个人想如平常登山俯着身子上去，万不可能，必须手抓着前面的树根草茎，后面由脚尖撑着上，方可慢慢上前。这个陡壁有四五十丈高，平常要爬了上去，气力也有些不可能。现时在机关枪后面，一点儿声息不能有，而且非快快不可，所以十分地困难。所幸者，就是这个时候，乃是盛夏，草都长得很长，大家在草里爬着，山上人不会看到。大家悄悄地就这样步步前进。可是有些光石板壳子的所在，并不曾长着草，手无东西可抓，脚尖撑着光石板，又不能吃力，爬到三分之二的地方，大家气力用尽，陆陆续续，就滚下去五个人。好不容易到了山尖下，这里可成了陡壁，人要站着身体，如登梯子一般地上去了。五个人站在壁下，抬头看时，到顶还有三四丈高，山顶上敌人说话，都清清楚楚。大家喘着气彼此望着。国雄勉强止着喘气，用脚一顿，瞪了眼，将手连连举了几下。那意思就是说拼了命上去，于是他一人在先，手攀了石壁上的垂藤，连跳带爬上缘着。其余四个人，便咬了牙也跟着上去。然而这地方太没有立足的所在了，爬到一丈多高，又落下一个人，连华氏弟兄和其他二个兵士，共计四人了。

第九回

不测风云忘危杀贼
无上荣誉受奖还乡

这个时候，情形已是紧张到二十四分，国雄、国威只要有一分钟的犹豫，山顶上的匪人，跑了过来，只要将刺刀扎上两下，就可以把山崖上的人，完全打了下去。他弟兄二人更知道这情形逼迫，虽然接连落下去几个人，看也不回头看去，连手和脚，很快地爬上山来。眼前一群匪军，正扶了机关枪对着山下卜卜乱发，国雄大喊一声，提起手榴弹，拔去保险机，向开机关枪的匪兵掷了过去。国威跟着兄长，也接连地抛过手榴弹去。顿时黑烟和尘土四处乱飞，机关枪声立刻停止。华氏兄弟，当然是不能稍微停顿的，各拿了手枪，向烟土丛中蠕蠕而动的黑影，紧紧地开着手枪。山下面的华军，看到山上的情形，料是暗袭的军队得了手，齐齐喊了一声杀，一个冲锋，大家就冲上了山头。这里守山头的一批匪军，也不知后方有多少人冲上山来，出其不意地，经手榴弹一番轰炸，早是手足无所措，加之山坡上的华军冲锋上来，也不知道向哪方面迎敌的是好，只得由斜坡方面退了下去。不到十分钟的工夫，就把山头抢了过来。

正是时机凑巧，那大道上的匪军，以为山头上有同伙占据着，牵制了堡外的一支华军，就向堡城大队进攻。这时，堡上的守城华军，已经看到本军占领了山头，不必顾全右方，就全力向来军迎敌。攻城的工作，本来不是容易的事，而况在两峰夹峙之间，中间只一条道，进攻的军队，恰是展放不开，拉了一字长形的散兵线向前进攻过去。山上的华军，看得很清楚，就把夺过来的机关枪，向了那长形密集的地方，同时扫射。除了炸毁了一架机关枪外，加上原来的机关枪，共是四挺，有四挺机关枪在敌人后方猛射，当然是很有威力的，那进攻的匪军，反受了两面的夹攻，如何站得住阵脚，自然是退了下去，直退到离山顶够三千米方才止住了。匪军突然受了夹攻退去，以为是中了伏兵之计，就隐伏在深草和土堆里，同时，挖着临时战壕，以避免华军的反攻。华军方面，一时也不知道匪军的真相，而且子弹有限，不敢徒然耗费，沉默住了，并不反攻。刚才满山满谷，子弹横飞，黑烟四散，到了现在，却是烟消声歇，山缝里透下来的一片阳光，依然照着山缝下的草木，青翠如旧。一切的声音，都已停止，只有那草头上和树叶上的风过声，瑟瑟作响，打破了这山中的沉寂。

可是表面如此，内容就紧张极了。这面时时刻刻侦察匪军的行动，那面也到处侦察驻军的实力。经过三四小时的支持局面，匪军已经知道华军不多。尤其是抢着山头的华军，不过是极少数一支兵，这在他们惊疑败退之后，很是后悔。但极力忍耐着，到了山谷中没有了太阳，两山之间阴沉沉的，匪军就分着两路向华军进攻，一路进攻夹石堡，一路进攻堡对面的山峰。那种来势很猛，夺山头的差不多有一营人，大大地展着散兵线，向山脚逼了过去。那山上向下看，本是清楚的，加之华军早有死守的决心，紧紧对着进攻的路线，用机关枪扫射。匪军是无故侵略土地而来的，比华军杀身成仁的勇气，差下去远了，所以这边猛烈地抵抗，他们就不能前进。只是步枪与机枪，不断地围着山头施放。他们这样地猛扑山头，山头上的华军，自然也用全力抵御，不能再分出力量去射击攻城堡匪军的后路。于是攻击城堡的匪军，遥遥地将堡门封锁了。山夹缝里阳光既少，天色便如黑夜，放出来的子弹，在枪口上已经冒着火光，漫漫的长空里的子弹，带着一条条的火线，夜色更深沉了。从此山上山下，彼此都看不到人影，只有山上的火线向下飞，山下的火线向上飞。

城堡之外，比这边更热闹，枪炮之声，夹着山谷里的回响，声震天地。好在这山上的守军锐气很盛，山底下的匪军攻了一晚，到天亮的时候，又退去了。不过在山夹口外，许多大小石块下，架了几架机关枪，不时向堡门射去，切断了堡中和堡上的联络，堡中想向山上增援，却是不可能的。到了白天，双方依然沉寂停战，天色黑了，匪军又开始进攻起来。战到了

305

半夜，满山缝的星光，隐藏不见，树木一阵呼呼作响，忽然一阵大雨，盖头淋将下来。山下的匪军人多，以为这是个好机会，就趁势向上冲锋。大雨之后，山水向下流去，草皮泥土，都是滑的，山上的华军，沉着应战，只等他们目标显然的时候，就是一枪，冲锋上来的人，一个也逃不下去。不过他们几次冲锋，华军死力抵抗，风吹雨打，子弹扑击，死伤也不少，战到天明，只有十八个人了。今天匪军攻击，和昨日不同，也是拼了死命来的，虽然天色已明，他们知道守军更少，越是要用人命来拼夺这个山头，前面死了一批人，又调一批人到前线来增加。

在匪军这样激烈攻击的时候，连城堡里的赵营长也感到极大的危险，就和熊营副一处，闪在堡上城垛子后，向山头上打量。赵营长看了许久，皱着眉道："堡门外的大路，被敌人火力封锁着，弟兄们是出去不了的。在山上的弟兄们，有一天一夜，没吃没喝的送去，天气又是这样坏，他们怎么支持得了呢？要命！"熊营副道："敌人一步紧似一步地来干，现在就觉得应付困难。若是山头又失守了，我们更不好办。那个山头千万放松不得。"赵营长道："我也是这样说。和他打旗语吧，叫他们死守这个山头。总部约我们死守四十八个钟头，现在已经守了三十六个钟头了，无论如何，我们要挣扎过去。"于是熊营副就传了两个旗手上来，让他们藏在城垛子后面，向那方面打旗语。赵营长写了两个字条，交给旗手，上面写的是："务须坚守待援，赵。"一个旗手，照字翻号码，口里报着数目；一个旗手，照数字在墙头上展弄着两面旗子，向山头上报告过去。那边的国雄，看到这方面的旗子招动，立刻拿了两面旗子，照着这面的旗子，同样指挥，口里报着数目，让同行的兵士，在日记本子上写下，一面让人翻译。译完了，自己告诉兵士，将"决死守，士气甚旺"七个字翻成号码，向他报告，他就向城堡守军回复过去。他们这样打旗语，匪军当然是看得很清楚，便以两边旗子招展的所在作目的地，子弹集中，射击过来。尤其是对于山头上，以为是向堡中报告什么秘密，拼命地向国雄附近射击。国雄人藏在一块石头后，两手只管伸了出来挥着旗子。那子弹在石头前后，纷纷乱落，而且打在石头上，火星乱溅，石屑子直扑到国雄的脸上来。国雄一切不管，将旗语打完，把旗子向石缝里一插，跑到一挺机关枪边，和国威二人移下去

306

十几丈路，正对着射击的敌人，卜卜卜扫射过去。原来这个时候，他们这十几个弟兄又陆续地伤亡，只能两个人管领一挺机关枪了。山上越是人少，越不能让敌人知道虚实，所以对着山下，更是极力地发扬威力，四挺机关枪一架也不停止一息。

偏是天不与人方便，在这十几个热血男儿拼命抗敌的时候，雨更下得如竹编帘子一般，大风一卷，哗啦作响，山摇地动，着实怕人，加之人已经作战一昼两夜了，精神也十分地疲倦，所以在大雨中挣扎之下，慢慢地把机关枪声减少，山下的匪军，有了这样的情势，也是不肯放松，一次两次的，只管向山头上冲将上来。国雄兄弟的机关枪排列最前面，自然是紧对着山下施放。弟兄二人只管静伏在泥草里，那泥草上的流水，顺着人身上的衣服，向下面流去，满身都是泥浆。国威手扶了机枪，不免将头垂了下去。国雄喊道："国威国威！抬起头来，有一口气，也不许倒下去。"国威咬着牙，对了山下，又卜卜卜地开着枪。但是在这个时候，其余的三挺机关枪，已陆续停止了响声，不知道他们是子弹用尽了，也不知道他们是受伤或阵亡了？在这样天气之下，恐怕是不能让弟兄们再支持了。国雄就大声喊道："弟兄们开枪，援军快到了，杀呀。"因又对国威道，"在四十八小时的限期以内，我们死也要挣扎过去。"国威手扶了机枪，又放了一阵，然而实在是疲倦了，头垂下来，浸到水草里去，半边脸都是水泥染着。国雄摇撼着他的身体道："兄弟，你必得打起精神来干。这个山头，就是我弟兄两个人的责任，你若懈怠起来，不是让我一个人来负责吗？干！死都不怕，还知道什么疲倦。现在到限期只有五分钟了。五分钟以内，不能让敌人冲上这个山头。五分钟以外，支持一分钟，就是一分钟，万一支持不了，我弟兄两个最后一滴热血，就洒在这山上。这是最后的五分钟，我们干！干！"国威猛然抬起头来说："好！干！"于是弟兄二人紧对山下的匪军，一阵阵又扫射起来。匪军绝料不到山上只有两个华兵，山上大水下流，更是油滑不能冲上，也只好极力地挣着，不放松而已。只相持到十分钟的光景，山下喊声大起，援军由后面赶过来了。匪军经过两昼夜的鏖战，自然也有些疲倦，突然让生力军一冲，便有些抵抗不住，纷纷后退。国雄跳了起来，两手一拍道："好了！好了！大功告成了。"只在他这样一跳的时候，脚下站立不住，向山上倒将下来，人就昏晕过去了。

及至醒来，睁眼看时，大雨大风声、枪声炮声，都没有了，自己已是睡在城堡中的病房里头了。这病房有二三十架行军床，各躺着受伤的兵士，他最近的一张床上，躺的是他兄弟国威。当他醒来之时，国威已经苏醒许久了。他看到哥哥醒过来，首先微笑。国雄道："怎么着，我们挂彩了吗？"国威道："没有！我们是疲劳过分了。军医吩咐让我们都休息休息。"国雄道："敌人怎么样了？"国威道："他们败了。我们的援军有一旅人，已经追了过去，非把他们歼灭了不回来。大概他们要全军覆没的。"国雄将盖的军用毯子一掀，跳了起来道："什么？他们全军覆没了。"光了双脚，在地上一顿乱跳。军医跑了过来，将他按到床上，问道："华连长，你可知道这是病室里，不许扰乱秩序的。"国雄道："但是我没有病，你让我睡在病室里做什么？"军医道："你的精神刚刚恢复过来，还应当休息一会子。"国雄瞪了眼道："你这就不对。你也是个军人，应该劝军人偷懒的吗？"军医笑了，便道："好吧，你出去。"国威跟着跳下床来道："我也没病。"军医笑道："你也出去。"于是穿上干净的衣服，都出了病室，归队去了。

到了次日，清晨的太阳，由山顶上照将下来，新雨之后，满山皆绿，阳光一照，那新绿更是好看。操场上的早操，已经完毕，站队还不曾散，赵营长熊营副穿了整齐的军服，在队伍面前站定。赵营长向众人注视着，从容地道："弟兄们，这次夹石口的战事，幸得各位一片热血，死守了四十八小时，把敌人打退，这是我们全军引为荣誉的一件事情，总部已经来了电报，奖励我们，各社团也有许多电报来感谢我们，我们总算对得起军人两个字。不过海盗原是十分狡诈的，不定什么时候再来侵犯我们，我们还要谋长期地抵抗。我们已经得了全国同胞的信仰、总部的奖励，在长期抵抗的时候，我们更要二十四分的勇敢、二十四分的慎重，保持着我们的荣誉。总部的犒赏，一两天内，就要下来。唯有华国雄连长和学生军上士华国威，把守对面山头，功劳太大，总部已经来了电报，给予他们一等荣誉奖章。现在，由我亲自替他们佩戴起来。"说着，便叫了一声华国雄。国雄在队伍前走出来，和赵营长举手立正。赵营长在熊营副手上，取过一面银质奖章，亲自挂在他胸襟上，举着手行礼，让他退去。对于国威，也是照样地办理。赵营长大声道："你们看，天气这样好，大家精神也非常地兴奋，我来引导你们喊几声口号。"便喊道，"中华民国万岁，爱国义勇军万岁，华氏弟兄万岁！"大家喊着，声震山谷，就在这时散队了。

散队之后，赵营长在营房里，把华氏弟兄叫进来，学生军的队长，也坐在一处。赵营长笑道："你看看，今天你们弟兄所得的荣誉，有多么伟大，精神上的安慰，也就不必说，这比吃酒打牌，以及谈爱情，却高尚多了吧！现在，我给予你们两个星期的假，让你们回家去看看父母……或者二位的情人。"学生队队长笑道："营长刚才说了，谈爱情不大高尚，何以又让二位去谈爱情。"赵营长笑道："出发以前的军人，战胜回来的军人，我想爱情也是需要的。不过不要为了爱情忘了爱国就是了。我还没有了我的责任，将来……也许……"于是都微笑了。赵营长道："天气很好，你二人马上就可以走。"华氏兄弟，就举手行礼告退。正在前线鏖战之后，忽然得了官假回家一次，这是军人最快活不过的事了。二人匆匆忙忙，收拾了两个小包裹，就走出夹石口来。那人行大路上，经雨洗过一次，清洁极了，一丝飞尘没有。路边的山涧，流水潺潺作响，在深草里时现时没。山坡上的绿草丛中，许多不知名的野花，也有紫的，也有黄的，也有白的，都开得十分烂漫，好像对了这一对健儿，含笑欢迎着。弟兄二人驰步骋怀，一路唱着军歌，向火车站而去。赵营长在城堡上望了他弟兄二人并排开步而行，直绕过了山弯子，还有歌声传过来，那歌声是：好男儿，把山河重担一肩挑。赵营长点点头，自言自语地道："养儿子不应该都像这一样吗？"

第十回

复国家仇忍心而去
为英雄寿酌酒以迎

　　华氏兄弟唱着军歌，走上大道，好不快活，一路之上，国威不断地发着微笑。国雄原来是不大注意，等他笑了多次，才问道："你这不是平常的笑，你究竟笑些什么？"国威道："我想我们临走的时候，赵营长和我们说的话，很有些趣味。"国雄道："可不是吗？他说我们回去看情人，恰好我们都是没有情人的。"国威道："你怎么会没有情人，舒女士不是你的情人吗？"国雄听了这话，立刻把脸色变了下来，一摆头道："什么？她是我的情人，我已经把戒指交还给她了。从此以后，我不但是恨她，我还要厌恶天下一切女子。女子不但是侮弄男子，而且是陷害男子的，我们现在不必攻击中国人多妻制度，我们应当攻击中国女子在那里建设多夫制度。"国威笑道："你不应该因为一个人生气，对于全国女性就下总攻击。别人听了这话，不要说你侮辱女性过分点儿吗？"国雄道："你想呀，像剑花这种女子，总是知识高人一等的。结果，她会背着未婚夫，爱上了个戏子，而且这戏子是走江湖的，很有些来历不明呢。我们是爱国军人，有这样的女子做内助，岂不是自己毁自己的名誉。我不但不愿见她，她的名字，我都不愿听，我怕脏了我的耳朵呢。"国威笑道："啊呀！你和她感情那样好的人，忽然破裂起来，就闹得如此不可收拾。"国雄道："那可不是。无论什么人，不要让我太伤心了。我生平有两种仇人不放过他，一种是国仇，一种是情仇，那个姓余的，他在我手上把舒剑花夺了去，等战事平定之后，我要和他比一比手段。"国威笑道："这是我的不对了，我们走得很高兴，偏是我说这些话，引起了你的不快。不要生气了，我们来唱一段军歌吧。"国雄默然地在大路上走着，路中间那零碎石块子，他提起脚来，就把一块小石头，踢到几丈远的地方去。他忽然道："我若是有机会和剑花会面，我必定要用话来俏皮她几句。"国威道："那又何必？我觉得我们现在除了国难而外，不应该去谈别的仇恨。恋爱是双方的，一方强求不来，强求来了，也没有多大意思。"国雄道："我不是要强迫着去求爱，只是她冤苦了我了，我若不报复一下，显得我这人是太无用了。"国威也没法子和他哥哥解释这种怨恨，只得一人提着嗓子自唱他的军歌，并不和国雄答话。国雄紧随在后面走着，却是不作声。一走十几里路，到了火车站，为了别的事，兄弟们才开始谈话了。

他们上了火车，只在途中，省城已传遍了消息，有关系的亲友们，没有人不替他们欢喜的。舒剑花是在情报部服务的人，她又十分注意着夹石口的消息，当华氏弟兄得假回来，她是知道的了。不过她心里虽十分高兴，可是她那份为难的情形，也就没有别人可以了解。她想着，依了自己渴盼国雄回来的那份心事而言，就应该到车站上去接他。只是当他出发的日子，正是自己设局骗余鹤鸣的时候，当时怕机密泄露，故意和国雄闹得很决裂。国雄固然不知道是假的，自己也不敢说是假的。直到现在，他当然还以为彼此是伤了感情的，若到车站去接他，他不理会，也没有什么关系。设若他当众侮辱起来，那还是受呢不受呢？若不到车站去接他，到他家里去，他家里人也是有误会的，一定拒绝我去见他。本来过一天再去解释，也没有什么要紧。只是说也奇怪，自己心里总非今日解释不可，连明天都等着有些来不及。想来想去，倒有了个法子，就是先去见国雄的父亲，把原因说明。他是个哲学家，这样一件很平常的事，他还有什么解不透的。只要和他说明了，然后请他和国雄说明一下，等国雄心里明白了，我才出来相见，这就很妥当了。她正如此想着，打算换好了衣服，立刻到华家去，偏是不到一个钟头之间，情报总部就来了电话，说是司令有要紧的事商量，请马上就来。侦探机关，非比别的机关，一分钟迟早，都有关系的，因之剑花接了电话之后，不敢停留，马上就到总部里来。

张司令坐在办公室里，脸上很忧郁的样子，正在桌上检理文件，见她进来了，将文件推到一边，用手按住，望了她的脸，点点头道："舒队长，又有一件很重大的事，要你去办了，你是个女子，是那样聪明，又是那样勇敢，非你去办不可！"剑花听到司令在没发表命令之先，就夸奖了一阵，很有得色，便笑道："无论多困难的事，我都尽我的力量去办。"张司令道："那就好。你坐下，我慢慢告诉你。"说着，用手指了公案外的那张圈椅。剑花想着，或有长时间的讨论，就坐下来了。张司令凝了一凝神，眼皮有些下垂，那是很沉着的神气，他从容地道："海盗就在夹石口打了一个败仗而后，他们知道我们也是耳目很周到的，所有军事动作，都十分秘密，现在我接了报告，他们秘密调了三万人到思乡县，预备一鼓而下省城。思乡邻县，所有陷入匪手的地方，都有军事调动。我们要防备他们由哪条路，不能不知道他们实在的情形。他们很狡猾的，也许那思乡县的布置，是虚张声势的，其实他引开了我们的视线，要由别路来进攻，所以我们要赶快去调查出他的情形来。这几天思乡县一带，难民纷纷逃难，正是你前去探访的一个好机会。我派去的人，当然不止你一个，不过进城去仔细调查的人，我只预备你一个人去。多了人，反怕误事。你到了那里见机而作是了。"剑花对于这个重要工作，倒一点儿也不感到困难，站起身来，就问哪一天动身。张司令道："事不宜迟，当然就是今天走。"

剑花听了这句话，却不能答复，低头又坐下去。张司令道："我望你努力。"说着望了她的脸，她依然是低头不作声。张司令道："舒女士，你是个巾帼英雄，难道还有什么为难之处吗？海盗是我们不共戴天之仇，为了国家复仇，还怕什么困难？"剑花踌躇了许久，才低声道："司令，可不可以展限一天呢？"张司令道："为什么要展限一天，今天不能走吗？"她又站了起来，手扶了桌沿，低目向下看着。张司令道："你不必为难，有事只管和我说，我或者能替你解决。"剑花道："因为……"只说了这两个字，微笑着顿了一顿，才慢慢低声道，"因为华国雄今天要回来，我应当去欢迎他。"张司令笑道："你对我说过，他是你的爱人，你们为了余鹤鸣的事，有点儿误会，对不对？大概你是要见他解释误会呢。不过国家事大，爱情事小，你忘了为国家牺牲一切吗？"剑花道："这个我有什么不明白？不过国雄对我误会太深了。我怎能不解释一下子呢？"张司令笑道："不要紧，这样一件小事，还用得着你当面去和他说吗？有我做证，他对于你的误会，我想没有什么不能解释的。到思乡县去的这件事，很有时间性，倒是非去不可！"剑花想了想，挺着胸道："既然如此，我就忍心去了。"张司令道："舒女士，现在是什么时候？还能让我们儿女情长、英雄气短吗？你就走吧。你需要什么，可以到庶务课去领。我等着你的佳音了。"说着他也站起身来。到了这时，剑花觉得实在也无可俄延，立着正，行个举手礼，退出去了。张司令见她走了，向着她身后微笑了笑，自言自语地道："什么伟大的人物，这爱情两个字，总是抛开不了的，也难怪她了。"于是吩咐随从兵，向车站打个电话，问东路的火车，到了没有。车站上回答，车子已经到了二十分钟了。张司令赶着将公事办毕，坐了汽车，就向华有光家里来。

当张司令向华有光家来的时候，华氏兄弟正下火车不多久，坐了汽车回乡村来，远远地望到自己家门，弟兄二人都有一种难于言语形容的快乐。就下了汽车，向家中走来。华家屋子里、屋子外早是让有光学校里的同事，和同村子的邻居挤了个纷乱。华太太在人丛中，走来走去，也不知如何是好，和这个说两句话，和那个又说两句话。华有光口里衔了烟斗，站在院子里，不住地微笑。邻居们欢迎的热烈程度，在华氏家人以上。有几个人等待不及，坐了脚踏车，迎上前去。看见华氏弟兄，在头上揭下帽子，在空中摇撼着笑着大喊欢迎。喊毕，掉转车子向回跑，各要抢先报告。有个老者，他有些赶年轻人不上，坐在车上，一路喊着"来了来了"，就这样喊了回去。华氏弟兄在大路上走着，经过了人家，人家里面的老老少少，都跑着出来观看。村子门口，横在两棵大树之间，悬着一幅长布标语，上面大书特书：欢迎爱国军人两位华先生，村人同庆。此外各树干上，都贴有纸条标语，无非是欢迎华氏弟兄，鼓励国人爱国的意思。自己家门口，更是左一幅右一幅的标语，四处横着，门口是高高地插着两面国旗。在国旗之下，拥着一大堆人，有些人手上还拿了小旗子在空中招展。华氏弟兄看到他们时，他们也看到了华氏弟兄，噼噼啪啪就有人鼓起掌来。二人并肩迈步而走，一面向欢迎的大众举了手。

在人丛中，这时有位老太太跑了出来，正是两个军人的母亲，她走上前，一手挽了一个儿子，很沉着地喊了两声"我的孩子"。二人同笑着叫了一声妈。这些欢迎的人，不容分说，一拥上前，把他们三人包围起来了。有人叫道："别包围呀！老先生还没有看到他的少先生呢。"便有人闪开一条路，让有光进来。他取下所戴的眼镜，用手绢擦了擦玻璃片，后又挂上，他望着哥儿俩点了点头道："好，你们替做父母的争光。"国雄、国威都鞠着躬。有光道："邻居和学校里的朋友，太看得起我们，在我们家里，设有酒席，欢迎你们，我们走吧。"于是大家如众星拱月一般，将他弟兄们拥了进去。院子里树荫下，设有一字长案，共列三行，大摆着露天宴席。这时有人举了手道："大家稍微安静一下，让我报告。"说着就有个人端了个方凳子放在人丛中，他站在凳子上道："诸位！我们这个欢迎会，是欢迎两位爱国志士的，但是，我们不要为了壮年志士，忘了老志士。你想，有光老先生，他是个非战主义者，而且就只有这两个儿子，他为了替国家找出路，为民族争生存，他不惜推翻了他生平的主张，而且把他两个儿子，完全送去当兵。这种牺牲精神，请问，在大人先生里面，能找出几个？"他是个穿西服的老先生，他说着话时，将他那筋肉怒张的瘦拳头，捏得紧紧的，只管凭空挥动，下巴上的长胡子，也跟着他那副精神，根根直竖。全场的人听了这话，都鼓掌。他又道："还有华夫人，我们知道她是位慈祥恺悌的老太太，平常小孩子吵闹，她都反对的。这次，她在怀抱里送出两个儿子到火线上去，而且仅仅的这两个爱儿，请问中国有多少这样的老太太？"大家又鼓掌。老人道："所以，今天我们欢迎两位志士之外，更要为这两位老英雄庆贺教子有方，而且是有志竟成！"说毕，他跳了下来，大家拼命地鼓掌。于是大家认定，请两老夫妇坐第一列的首二席，请国雄坐第二列首席，国威坐第三列首席。坐定，还是那个人站起来发言道："我们要吃个痛快，有话等吃饱了，喝足了再说。现在我们大家站起来，恭祝老少英雄一杯，以后我们不拘形式，就随便地吃喝了。"说着，他举了一个大玻璃杯子，过了额顶。于是全场人起立，都向华家四位恭祝一杯。华有光到了这个时候，也说不出来有何感觉，只是向大家笑，华家四位也就陪了一杯。大家这才坐定，吃喝起来。

因为今天人多，按照中国酒席吃法，有些不便利，因之发起人只预备五六个菜，而且照着吃西餐的法子来吃，口味既对，在仪式上又便利，所以大家吃得很痛快。华氏弟兄，随便谈些战场上的情况，说到大风大雨之中，那种困难御敌的情形，全场鸦雀无声，都静静地听着。说到援兵到了，将海盗杀退，大家又眉飞色舞，欢呼起来。国雄正说到高兴之处，听差将一张名片递交他，说是来了一位张司令要见。国雄哎呀一声站起来道："我一个小小连长，怎敢劳动司令来会我，而且我也不认识他呀。"华有光向他要了名片看，便道："这位司令，他的职务，是与平常军人不同的，也许他有什么要紧的事，得和你面谈。"国雄想了想道："这也对，那么，请他到客厅里相会吧。"听差回话去了，国雄也就向大家暂行告退，一人到客厅里来。那张司令见他进来，一点儿也不托大，就伸了手和他握笑道："华连长，我欢迎你，而且我还代表 个人欢迎你。"国雄以为他是代表哪位长官来说这话的，连说不敢当。张司令笑道："不敢当吗？我说出来，也许你就敢当了，而且也许不愿意接受呢。"说毕，他就哈哈大笑起来。

315

第十一回

涣释疑团凌空落束
深临险境乘隙窥营

　　张司令这一阵大笑，却笑得国雄有些莫名其妙，瞪了两只眼睛，只管望了他。张司令笑道："我和你提个人，大概你认识。有位舒剑花女士，你们是朋友吗？"这位张司令，忽然会提到舒剑花身上去，这倒出于意料之外，因淡淡地笑道："对了，不过是很平常的朋友。"张司令笑道："交情到了这步地位，还是平常朋友，那么，要怎样一种人，才算是非常朋友呢？这我也不去管他。华连长不要嫌我琐碎，请问，你可知道舒女士是干什么职业的？"华国雄听他这句话问得有些奇怪，便道："她原来职业很高尚，是在学校里当教员的，但是近来她得了一笔遗产发了财了，不过是位能花钱的千金小姐。"张司令道："她得了什么人一笔遗产？"国雄道："是她一个做华侨的叔叔，传给她的。不过我平常没有听到说她有这样一个有钱的叔叔。"张司令笑道："足下也有些疑心吗？"国雄道："不过她发了财是真的，也许是她的远房叔叔，她自己都不曾注意的。"张司令手摸了他那乱髯，微笑了很久，然后答道："也许得遗产这件事，根本上就靠不住。"国雄听着，心中不免疑惑起来，这位张司令，为何这样清闲，老远地跑来讨论舒剑花的私事。不过他的官阶，比自己的官阶大得多，绝不能对他有什么不合礼的态度，所以表面上依旧陪着他谈话，就问道："连得遗产的事都靠不住吗？这些时候，她有钱花是千真万确的，谁送这么些个钱给她花呢？"张司令笑道："这样看来，华连长果然和她是个平常朋友，她的性情、她的人格、她的才具、她的职业，你全不知道呢。是的，她在表面上好像突然发了财，其实那不是发财，乃是她职业上一种应时的表示，这种表示完了，她依然是位很平民化的姑娘。"国雄觉得他的话，实在有些不合理，便问道："司令怎么样知道？"张司令笑道："她和我同行，我怎样不知道？"

国雄听了这话，心里倒有些明白，于是向张司令瞪了大眼睛望着。张司令笑道："你简直是错怪了好人了。我告诉你吧，舒女士是我们情报总部的女队长，她得了遗产，是得了我们总部一笔特别费。她坐汽车上大亚戏院听戏，是去侦察敌情，那个戏子余鹤鸣和她交朋友，就是中了她的计。她和你淡淡的，让你去和她绝交，也是她计中之一部分。你虽在夹石口打胜仗，可是发觉海盗由这方面来偷袭，这是她的功劳呢。"国雄听了这话，作声不得，只望了张司令。张司令微笑道："到了现在，你总该有些明白吧？"于是就把破获余鹤鸣这桩案子的原委，详细说了一遍，国雄听毕，啊呀一声站了起来。张司令笑道："你固然爱国，她的爱国心，恐怕不在你以下。你固然有功，可是没有她破获海盗的秘窟，得不着文件，也许海盗打到了夹石口，你们还不知道呢。那时，当然是全局失败，你一人何从立功起来。她是你的未婚妻，不算辱没你，为什么你说她不过是平常朋友呢？"国雄道："嘻！我哪知道有这么一回事。她……"张司令道："她不像你，她听到你要快回来，心里头是很欢喜的。不过她不能来欢迎你。"国雄道："当然！是我太对她不住了，我可以去见她，当面谢罪。"张司令摇着头道："这倒是用不着。"国雄道："她自然是对我不容易谅解，不过我当日不对她误会，也许破坏她的工作。这一层，她要十分……"张司令笑着摇了摇头道："谈不到此。"

国雄觉得什么话也说不进去，很觉惭愧，站在张司令面前，只管低了头。张司令道："她不能来欢迎你，自然也不能见你，你为什么不明白这一点。假使可以让你解释误会，她不会先来见你解释误会吗？"国雄道："是！我也没有什么话可说了。不过她请张司令来，就是对我说这几句话吗？"张司令站起来，笑道："我也不必更让你为难了。告诉你吧，她今天已经离开省城了。"国雄看了看张司令的脸色，突然问道："真的？"张司令摸着胡子道："她倒不是为你来，生着气走的，自然有她的公干。"于是把舒剑花奉命出差的话，告诉了国雄。至于为什么出差，出差到什么地方去，这却守着秘密，没有告诉他。国雄点着头道："难得！中国的女子，个个都像舒剑花，那就大谈恋爱，又要什么紧？"张司令笑道："好了，我这个和事佬做成功了，将来舒女士回来了，你们结婚的时候，多请我喝一杯喜酒吧。现在我可要告辞了，别耽误你的欢宴。"说毕，就向外走。国雄位卑，在军界里，谈不上什么平等，不敢挽留他，很恭敬地把他送走。

转身回到酒席上来，他端了一杯酒，站着向全座的人一举道："请大家陪国雄干这一杯酒，国雄有件很高兴的事报告。"大家听说，果然站起来陪着干了一杯。国雄依然请大家坐下，于是将自己和舒剑花的爱情，以及舒剑花这回割爱诱敌的事，报告一遍，全座人听到，都鼓起掌来。国雄道："她现在又为了一件很重大的公事，出差去了。可惜今天宴会，不在昨天，若在昨天，大家可以见见她了。老实说，没有她发现敌人攻夹石口的消息，我怎能受诸位今天的招待？"说到这里，半空里轧轧作响，突然来了一架飞机，那飞机由远而近，直向这个村子而来，越近飞得越低，下面看得飞机上的图案很清楚，正是省军的侦察机。那飞机到了临头，有块几尺长的黑布，坠了下来，然后机身一折，变成高飞，轧轧响着，飞到老远去了。国雄知道，这是飞机丢下信筒来的表示，连忙向着那黑布下垂的地方找了去。不多一会儿，在横的一根树干上，将那黑布找着了。那布的下方，正系着一个白铁筒子。国雄一时猜不着飞机为何向这地方传信，因之赶忙把白铁筒打开，里面并没有信，乃是一张大白纸，写了碗口大的字：欢迎华国雄国威两位舍身抗敌的勇士，舒剑花谨书。原来是她坐着飞机来的，这可出人意料之外。再抬头看那飞机时，远在天边，只剩有一个小黑点，也就快不见了。

原来舒剑花在情报总部告别以后，因为此去，要越过海盗的防御界线，非坐飞机不可，所以乘了飞机前去。临上飞机的时候，和驾机人商量妥了，到华家屋顶上绕半个圈子走，所以又在飞机场临时写下一张字条，放在信筒里丢下来。当国雄眺望飞机的时候，扶摇直上，她已去远了。这个飞机，目的只在送剑花到敌人境里去，不轰炸也不侦察，所以飞得极高，一路都很平安地到了目的地。飞机在半空里旋转着，看清楚了有一片旷野，并没

318

有人家，立刻就降落下来。剑花这时已是扮着一个乡下逃难妇人模样，头上罩了一块蓝布，涂着满脸的荷叶汁，又黄又黑，身上穿着滚花边的蓝布褂子，下面穿着滚花线的大脚管裤子，脚穿尖顶鲇鱼头鞋，而且是蓝布袜子，敷上了许多土，看那样子，完全不像是坐飞机的人。飞机落到平地上，剑花将预备好了的东西，带在身上，立刻跳下飞机，向麦田里钻了进去。飞机也不敢延搁，怕让人看见了，不稍停留，就腾空而去。

这个时候，已是半下午了，剑花藏在麦田里不动，到了晚上，背了个半旧包袱，慢慢地摸上大路。这时，黑野沉沉，上下相接，四周的星斗，放出点点的微光来，略微还看到一些路径。剑花站在大路中间，对着南北斗仔细地观察了方向，然后在路边一个牛棚子里坐着打盹，直等天明，然后缓缓在路上走着。及至太阳有丈来高时，路上已遇到了走路的，人家看她这种情形，料着是个避难的，也没有什么人注意她。她得不着一个问话的机会，却也不敢轻易开口。走到一个三岔路口，却看到一位四十上下的汉子，挑了一副箩担。一头挑着是一卷铺盖和一个旧木箱子，一头是个空箩，里面坐着两个小孩，这汉子后面，一个大脚妇人，身上扛了根木棍，棍子上挂有个小包袱。妇人后面，再跟上一个十二三岁的男孩，也用根小竹竿子，挑了两个手巾包。看那样子，很像是举家避难的神气。剑花紧紧地跟着那担子走，逗着那箩里一个黑小子发笑。那妇人忍不住，首先发言了，她道："你这位大姐，也是要进城去的吗？"剑花笑道："大嫂，是的，你这孩子多好玩啊！"那妇人道："你怎么只一个人，你也不是本地口音。"剑花叹了口气道："我丈夫是到这儿来做买卖的，前两天，让海盗抓住了。我的东西，也没有了，只剩了一个光人逃难。这县城里有一个亲戚，我想找他想想法子去。大嫂你贵姓？"那妇人指着汉子道："他是王掌柜，我娘家姓丁，你看，这年月不容易过，好好儿的，会拖泥带水的，拖了这些人逃难。唉！前世造的孽！"剑花笑道："大嫂，你真和气。你这王掌柜，是个能干人样子，将来一定会发财。"王掌柜挑了担子，不由笑起来道："你这位大嫂，人真好，也不会永久落难的。不过你这个样子进城去，恐怕有些不行，这些日子，县里就只有正午开一会儿城门让人进出，而且盘查得很紧，你不如冒充是我的大妹子，不要开口。混进了城，就好找你那家亲

319

戚了。"剑花笑道："那就好极了。这又没有什么见面礼，给这两个小侄子，那是怎样好呢？"说着，在身上摸索了一阵，摸出了两块现洋来，向那箩担里坐着的小孩子，每人手上塞了一块。丁氏听到丈夫要剑花冒充大妹子，心里十分不高兴，现在见剑花给钱，哟了一声道："大妹子，还没有让小侄给你拜礼呢，你倒先给钱。"剑花笑道："小意思，到了城里，我再买东西给他们。"丁氏连声道谢，就一路陪着走。剑花一路都恭维他们，他们很是满意，说是丁氏娘家在城里，到了城里，可以先在她娘家歇腿，然后再去找亲戚。剑花更是欢喜，就约着到城里买这样买那样。大家很高兴地谈着话，不知不觉地到了海角县城。

这正是开城门的时机，到了城门口，出城进城的人，很拥挤了一阵，城门口虽然有些兵士检查，因为王掌柜说剑花是他的妹子，剑花并没有开口，随着许多人，就混进城了。自己心里想着，这一下子，总算闯进了虎穴，若是真能在丁氏娘家住，有了落脚之所，这事就好办了。心里如此想着，不但不害怕，还有些洋洋自得，觉得这次前来，一点儿痕迹都不曾露出来，真算办得巧妙。也幸而遇着了这一对乡愚，做了我莫大的帮手，这算合了一句俗话，天助成功了。她很高兴地走着，穿过了一条大街，那些放进城来的难民，兀是未散。原来最前面有四名海盗的兵士押着，说是进城的人不许乱跑，要到旅司令部去登记，说明进城去住在什么地方。剑花得了这个消息，暗中叫声惭愧，幸是有王掌柜认作妹妹，进城可以说出托足的地点，要不然，走来就要被他们识破。论到上旅部里去注册，自己实是梦想不到的事情。有了这个机会，就可以偷看偷看他们的军营，他们的兵士，是不是可以打仗，那简直是先睹为快了。在她这样想着的时候，随了大众向前走，绝对不想到面前有什么危险。纵然有危险，到了此时此地，自己也应当极力镇静，总要不露出破绽来。于是半低了头，装成那乡下姑娘的样子，时时用手扶了箩担绳子，偏了眼锋，四处偷看。

一路走来，到了海盗的旅司令部，这门口站了两排武装整齐的兵士。虽然他们是扶了枪站着笔直的，可是他们的眼睛都向进城的难民，大大地瞪着。所谓登记，也不过是那样一种手续，他们要借此吓吓老百姓。在大门里列着一排桌椅，桌子上摆了账簿笔砚红朱，难民顺了桌子，由东边走上去，由西边走下来。那些盗官，看看难民的形色，有的看看，问上两句，有的并不问，挥着手只说一个字，走！在王掌柜前面一个老年人也不知犯了什么嫌疑，他们是问了又问，随后还要将衣服脱下检查。他身上实在没有什么东西可借口的，这才放他过去。剑花站在身后，心里倒疑惑起来，怎么他突然对这个人注意，大概会注意到我身上来了吧？她极力地镇静着，慢慢走了过去。不料到了公案桌之前，那盗官倒挥着手道："快过去，快过去。"剑花这更不明白，为什么我来了，竟连站住都不必呢。这是正中心意的事，还有什么话说。心里也就笑着，官场中做事，总是这样，不应留意的地方胡捣乱，其实把应注意的忽略过去了，就是海盗他们也不应当例外。如此想着很高兴地向外走，眼睛可不住地向盗营四周偷望，慢慢地走着，把盗营看了个够，然后才走了过去。据王掌柜说，他岳母家离此不远，心里又算落了一块石头，脸上又不免带了笑意。然而这时忽听得有人喝道："把那个乡下姑娘给我带住。"心中却吃了一惊，又算是乐极生悲了。

第十二回

施妙腕突现真面目
下决心不受假慈悲

　　舒剑花初听到有人叫唤，把那个乡下姑娘带住之时，自己还十分地镇静，不肯惊慌。及至回头看时，就魂飞天外。原来这个人，就是在自己手上逃脱去了的余鹤鸣。现时，他穿了一身军服，挂了指挥刀，骑在高大的白马上，却也威风凛凛，但是他对剑花，并不发怒，手上拿了马鞭子，笑嘻嘻地向她指点着。他马前马后，站了许多兵士，跟着他马鞭子所指之处，蜂拥上前，将剑花围住。她料是不能脱身的，便装出乡下姑娘的样子，身子向下蹲着，向王掌柜丁氏二人大叫："哥哥嫂嫂。"王掌柜见剑花被捕，已经是慌了。她不叫犹可，一叫之下，立刻就挑了担子飞跑。余鹤鸣在马上哈哈笑道："把她带到总部里去。"那些匪兵听到这话，喝一声走，便来拖剑花走。她看着这种情形，料是跑不了，再也不犹豫了，挺着身子，就跟着许多兵士走了。余鹤鸣骑着马，就在后面紧紧跟着。

　　剑花知道事到现在，凶多吉少，只有坦然前走，多少还有几分生望，怕是千万怕不得，因之在许多兵士监视之下，大步向前走，也不回头，也不立脚。走到一家旅馆门前，那旅馆的招牌，依然还在，可是大门上，也贴了一张大红纸条子，大书特书：临时侦察总部。剑花心想，这倒好，他们是一报还一报了。如此想着，倒向着大门口微笑了一笑。大家一拥进了门，将剑花先看押在柜房里，有四个带手枪的兵士紧紧包围着。剑花坐在一张圈椅上，腿架着腿，学文人抖着文气，一点儿也不惊慌。过了十分钟的时候，有兵士出来传话，说是队长传这位乡下姑娘回话。于是几个兵士，簇拥着她到一间大客厅里去。这里已经变了侦察处的临时法庭了，上面一张大餐桌子横摆着。正中一把圈椅，余鹤鸣端端正正地坐在那里。剑花心里明白，决计是瞒他不过的，正想自说出来。可是余鹤鸣偏不忙着和她说话，对着兵士道："老板娘找来了吗？"兵士答应找来了。于是一个兵士出去，引进一位五十上下的妇人进来。余鹤鸣指着剑花向她道："这位乡下姑娘，你带她去洗把脸。"老板娘看看剑花，又看看余鹤鸣，心里却猜不透这是什么意思。余鹤鸣挥着手道："你只管带她去，回头你自然明白了。"老板娘牵着她的衣服道："姑娘，你跟我来。"剑花也不踌躇，跟着她就走出来。

　　老板娘心中想着，这些匪类，就没有好人。把人家乡下姑娘抓来了，不谈别的，光让人家去洗脸，是什么意思呢？她带着剑花到自己房里，向她笑道："姑娘，你和这位队长认识吗？"剑花微笑着点点头。老板娘看她的态度很自然，心想，乡下姑娘，知道什么，洗过脸之后，你就要后悔了。剑花很坦然地在椅子上坐着，只等老板娘伺候。老板娘将水舀来了，放在洗脸架上，向她笑道："那梳妆桌子抽屉里，胭脂粉都有。是我姑娘在日用的东西，都是很好的，你随便用吧。"剑花先和老板娘要了些香油，将手上脸上的荷叶汁涂去，然后再洗手脸，洗过之后，真个照着老板娘的话，在梳妆台抽屉里，寻出胭脂粉来，用她平常善于化妆的功夫，尽量地施展着。她化妆完了，掉过脸去，老板娘哎呀了一声，向后一退，然后再迎上前一步，对了她的脸望着道："姑娘你真美啊。"剑花笑道："现在你可以知道我不是乡下人了。这衣架上的衣服，大概也是你姑娘的吧？借一件我穿穿，行不行？"老板娘道："有什么不行？不过她死了还不满三个月，你穿她的衣服，不怕丧气吗？我今天和她清理箱子呢，要不然，我也不会把衣服拿出来，看着是心里很难过呀。"剑花挑了一件藕花色的旗衫，拿在手上，笑道："我就穿这件去见余队长吧。最好连袜子鞋，都和我借一双漂亮的来换着。免得上下不相称，我的脚不大，大概是天足的鞋袜，我都穿得。"老板娘望了她漂亮的面孔，低声道："姑娘，这位余队长不是好惹的。"剑花摇摇头微笑道："我不怕他。"

　　老板娘看她这行动，心想，不要她和余队长真有什么交情。不然，她哪有这大的胆。我宁可巴结她一点儿，免得招怪。如此想着，就在衣橱子里，又找了内衣鞋袜给她换，一试之后，巧不过的，竟是样样都合适。剑花把衣鞋换好，向老板娘问道："你们姑娘在日，也用香水不用？"老板娘笑道："大姑娘，你还打算用香水吗？"剑花笑道："若是有的话，我很想洒些在身上。"老板娘想了想道："好！我和你去找找看。"于是在梳妆桌子抽屉里，乱翻了一阵，翻出了一个曾经装过香水的玻璃小瓶子来。然而看看里面，却是空空的，一点儿水渍也没有。剑花接了过来，笑道："虽是没有香水，沾点儿香气也是好的。"于是将小瓶子按到洗脸盆里去，灌了些水进去，接着就把瓶子高举过头，把那些水倒在头发上，然后放下瓶子，向镜子牵牵衣服道："行了，在这种地方，这个样子去看他，那还有什么话说。请你去告诉余队长，我已经洗完了脸，换好了衣服了，马上就见我吗？"老板娘越看越猜不透这情形来了，只好信了她的话，去报余鹤鸣。

余鹤鸣听说剑花一点儿不害怕，痛痛快快地就化妆起来，心里也有些奇怪，就叫老板娘赶快地把她请了来。老板娘将她再引到那个临时法庭上时，余鹤鸣原在那临时设的公案边坐着，即刻走下位来，向她遥遥地鞠躬，微笑道："舒女士，久违了。现在，你算露出真面目来了。你好哇？"剑花也笑着点头道："余先生，我好啊！巧得很，又碰着了你。"余鹤鸣昂着头沉吟了好许久，才笑道："舒女士，你可知道？这地方是我的势力范围了。"剑花坦然地笑道："我早就明白。"余鹤鸣对她周身上下，打量了一遍，含着笑道："你真美呀！但是我已经学了乖，不能再中你的美人计了。"剑花笑着将肩膀微抬了两抬道："那就在乎你了。"余鹤鸣沉吟着道："在乎我。可不是在乎我吗？"说毕，就掉过头来，向着他的士兵们道："把她看押起来吧，回头再说。"兵士们将剑花带出了法庭，走向一重楼上去。

这楼原是旅馆的上等客房所在，余鹤鸣事先挑了一间极完美的屋子，作为拘留所。所有通外面的玻璃窗户，都临时加上了一层铁丝网，房门外也有两个扛枪的兵士，预先在这里站着。他们看到剑花来了，推开房门，将身子闪到一边，让她走了进去。她进去之后，兵士们连忙将门向外一带，把剑花关在屋子里了。看这屋子里时，有床，有桌椅，而且茶壶点心碟子书籍，样样都预备好了。看这样子，连饥渴烦闷，余鹤鸣都替代着想了排解之法，这不能不说是用心良苦了。周围看过了一遍，用牙咬着下嘴唇皮，点点头道："想是想得周到，好像他又有些中我的美人计了。"如此想着，看桌上也放了一盒烟卷和火柴，便抽出一根烟卷，用火柴点着来吸。斜靠在一张软椅上坐着，静静想她的心事。想到这回冒险而来，自己也就料着成功和失败的成分，都各有一半。然而到了现在，究竟失败了。余鹤鸣这个人是很机警的，而且他的手段也狠辣，将我抓到了，他就能这样放过我吗？在私人感情方面，他纵然是可以放过我，可是盗匪的条例，也是很严厉的，捉到了间谍，哪有不治死罪之理。自当密探以后，冒过许多危险，都曾逃出命来了。不料到了现在，却会死在这个地方。想到了一个死字，心里便不由得冷了大半截，禁不住抽完了一根烟卷，又抽一根烟卷。她抽到第二根烟卷一半的时候，突然站了起来，将烟卷头子向痰盂子里一掷，自言自语地道："我害什么怕，怕死还来干这件事吗？我要凭着我的脑力，和他们奋斗一阵，才是道理，为什么还没有到绝地，自己就心虚起来？"她有了这样的主张，胆子放大，一人在屋子里高兴起来了，想到从前和余鹤鸣合唱《乌龙院》的时候，曾把他麻醉了，情不自禁地，也就唱起《乌龙院》来。她唱道："忽听得门外有人声，急忙迈步下楼厅，用手儿开开门两扇……"

门外有人笑着拍门道："来得有这样得巧，你说有人叫门，果然我就叫门来了。"说时，门上的暗锁，跟着有响声，门一推，余鹤鸣就走了进来了。他随手将门反关着，向她笑着一点头道："唱得很高兴呀。《乌龙院》这出戏，还记得唱吗？"剑花笑道："这样好的事，怎么不记得？我一辈子忘不了。"余鹤鸣正色道："舒女士，你不知道死在头上吗？"剑花微微笑道："我早就明白。"一面说着话，一面又取了一根烟卷过来，靠住椅子背，很自在地擦了火柴吸着。吸了两口烟，将两个指头夹着烟卷，放到椅子外弹灰，脸望着余鹤鸣只管微微笑，却向他喷出一阵烟来。余鹤鸣点头微笑道："你的胆子不小。"剑花鼻子耸着道："唔！当然是胆大，胆小的人，敢来做侦探吗？"余鹤鸣叹了一口气道："你太聪明了，你也太大胆了。我爱你我恨你，我又怕你。"剑花微微笑道："那怎么办呢？"余鹤鸣靠近了房门，向外边听听，然后走到她身边，低声道："你要知道，你的性命，只靠我一句话了。但是我虽恨你，还不能像你那样办，把自己爱人的性命拿去争功。"剑花笑道："嘛！你不要说那人情话了。你若是不想拿我去抢功，为什么见了我就把我捉住呢？"余鹤鸣笑道："这有什么不明白，以前我爱你，你不爱我，我一点儿法子没有，现在你不爱我，我有法子强迫你爱我了。"剑花鼻子里哼了一声道："强迫？我姓舒的，生平就不怕强迫。因为强迫最厉害的手段，不过是要人的性命，但是一个人当了间谍，就把性命置之度外的了，你虽然是要我死，我就遵照你的命令去死，你还能有其他的什么手腕吗？"余鹤鸣皱着眉毛向她凝视着，很久很久，叹了一口气道："你若是这样地坚决，你的前途，一定是很危险，我在职责上，就没法子救你了。"剑花听了他的话，只管微笑。

余鹤鸣哭丧着脸，望了她许久作声不得，然后才道："假使你有不幸，我这一生，就得了个极恶劣的印象在脑筋里，无论如何也磨灭不了。我现在愿用二十四分的力量来救你。"剑花听了这话，哈哈大笑道："你这真是猫哭老鼠假慈悲了。你与其现在竭尽全力来救我，何如以前根本就不逮捕我。把我抓着了，你再来说这些不相干的慈悲话，我听了，替你害羞。"余鹤鸣被她当面嘲笑了一阵，也不便生气，想了一想道："剑花，你让我解释一下，你知道我就不是假慈悲了。现在虽然是把你逮捕了，但是我只要不说破你是个间谍，随时就可以释放你。释放你之后，我们就是朋友了。那个时候，我随便对你一说，你就可以明白了。"剑花道："你为什么不说破我是个间谍？难道你就不记我以前的仇恨吗？"余鹤鸣道："你这样一个聪明人，还有什么不明白的，这无非是因为我爱你。"剑花道："傻瓜！你难道不知道我以前爱你是假的吗？你和我还谈什么爱情。"

余鹤鸣道："好吧。我们不谈爱情，可以找件别的事我们来合作。可不可以把中国情报组织的内容告诉我。你要是办到这一点，纵然说你是中国的女间谍，我担保也可以保全你的生命。"剑花摇摇头道："多谢你一番好心，但是中国情报部的内容，很是严密的，对于这一层，我很抱歉，无法报告。"余鹤鸣道："以前站在情报处这样重的地位，对于它的内容，一点儿不知道，我简直有些不相信。我看你是不肯说。"剑花点点头道："我是不能说的，为什么原因，那就随便你猜吧。"于是左腿架在右腿上，两手抱了腿的膝盖，脸微偏着一边，脸上发出微微的笑容。余鹤鸣道："你真不说吗？我很替你可惜。"剑花笑道："我说过了，你是猫儿哭老鼠，假慈悲。你不用替我可惜。当军事侦探的人，早就牺牲一切的，为国而死，有什么可惜呢？"余鹤鸣道："其实也并没有什么难题目给你做，不过有几个问题，要你答复罢了。你又何必那样固执呢？"一面说着，一面就走向前来，在她身边一张椅子上坐下，他满脸是笑容，放出那亲热的样子来。剑花倒突然站起来，将手一摆道："少假惺惺地来亲热我。我反问你一句，假使上次你让我们捉到了，要你说出海盗的秘密，你也肯吗？"余鹤鸣笑道："姑娘，你还骂人。"剑花顿脚道："海盗，海盗，万恶不赦的海盗。"余鹤鸣也站了起来，微笑道："你不说就不说吧，何必生气？"剑花道："我为什么不生气？假使你处我地位，能够把秘密说出来吗？你说你说。"余鹤鸣微笑着。剑花道："却又来。你不必多说，姓舒的死也不卖国，也不能违背我的天职。"余鹤鸣脸色一变道："好！我也要尽我的责任。再见了。"说毕，随手带门而去。

第十三回

邀影三杯当时雪耻
流血五步最后逞雄

　　舒剑花见余鹤鸣很不高兴地走去，料着这件案子，一定没有好结果的。只是自己立定了主意，死也不卖国，这就用不着害怕。若是害怕，徒然把自己的豪兴打消了。所以又取了一根烟卷，斜躺在睡榻上抽起来。烟卷这样东西，虽是很微小，而且吸到口里，也没有什么味。但是一个人在愁苦、匆忙、恐怖，各种不良好的环境里面，它多少都能给你一种安慰。所以剑花虽是个精明强干的女郎，到了这个时候，倒也不能不求助于烟卷。不过自己抽了一根烟卷之后，思想便有些变迁，心里想着，怕固然是不必怕，可是有法子求活的话，我也未尝不可以想法子求活。余鹤鸣对于我，依然是很依恋的，我就可以利用他这一个弱点去找出生路来，慢来慢来，这种手腕，拿去救国，牺牲个人，救了许多人，那是很值得的。若是用美人计去求生，牺牲个人，也不过是救了个人，这有什么价值。自己为了国家不得未婚夫华国雄的谅解，正不知怎样去解释才好，怎么自己真个走上了那条路呢？干就干到底，我绝不应当怕死。

　　如此想着，猛然将手上的半截烟头，向痰盂子里一掷，然后站起身来，两手环抱在胸前，在屋子里踱来踱去。心里想着，我是不屈服定了。然而我果不肯屈服的话，我的性命，不知道还能保持着若干时候，假使并不能保持若干时候，我……想到这里，不能向下再想了，依然倒在椅子上靠背坐着，两手反到脖子后面去，枕了自己的头。两眼直射着楼上的天花板，眼珠并不转动一下，似乎这天花板上，就有一条求生的出路一般。她如此望着，很静默地凝想着，听到房门卜卜几下响，心里就只管怦怦地乱跳起来。这时心里可就想着，不要是带出去执行死刑吧。这样想着，敲门的究竟是谁，就不曾去理会。

那敲门的将门敲了一阵，不听到里面有答应之声，自推了门走将进来。剑花看时，是一个随从兵，他手上提了食盒子，很从容地走进来。将食盒子放下，揭开盖来，将里面的东西，一样一样放到桌上。剑花看时，乃是一个酒瓶、一个大玻璃杯、一双牙筷，另外三盆菜、一碗汤，还有一大盘馒头。那兵向她微笑道："这位小姐，我们队长说了，你要吃用什么东西，只管说出来，我们好去办。"剑花笑道："你对你队长说，多谢他，我在这儿等死的人，也不要什么了，你出去吧。"那兵答应了一声是，反带着门走出去了。剑花看了桌上的酒菜，心想，他这样客气，乐得吃他一顿，反正是他来巴结我，又不是我去求他，他送来我就吃，他真放我，我也就走。她想毕，立刻坐到桌子边大吃大喝起来。这与五分钟以前的思想和态度，完全都不同了。这桌上的酒菜，固然是光供她一人吃喝的。而她的意思，却不在于吃喝，觉得他既肯有东西给我吃喝，当然不是出门时候，意思那样恶劣，必定是还想和我合作，我有这个出路，大可以不死。她得了这一线希望，心中立刻痛快起来，酒能喝，菜也能吃了，心里宽展了许多。不过她想是如此想，那左手端着玻璃杯子，送到鼻边，要饮不饮的，只管注视着。猛然看到那玻璃杯子里的酒，却有些震荡，心里想着，这是什么原因，难道我心虚胆怯，手上还有些抖颤吗？于是故意将杯子举得高高的，用眼睛仔细看着。啊！可不是在抖吗？而且抖得非常厉害呢！于是将酒杯一放，用手一拍桌子，站了起来，大声地自言自语道："舒剑花，你是一个女英雄，你是一个忠于职守的军人，你所要的是人格，所为的是国家。除此以外，你还管些什么利害？"她虽是一个人自言自语地说话，可是这样一来，她提起了不少的精神。人向着窗子外，恰好太阳西偏，阳光射了进来，将她的人影子，斜射着倒在楼板上，眼睛注视着自己的影子，摇了摇头道："舒剑花，你是多么怯懦呀！假使这个影子是个人，她看见了你害怕抖颤的样子，恐怕也不好意思见你了。影子，我真有些惭愧对着你了。但是我醒悟过来了，我现在决计不怕。喝！我对着你干三杯，把胆子壮起来。"于是将玻璃杯子高高举起，仰起脖子，将那杯酒一饮而尽。饮毕，放下酒杯来，又倒满了杯子，接连饮了三杯之后，将杯子用力向桌上放下，桌上啪的一下响，昂着头笑道："影子，这没有什么可羞的，我虽然有点儿可耻的举动，我立刻自己就醒悟过来了。我和他们，决计不妥协，决计不妥协。"说时，拿起酒杯子，当的一声，向墙上砸了去。碎玻璃片子，因之纷飞四散，落了满楼板。剑花又嚷道："不妥协，决计不妥协！"两手端了桌沿，向前一翻，把碗和盘子，全打翻了。

这种响声，惊动了屋外监视的卫兵，推开门来，探头向里张望。剑花喝道："你望什么？小姐吃得不高兴，喝得不高兴，把碗打了。要我不闹，就给我换好吃好喝的来。"说时，在楼板上捡起一片碎碗有向他抛去的意思。那匪兵看势头不好，赶快就把门关上了。剑花将碎碗又在墙上砸了一下响，倒在藤椅子上躺着，哈哈大笑起来。在门外的匪兵，看她有这种发狂的样子，怕出别的情形，立刻就向余鹤鸣报告。他听了，皱眉了许久，也说不出一句别的话来，背了两手，在屋子里踱着大步子走来走去，然后他向匪兵道："你们只管守着那房门，屋子里的事，你不必理会就是了。"匪兵答应着去了。这时，剑花心里坦然了，躺在屋子里，很自在地，慢慢哼着皮黄戏。约莫有一小时的样子，房门敲着响。剑花道："你们为什么这样装模作样，要进来就进来，难道还有什么人拦阻得住你们吗？"她说着，门开了。向外看时，形势比以前却严重得多。现在是四个扛枪的兵，在门外站着，另外两个徒手兵，走进来请她出去。她微笑着点点头道："走！我也知道你们是不能再容忍的了。"站起身来，就跟了四个卫兵走。这四个扛枪的卫兵，摆梅花阵似的，将她困在中间，围了向前走。

所到的地方，依然是先前那个大厅，不过形势却严重得多了。上面三张长桌子，一字列着，共坐有七个穿军服的军官，正着面孔，在那里坐着。桌子后面，一直到两边靠墙，齐齐地站着二三十名兵士，身上都挂了手枪。大厅门口，已经有八个扛快枪的兵，再加上押人来的兵，便是十二个了。剑花料定这是军法会审，倒也无所用其踌躇，挺着胸脯，就站到桌子面前来。那余鹤鸣到了这里，地位可就矮下去多了，坐在桌子最末的一个座位上。剑花走进来时，一双眼睛射到他脸上，而且微微地一笑，他立刻将目

330

光向下垂着。那上面海盗的军官，早是听到舒剑花这个名字，听说她既美丽又厉害，各人也就要看她一个究竟。她进来，把所有在场人的视线，都归结到她一个人身上。她并不理会，一只脚微伸上前，只管挺了胸脯，昂着头看四周的屋顶，仿佛目中无人。这里乃是一所空屋，正中坐了一个尖角胡子的老军官，眼睛闪闪有光，由剑花身上射到余鹤鸣身上去。他很沉着地道："余队长先请你报告一遍。"余鹤鸣听了这话，他的脸色，立刻变了，由许多军官的面孔上，更看到剑花的身上来，他现出了无限的犹豫之色。静默了约两分钟，然后他从容地向上报告道："这个女间谍，她叫舒剑花，是中国有名的侦探领袖。她……她……"眼睛看了剑花，继续着道，"她很厉害。我们在中国的华北总机关，就坏在她的手上。这次她又化装作难民，混到这里来，大概又有些什么不利于我们的计划。"那匪军官说："我们在夹石口打一个败仗，不就是因为她查得了我们秘密文件的缘故吗？"

剑花不等余鹤鸣答话，笑着肩膀颤动起来，向匪军官道："你瞧，这件事我不很足以自豪吗？哈哈！"她如此一笑，全席的军官，脸上都不免变了颜色，觉得这个女子的胆，真是大得无可形容了。匪军官问道："以前的事，不去管了，这次你到这里来干什么？"剑花摇着头道："事关军事秘密，这个我不能奉告。"匪军官道："你要知道，我们的办法，和中国不同。捉到了间谍，不一定处死刑，只要肯听我们的话就行了。我们不但不法办，也许可以重用的。"剑花道："处死刑不处死刑，那在乎你。我是不能把我来的使命告诉你的。"匪军官沉吟着问道："你是怎样混到我们境界里来的？"剑花笑道："你还坐在上面，用话来审问人呢，不如走下来，让我来教训你吧。一个人由这边到那边去，不是用两脚走了来的，还有什么法子过来。"那老军官被她讪笑了几句，恼羞成怒，红了脸道："这果然是个刁滑的女子。"说着话时，气得他的嘴唇皮只管抖颤，两手不住地微微拍了桌子。和老军官邻近的两位军官，于是彼此轻轻地互商了一会儿，然后那老军官挺着胸脯道："舒剑花，你是屡次破坏我们军事的女间谍，判你的死刑。"他这样说着时，四周的兵士，都做个走上前的样子，怕她有什么意外的举动。她倒听之坦然，点点头微笑道："那是当然的，请你们快些执行

331

吧。"几个兵士，就抢上前，挽着她的手臂，向大厅门外走。

剑花站定了脚，将身子一扭，横着眼睛道："你们这算什么？难道我会飞吗？你们睁开眼睛看看，我可是个怕死的人，要你们来挽着我走？"余鹤鸣早已跟过来了，向兵士们丢了个眼色，还摇摇头。兵士们知道是不必挽着，就让她一个人走去。她也不动声色，眼光却注视在门口扛枪的一个兵士身上，因停住了脚向他微笑道："这位老总非常地像我哥哥。我是要死的人了，哥哥，你能不能和我说两句话。"这个匪兵，被她两声哥哥叫着，已是骨软心酥，而且她说的是那样可怜，怎好不理会人家。可是在这种军事法庭上，也不敢和她乱开口，只向她微笑。她慢慢走到他身边，低声下气地道："哥哥，你我是手足多年，就此要分手了，你能让我和你亲个嘴吗？"这句话说出来，听到的人，心都酥了。中国人向来没有这种礼节的，这个女子，想哥哥真想得可怜了。大家的思想如此，那个被她叫着哥哥的人，当然是魂不附体。剑花一直站到他身边，出其不意地，将他手上的快枪就抢了过来。立刻身子一跳，跳到庭门中间，端了枪向正面就乱开了去。口里喊道："杀贼呀！"

那些军事法官审案以后，站了起来要走，看到剑花认着一个卫兵做哥哥，正也是在这里奇怪。猛然由人群中飞来几颗子弹，他们何曾防备得到，早有两个不幸的军官中弹而倒。那个审她的老军官，便是饮弹的一个。剑花一阵开枪，出其不意的，这些军官兵士都慌了。直等她将子弹放完了，她大声喊着道："痛快极了，替中国人又杀了几个仇人了。"她如此说着，旁边的兵士，早有一个人拔出刺刀，向她手腕上直扎了过来。剑花身子一闪，还待要用枪去还击，这时后面已经有个人用枪在她腿上横扫了过来。她着了一枪，身子向后一倒，第三个兵士，举了手枪对准她的胸膛，便要放枪。余鹤鸣在那人身后，伸腿一踢，将手枪踢了，口里还喊道："不要开枪，留着活口说话。"那个人的手枪，算是让他踢过去了。可是那个拿刺刀的兵士，已经俯着身子，将刀插了下去。剑花人已晕倒了，不知道闪让。这一刀正插在她的手臂上，立刻鲜血暴流，由衣服里直透出来。那人拔起刀，待要扎下第二刀时，余鹤鸣才抢了过来，握住他的手道："不要乱来，还要留着她审问呢。"于是另有几个兵走上前，抬着剑花向楼上空房里去，这场纷乱，才算告终。事后检点，算出打死两个军官、一名兵士，打伤一个军官、一名兵士，剑花在许多人里面，干出这样惊人的举动，就是海盗的心胸，向来是偏狭的，也觉得这个女子，实在可以佩服。很有人主张，保全她的性命，鼓励女子的勇敢精神。余鹤鸣对于这个主张，自然是站在赞成的一边，不过剑花是拼了一死的，她接受不接受人家赦免她的罪，还依然是一个问题呢。

第十四回

含笑遗书从容就义
忍悲收骨慷慨宣言

　　当时余鹤鸣就去和他们的领袖商量，说是舒剑花这样一闹，自然是罪上加罪，不过她也是很可利用的一个人，假使暂时免除她的死罪，叫她立功赎罪，于我们有很大的利益。他的领袖只知收罗人才，余鹤鸣含了什么用意，他哪会知道，便答应着说："这也可以，但是她不诚恳投降的话，这女子的手段太厉害，就得执行死刑，不必留在这里了。"余鹤鸣也不敢多说，就来看舒剑花。这个时候，剑花手上让刺刀扎着，流了不少的血，自己掏出一块干净的白手绢，将创口按上，躺在拘留室那睡椅上，只管想心事。余鹤鸣咚咚敲了几下门，里边也没有应声，只得推门而进。进去看时，剑花脸色黄黄的，头发披了满脸，右手托了左手的手臂，静静地躺着。那张睡椅靠了墙角的，她那样蜷缩着，成了个刺人的刺猬一般，越是憔悴可怜。心里想着，她落到这步田地，都是自己之过，假使自己看到了她，并不报告，私下把她收到家里去，劝她一顿，愿了就把她留下，不愿便将她放走，又有什么关系！心里如此想着，就站在一边发愣。

　　剑花一抬头忽然看到了他，并不起身，瞪了眼向他道："你来做什么，到了执行的时候吗？"余鹤鸣缓步走上前，站到她身边来，低声道："我有两句话和你说，你能不能好好地听下去。"剑花道："你挑好的说吧。"余鹤鸣顿了一顿，两眼望了她道："我始终爱你……"剑花不等他说完，突然站了起来，瞪了眼道："啐！少说这个，我不要仇人来爱我。你和我滚开去。"说毕，用手连挥了几挥。余鹤鸣向后退了两步，望了她道："你得想想，假使你不听我的话，我就没有法子救你了。"剑花跳起来道："谁要你救我，我情愿死，我情愿快快地死。"余鹤鸣呆了半晌，料着话是说不下去的，便道："那么，我们除了公仇，说句私话，你有什么遗嘱吗?"剑花道："你问我这话是什么意思?"余鹤鸣道："如若你有遗嘱的话，我可以和你寄回家去。我不过是尽尽朋友的心。"剑花笑道："有! 请你替我告诉中国人，一齐起来，打倒他的仇敌。"余鹤鸣听了，点着头微笑道："就是这个吗? 还有没有?"

剑花坐下去，低头想了一想，因又站起来，向余鹤鸣一鞠躬道："在私交方面说，我这里先谢谢你了。"说着，在身上掏出一个金质的小鸡心匣子来，用自己揩血的那条手绢，将鸡心包着，交到余鹤鸣手上，很诚恳地道："假使有一日天下太平了，你就把这两样东西，寄给我的未婚夫华国雄。请你把纸和笔墨借我一用。"余鹤鸣答应着，将纸墨笔砚取了一份来，放在桌上。剑花向他点点头道："你请坐，等我写封信。"余鹤鸣也不能再说什么，眼看了她，向后倒退着，坐在一张椅子上。身上说不出来有种什么感觉，似乎有点儿发寒冷，又似乎有些抖颤，偷眼看剑花时，只见她提了笔文不加点地写了下去。可是写着写着，她便有几颗泪珠儿突然地落下，她并不用手绢擦眼泪，只将手背向两眼各按了两按，依然还是提笔写着。余鹤鸣只管呆看着人家，慢慢地觉得自己身上不受用，实在坐不住了，就站起来道："我先告辞，回头我再来取信吧。"剑花道："你请便，若是有好酒，请你带一瓶来，我很想喝两口。"余鹤鸣连答应两声好，就走出去了。

他心里有事，原是不愿远走，可是就在门外站着，心里又十分难受，只管慢慢地扶了楼梯栏杆，一步一步地向下走去。走到楼梯半中间，好像有件什么心事，自己转身又走上楼来。可是走到拘留剑花的那间房门口，又不想向里走，就停步不前了。站了一站，依然掉转身再下楼去，走到楼梯半中间，不明是何缘故，又站住了脚，一只脚踏了一步楼梯档子不上不下的。正在这时，两个兵走来，交了一张命令状给余鹤鸣，接过来看时，上面写着：敌探舒剑花一名，立即执行死刑。余鹤鸣两手捧了纸，把纸都抖颤得作响，向兵士问道："这命令是刚刚送到的吗?"兵士答应了是。

他自言自语地道："我已经疏通好了，怎么不等我的回信，就动手哩。"于是向两个兵道："这命令应该交给牛队长去执行。"于是将命令仍交给了两个兵士，自己便转身向房里来。当他用手推门而进时，见剑花的信，已经写完，她正对了壁上悬的镜子站定，用手慢慢去摸摸她的头发，鬓边有两根乱的，还用手理得齐齐的，将发归并到一处。门响着，她慢慢地回过头来，笑着点了点头道："时候快到了吧？"余鹤鸣听了她这话，自己都觉毛骨悚然，虽然对于她已是无法挽救，可是在这个时候果然有救她的办法，自己还是肯去尽力，眼睛望了剑花，不能作声，也不能移动，就是这样地发了呆。

剑花将写好了的信，笑嘻嘻地由桌上拿过来，递到他手上，笑道："你原来也是这样胆子小。那要什么紧，人生一个月是死，人生一百岁也是死，只要死得有价值，什么时候死，怎么样去死，都不在乎的。我死之后，你若念朋友的交情，可以找具薄薄的棺材，把我埋了。最好还是给我立上一个石碑。你不要客气，碑上就老老实实地写着中国女间谍舒剑花之墓。一个人为他的国家当间谍，死在敌人手里，那是一件荣耀的事呀。"余鹤鸣接着那封信，点了点头，望了她的面孔道："你没有别的话说了吗？"剑花笑道："还有一件事，你忘了和我拿酒来。"余鹤鸣哦了一声，待转身要走。剑花笑着摆了摆手道："用不着了。我知道这个时候，你有点儿后悔，心里比我还乱呢。"余鹤鸣道："不……不要紧，我……我去和你找瓶酒……"剑花笑道："你抖些什么，快要到执行的时候了吗？"余鹤鸣强笑道："也许，也许有救，我先和你找酒去。"说着，身子一转，正待要走，门打开来，却有一个军官，领了八个武装全备的兵士，站在房门口。余鹤鸣哦呀了一声。剑花看到了，向门外来的军官点点头道："是带我出去上刑场吗？"那军官道："传你去问话。"剑花微笑道："我早已明白了，又何必相瞒呢。我不怕死，说走就走。余队长，再会了。"说毕向镜子又摸摸头发，牵牵衣襟，然后向来人道："走！"她说毕，挺身就走出房门去，余鹤鸣待要送她几步，不知是何缘故，两条腿软绵绵的，却是移动不得。一阵皮鞋的起落之声，听到这班人押着剑花下了楼梯，同时听到她高声呼着口号：打倒中国的敌人，中华民国万岁。那声音先听得很清楚，渐次至于听不见，后来渐次有点儿声音，以至于听得很清楚。原来这高楼之下，是一片广场，海盗的军法处，遇有死犯，就在这里执行。所以她呼口号的声音，由清楚而模糊，由模糊而又清楚。听到剑花很清朗地叫着中华民国万岁时，她已到了刑场上了。

余鹤鸣走到窗户边，用手掀了一小角窗纱，隔了铁柱窗子向外张望，只见剑花靠了一堵围墙站定，一两百名武装兵士，排了半个圈子，把她围定。她正对面有一个兵，正端了枪向着她。余鹤鸣不敢看了，连忙把窗纱放下，只是呆呆地看了窗纱，忽然窗子外，轰嗵一声枪响，接着哎呀一声，人就倒了。这倒的不是刑场上的舒剑花，倒的乃是楼上发呆的余鹤鸣。因为他心里吓慌，脚又吓软，就倒下来了。过了不知道多少时候，慢慢地清醒过来，睁眼看时，手里还拿着剑花写的一封遗书，站了起来向屋了四周看看，情不自禁地叹了一口气。自己慢慢走出那屋子，两只脚虽然是一步一步向前走，可是自己的脑筋，并未曾命令这两条腿，应该向哪里走。

到了自己办公事的房间里，将剑花遗交的东西，放到抽屉里去，自己将两只手伏在桌上，枕了自己的头，就情不自禁地伤起心来。伤心之后，就跟着一阵追悔，心想，我们和中国纵然是敌国，我和舒剑花并无不解之仇，我看破了她的行踪，把她送出境去，对她有利，对我们并没有什么损害。我何必凭着一时的意气，把她逮捕起来呢？像我余某，饭也有的吃，衣也有的穿，何必还要干这杀人的生活。我自己求活，倒去杀人，那个被杀的人，他就命不该活吗？中国人也好，海岛上的人也好，总同是人类，一定要征服中国人，让我们海岛上的人来图舒服，这是天地间哪种公理。我们遇到什么节令，大批地宰杀猪羊，心里都老大不忍。现在无缘无故去宰杀同类的人，这就不管了。一个屠夫当有人宰杀牲口的时候，大家都少不得说他一声残忍。可是帝国主义者要去占领人家的土地，鼓励他的部属去杀人的时候，就说人家忠勇爱国。我想国民当了天灾人祸的时候，舍生忘死，为国家社会服务，这才是忠勇，若是无故去侵略人家，是一种杀人放火的行为，简直是卑鄙、残暴、阴险，怎么算得忠勇。像舒剑花这种死法，为中国民族争生存而死，是出于不得已，我们海岛上的人，只要偃旗息鼓，退出了中国的境界，就天大的事都没有了。为什么缘故，非和人家拼个你死我活不可？想到这里，把自己当军事侦探以来，对于中国人无故残贼阴害的事，觉得都是无的放矢，舒剑花为中国多数人来驱逐我，那是应该的。我爱她，我又佩服她，我到底害死了她。我拥抱过她，我吻过她，可是我杀了她。这是人类对人类的手腕吗？想到这里，将桌子一拍，站立起来道："我不干了。"这时，他一个亲随的兵，送了一封电报进来，放在桌上，自退去了。余鹤鸣心想，又是要派我去害中国人了。懒懒地将那电报拿起来看，电文已译好了，除了衔名而外，乃是：

迭接报告，前方得获巨探，该队长忠勇为国，当机立断，至堪嘉赏，特电奖慰。

总司令金

余鹤鸣看毕，哧的一声，两手将那张电报纸撕了，嚷起来道："我牺牲了人家一条性命，就换了这张电报，这就是忠勇可嘉吗？"他说着话，一直就向那刑场上跑，一口气跑到舒剑花就刑的墙根边，只见她身子直挺挺地躺在地上。用了一块白布，将剑花的上半截盖着，余鹤鸣脱下帽子来，行了个鞠躬礼。对尸首注视了许久，不由得叹了两口气，一回头，看到身后站了两个护兵，便道："你们去把我的箱子打开，拿出三百块钱来，和这位舒女士办理善后，钱不够，到我那里去再拿，千万不要省。"说毕，又叹一口气，躲到一边去了。这天，他一人躲到屋子里去，写好一篇辞呈，立刻送到总部去，说是自己得有心脏病，万万不能干侦探长的事，同时，就赶着办理交代手续。他忙了一天，护兵们也就把收殓剑花的衣衾棺木办好。趁着太阳还没有落山，他亲自督率兵士，将剑花收殓了，然后才去安息。

次日天色微明，带了自己一队兵士，押着杠夫将剑花的棺木抬到郊外去安葬。坟地原是义冢，随便可以挖筑的，他们来的人多，只两小时工夫，把坟丘就盖好了。余鹤鸣按着中国内地的规矩，叫人挑了一副祭担来，担子歇在坟边，先将后面一个藤箩里东西取出来，乃是一副三牲祭品，另外茶酒各一壶，又是一束香、一大捆纸钱。护兵们搬了祭品，将香纸燃烧了。余鹤鸣就喊着口令，叫军士排了队，向墓头行举枪礼。礼毕，他就站在队伍前面训话道："各位弟兄们，今天我对这舒女士这样客气，你们必定很是奇怪，以为我对她特别恭敬，是怕鬼来缠我吗？其实舒女士死了有魂来显灵，我倒是特别欢迎的。你们要知道，国家练兵，是保护国土，保障人民安全的，并不是练了兵去打人杀人。舒女士为了我们无故侵略中国，她为国服务，送了这条命，实在是没奈何。假使我们不来侵略人家，人家何至于派这位舒女士来侦察我们的军情呢？我们打人家，还不许人家回手，这是什么理由？一个人无论怎样穷，也不应当杀人放火去谋饭吃，何况我还不是没有饭吃的人呢？军法军法，法律之外，又加了这样一种杀人的规矩，其实也不过野心家管他们走狗的一种办法罢了，人家一个年轻的女子，为了替她国家求出路，多么可钦佩，又多么可怜呀！可是我们都放不过她，非把她杀了不可。这话又说回来了，不是我丧尽良心把她捉住，也许她不至于死的，我后悔极了！我伤心极了！我还能干这种事情吗？"他说着话，猛然间把另一只藤箩也掀开了，在里面取出了一个大包裹，赶着提到坟后一丛矮树里去。不多一会儿工夫，却走出个和尚来，原来那包裹里是一套僧衣僧鞋，他已经换上了。大家看到，都为之愕然。他不慌不忙，在身上掏出了一卷钞票，交给他一个亲信的护兵道："我和这位舒女士刻了一个石碑，十天后可以刻完，你可以拿去取了来，在这里埋立好，这种爱国的人，值得我们为她出力的。我已经上了辞呈，交代得清清楚楚而去，你们放心，我不是开小差，没有你们的什么事，我要走了。"说毕，举了两只大袖子，高举过额顶，扬长而去。

第十五回

访寒居凄凉垂老泪
游旧地感慨动禅心

　　这一场悲剧闭幕之后，余鹤鸣下场了，舒剑花也下场了，只有那个期望团圆的华国雄，于假期完满之后，依然到军队里去扛枪，和民族做最后的挣扎。凡是一个人去打人，纵然把人打倒，自己也要费去无限的力量。若是无理去打人，惹起人家强烈的反抗，也许失败者，不是被打的，正是去打人的。海盗和海滨这省的军队，厮拼着三年之后，他们因为经济上有些来源断绝，结果是起了内乱，自己崩溃了。虽然打仗的结果，中国是受了极大的牺牲，可是因为三年以来，始终是和海盗斗争，民族性到底是保持着。这民族性就是无价之宝，在大家依然兴奋的中间，把破坏的所在，又陆续建设起来。从军的人，以前是干什么的，现在退伍归来，依然还继续干他的旧事。华氏兄弟打了三年的仗，侥天之幸，居然能保留了生命回来，而且并没有残废，因之还是到学校里去读书。

　　国雄在军队里的时候，华有光怕他得了剑花的死信，会出什么事变，始终是隐瞒着的。及至国雄回家，第一件事就是要到舒家去拜访剑花，有光就是要拦阻，也显着不近人情，为了慎重起见，就陪了儿子一路进城，向舒家来。这个时候，舒太太不过是领了省政府一点儿养老金过日子，哪里还能住以前别有作用的高大楼房，现时只租了一幢小小的房子，带了一个中年女仆，一同住着。华氏父子走来的时候，这小屋是街门虚掩着，里面一点儿声息没有。将门一推，只看到屋子里绿阴阴的。原来这院子里，有两棵高与屋齐的枣树，嫩绿的叶子，将阳光映着淡青色，连空间

340

也是淡青色的。因为这种颜色的缘故，把空气黯淡下来，这房屋就更显得寂寞了。

有光站在院子里，先咳嗽了两声，问有人吗。许久的时间，才有人慢吞吞地问了一声谁，然后走出那个女仆来。有光正要告知来意，却听到窗子里面有人颤巍巍地道："呀！华先生回来了，请进来吧。"华氏父子走进去，那屋里不是以前那样华丽，仅仅地摆着几样粗糙家具，只有墙上有两样东西，引起人重大的注意，乃是两个镜框子，一个镜框子里，红绸做了底托，托着三个军人奖章。另一个镜框子里却是舒剑花的武装全身像，她举了一只手，正行着军礼呢。只看那双黑白分明的眼睛，很注意地向前望着。她的两个腮帮子，虽是鼓得紧紧的，可是隐隐之中，似乎带了一点儿笑意。这种神气，在剑花往日故意端重的时候，总可以看得出来。如今看了这像，不觉想到她当年对人半真生气、半假生气的神气，恍如那人又在目前，人望了那相片，正不免一呆，舒老太太早走到面前，笑道："华先生，你几时回来的，身体好吗？可怜我的姑娘……"她那一句话没说完，有光站在国雄的身后，不住地向她丢眼色，舒太太把话突然地顿住，只管望了他父子。国雄望了她道："怎么了？剑花现时在哪里？"有光用很慈祥的颜色，微垂着眼皮，从容向他道："国雄，你不要伤心，我老实告诉你，剑花在三年前就在敌人那里就义了。舒老太太，请你把事情的经过，慢慢地告诉他。"

这个小屋子，有张半新旧的藤椅，国雄脸色惨变，身子向下一坐，两手撑了大腿，托着自己的头连连唉了几声。舒老太太偌大年纪，只有一个女儿，就是别人不替她难受，她提到了剑花，也是伤心的。如今看到这未婚的娇婿，已是满腔心事，再看到国雄那样懊丧的样子，她不觉对了壁上的遗像，只管呆看，向着遗像道："孩子，你的心上人回来了，你呢……"你呢这两个字，由喉咙里面抖颤了出来，同时，她眼睛两行眼泪，也在脸皮上向下滚着，退了两步，扶了桌子坐下，她也就不管客人了。这倒让有光老先生为难起来，劝导这位亲家呢，还是劝自己的儿子？于是站在两人的中间，也呆了。还是国雄抬起头来，看到父亲为难的样子，有些过意不去，便起身向舒老太太道："伯母，你也不必伤心了。以前我是你的女婿，到如今你依然是我的岳母。我现在回来了，不能让你再过这枯寂的生活，我一定可以安慰你。"舒老太太摇着头，将袖子揉着眼睛，叹道："这枯寂的生活，我已经过了三年了。我也没有什么难受。"国雄道："不过你一位老太太牺牲了仅仅一个的聪明姑娘，于今是住在这小院子的老屋里。"舒老太太正要再叹一口气，有光老先生道："不是那样说呀！政府已经在公园里和舒姑娘立了铜像，又按月给老太太的养老金，社会上的人，谁不说一声舒老太太是女志士的母亲。我们去为国家民族争生存，是自己良心的驱使，原不打算国家有什么报酬的，现在是有了报酬了，更可以安慰老太太的了。"舒老太太垂着泪，点点头道："对了，对了。小华先生说的话，和老华先生说的话，都是有理的呀。"

他们说了许久的话，那个中年女仆，才捧了两杯茶来敬客，茶杯上还有两个锯钉。国雄望了茶杯，有了一种感情，不觉向屋子四周看去，这屋子里有个房门，门帘开着，看到有张竹床，上面放了颜色极旧的一套蓝色被褥。床上并没有支起蚊帐，墙上挂了一具月份牌，在月份牌下面，钉子上压了两张中医开的药单子，这很可以知道这位老太太最近是一种什么生活的了。假使剑花并不曾死，就是当个教员，靠了那几个薪水，她很足以维持母女二人的衣食，何至于把家庭衰落到这步地位。当国雄这样注意到屋子里去的时候，有光也跟了他的视线，向里面看去。有光也知道国雄是怜惜这位老太太的意思，就向舒老太太道："舍下房子也很多，假使老太太不嫌弃的话，可以到舍下去住，待遇不敢说好，至少也可以有人陪着您，免得您再寂寞。"舒老太太道："这很多谢华先生的好意，可是我怎样敢当呢？"有光道："像您这位女志士的老太太，漫说我们是亲戚，应该恭敬您，就是全国人都该恭敬您。"老太太道："终不成我的姑娘为国家牺牲了，我倒去连累亲戚，唉……我这大年岁，过一天是一天，万事都看空了，住在这冷静的小屋子里，我只当是在庙里修行，心地就平静了。若住到父子团圆的人家去，我看了会格外难受，倒不如这样冷冷淡淡的，把花花世界都忘记了。"国雄听这位老太太的话，越说越伤心。剑花在外就义的经过，自己本要问她一问的，现在舒老太太只管伤心，提起旧事，那是更让她难过，当时只好将一些不相干的闲事，提起来谈谈，关于剑花的事，就不提了。谈了许久，舒老太太有点儿笑容了，华氏父子才安心告辞而去。

国雄到了路上，才埋怨着父亲道："剑花既然早就死了，你怎么不早早地给我一个信呢？她死了，我不但不追悼她，还快快活活地过了三年，这让我心里格外地难受。"有光道："不是我怕你伤心，我不告诉你，因为你爱着剑花的缘故，自己一定觉得将来很有希望的。有了希望，在奋斗中间，你必定还要加倍地谨慎，要你保重，正也是为国家爱惜青年呀。"国雄虽然不以父亲的话为然，然而他说得光明正大，也就无可再驳了，因道："剑花有了铜像了，我应当先去看看她的铜像，这是我们华氏光荣之一页。"有光道："你若认为这事是不可缓的，我就陪着你去走一趟。"国雄道："我当然认为是一件不可缓的事，但不知……"有光不等他再把这话说完，立刻就到国雄前面去引路，笑道："我还有什么话说，生者死者，都是我的光荣呀。"

两人说着话，一路走着。这城里的光景，现在却不与从前相同，东一堆瓦砾，西一堆瓦砾，有的还留着几堵光秃的砖墙，陪衬着几处砖砌的门框和石砌的台阶。又有些地方，瓦砾堆中，长出尺来深的青草，墙上也长着三四尺长的野树，这些房屋，不但是表示遭了一回劫，而且遭劫到于今，没有法子去整理恢复，也就为日很多了。国雄看了不觉奇怪起来，因问道："这种情形，绝不是城里失火，因为失火，不能零零碎碎，东一处西一处地烧着。可是本省城总也没有打仗，何以会有许多遭了炮火的屋子呢？"有光道："你在军营里这多年，还有什么看不出来的。"国雄道："莫非都是飞机用炸弹炸的？"有光道："可不是吗？这三年以来，其中有半年的时间，差不多飞机天天光顾到省城天空来，飞机来了，绝不能空手回去，每次总要炸了几幢民房才走。省城无论多大，经敌人炸了一百多天，也就没有一处不遭破坏的了。"国雄道："父亲，你现在说话大概不倾向非战一方面了，但是经过战争的人，他都会厌恶战争。譬如飞机轰炸城市，在平常人看来，加害到非战斗员，是没有理由的。可是在军事家看来，就不然，他以为可以扰乱敌人后方的秩序，破坏敌人的经济，尤其是借此动摇人心，使敌人政治中心动摇，可以影响到军事上去。战争的时候，只图自己军事有利，天理良心，一概是不管的。我们有了些军事知识之后，我们这才知道，战争实在是一种罪恶。"有光道："呀！我不料从军三年之后，你倒变成了一个非战主义者。难道我们对于海盗是不该抵抗的吗？"国雄道："抵抗是当然的。不过中国偌大一个国家，人口到四万万以上，何以会让少数的海盗，制伏得没有办法？这就由于共和二十年以来，全国人都是醉生梦死，关起门来争名夺利，把世界忘了，把站在身边的强盗劫贼忘了，而且还要装空心大老官，开口打倒帝国主义，闭口打倒帝国主义。譬如一群败家子里，终日花天酒地，兄弟父子闹着闲气，金银财宝撒了满地，既是不管，而且身子弄得虚空了，每人不是患色痨，就是醉鬼，同时还要喊着杀尽强盗，捉尽劫贼。既引起了人家的贪心，又鼓动人家的肝火，这种人家不闹贼，什么人家该闹贼？所以海盗侵犯我们，这是老天爷给我们一种教训。假使我们不闹家务，不装空心大老官，不金银财宝撒下满地，人家怎敢动我们的手呢？所以我们战退了敌人之后，依然还要多谢敌人给我们一种教训。我们因罪恶引起了战争，海盗却又是因战争种上了罪恶。他们的社会崩溃了，他们的人民疲劳了，不会想到战争给了他们一种教训吗？总而言之，在二十世纪以后，枪口上决计抢不到人家的土地，光靠枪口，也保护不了自己的土地，另外还要靠经济教育两件大事，来维持民族。我的主张，中国必须和他的敌人打一仗，犹如病人忍痛去喝药或打针，以消灭身上的病菌。病菌消灭了，就该用补品来恢复元气，不能在这个时候再吃药，再打针了。"有光笑着走路一面点头道："我很同意你的议论，你现在是增长了不少的政治学识了。"国雄道："这是环境赐给我的，我……哦！这个地方，不就是剑花住的那幢大楼吗？楼不见了，这大门还在，门口这一列树和这一片青草地，还可以看得出从前那种形迹来呀！"

他说着话时，突然立住了脚，向着那原来的门楼站住。有光因为不知道他是什么用意，也就跟了他站住。等了许久，不见他移动脚步，也不听到他说什么。有光忍不住了，便问道："你又有什么感触了吗？老实说，这省城里，简直是满目荒凉，若是都像你这样子，那还了得，一出门，就是伤心之境了。"国雄道："父亲，我们走到屋子里面去看看，好吗？"有光料到这破门以内，更是整堆的瓦砾，让他看到了，无非是加倍地伤心。便用手摸了摸胡子，站着微笑道："这何必进去，就是我们理想去猜，也可以猜得出来。"国雄并没有理会到他父亲说的话，他昂头望了那大门，一步一步走了去。直走到那大门口，还觉得这不是一所破坏得怎样厉害的房屋。及至进门之后，那些高低秃立的墙，带着门圈和窗户框子，犹如摆下了诸葛亮的八阵图一般。地上有土的地方，青草长得有上尺深。那些面地的青砖上，长的是青苔，青苔可也就像毛毯那样厚，有种触人的霉气，几乎熏得人立不住脚来。

有光也由他后面跟了进来，拉着他的衣袖道："不过如此，何必看呢。"国雄将手向墙上一指道："父亲，你看粉墙上这几行字。"有光看时，果然几层石阶上一道砖砌的宽道，道上有堵很高的墙，上下有许多门和窗户的洞，正是旧时剑花的会客厅外，那粉墙上，下半截，有二三寸的青苔纹晕，上半截有铅笔写了几行大字，乃是：我在这地方，曾用了机巧，去和人家求爱，人家也曾用了机巧，来害我的性命，帮助我们机巧的，乃是醇酒、香茶、婉转的音乐、醉人的灯光，现在呢，只是这堆瓦砾，人生就是生到一百年，结果也不过是如此吧？奉劝眼前人，且想身后事。回头和尚题。"啊！这还是个和尚写的。"国雄情不自禁地失声喊了出来。有光也站在墙下，玩味这些字句，似乎引起他肚子里那一肚子哲学墨水来了。国雄看着，摇了摇头道："了不得，这是那个余鹤鸣到这里来了，看这口气，除了他，还有谁呢？他这种阴险的小人，都受了重大的刺激，说出很解脱的话来了，我们若是看不空，真不如他了。这样子，他是做了和尚了。唉！我也真愿意做和尚，人生不就是这样一场梦，苦苦地争夺，何必何必。"有光道："回去吧，老站在这里做什么？"国雄道："这个地方，未免给我一种很深的印象，我要在这里多站一会儿。"有光听说，不由得拈着胡子，哈哈大笑起来。

第十六回

思断三秋悲歌落泪
名垂千古热血生花

　　华国雄见父亲遇到这凄凉的景象，既不伤感，而且还哈哈大笑，心中很是不解，便向他道："你老人家，怎么笑了起来？"有光道："我不笑别的，我笑你孩子气太重，既然口口声声，说要出家，何以对于这颓井残垣有些看不破，非要凭吊一番不可？"国雄道："佛心是慈悲的，对于这种景象，可以流些慈悲之泪。"有光道："不过你的意思，是因为剑花曾在这里住过，所以你有些凤去楼空之感。有个出家的人，这样儿女情长的吗？走吧。"说着挽了国雄的一只手，就拉了他走。

　　国雄当然不能太违抗了父亲的意思，叹了一口气，走将出来。经过了几条街，都不是以前的景象。在许多破碎的街道中，忽然眼前一片青葱之色，另换出一番境界来，那正是省立公园，几年不见，树木都长大了。这是初夏之际，树上的嫩叶子，绿中带些黄色，地上长的草，虽不过是一二寸长，然而密密蒙蒙的，绿成一片，在绿毯子上，偶然伸出一个草头，开着小黄花儿，便现出许多静穆的意思来。在四围的绿树林中，闪出一亩大的空地，在绿色春草毯上，挖出个浅浅喷水池。池中间有个高可一丈的白石墩子，墩子上立着个女身铜像，一手扶了身佩的宝剑头，一手向东指，虽是女像，自有一种英雄气概。这就是那位女间谍，为国牺牲的舒剑花女士了。国雄不料自己的情人，这样巍然高峙地站在自己面前，又不料这样一个有才干、有志气的女子，自己无福消受，眼望着她在日月风雨之下，长此终古而已。

心里想着便只管向那铜像呆看，却听到有光在身后微微地叹了一口气道："人生一百年，结果也是与草木同腐，求仙炼丹，那有什么用，人生自有不老之法，就怕人不肯去做，舒剑花是明白这一点的了。"国雄回转头来看着他父亲，见他手上拿了帽子，很有向这像静默的意思，因就问道："父亲，你的观念，完全改了。你原来认为宇宙都是空的，人是犯不着为名利去斗争，现在你何以这样积极起来？"有光不料英勇的少年儿子会问出这句话来，用手摸着胡子，想了一想道："我自己也不知道所以然，不过自从省垣由飞机光临以后，我就慢慢地愤怒起来，觉得人生只可自勉不杀人，不能禁戒不杀敌，禽兽的爪牙、草木的护甲，不都是为了卫护自己生命而生长的吗？宇宙神秘的用意，本来就如此。人有了生命，有了本能，他也应当抵抗他的敌人。"国雄微笑道﹕"我是 个战士，而且胜利回来了，我的思想就不那样，现在很消极。我亲眼看到战场上的人，生命随时在五分钟内可以解决，又看到人的尸身躺在地上如铺石板一般，活着的人，一点儿也不怜惜，就在人身上这样跨踏过去。身边一个很好的朋友，正谈笑着说话，一个炮弹飞来，他的手脚就弹碎了，身上的热血，或许溅到我们身上来。在战地上三年，失了多少可爱的朋友呀。至于炮火下的乡村城市，那就不必说了。我觉得我们不能再谈军国主义了。"有光道："你应当有这个议论，世界史最后的一页，当然是非战的。不过这个时代，打算由战争里找出路的国家，实在不少。若不将这种国家扫荡一下，战争的毒菌绝不能消灭。我以前非战，现在何尝不非战。以前非战，是以议论去制止战争，于今觉得此路不通，要以武力去制止战争了。在全世界非战以前，必定还有几次大流血，这几次大流血，中国绝对是免不了参加的，我们现在赶快武装起来，也许因为有了抵抗，将来流血的程度，可以少一点儿，要不然，米缸盖好了，许多老鼠要在米缸里争夺，主人若不过问，势非把缸打破不可的。所以我以为讲礼义的中国人，依然可以去非战，但是要把文的非战，变为武的非战，不幸而死，不仅是为民族争生存而死，也是为人类争生存而死，这种精神，是很伟大的，所以舒女士的死，格外值得我们崇拜。"国雄对着那铜像，静默了许久，点了头道："也除非是根据了父亲这种说法，才可以减少心里头的悲恸。"有光指着树梢上一抹阳光道:"你瞧，天气不早了，我们应该回去了吧?"国雄道:"唉! 回去吧! 我不料回家来，是在这地方遇着了她。"于是将取在手上的帽子向头上一盖，掉转身就走了。

一路之上，他再也不说，到了家里，一切朋友的应酬，他都谢绝了，拿了一本书，终日坐在树林子里看，每天吃过早饭就出门，回来吃午饭，吃了午饭，又再出去。有光知道儿子自战场回来，受了很大的刺激，不妨等他的心灵放纵一番，让他把哀思放了过去，所以终日不归家，也没有人来过问他。他自回家之后，只觉所闻所见，和从前都换了一个世界，在家里坐着，就不免傻想，因之那就加倍地狂放起来，甚至吃早饭的时候，就带了一包吃的东西，到树林子里去，留着做午饭，直到晚上才回来。这日半中午，看书有点儿倦意，正在树林下一块青石头墩上，坐着打盹儿。忽然树林子外大道上，有人唱歌，把人惊醒过来，听那唱词，却很是哀婉，因为唱的人重三倒四，唱过好几遍，所以听到很清楚。那歌词是:

> 杨柳树，绿青青，
> 去时日子如我大，回来门外绿成荫。
> 上堂拜老娘，老娘笑吟吟。
> 娘看儿子颜色好，儿看娘发白星星。
> 大哥在何处，三年以前去投军。
> 大嫂在何处，炸弹之下早亡身。
> 四岁的侄儿叫小平，无父无母到于今。
> 大妹前年已嫁人，随夫逃难上北京。
> 不是儿回娘挂心，望得儿回娘伤心。
> 好比一树花开多茂盛，几番风雨干干净。
> 纵然结果有几个，看来也是太孤零。
>
> 洋槐树，绿油油，
> 十年槐树长齐楼，十年战士白了头。
> 春日百花发，佳人楼上愁。

不嫁英雄无志气，嫁了英雄守空楼。

一日不见面，自古相思似三秋。

一年不见面，相思便似水悠悠。

而今三年不聚头，胜似千秋又万秋。

奴想英雄是风流，英雄想奴便可羞。

又愿英雄功名就，又愿英雄享温柔。

想得奴家皮黄骨又瘦，又传国军下锦州。

早知薄福难消受，不嫁英雄也罢休。

  国雄将这歌词听毕，玩味了一会儿，虽然这歌词是很俗，但是非常婉转，在自己听了，正是句句打入了心坎，这是什么人在唱，恐怕不是这村庄前后一个人所编得来的吧！连忙跑出林子去一看，却是两个半大的放牛孩子，坐在柳树下小河沟里洗脚，带笑着唱出来的歌。国雄笑道："你们这歌唱得好听，是谁教给你们唱的？"一个孩子道："前三个月，有个游方和尚，他带了许多小歌本子散给人家。又怕人家不懂腔调，自己弹着琵琶唱起来。我们就是跟他学的。"又一个孩子道："小三儿，你怎么忘记了，那和尚还打听华大先生，回来没有呢？"国雄对于和尚打听一事，倒没有留意，玩味这个歌儿，是很悲哀的，这个和尚，一定是个栽过大筋斗的人，所以说得这样的痛切。心里想着，依然走回林子里去看书。也是两个孩子唱得太高兴了，十年大树长齐楼，十年战士白了头，又唱将起来。国雄听到那不嫁英雄无志气，嫁了英雄守空楼，而今三年不见面，胜似千秋又万秋，不觉自己转想到舒剑花身上去，那样一个女子，眼睁睁地受着枪决而死，这事实在很悲惨。不但她那样美丽的容貌，不知道如何消灭了，就是她那副骨头，究竟抛在哪里，现在也无处寻找，岂止一日不见，如隔三秋，实在是海枯石烂，此恨无尽。如此想着，也不知道什么缘故，两行热泪，只管流了下来。当天坐在树林子里，就没有心绪看书，只是坐在石头上呆想。

  回家以后，和家里人谈起，国威道："这样的歌，我绝对不愿听，听了会消灭志气的。"有光道："这事可奇怪，这个歌，是个游方和尚编出来的，他还有支短歌，是套《月子弯弯照九州》编的，也很有意思，那歌子是：

月亮无情上粉墙，照见官家醉画堂。照见美人窗下哭，照
见男儿死战场。

国雄点了点头道："这个和尚，必非等闲之辈，很平常的几句话，这里面可含着不少的批评，只是他什么地方不去，何以独在我们这村子里放出这种消息来？"他们父子正在楼上乘着风凉，谈论这件事，华太太很匆忙地由楼下走上来，向国雄道："你们不是谈那个唱歌的游方和尚吗？这是有些怪，他在村子里和好些人打听过，问你兄弟二人回来了没有。我心里也很是不解，为什么老要打听你兄弟两个人的行踪，莫非他是你们的同营吗？据我想来，那一定是个军人，他的歌词总是骂打仗，而且听那意思，又很肯说中国人打仗是不得已，和你们父子是同调的。"国雄听了这话，更是增加了一层疑团，我们弟兄们中，哪一个这样大彻大悟，做起和尚来。自然他既是屡次打听我，一定也是我的好朋友，若不是好朋友，也犯不上再三再四地打听我。他如此想着，很想早早地打破这个疑团。自从这天听歌以后，又不断地听着那婉转动人的歌儿，每听到一会儿，就让他心里难过一阵。

这样下去，约莫有一个礼拜，这日在树林子又休息了大半天回来，进门之后，华太太首先笑着迎上前来道："你说怪不怪，那个和尚今天又来了。他听说你已经回家，丢下一个小小的包裹，说是有人托着寄送给你的。也没有说第二句话，捧着大袖子就走了。我留着他和你见面，请他坐一会儿，他只笑着不答。我追到大门口来，他却道：我和令郎感情不大好，见了面会有是非的，不必留我了。他说着话，两条腿走得是更快。一转眼工夫，他就不见了。"国雄道："这更奇了，他送了一个什么包裹给我呢？"华太太于是到屋子里去，取出个五寸见方的扁包裹来。那包皮是蓝布包的，上写：留呈华国雄先生台收，并没有什么上下款，只是用麻线缝上了包裹口。将剪刀把包皮拆开了，里面是一方油布，再将油布打开了，又是一层

布，把这层布再打开，才露出一条白绸手绢。那手绢本质，倒还干净，只是上面有好几块殷红的斑点，却看不出是何用意。提着手绢，却抖出一封信来。那信封写了：留寄华国雄先生亲收，舒剑花拜托。这舒剑花三个字，射到他眼里去，不由得他那颗心，怦怦地跳将起来，拿在手上只掂了几掂，并不怎样的沉重，由信封套里，连忙抽出信纸来，看时，上面写道：

国雄兄鉴：

　　兄读此书时，恐妹之墓木已拱矣。然兄毋悲，兄能于太平之年，无患归来，得读此书，固人生万幸之事也。妹奉命令，来贼巢侦探敌情，不幸为贼党窥破，拘押军中，以妹供出中国情报总部内容为条件，容妹不死。妹思一人的生死事小，全国之安危事大，毅然拒绝贼之要求。人谁不死，只死者不当无故而死，亦不当有故而不死，妹现不死，则意志薄弱，或竟为贼所困，而转有害于中国，则不是死之为得矣。为国而死，妹固无丝毫遗憾也，所可憾者，则妹之行为，生前乃终未能得兄谅解，直至永别之时，尚不能一相握手。故妹虽死在顷刻，犹不能不忍悲作一书于兄。此事经过，于妹死后，必能传播，心绪紊乱，实无心细写，唯兄悲其遇而怜其志。外手绢一方，系妹拭泪所用，其上红斑，则手臂为贼刀所刺，因以沾染血迹者，留此寄兄，表示无物可赠，但几点热血相勉耳。别矣国雄，大好身手，其自努力！

　　　　　　　　　　　　　　　　　　　　　舒剑花绝笔

　　国雄在这一程子心绪本来悲劣万分，看了这信之后，并将血帕一看，一阵心酸，不由得倒在一张睡椅上，泪如泉涌似的，由脸上流到身上来。华太太竟不知道什么事，后来在地上捡起信和那血手帕来，这才明白，这样的纪念物，叫活人看到，心里如何不难受？便也垂着泪道："可怜的孩子。"她只说了这五个字，身体抖颤着，也就说不出话来了。她看

351

到国雄只管哽咽着，那眼泪更是落得汹涌，他侧着头在睡椅的高枕上躺着，把半边衣襟都淋湿了。华太太道："人都死了三四年了，你现在哭死也枉然，这条手绢倒是一件可宝贵的东西，你好好地留着吧。"国雄哭了许久，勉强才止住了眼泪。在母亲手上接过那条手绢，仔细地又看了看，点点头道："这样东西，不是平常情人留下的表纪，我应当用个镜框子把它裱装起来，挂在墙上。"华太太道："论起这样东西，是值得宝贵的，不过太不美观了。"国雄道："这个我自然也有些办法。"华太太听他如此说着，虽不知道他有什么办法，但是知道儿子用情很笃的，他有了这个意思，不让他挂起来，他不会解除胸中的痛苦，便道："我看把这封信装挂起来，比那手绢要好看得多，挂起这封信吧。"国雄道："不信，你过两天再看。"他说着话，把那块手绢和信，一齐拿到他的书房里去了。

这日，有光和国威都不在家，华太太总怕儿子伤心，也就悄悄地由后面跟了去，看他儿子还哭不哭。走到书房门口，一听里面，竟是一点儿声息没有，扶着门，伸头向里张望，只见他面窗的书桌子上，摆了一盆石榴花，他坐在桌子边，正对了那石榴花，用笔在涂写些什么。看他的背影偏头这边看看，又偏头那边看看，似乎在端详他手上写的那种东西一样。看这样子，他并不在伤心，也就不必去过问他了。过了一会儿，有光和国威回来了，华太太就把这事告诉他们，因道："他拿了那手绢到书房去了，伏在桌上，只是涂写着，这个书呆子，不知道他又在捣什么鬼。"有光听说，马上走到书房里来，只见书案上铺了一块图画板，上面用图画钉子，绷着一张画。国雄两手放在背后，远远地站定，向那图画只管出神。他看到父亲来了，便笑道："您看看我这幅画画得怎么样？这是我生平得意之笔啊！"有光连忙上前看时，那图画板上钉着的，不是一张纸，乃是一方手绢，手绢上绿的叶子、红的花儿，画了一棵石榴。只是那花的红色，并不像平常颜色那样鲜艳。有光俯着身子，对那手绢看了几遍，一拍手笑道："这个我明白了，你这是套着《桃花扇》的故智，用女子的情血画花啊！"国雄道："对的，可是情血两个字不大妥当，人家是热血。"有光手摸着胡子，点头道："哦哦哦！我明白了。记得那年你投军之时，我爷儿俩曾辩论过一次，我说每到石榴花开的时候，中国

352

就要发生内乱，乃是不祥之花。你说不然，石榴花像鲜血，可以象征人的兴奋，应当说是热血之花。于今你真把热血来画花，而且还要画石榴花，这正是你照顾前事啊！孩子。算是你的辩论赢了，石榴花是热血之花，到了每年开花的时候，我们都要纪念着这位热血姑娘。这幅画和那封信，你不要自私，可以用两个镜框子裱装起来，悬在客厅里，这是我们家庭之光啊！"国雄默然着，很感慨的样子，却点了点头。

国威指着窗户上的石榴花道："现在又是五月了。这个五月，可是中国和平告成的日子，父亲，您看是吉月呢还是毒月呢？"有光笑道："你们少年都胜利了。我料错了不要紧，但愿从此以后，中国永庆着太平之日就行了。老年人是快与鬼为邻的，不应该失败在活泼少年的手上吗？我希望中国的命运，也像我一样，免得你们多嚷那些打倒呀。干脆些，要倒的自己倒下，让你用打倒的工夫自己去建设吧。"于是乎大家都笑了。不过笑是一时的事，国雄心里，始终是含着一肚皮悲哀的。

到了次日，他瞒着家人，带了那封信和血花手绢悄悄地进城来。到了城里，又在花厂子里买了一束石榴花，带上公园。这日天气很好，剑花的铜像，巍巍地高站在青天白日之下。国雄到了铜像下，将那束石榴花，放在石墩下。然后向像很静穆地立定，心里默念着，剑花啊！你的血花泪痕，我都收到了。你自然有你的伟大之处，只是我太难堪了！他想到这里，便将信和手绢，也向着铜像在草地上铺着，当作彼此当面露出爱情证物的意思。他向铜像一立正，却听到公园树林之外，有一片甜美的音乐声。隔了林子瞻望时，原来是一组音乐队，领导着一辆接新人的花马车过去。在国雄静默的时候，听了这种响声，格外是不堪。抬头看时，树林后有一支大旗杆，上面悬着一面国旗，在日光中招展，似乎招着这铜像的英魂，请她从海外归来呢。

图书在版编目（CIP）数据

　大江东去 / 张恨水著. —北京：中国文史
出版社，2018.3
（民国通俗小说典藏文库·张恨水卷）
　ISBN 978 – 7 – 5034 – 9890 – 9

　Ⅰ．①大… Ⅱ．①张… Ⅲ．①长篇小说 – 中国 – 现代
Ⅳ．①I246.5

　中国版本图书馆 CIP 数据核字（2017）第 316198 号

责任编辑：卢祥秋
点　　校：清寒树

出版发行：**中国文史出版社**
网　　址：http：//www.chinawenshi.net
社　　址：北京市西城区太平桥大街 23 号　　邮编：100811
电　　话：010-66173572　66168268　66192736（发行部）
传　　真：010-66192703
印　　装：廊坊市海涛印刷有限公司
经　　销：全国新华书店
开　　本：720×1020　1/16
印　　张：23.5　　　　字数：360 千字
版　　次：2018 年 3 月第 1 版
印　　次：2018 年 3 月第 1 次印刷
定　　价：69.80 元